ザ・ロイヤルファミリー

早見和真著

新潮社版

11694

目次

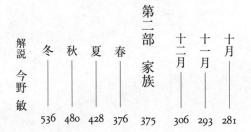

ザ・ロイヤルファミリー

第一部　希望

一月

望まざる人が来る――。

元来、クジ運のない私のことです。数年ぶりに引いたおみくじの『凶』という結果も、〈恋愛〉の項目の「成就《じょうじゅ》せず」といった文言もとくに気になりませんでした。しかし、どういうわけか〈待人〉にあったその一文だけは、妙に引っかかりました。

香の匂《にお》いが鼻に触れ、にぎやかな笑い声がよみがえります。ふと見上げた正月の空は青く澄んでいました。

手の中のおみくじを恨めしく見つめたあと、私は近くの梅の木に利《き》き手ではない左手を使って結びつけました。悪いくじを引いたときはそうするものだと、死んだ父から聞いた覚えがあったからです。

妻子連れの男に突然声をかけられたのは、そんな誰にも見られたくないことをしているときでした。

「え、栗須《くりす》……？　お前、栗須栄治《えいじ》だろ？」

男は自分を指さしながら「いや、大竹《おおたけ》。サークルで一緒だった」と名乗ります。決して輝かしいものとはいえなかった四年間の大学生活で、大竹雄一郎《ゆういちろう》は数少ない友人の一人でした。社会人になってからは疎遠《そえん》になりましたが、もちろん記憶には残っています。

「ああ、うん。久しぶり」

「久しぶりって、お前……。何してるの？　一人？」

「うん」

「一人で初詣《はつもうで》なんて来るのかよ。あいかわらず変わってるな。っていうか、俺ずっとお前に連絡取りたかったんだ。先月、久しぶりにサークルの集まりがあってさ」

「そうなんだ」

「なつかしい顔がいっぱい来てたぞ。加奈子《かなこ》もいた。あいつ、何も変わってなかったわ。お前が来てないこと知って残念そうにしてたぞ。笑ってたけど」

その表情を思い描くのは簡単でした。つき合っていた頃の加奈子は、たとえつらいことがあっても笑っているような女でした。

「あいつ、結婚したって」

「そう」

「子どももいるってさ。生意気盛りの男の子って言ってたぞ」

私の答えを待とうとせずに、雄一郎は奥さんに何やら耳打ちします。そして「どうせ時間あるんだろ？　のみにいこうぜ」と決めつけるように口にして、先を歩き出しました。雄一郎の強引な物言いは昔と変わりません。私が断ることができないのも学生時代のままでした。

ふらりと入った調布駅そばの居酒屋は、まだ時間が早いせいか閑散としていました。私は酒をのめませんが、雄一郎が勝手にビールを注文します。運ばれてきたジョッキを合わせ、仕方なく唇だけ湿らせます。

「で、最近はどうなの？　こないだちょっと栄治の話題も出たんだよね。誰かが新宿の税理士法人に勤めてるって言ってたけど、どこ？　Ｋ＆Ｇ？」

「いまはそうなんだけど、実は転職しようと考えてる」

「へぇ、なんで？　超大手なのに。独立？」

「いや、それはまったく考えてないし、他の事務所に行こうとも思ってない。他の業界を見てみるのもいいかなって」

「何それ。栄治ってたしか在学中に会計科目と法人税法取得してたよな？　税理士資格は？」

「取ってるよ」

「なのに辞めちゃうのかよ。すげぇな。秀才の考えることはよくわからないわ」

私たちが出会ったのは、大学の税理士を目指すサークルでした。親しくなったきっかけは、他に十人ほどいた同級生の中で、我々だけが父親も税理士をしていたことです。

きっとそれを思い出したのでしょう。雄一郎は目を瞬《しばた》かせて「そういえば栄治って親《おや》父《じ》さんも税理士だったよな？　たしか長野かどっかで事務所やってるって」と尋ねてきます。

「そうだね」

「じゃあ、なんで？　帰って働こうとは思わないの？　いつか親父さんと働きたいって、お前そんなこと言ってたよな」

話しているうちにいろいろ思い出したようで、雄一郎は次々と畳みかけてきます。私は乾いた笑みを浮かべて、一度は首を横に振りました。しかし、疎遠だった古い友人に聞いてほしいという気持ちがなんとなく芽生え、この数年にあったことを淡々と説明しました。

晴れて税理士資格を取得した三年前、二十六歳のときのことです。忙しさにかまけて久しく帰省していなかった私に、父が唐突に『そろそろこっちで一緒に仕事しないか』と、電話で持ちかけてきました。

物心がつかない頃に母を亡《な》くし、父は私と三つ違いの兄を男手一つで育ててくれました。自宅一階にある事務所で毎晩遅くまで働く姿を見つめながら、我々兄弟は自然と父を尊敬し、同じ道に進むことを決めていたように思います。

いつか一緒に働きたいという気持ちは、税理士を志したときからありました。しかし、このとき私は父の誘いに素直にうなずくことができませんでした。日々の仕事にやりがいを感じている中で、簡単に地元に戻るという選択には至れなかったのです。

兄もまた大学を出てから東京の大手税理士法人に勤めておりました。しかも彼の方はすでに結婚し、子どもを作り、都内に家まで建てていましたが、数週間悩み抜いた末に、長野に帰ることを決めました。

「俺は長男だからな。いつかこうなるのはわかっていた。お前は戻りたいときに戻ってくればいい。席はちゃんと用意しておくから。後悔だけはするなよ」

そう背中を叩《たた》いてくれた兄は、思えば、あの父の申し出を虫の知らせと、あるいはSOSと受け止めていたのかもしれません。

兄が地元に戻って一年が過ぎた、一月の寒い夜。父は自宅の風呂場《ふろば》で倒れ、数時間後に病院で息を引き取りました。六十二歳という若さでした。

棺《ひつぎ》に収まった父の遺体に、私は自分の目を疑いました。かつて酒樽《さかだる》のように肉厚だった身体《からだ》が、空気が抜けてしまったように痩《や》せ細っていたからです。

「一人でどれだけ働いていたんだろうな。二人がかりでも回らない仕事量だったよ。過労死だよ、ある意味じゃな」

兄の声に私に対する恨みがましさは含まれていなかったと思いますが、胸は痛みました。手を抜こうと思えばいくらでも抜くことのできる仕事です。反面、クライアントと関わろうと思えばどこまでも深く関われてしまう仕事でもあります。

父は典型的な後者でした。数年前にはなかった額の皺《しわ》を見るだけで、どれだけ働きづめだったかわかりました。

兄の優しさに赦《ゆる》しを得たつもりはありませんが、東京に戻ってしばらくの間は何も考えず、仕事に打ち込むことができました。

私の中で突然異変が起きたのは、父を亡くしてちょうど一年後、昨年の一月のことです。仕事上のある案件について思い悩み、ふと父に質問したいと思ったとき、私はそれが二度と叶《かな》わぬことなのだと気づきました。

深夜のデスクで、私は「あっ……」と口に手を当てました。自分はなんのためにここにいるのか、父と働きたくてこの仕事に就いたのではなかったのかと、堰《せき》を切ったように後悔の念があふれ出ました。

どうしてあのとき帰ってあげられなかったのか。

助けてあげようとしなかったのか。

それは罪悪感だったと思います。父を亡くしてから一年、私が必死に蓋《ふた》をしてきたのは「父を裏切った」という痛烈な思いでした。幼少の頃から抱いていた「父の助けになりたい」という自分自身の純粋な気持ちを踏みにじった。そんな思いもありました。

年度末の繁忙期はなんとか乗り切ることができましたが、夏が過ぎ、秋を迎えても胸のしこりは消えませんでした。そして再び繁忙期を迎えようとしていた昨年末には、私はこれまでと同じ気持ちで仕事に取り組めなくなっていました。

たかが父親を失ったくらいで。それも二年も前のことを。誰かに相談すればそう言われることは明白です。他ならぬ私自身がそう感じているのです。しかし、父の死は私に想像もしていなかった喪失感をもたらしました。

たとえ会社からクビを言い渡されても、それほどショックは受けないでしょう。父と働く未来のないこの仕事に、私はどうしても未練を感じることができません。

雄一郎は神妙な面持ちで話を聞いてくれました。しかし、すがるような気持ちで引いたおみくじが『凶』だったという話には、身をよじって笑いました。

「いやぁ、でも、まぁ『凶』なんてなかなかお目にかかるものじゃないからな。そんな状況で神頼みっていうのも、栄治らしくてすごくいいよ」

雄一郎は目をこすりながら話題を変えます。

「そういえば、お前、明日ってまだ休み？　なんか予定ってある？」

かつて何度同じように誘われたことがあったでしょう。用件を切り出す前に予定の有無を尋ねてくるのは雄一郎の常套《じょうとう》手段です。

予定などありませんでしたが、私は口をつぐみました。雄一郎は気にする素振りも見せず、思わぬことを言ってきます。

「もしヒマなら一緒に競馬場に行かないか？」

「え、競馬？」

「俺の叔父さんが〝ウマヌシ〟だってお前に話したことあったっけ？」

雄一郎の言う「ウマヌシ」が「馬主」に変換されるまで、少し時間がかかりました。

「いや、たぶんないと思うけど」

「親父の妹の旦那《だんな》さんっていう人が前からやっててさ。本業は横浜で人材派遣の会社を経営してるんだけど、ま、道楽でな。親戚《しんせき》たちからはわりと顰蹙《ひんしゅく》を買ってるんだけど、うちは税金関係の面倒を見てやってて、それなりにつき合いがあるんだ。で、その叔父さんの持ってる『ロイヤルダンス』っていう馬が明日の重賞レースに出るんだよ」

「重賞レースって何？」

「『金杯』っていう大きいレースだ。なんか久しぶりの重賞らしくて、叔父さん張り切っちゃってるんだよね。お前も友だち連れてこいなんて言われちゃって」

「あの、ごめん。その〝ウマヌシ〟っていうのは〝バヌシ〟のことなんだよね？」

「ああ、あれ〝ウマヌシ〟って読むんだよ。俺もそんなこと知らなくて、いつだったか叔父さんにめちゃくちゃ説教されたことがある。どう？　なかなか入れない馬主席だぞ」

「いやぁ、でもそれは――」

「加奈子も来るぞ、明日」

え、なんで……と、のど元まで出かかって、私は言葉をのみ込みました。かつての恋人、野崎《のざき》加奈子の実家が北海道にある馬の生産牧場だったということを思い出したからです。

雄一郎は目尻《めじり》を下げました。

「あいつ、大学時代から牧場で経理をやりたいって言ってたもんな。結局、卒業しても北海道には戻らなかったらしいんだけど、競馬場には自分のとこの馬の応援に行ってるみたい。明日はあいつのとこの馬も『金杯』に出るんだ。牧場の将来がかかってる期待の仔《こ》だって言ってたぞ」

雄一郎はジーンズのポケットから携帯電話を取り出し、「とりあえずお前の連絡先を教えろよ」と早口で続けました。

普段、滅多に目にすることのない携帯電話を見つめながら、私はボンヤリと加奈子の姿を思い描きます。彼女と馬のことを話した記憶はそう多くありません。その数少ない一つは、ケンカをした思い出です。

そのときも牧場の生産馬がレースに出走するという日でした。日曜日の約束をキャンセルされて、私はふて腐れていたのだと思います。「一緒に競馬場に行こう」という誘いをかたくなに断ったのを覚えています。

不意におみくじのことが脳裏を過《よ》ぎりました。温《ぬる》くなったビールに口をつけ、ボンヤリと雄一郎を見つめながら、私は「望まざる人」の一文に思いを馳《は》せました。

翌日、結局私は外出しませんでした。雄一郎は最後まで電話で誘ってくれましたが、万が一でも加奈子と顔を合わせるのも億劫《おっくう》です。休みの最終日に気疲れしたくないという思いが勝り、丁重に断りました。

それでも、レースの結果は気になりました。新聞を調べてみると、テレビで中継されることがわかりました。やはり〝重賞〟は大きいレースのようです。中山と京都の二つの競馬場で、同日に東西の〝金杯〟が開催されるとのことでした。

アナウンサーはしきりに『一年の計は金杯にあり』と説明しています。正月早々いったいどんな人たちが競馬など観《み》にいくのかという関心がありましたが、スタンドには私の想像をはるかに超える大勢の人たちが詰めかけていました。

そのうち「パドック」という場所がブラウン管に映し出されました。そこを、これからレースに出走する馬たちが歩いています。興奮して首を上げ下げしていたり、逆に気《け》怠《だる》そうに頭《こうべ》を垂れて歩いていたりと、よく見れば馬たちにはそれぞれに個性があるようです。

しばらくして「ロイヤルダンス」が登場してきました。十四頭出るレースで「2番人気」ということは、なかなか期待されているのでしょう。馬の見方などわかりませんが、コッコッという足音がいまにも聞こえてきそうで、他馬に比べて歩く姿に風格を感じさせます。

続いて「ラッキーチャンプ」も現れました。昨日、雄一郎から教えられた加奈子の実家で生産されたという馬です。こちらの方はその名前と同様、妙な愛嬌《あいきょう》がありました。観客たちを逆に興味深そうに見つめ、嬉《うれ》しそうに跳ねては、綱を引くスタッフを困惑させています。

その元気の良さにかつての加奈子が重なり、私は笑ってしまいました。「9番人気」とあるのでそれほど支持はされていないようですが、毛づやなどはずいぶん映えて見えます。贔屓目《ひいきめ》なのかもしれませんが、私の目には「1番人気」の馬よりも美しく映りました。

歩いていた馬がいっせいに動きを止めたとき、画面の端に雄一郎が映りました。ダウンジャケットにジーンズという格好だった昨日とは異なり、スーツにアスコットタイで決めた姿はなかなか様になっています。

携帯電話を耳に当てている雄一郎のとなりで、中年の男が笑っていました。豆タンクのようにずんぐりむっくりした体軀《たいく》に、オールバックにしたヘアスタイルも、スクエアな縁の銀色のメガネも、あまり似合っているとは思えません。

何よりも品のない笑い顔が気になります。がさつな声が画面のこちら側にまで聞こえてきそうなほど、男は大口を開けています。

へぇ、この人が馬主さんか……。そんなことを思っているとき、家の電話が鳴りました。受話器を取ると、たったいまテレビに映っていた人間の声が耳を打ちました。

『ああ、栄治？　ごめん、テレビ見てた？』

ボンヤリとブラウン管に目を戻しながら、私はこくりとうなずきます。

「うん。見てるけど」

『どう思った？　ロイヤルダンス』

「どうって、どういう意味？」

『だからお前の目にはどう見えたか聞いてるんだよ』

雄一郎がなぜか苛立《いらだ》ったように尋ねてきます。その理由はわかりませんが、私は思ったままを答えました。

「いや、ダントツで強そうに見えたけど」

一瞬の沈黙のあと、嬉しそうな声が聞こえました。雄一郎はそばにいる誰かに、おそらくは馬主だという叔父さんに「ダントツで行けるとか言ってます」と伝え、すぐに

『了解。で、どうする？　馬券は買っとく？』などと聞いてきます。

「馬券？」

『うん。ロイヤルダンスの単勝馬券』

「よくわからないけど、じゃあ、せっかくだから」

『いくら？』

「いくらって、そんなのわからないよ。千円くらい？」

『安っ！　学生じゃないんだからよ。まぁ、いいけど。じゃあ、買っとくわ。時間ないからまたあとで連絡する！』

　そう言って電話を切ろうとした雄一郎を、私は思わず「あ、ごめん。あのさ――」と引き留めました。

『何？』

「いや、加奈子の馬も良く見えた」

『は？』

「パドックっていうところの映像。ロイヤルダンスほどじゃないけど、ラッキーチャンプもキレイに見えた」

　雄一郎は『なんか身内びいきっていう気もするけど、オーケー。じゃあその二頭を応援しとけ。9番と10番だぞ。どっちも緑の帽子だからな！』と、今度こそ電話を切りました。

ジョッキーを乗せた馬たちがパドックを出ていって、競馬場のコースへと場所を移しました。広大な馬場に解き放たれ、どの馬たちも冬枯れした芝の上を気持ち良さそうに走っていきます。

スタートを告げるファンファーレが鳴り、馬たちが続々とゲートに収まりました。横並びになったロイヤルダンスとラッキーチャンプは、まるで旧知の間柄のようにゲート越しに見つめ合っています。

私にはやはりこの二頭が抜けて良く見えました。説明はつきませんが、どうしても強そうな気がしてならないのです。本当に「身内びいき」なのでしょうか。最後までそうとは思えませんでした。

音を立ててゲートが開き、馬たちがいっせいに飛び出します。快晴の中山競馬場、芝の二〇〇〇メートル戦。注目している二頭はまったく違うスタートを切りました。

ロイヤルダンスは最後方にぽつんと残され、のんびりと前を行く馬たちを追いかけます。一方のラッキーチャンプは最初から全速力で駆けていきます。

『さぁ、行った、行った。今日も行ったぞ、ラッキーチャンプ。十万の大観衆に見送られて、二馬身、三馬身……。今日も単騎先頭で駆けていきます』

アナウンサーがしきりに「今日も」ということは、これが戦法なのでしょう。それは理解できましたが、だとしても飛ばしすぎな気がしてなりません。この勢いが最後までもつようなら、ラッキーチャンプはダントツの「1番人気」であるはずです。現に二番手以降の騎手たちは誰も追いかけようとしません。

見えない何かに追われているかのように、ラッキーチャンプは向こう正面に入ってからも加速を続けます。一方のロイヤルダンスはあいかわらず最後方を走っています。何をあわてる必要があるのかと言わんばかりに、悠々と走る姿は王者の風格さえ感じさせます。

ちょうど半分の一〇〇〇メートルを通過した頃、先ほど隣り合わせになっていた二頭の間には数十メートルの差が開いていました。画面に収まりきらないほど離れた二頭を同時に応援する術《すべ》がわからないまま、私の心拍数は次第に上昇していきます。

最後の数百メートルの直線を迎えたとき、案の定、先頭を行くラッキーチャンプのスピードは鈍りました。しかし最後の気力を振り絞るかのように、他馬たちの追撃を許そうとはしません。

ラッキーチャンプに迫るのは一頭だけです。前を行く馬たちをごぼう抜きしたロイヤルダンスが、猛然とラッキーチャンプに迫っていきます。

私が注目した二頭による激しいデッドヒートが繰り広げられました。ロイヤルダンスに迫られたラッキーチャンプもさらなる粘り込みを見せ、二頭は後続の馬たちをどんどん突き放していきます。

私は拳《こぶし》を固く握り、まばたきをすることさえ忘れていました。ゴールまで残り一〇〇メートルを切ったときには、どちらを応援するわけでもなく「がんばれ、がんばれ！」と、声まで出していました。

『さぁ、これはまったくわからない！　ラッキーチャンプか、ロイヤルダンスか。９番か、10番か。どっちだ、どっちだ！』

スタート時と同じように、二頭は最後も横並びになって、ゴール板の前を駆け抜けていきました。絶叫するアナウンサーの声に、ようやく我に返る思いがします。

身体の火照《ほて》りを感じて、窓を開け放つと、目の前に広がる街並みがかすかに赤く染まっていました。競馬場をあざやかに彩《いろど》っているのと同じ太陽であることを不思議に思っているところに、再び電話のベルが鳴りました。

テレビでは写真判定の末、ロイヤルダンスがラッキーチャンプを最後に交わし、ハナの差で勝利したことを伝えています。私は笑みを浮かべ、電話の相手も確認せずに「おめでとう。良かったな」と伝えました。

思った通り、電話は雄一郎からのものでした。しかし、反応が想像と違います。

『うん、良かったのは良かったんだけどさ……』

「なんだよ、勝ったんだろ？　俺もすごく興奮したよ。競馬にハマる人の気持ちが少しわかった気がした」

　くだけた調子で水を向けても、雄一郎の態度は煮え切りません。つかの間の沈黙のあと、雄一郎は覚悟を決めたように切り出しました。

『栄治、ごめん。悪いんだけど、これから新宿に出てきてくれないか』

「え、なんで？」

『馬主の叔父さんがさ……、山王耕造《さんのうこうぞう》っていう人なんだけど、お前に礼を言いたいってきかないんだ。ビギナーズラックだ、おかげでハナ差かわすことができたって大騒ぎしちゃって。一度言い出したらきかない人だし、頼む、栄治。俺の顔を立てるつもりで出てきてくれ』

　ほら、当たった馬券も渡したいしさ。そう続いた言葉を聞き流しながら、私はテレビに視線を戻しました。

　勝ったロイヤルダンスが多くの人たちに囲まれています。表彰式の輪の中で、雄一郎の叔父は紅白の綱をがっちりと握り、一人で大はしゃぎしていました。あいかわらず田舎くさく、品のない笑顔に胸がざらつきます。もちろん会ったことはありませんが、不思議な既視感にとらわれました。

　開けっ放しにしていた窓から強い風が吹き込みました。それは父を亡くしたときにも吹いていた、一月の鋭い風でした。

弱り切った雄一郎の顔を立てるためだけに、私はシャワーを浴び、髪をセットして、寒風の吹く外へ出ました。

私と同じように、明日から仕事始めという人が多いのでしょう。街も、新宿へと向かう電車の中も閑散としています。また忙しい毎日が始まろうとしているのに、なぜこんな時間に新宿になど向かっているのだろうと辟易《へきえき》します。その思いは電車を降り、指定された天ぷら屋に着く頃には恩を売るような気持ちに変わっていました。

礼を言われてしかるべき。心のどこかでは近い気持ちがあったのかもしれません。すし詰め状態の個室に案内され、まさか怒声をぶつけられるなどと夢にも思っていませんでした。

「遅い！　どれだけ待たせるつもりだ！」

その声が自分に向けられていることにも気づかず、私は呆然《ぼうぜん》と顔を向けました。テレビで見た姿よりはるかに威圧的で、これでもかと肩を怒らせた男性が顔を赤くしています。

「え？」

「お前が五分遅れたらこの部屋にいる人間は全部で五十分奪われたことになるんだよ。十分で百分、一時間で十時間だ！　それだけあればここにいる人間がどれだけ稼げると思ってる！」

ブラウン管越しでは品のなさしか感じなかった顔には、強烈な精気が漲《みなぎ》っています。吐く息は重く、低い身長を悟らせまいとしているのか背筋は異様に伸びていて、私は蛇に睨《にら》まれた小動物のように身動きを取ることができませんでした。

「時は金なりっていう言葉があるだろうが。時間は金で買えるんだ。これからは呼ばれたらタクシーで来い、タクシーで」

山王耕造社長の野太い笑い声が響いたとき、部屋の空気が二つにわかれました。下座に座っていた雄一郎をはじめ、安堵《あんど》したように息を漏らす人が半分、もう半分の人たちは慣れっこだというふうに弱々しい笑みを浮かべています。

後者の筆頭は、社長のとなりに腰を下ろした六十歳くらいの男性でした。髪の毛を真っ白に染めた男性はゆっくりと立ち上がり、「ま、そんなところにいないでこっちに座れ。社長に話があって来たんだろ」と言ってきます。

むろん、こちらから話があって来たわけではありませんが、仕方なく社長のそばに座り、名刺を出しました。社長は鬱陶《うっとう》しそうにあごをしゃくって、テーブルに置けと指示するだけです。

その後は自然と私のことから話題が逸《そ》れて、今日のレースを勝ったロイヤルダンスのことで持ちきりとなりました。競馬のことはさっぱりわからず、会話に参加することはできませんでしたが、そのこと自体は苦ではありません。

　きつかったのは周りから容赦なく酒をのまされ続けたことでした。雰囲気を壊してしまうことをおそれて、「のめない」とは切り出せません。

　次々と注がれるビールを、私はなんとか胃に流し込みます。それでも少しでもペースが滞ると、社長はそれを目ざとく見つけ「おい、進んでないぞ」と煽《あお》ってきます。

　結局、ビールを三杯のみました。その間、私はトイレで二度戻しました。あまり長く苦しんでいたら不審に思われると、一気に吐けるだけ吐いて、急いで席に帰ります。

　二回目のトイレから戻ったときでした。白髪の男性に「おーい、大丈夫か？」と意地悪そうに声をかけられ、目を丸くした社長からも「なんだよ、下戸か？」と尋ねられました。

　大きく沸いた個室の中で、私は悔しくて肩を落としました。さらに大きくなった笑い声を、社長の声がかき消します。

「いやいや、だとしたらずいぶん根性あるじゃねぇか。お前、結構のんでたよな？　うちの若い社員なんて平気でのめませんとか言ってくるぞ」

　潮が引くように笑い声が消えていきます。社長はぎょろりとした目で私を見つめます。

「となりに座れ」

「あの、でも……」

「いいから来んか」

あごをしゃくるのがこの人のクセであるようです。社長は手を叩いて仲居を呼びつけ、冷たいウーロン茶を注文してくれました。私が一息にそれを飲み干すのを待って、さらに低い声で尋ねてきます。

「転職するって本当か？」

社長の視線は水気を帯びた名刺に向けられていました。なだめ、すかし、怒り、笑う……。それをわかりやすいアメとムチと見る人はいるでしょうが、私には意図してやっていることとは思えませんでした。

「どうなんだよ。転職するのか聞いてるんだ」

見えない力に導かれるように、私は力強くうなずきます。

「はい。しようと思っています」

「親父さんが亡くなったことが影響してるのか」

「そうなんだと思います」

「思いますってなんだよ。テメーのことだろうが。お前の言葉で言え」

「自分でも想像していなかったことですが、父が死んで一年ほど過ぎた頃から、ずっと気持ちが塞《ふさ》いでいます。もともと父の力になりたいと思って志した職業です。いまの立場や給料に未練はありません。できることならすぐにでも新しい環境に飛び込みたいと思っています」

「おい、栄治……」と、雄一郎の焦《あせ》った声が聞こえました。私は首を横に振って、社長の手を凝視します。

死んだ父とは全然違います。そこに在りし日の姿を重ねたつもりはありませんが、手だけはよく似ていました。望むものすべてをつかみ取れそうなほど分厚い、それなのに弱々しく血管の浮き出た白い手だけは、父と社長は瓜《うり》二つです。

「お前、栗須っていうのか」

あらためて濡《ぬ》れた名刺に目を落とし、社長ははじめて興味を抱いたように尋ねてきました。

「はい。栗須栄治と申します」

「クリス……。おもしろいな。どっかの国の執事みたいだ。いま抱えている仕事にはきちんと決着をつけてこい。その上で、うちにはいつから来られるんだ?」

部屋の空気がふっと軽くなるのがわかりました。おもむろに差し出された社長の右手を、私は両手で握り返します。そこに血が通っていることに、それも驚くほど温度の高い血が流れていることに、どうしようもなく安堵しました。

鼻先がつんと熱くなりました。白髪の男性が「社長、例のものはいいんですか?」と口をはさんでくれていなければ、涙をこぼしていたかもしれません。

「ああ、そうか。すっかり忘れとった」

社長はいたずらっぽく目を細め、唐突に「おい、雄一郎！」と叫びました。呆気《あっけ》に取られたように成り行きを見守っていた雄一郎が、あわててバッグをつかみます。そして紙切れを一枚抜き取りました。

社長の手を経由して、それは私のもとにやって来ました。

「これは……？」

おずおずと尋ねた私に、社長はつまらなそうに鼻を鳴らします。

「馬券だ」

「それはわかりますが、でも――」

私はたしかに雄一郎に馬券の購入を依頼しました。ですが、それはロイヤルダンスの単勝馬券を、千円分であったはずです。それならば、馬券には「9」と、あるいは「ロイヤルダンス」とあって、「1000円」と記されているべきです。

しかし手渡された馬券にはなぜか「馬連」とあって、「9―10」と、そしてどういうわけか「30000円」と綴《つづ》られていました。

「お前、2着のラッキーチャンプも予想してたんだろ？」

「それは……」

「ビギナーズラックっていうのは案外バカにできなくてな。あ、馬券代の千円は寄越せよ。そういうところはケジメだ」

社長は荒々しく笑ったあと、私の言葉を待たずに続けます。

「残りの二万九千円は俺からの入社祝いとして取っておけ。ま、せいぜいがんばってその分くらい稼いでくれよ。期待してるぞ」

そこで一度言葉を切って、社長は突然真顔になりました。

「その上で、お前に一つだけ伝えておく。絶対に俺を裏切るな。親父が死んで立ち直れなくなるような若い人間、俺は嫌いじゃないからよ」

この日の帰り道、酔い覚ましのために立ち寄った喫茶店で、雄一郎から社長が六十二歳であることを聞きました。

父が死んだのと同じ年齢であることを運命とは感じませんでしたが、一度は途切れた物語の糸が再び紡《つむ》がれたような、不思議な感慨を覚えました。

「べつに本気にしなくていいからな」

温かいコーヒーに口をつけながら、雄一郎は疲れたように息を漏らします。私の方は不思議と疲れていませんでした。むしろ久しぶりに身体の芯《しん》から活力が張っているのを感じます。

「とりあえずお礼も兼ねて近々話を聞きにいこうと思う」

「そうか。迷惑かけるな」

「ううん。なんか今日は楽しかった。重賞レースを勝つっていうのはすごいことなんだな。あんなふうに大人たちが大喜びしている姿、あんまり見ないもんね」

私に馬券が渡ったことをきっかけに、飲み会の話題は再び「中山金杯」を勝ったロイヤルダンスに集中しました。

みんながいかに〝ダンス〟が強かったかということを競うようにして語り合う中、社長はいきなり仏頂面《ぶっちょうづら》になって「なんで2番人気だったんだ？　気に入らない」と口にして、すぐに「この馬で今年の『有馬記念《ありま》』を獲《と》りにいく！」と、そして「そのときにはダントツの1番人気で送り出す！」と高らかに宣言しました。

立ち込めた静寂のあと、爆発するような声が個室の壁を震わせました。「有馬記念」というレースの格も、そこに「1番人気」で出走することの価値もわかりませんが、今日見たロイヤルダンスがそう簡単に負けるとは思えません。やはり酒に酔っていたのでしょう。私も気分が高揚して、みなさんと一緒になって拳を振り上げていました。

もらった馬券を手にしながら、そのことを思い出してついニヤけてしまった私を、雄一郎が呆《あき》れたように見つめてきます。

「ホントによ……。俺の方があのノリについていけなかったよ」

「たしかにね」

「栄治ってそんなタイプだったっけ？　クリスとか呼ばれちゃって。なんか狐《きつね》につままれた気分だわ」

「俺だって驚いてるよ」

「それ、大事にしまっとけよな。馬券。お金と一緒なんだから」

「ああ、そうそう。このことなんだけど――」

「ホントに、あのオッサンだけはよ。酔狂もほどほどにしとけっていうんだよな。そのうち破滅しちまうぞ、いい加減にしとかないと」

雄一郎は肩で息を吐《つ》きました。私がその表情の意味を知ったのは、それから数週間後、事務所に辞める旨《むね》を伝えた日のことです。

一月の冷たい小雪のちらつく中、事務所を出た足で私は新宿駅南口の場外馬券場へ向かいました。警備の人に教えられるまま馬券を機械に投入したところ、画面に『しばらくお待ちください』という案内が表示されました。

つき添ってくれた警備の人と目を見合わせ、小首をかしげたとき、機械の脇《わき》の小窓から中年女性が顔を出しました。そして近くの有人窓口に来るよう指示されます。

私はたかが「3・8倍」の単勝に、千円を賭《か》けようとしただけです。それが馬連という種類に変わって、三万円を投じるとどうなるのか。番号札と引き替えに手渡された札束を見て、私は仰天しました。「四百二十八万七千円です。お確かめください」と、女性はきわめて事務的に口にしましたが、その顔はかすかに紅潮しているように見えました。

『JRA』『WINS新宿』と緑色の文字が記された帯をほどき、言われるままお金の枚数を確認しようとしたとき、正月に引いたおみくじの「望まざる人が来る」の文言が脳裏を過ぎりました。

いまさらながら悔いる気持ちを抱きました。すでに事務所に退職する旨を伝えてしまったことをです。

きっと放心状態であったのでしょう。私の顔を一瞥《いちべつ》して、女性は周囲に人がいないのを確認してから、小声で言いました。

「あんまりハマっちゃダメだからね。ちょっと当たるとみんなすぐその気になるんだから。競馬で食べていけるなんて絶対に思っちゃダメ。ちゃんと真面目《まじめ》に働きなさい」

その日、私はタクシーで帰宅しました。時は金なりを実践したわけでも、大金を手にして気が大きくなったわけでもありません。四百万という大金を持って混んだ電車に乗るのがこわかったからです。

三十歳を迎えようとしていた年のことでした。ついに雪が本降りとなったこの日、流れゆく新宿のネオンを見つめながら、私は自らの将来についてボンヤリと思いを馳せておりました。

二月

会社設立十四年、社員数三百四十名、年間の売り上げ百六十億円。人材派遣業を主とする「株式会社ロイヤルヒューマン」に転職して、三年の月日が過ぎようとしています。税理士資格を有していることから、当然、入社後は財務を任されるものと思っていました。実際、所属は「経理課」ではありましたが、必要とあれば営業も企画も、ときには販促用のチラシを徹夜で制作したこともありました。つまり「なんでも屋」というわけです。それくらい会社はまだ企業の体《てい》を成していませんでしたし、社員もまた玉石混淆《ぎょくせきこんこう》、様々な種類の人間が在籍しておりました。

それを不満に思ったことはありません。この頃の会社には、私自身が税理士時代にたびたび目にしてきた、これから上っていこうという企業だけが持つ独特の勢いがあったからです。

社長との距離はむしろ遠ざかりました。同じ席で酒をのんだことが幻のように、一社員となってからはそのような機会はありません。

それでも、せまい会社の中でイヤでもその姿は目に入ります。社長は典型的なワンマンでありながら、経営者として業界の先行きを見通す力、とくに法律の本質を見抜く力に長《た》けていました。

「今年中に必ずある法改正によって、派遣禁止業務がほとんどなくなるはずだ。法が改正されてからじゃ遅い。いまのうちにあらゆる分野へ人材を送り込める準備をしておけ」

時は折しも平成大不況真っ只中《ただなか》。泥沼から抜け出せない財界の強い要望により、政府はすでに「労働者派遣法」を制定、改正していました。そして、その法改正を機に、社長は会社を一気に大きくしました。

小売業から転身し、社長がロイヤルヒューマン社を設立したのも、労働者派遣法が施行された一九八六年のことと聞いています。

この時期の派遣法は、直接雇用の社員が外部スタッフに置き換えられにくい専門性の高い十六種のみ派遣を認めるというもので、特別な理由でフルタイムの仕事に就けない人材をどうにか活用していこうという「労働者保護」の色彩が強いものとされていました。

しかし、社長はそれを早々に「建前」と見透かしていたようです。とくに一九九九年の法改正がパラダイムシフトになると踏んでいました。不景気にあえぐ多くの企業で大規模なリストラが敢行され、その空いた穴を埋めるために、これまで禁止されていた各職種においても派遣によって急場をしのごうとするという見立てです。

社長は指をくわえてそのときを待っているわけではありませんでした。派遣スタッフを大量に確保する一方で、ロイヤルヒューマン社の全社員に「コンサルタント」と刷られた名刺を新たに配り、クライアントに送り込みました。

社員はそこで積極的にリストラを提案しました。そしてその穴埋めに自社の派遣スタッフを当て込むことを勧めたのです。

完全なるマッチポンプではありましたが、少しでも人件費を削りたい企業側にとって、景気の変動によって調整弁として使い捨てできる、かつ雇用主としての義務や責任を負わなくて済む派遣スタッフへの切り替えは魅力的なものであったはずです。

企業は厳しい時代を生き抜く術《すべ》として積極的に人材派遣を利用し、ロイヤルヒューマン社も派遣、コンサルの両分野で実入りがありました。では、いったい誰がその分の煽りを受けたかといえば、当然企業をリストラされた正社員と、調整弁としてしか扱われることのない派遣スタッフたちです。

よほどの場合に限りましたが、社長は前者の人間を自社に雇い入れました。後者に関しては、社員たちにいつもこんな発破をかけていました。

「あいつらにだってそれぞれの人生があることを忘れるな。クライアントが連中を使い捨てにしていいと考えていたとしても、俺たちはヤツらを大切に扱わないといけないんだ。すべてのスタッフがうちに登録して良かったと思えるよう尽力してやってくれ」

江戸時代から「人貸し」などと日陰の扱いを受けていた職業です。どれだけ聞こえのいい言葉を並べたとしても、我々が派遣スタッフからピンハネしている事実に変わりはありません。

一部の社員は社長の言葉をただのキレイ事と受け止めていたようです。しかし、私にはそこに社長の矜持《きょうじ》があるように思えてなりませんでした。すでに馬主としての側面が注目されつつある頃でしたが、経営者としてもまた脂《あぶら》の乗り始めた時期でした。

社長の予見した通り、一九九九年は人材派遣業界にとって大きな転換の年となりました。会社はみるみる組織を大きくしていき、私が入社した頃には百名足らずだった社員数が、わずか三年で約三倍の三百名を超えました。また実務部門を桜木町の自社ビルからみなとみらい地区の高層ビル内に移し、そこを拠点に東京都内や関東近県にも次々と事務所を開設していきました。

不況になるほど業績が上がっていく業種です。皮肉な因果関係ではありましたが、この頃の会社はたしかに急激な成長のカーブを描いていました。

もちろん片方の面が輝くほどに、もう片面は影を色濃くしていくものです。やはり多かったのは内外からの不満の声でした。

何年も勤めた社員が担《にな》っていた仕事を、派遣スタッフが簡単に引き受けられるはずもありません。社員をリストラし、派遣スタッフに切り替えたクライアントからは連日連夜クレームが舞い込んできましたし、インターネットが爆発的に普及していった時期とも重なり、ネット上には会社批判が山のようにあふれていました。

社内に難題も少なくありませんでした。もともと人材の流出入の少なくない業界ではありましたが、とくにこの時期のロイヤルヒューマン社は多くの社員が退社していきました。

戦力として未知数の十人を雇用している間に、三名のキーパーソンを手放していったという感覚です。引き継ぎもままならない場合も多く、責任の所在が常に曖昧《あいまい》で、社内はいつも混乱していました。

新宿の天ぷら屋ではじめて社長とあったときにとなりにいた白髪の男性、秘書課トップの金城史朗《かねしろしろう》氏も会社を去っていきました。

会社では目すら合わせようとしない社長とは異なり、金城氏は私をかわいがってくれました。社内で顔を合わせれば「少しは慣れたか？」と声をかけてくれ、ときには食事にも連れていってくれました。

そういう席で、金城氏は絶対に会社に対する不満を口にしませんでした。急激に成長していく組織のことも、きっと振り回されているはずの社長のことも、話題にすることさえほとんどなかったと記憶しています。

私はその凛《りん》とした態度にたしかな忠誠心を感じ取っていましたし、理想の秘書像を見る思いがしました。一蓮托生《いちれんたくしよう》といっては大げさかもしれませんが、社長と同い年で、創業以来一貫して会社を支えてきた人間が離れていくというイメージを持つことはできませんでした。

何よりも私は金城氏のある秘密を知っていました。二人で食事に出かけた晩のことです。いつもより酒に酔った金城氏は「さすがに気持ち悪いか？」とつぶやきながら、カードケースを開いて見せました。

名刺で膨れあがったケースの中に、写真が差し込まれていました。ロイヤルダンスが「中山金杯」を勝ったときの、口取り式と呼ばれる表彰式のものです。つぶらな瞳《ひとみ》でレンズを見つめるロイヤルダンスを真ん中に置いて、紅白の綱を握る社長の目もとはくしゃくしゃにほころび、金城氏の顔にも普段は見ることのない笑みが浮かんでいます。

「いい写真ですね。とてもいい写真です」と、素直に口にした私に、金城氏は目を細めてうなずきました。

「たしかこの夜にはじめて君と会ったんだよな」

「そうでしたね。新宿の〈天八〉で」

「楽しかったよなぁ。みんな天下を獲ったみたいに騒いで。あの日の〝ダンス〟は本当に強かったし、みんな行けると思っちゃったんだよな。実にいい気なもんだった」

むろんビギナーズラックという自覚があって、私が競馬にハマることはありませんでした。それでも、私と社長をつないでくれたロイヤルダンスのことはずっと気にかけ、必ず単勝馬券を千円だけ購入しては、テレビで応援していました。

競馬のイロハも知らない私は、当然ロイヤルダンスはその後も勝ち続けていくのだろうと思っていました。しかし、どういうわけか〝ダンス〟は「中山金杯」以降、めっきり冴《さ》えなくなりました。ダントツの「1番人気」で出た二月の「京都記念」で惨敗《ざんぱい》したのを皮切りに、12位、14位、13位……と、一桁《ひとけた》着順でゴールすることさえありませんでした。

社長が宣言した年末の「有馬記念」には出走さえできませんでした。そして翌年には華々しい引退式を開くわけでもなく、ひっそりと現役を退いたのです。

「難しいよなぁ。馬は本当に難しいよ」

金城氏はさびしそうにつぶやきました。

「難しい……ですか？」

「まったく自分の思い通りにならないから。思い描く未来図といつも違う。その意味では会社も競馬も同じかもしれない。裏切られてばっかりだ。俺の人生も思えばおかしなことになっちゃったもんな」

このときの金城氏に他意があったとは思いません。少なくとも写真を見つめていた眼《まな》差《ざ》しは柔らかいままでした。

ですが、私は「裏切られてばっかり」という一言が妙に引っかかりました。

このとき思い出したのは、はじめて会った日に社長にかけられた「絶対に俺を裏切るな」という言葉でした。

金城氏がロイヤルヒューマン社を離れて一ヶ月、私が転職して三年が過ぎた二月の下旬。新年度を目前にして社内は混乱を極めておりました。

ある日の昼休み、私は同じ経理課の同僚とともに、ランチに出かけようとしていました。横浜の街側を見下ろせるオフィスとは異なり、二十七階のエレベーターホールからは海側が見渡せます。久しぶりの青空にベイブリッジがよく映え、横浜港には何隻《せき》ものコンテナ船が気持ちよさそうに浮かんでいます。

エレベーターの到着音が鳴り響いた瞬間、ホールの空気がかすかに重くなりました。同僚たちがいっせいに壁際《かべぎわ》に寄って、深々とお辞儀します。社長が若い女性秘書をともない、エレベーターから降りてきました。

普段は桜木町の本社ビルにいることが多く、社長がみなとみらいのオフィスに来ることは滅多にありません。私もあわてて壁際に寄って、声を上げました。

「おつかれさまです！」

社長は不意をつかれたように身体《からだ》を震わせ、私を確認してから「だから挨拶《あいさつ》なんてしなくていいって」と、苦笑いを浮かべます。

一度はそのまま立ち去ろうとしましたが、廊下の角を曲がろうとしたとき、社長は何かを思い出したように足を止めました。

そして振り返り、私を凝視します。

「おい、クリス。お前、来週の水曜って空いてるか？」

飲み会での一件のせいでしょう。社長に呼びかけられるときは必ずカタカナで名前が変換されます。

「水曜ですか？　はい、大丈夫かと思いますが」

「うん。じゃあ、久しぶりにメシでも食おう」

「は？」

「追って竹田《たけだ》から連絡させる」

となりの秘書がうやうやしく頭を下げます。社長はそれ以上何も言わずオフィスへ消えていきました。

同僚たちは何事かと目を見開いていましたが、私にはなんとなく理解できました。社長がいま何に困窮しているか想像すれば、自《おの》ずと答えは一つです。

週が明けて、約束の水曜日。連絡を受けたのは当日の夜でした。社長から私の携帯に直接電話がかかってきて、まだオフィスにいる旨を伝えると、すぐにロータリーに降りてこいというのです。

果たして、そこには女神のエンブレムのついた漆黒の高級車が待ちかまえていました。

「クリスさまでいらっしゃいますね？」

白い手袋をはめたドライバーが語りかけてきました。「はい」とうなずいた私に目を細め、迷う素振りもなく社長の座る後部座席のドアを開きます。

「いや、それはまずいんじゃ……」

「社長から言われておりますので」

「そうですか、では」

仕方なく身をかがめ、社長のとなりに腰を下ろしました。「おつかれさまです」と声をかけても、反応はありません。私のことなど見えていないかのように、いつもとは違う黒縁の老眼鏡をかけ、頭上のライトに照らされた資料を熟読しています。

ドライバーは何も言わずに車を発進させました。音楽も流れておらず、エンジン音もやけに静かで、緊張感だけが増していきます。どこへ向かうのか見当もつかないまま、車は中華街を通り過ぎ、元町を左折して、山手の丘へと向かいます。

十分ほどで目的地に到着しました。ドライバーがリモコンで重厚な門を開いても、私はそこをフランス料理店か何かと勘違いしておりました。外壁がいくつもの照明で柔らかくライトアップされた、歴史を感じさせる西洋造りの建物です。

「社長、到着いたしました」

ドライバーは玄関前のスロープに車を停めると、後部座席のドアを開きました。社長は老眼鏡を外し、憂鬱そうに息を吐きます。

ドライバーはドア横のチャイムを鳴らすと、「では、私はここで」とお辞儀をして、当然のように運転席に戻りました。

間もなくしてドアが開きました。白いシャツを着た老年の男性が「お帰りなさいませ。お疲れになったでしょう」と口にし、社長から荷物を受け取ります。このときになって私はようやくここが社長の自宅と気づきました。

普段、社長は横浜駅近くのマンションに帰っているそうですし、東京支社に近い浜松町にも部屋があると聞いています。しかし、本宅は山手の豪邸だと、いつか古い社員から教えられたことがありました。

「山田《やまだ》さんだ。長年この家で働いてくれている」と、社長が男性を紹介してくれました。

執事然とした年輩の男性は、笑みを絶やさず頭を下げます。

「クリスさん、ごぶさたしておりますね」

「え、お会いしたことがありましたか？」

「いつだったでしょうか。たしか新宿の天ぷら屋で。私もあの場におりました。お変わりなさそうで安心しました」

そう言う山田氏に案内されて、二階のリビングに向かいました。真っ先に大きな窓が視界に入ります。カーテンの掛かっていないその向こうに、冬の空気によく映える港の夜景が見えました。

「おかえりなさい。遅かったね」

社長にくだけた調子で声をかけたのは、二十代なかばの女性です。娘の百合子《ゆりこ》さまでした。外の寒さを嘲笑《あざわら》うかのような半そでのワンピースを着ていて、細いタバコを手に持った百合子さまは私に堂々と疑いの目をぶつけてきます。

「あの、はじめまして。経理課の栗須栄治と申します」

その視線の強さに負けるように、私は腰を折りました。百合子さまは「クリス？　超ウケる。ハーフなの？」と言ったあと、煙を吹き出しながらあらためて私を見てきます。

山田氏にうながされて、私はテーブルにつきました。もう一人、すでに着席されている方がいらっしゃいます。社長の奥さまの京子《きようこ》さまです。

雄一郎の父親の妹と聞いていたことで、私は勝手にイメージを作り上げておりました。想像していたようなフランクさは微塵《みじん》もなく、奥さまは神経質そうにワイングラスに口をつけ、私になど一瞥もくれません。

全員が着席したところで、山田氏が「お飲み物はいかがされますか？」と社長に問いかけました。社長は少し悩まれたあと、「シャトー・ラフィットでも開けようか」とつぶやかれます。

百合子さまが「ええ、すごいじゃん。景気いいね」と口にされて、私ははじめてそれが高級ワインなのだと知りました。当然、いつかと同じように「のめません」とは言えません。

みなさんとグラスを合わせたところで、社長が重そうに口を開きます。

「優太郎《ゆうたろう》はまだか？」

私にはえぐみしか感じられないワインに表情を輝かせながら、百合子さまが応じます。

「さっきメールしたんだけどね。返事ないよ」

「何してるんだ、あいつは」

「仕事でしょ」

「今日は早く帰ってくるように伝えたんだろ」

「伝えたのは伝えたんだけどね。さすがに八時なんかには帰ってこられないんじゃない？　お兄ちゃん、完全にお父さんの子どもだし」

「どういう意味だ」

「ワーカホリックっていう意味よ。働いてないと存在証明できない回遊魚」

　長男の優太郎さまは、ロイヤルヒューマンの東京支社長を務めておられます。「二世」や「お坊ちゃん」という社内の色眼鏡をはね返すように辣腕《らつわん》を振るわれているというウワサを聞きますし、私自身も彼の若く、アグレッシブな仕事への取り組み方に好感を持っています。「ワーカホリック」かは定かではありませんが、社長の遺伝子を継いでいるのは間違いありません。

　その後も百合子さまがしきりに話を振ってくれたこともあり、私も少しずつリラックスすることができました。

　しかし、メインディッシュのステーキが運ばれてきたときでした。ずっと知りたかったこの日の本題は、それまでまったく口を開かなかった奥さまから切り出されました。

「で？　あなたが主人の新しいマネージャーなの？」

　一瞬、部屋の空気が凍《い》てついたように感じました。

「あ、いえ、私は……」

「違うの？　あなたかと思ったんだけど」

「なぜですか」

「前の金城さんが突然辞めちゃってからまだ誰もこの家に来てないもの。誰かと一緒じゃないとこの人ここに寄りつかないし、次に連れてくる人がきっと新しいマネージャーだろうって娘とも話していたんです」

それに……と、思わずといったふうに口にして、奥さまは鼻で笑いました。

「あなた、この人の好きそうな感じだもの」

「それはどういう――」

「従順そうっていう意味よ。最後は必ず痛い目を見させられるのに、バカみたいに」

「おい、京子。余計なことを言うな」と、社長がたしなめるように口にします。これまでも社長のいくつもの表情を目にしてきましたが、こんなふうに居心地が悪そうな姿ははじめてです。

「余計なことってどういう意味？　私たちはそのためにこうやって時間を割いているんじゃないんですか。食事を楽しむためだけにご招待したんですか？」

「優太郎が帰ったらきちんと話す」

奥さまは呆《あき》れたように肩をすくめ、小さな声で続けました。

「わかりました。じゃあ、これだけは言っておきます。栗須さんっていったかしら？もし、あなたが今後主人のマネージャーになるんだとしたら、申し訳ありませんがあまり競馬に熱を入れないように見張っておいてください」

「競馬ですか？」

「前の方はむしろ焚《た》きつけるようなところがありましたから。この人、博才《ばくさい》なんてないくせにどんどんのめり込んじゃって。家の者はみんな呆れているんです」

「だから、もういいって言ってるだろ」

社長がわずかに声を荒らげたとき、奥さまの深いため息が部屋の中に漂いました。百合子さまは我関せずというふうに携帯電話をいじっています。

私は反応に困りました。ただ、暖色の家具であふれているはずのダイニングがひどく寒々しく見え、不思議でした。

結局、食事を終えても優太郎さまは戻らず、奥さまと百合子さまはそれぞれの部屋に戻られました。

「見苦しい場面を見せてすまなかったな。でも、まぁ、あいつの言う通りだ。お前に俺の専属のマネージャーになってもらいたいと思っている。経理の人間には話をつけておくから、タイミングのいいところで秘書課に移ってくれ」

諦《あきら》めたように口にすると、社長は疲れ果てた表情で山田氏を呼びつけ、耳もとで何やらささやきました。

一度部屋を離れ、数分で戻ってきた山田氏の手には直方体の小箱がありました。社長の手を経由して、それが私のもとにやってきます。

「金城とはもう十五年以上のつき合いだった。お前にすぐその代わりが務まるとは思っていないけどな。一つよろしく頼む」

「あの、社長」

「今日は遅いから俺も休む。山田さんにタクシーを呼んでもらいなさい」

そう一方的に言い残すと、社長は小箱の説明もないままダイニングをあとにしました。

箱の中にはゴールドのロレックスが入っています。ワイン同様その価値はわかりませんが、どれだけ貫禄《かんろく》を身につけても私には似合いそうにない代物《しろもの》です。

いったいこれは何なのかと思っていると、山田氏から声をかけられました。

「ああ見えてとてもナイーブな方ですからね。絶対に口には出しませんが、金城さんが離れていったことはかなりダメージだったんですよ」

「いや、あの……」

「大丈夫ですよ。そんなものであなたの心を縛れないことは充分理解していますから。物に限らず、何か与えようとするのはあの方の病気です。むしろ心が離れていく要因になり得ることもわかっています。それでも、そうしていないと不安で仕方がないんです」

私はあらためて箱に収められた新品の時計に目を落としました。渡されたときの社長の白い手が脳裏を過《よ》ぎります。

父とは叶《かな》わないことでした。いつか一緒に働かせてもらいたいと願い、そのために転職してきた身です。こんなものをもらうまでもなく、命じられれば喜んで仕事させてもらいたいと思っていました。

「受け取れません」

私はそっと箱を閉じ、山田氏に突っ返そうとしました。山田氏は「私に言われましても」とおどけたように首をかしげ、飄々《ひょうひょう》と続けます。

「耕造さまのおっしゃっていた通り、金城さんとはもう長いつき合いでした。いつも傍らにいらっしゃいましたし、マネージャーとして申し分なかったと思います。ですが、耕造さまはおそらく金城さんを信頼してはいませんでした。今回のこともきっと想像の範疇《はんちゅう》だったのではないかと思います」

「今回のこと？　あの、金城さんは何を」

「一言でいえば横領ということになるんですかね。かつてやられていた小売業の方でも、似たようなことがあったんです。そのときの方が規模が大きく、結局会社を畳まなければいけなくなってしまって。高い退職金だったたって本人は笑っていましたが」

弱々しく微笑《ほほえ》んでから、山田氏は思い出したようにつけ足しました。

「馬主活動を始められたとき、耕造さまはポツリと『馬は俺を裏切らないから』とおっしゃっていたことがありましたよ」

「え？」

「私などには馬こそすぐに裏切るように思えるんですけどね。期待して、期待して、でも活躍しない馬ばかりですから」

山田氏がふっと視線を逸らしたとき、リビングの扉が音を立てて開きました。頬を赤くした優太郎さまが立っています。

「では、私はタクシーを呼んでまいります」

丁寧にお辞儀した山田氏と入れ替わるように、優太郎さまが入ってきました。あわてて立ち上がろうとした私を手で制し、優太郎さまは柔らかい笑みを浮かべます。

「煙いな、この部屋。百合子？」という質問に、どう応じていいか一瞬悩みました。優太郎さまは気にする様子もなく、近くの窓を少し開けます。

「ごめんね。すっかり遅くなっちゃった。なんの話だった？　やっぱりマネージャーの件？」

「はい。そう伝えられました」

「おじいちゃんみたいだったでしょう？　あの人」

「どういう意味でしょうか」

「根っからの仕事人間なんだよね。家にいるときのあの人の姿って、俺ちょっと見てられないんだ。こんなふうになったらおしまいだって、わりと小さい頃から思ってた」

優太郎さまは嘲笑《ちょうしょう》するような声を上げ、私の返事を待たずに続けます。

「ま、そういうわけだからさ。クリスさん、よろしく頼むね。もうあと何年かであの人も引退すると思うから。せめて晩節だけは汚《けが》させないであげてほしい。最後まで寄り添っているフリをしてもらえるだけでいいんだ。ウソでもいいからさ」

「あの、優太郎さん――」と、私はきっと話を止めたい一心で呼びかけていました。

「何？」

「いえ、その……。競馬はどうしたらいいでしょう」

「競馬？」

「はい。先ほど奥さまからあまり入れあげさせないようにと命じられまして」

一瞬の沈黙のあと、優太郎さまは噴き出しました。

「俺はべつにいいと思うけどね。それこそ無趣味なあの人が持った数少ない仕事以外の生き甲斐《がい》なんだから。取り上げたらいよいよボケちゃうよ。ただ、家族はみんな本当に競馬を毛嫌いしてる。だから、やり過ぎないようにしてほしいってことでしょ」

「優太郎さんもやはり競馬はお嫌いですか？」

「うーん、そうだなぁ――」と、優太郎さまは思案する素振りを見せ、ゆっくりと首をひねります。

「俺はべつに好きでも嫌いでもないかな。わりには合わないと思ってるけど。儲《もう》けてる人なんて一割もいないんでしょ？　一頭の馬に一億、二億ってさ。あんなことに熱を上げたらあっという間に金なんてなくなるよ。見栄《みえ》なのかロマンなのか知らないけど、正直、バカが手を出すものだと思ってる」

優太郎さまはおもむろにネクタイをほどきました。これまでそんな印象はありませんでしたが、社長と目がよく似ています。そしてその言葉から、私とは種類の違う父親という存在に対する強い屈託を感じました。

社長の専属マネージャーとなることで、自分が失ってしまった何かを取り戻せるという思いがありました。後悔を晴らせるかもしれないという予感です。

しかし、それ以上に家族の長い物語に巻き込まれたという感覚があって、そのことが私をひどく憂鬱にさせました。

三月

経理課から秘書課に異動して、四年の月日が流れました。元いた部署の面々には無言で同情されましたし、私自身も容易な仕事ではないだろうと覚悟はしておりましたが、それをはるかに上回り、この間はなかなか厳しい日々だったと思います。

ロイヤルヒューマン社はますます大きくなりました。最大の要因は労働者派遣法のさらなる規制緩和です。二〇〇四年、最後の砦《とりで》だった「製造業」への派遣がついに解禁されました。

ときの政府は「派遣スタッフにも職業選択の自由を」という、あたかも労働者の視点に立つかのような建前を標榜《ひょうぼう》し、安価な労働力を喉《のど》から手が出るほど欲している財界からも大いに歓迎されました。また一部のマスコミも「新自由主義の象徴」などとして、もて囃《はや》す報道をしておりました。

しかし、すでに「格差」が叫ばれ始めた時代において、私は胸に引っかかるものを感じ続けておりました。ひとたび景気のベクトルが下に向けば、真っ先にクビを切られるのは他ならぬ派遣スタッフです。「規制緩和」という耳ざわりのいい言葉に惑わされそうになりますが、工場に送られる彼らの将来に想像を巡らせてみても、明るい画《え》を思い描くことができません。

　そんな業界で、社長は「時代の寵児《ちょうじ》」としてたびたびメディアに取り上げられました。大半の記者は好意的な記事を書いてくれましたが、中には「あなた方が格差を助長している」といった攻撃的な意見をぶつけてくる方もおりました。

　そういった質問に対し、社長は烈火のごとくやり返しました。

「俺たちは時代の要請にしたがってビジネスをしているだけだ。批判があるのならまずは政府に向けろよ。叩《たた》きやすいところばかり叩くなよ！」

　いささか偽悪的ではありましたが、それは社長の本心だったと思います。それにどれだけ口悪く記者とやり合ったとしても、社長の派遣スタッフに向ける眼差しはあいかわらず優しいものでした。

　とくにこの二〇〇四年以降の製造業のスタッフに対しては、社長はやり過ぎとも思える保護策を打ち出したのです。他業種からは平均して三割のマージンを取っていた中で、元値の安い製造業スタッフには一割減で還元したことなどはその最たる例でしょう。

　そんな社長の独断的な行動に困惑する声は社内に根強くありました。当然、社外にはもっと多く存在していたはずです。

何度も話が出ていながら、それでも社長がかたくなに株式を上場しなかったのは、そういった点に理由があったのだと思います。

社内外の批判を一手に引き受け、私は常に厳しい立場に置かれていました。それに輪をかけて頭を痛めていたのは、競馬にまつわることでした。

普段は社長の口からほとんど競馬の話題は出てきません。「ロイヤル」の冠がついた馬が大きなレースに出走する週は、会社全体がどこか浮き足立ちます。ランチ時などに社員たちの話題に上ることもあるのですが、たとえそういう場面に出くわしたとしても、社長は「ほどほどにしとけよ」などと言うだけです。

しかし、ひとたび週末を迎えると、社長は目の色を変えました。平日に仕事から競馬が切り離されているのと同様に、週末になると今度は仕事の用件をいっさい受けつけてくれません。金曜の夜になると子どものように瞳を輝かせ、それを見ると私も気が引き締まりました。

ご自身の馬が出走するときは、北は札幌から、南は九州・小倉まで。社長は希望する社員や取引先の関係者、ホステスなどを引き連れ、全国に点在する競馬場へ繰り出しました。その来賓席で何かを誇示するように大きな笑い声を上げながら、喉がかれるまで愛馬たちに声援を送ります。

レースの大きさや賞金の多寡《たか》によって熱量が変わるわけではありません。もちろん億を超えようかという馬が重賞レースに挑戦するときは夢中になって応援しますが、数百万円で購入した安馬が未勝利戦に挑むときにも同じように叫んでいます。

同日にいくつかの競馬場でご自身の馬が出走するということもありました。そんなときは、クラスの高いレースを選択することが多いのですが、社長にはあるルールがありました。たとえ他の競馬場でロイヤルの馬が重賞レースに出ていたとしても、新馬のデビュー戦だけはそちらを優先するというものです。

「これだけ馬の数が増えてしまうとな。なかなか顔を見てやることもできないから。デビュー戦だけはなんとか見てやろうって決めているんだ」

果たして馬たちがそれを望んでいるかは定かでありませんが、その気持ちは少しだけ理解できました。きっと出来のいい子どもと、出来の悪い子どもとの間に差がないのと同じように、どちらの馬もオーナーにとっては等しく可愛《かわい》いのでしょう。不出来な子だからこそ可愛いという場合もあるのかもしれません。

金城氏がいつかこぼしていたように、競馬は本当に難しいものです。高い馬が強いというわけではなく、かといって安い馬が勝ち進んでしまうようなサクセスストーリーもほとんど転がっていません。もっと言えば強い馬が勝つとも限らず、基本的には負けることが当然という世界なのです。

その意味では「中山金杯」を制したロイヤルダンスは、その後のレースはたしかに惨敗続きではありましたが、相当の運と実力を兼ね備えていたと言えるでしょう。馬主歴二十年の社長が重賞レースを制したのは、このロイヤルダンスを含めて三頭しかおりません。

「見張っておいてください」という奥さまの言葉は常に頭にありました。しかし、会社の勢いに比例するように、社長はどんどん競馬にのめり込んでいきました。ついていくのが精一杯で、私に止めることなどできません。

マネージャーに就いた頃から、社長は毎年十頭前後の馬を購入していきました。わずか四年で所有する現役馬の数は倍近くの五十頭にまで跳ね上がり、その中にはセリ市でどんどん値が上がり、一億を超えた馬も四頭います。

中でも社長がもっとも執着し、セリ前から「二億が三億になっても絶対に手に入れる」と息巻いていたのが、のちに「ロイヤルキング」と命名されたオス馬です。

最終的に一億八千万円で落札したその愛馬の骨折の一報は、私が受けました。彼が二歳になった夏の終わり。数ヶ月後に迫ったデビューを見据え、北海道でのトレーニングがいよいよ山場に入った頃のことです。

牧場関係者から報告を受けた夜、お供した桜木町の寿司《すし》屋で、私は憂鬱《ゆううつ》な気持ちを押し殺して社長に伝えました。競馬がらみの案件は、毎晩のようにお供するこの〈寿司大〉で報告することがいつの間にかルールになっています。税金や育成料を含めたら二億円以上かかった馬の故障です。私の声は震えていましたが、社長は眉《まゆ》さえ動きませんでした。

「状況は？」

「全治三ヶ月。復帰までに半年ほどと聞いています」

「どこの骨だって？」

「右前脚の第一指骨だそうです。レントゲンを見ても骨片が飛んでいるわけではないので、手術する必要はないだろうとのことでした」

競馬関連の予定や報告事項がびっちりと綴《つづ》られた手帳に目を落としながら、私は慎重に答えました。以前、報告の不備を指摘され、想像を絶するほど叱《しか》られたことがあったのです。

「申し訳ありませんでした」と、私は頭《こうべ》を垂れました。

「何がだよ？」

「私がセール会場で止められなかったばかりに、余計な出費をさせてしまいました。まさか骨折するなんてあの日は夢にも思いませんでした」

「なんだよ、それは。最初から骨折すると思ってるヤツなんていねるかよ」

「そうかもしれませんが」

「なんだ？　お前はもう〝キング〟が走らないと思ってるのか？」

「そういうわけではございません」

「だったらいちいち気に病むな。そんなことを気にしていたら競馬なんてやってられない。サラブレッドにケガはつきものだ。そんなことお前が気にするな」

セール会場ではあんなに屈強に見えた〝キング〟の脚は、実はガラス細工のように繊細なものでした。

それは〝キング〟に限らず、五〇〇キロという肉体を支えるのに、管囲二十センチ程度の彼らの四肢はあまりにも脆弱《ぜいじゃく》です。まるでスピードと引き替えに逃れられない宿命を背負わされたかのように、サラブレッドの身体は非常に繊細なものです。

私はあらためて手帳に『ケガはつきもの』と書き記しました。たった四年で何冊の手帳を使い切ったかわかりません。馬の入手法から、牧場での馴致《じゅんち》と呼ばれる初期育成や調教の方法、調教師の選定に北海道から本州への輸送手段、そしてデビューに至るまで。デビュー後もレース選びやジョッキーの指定も馬主側ですることがありますし、勝ち進んでいったときには休養を挟むタイミングなどを指示する場合も出てきます。馬をいつまで走らせ、どの時期に引退させるかを見計らう必要もありますし、引退後の馬の身の振り方も考えてやらなければなりません。

たとえば、我々の想像を超えて走ってくれた「ロイヤルイザーニャ」という馬がいました。この馬は〝キング〟のときのようなセリ市でなく、一般に「庭先」と呼ばれる取引手法で購入した馬でした。

北海道苫小牧《とまこまい》市にある大手牧場「北陵《ほくりょう》ファーム」が主催するセレクタリアセールを筆頭に、セリ市はいくつか存在します。

おもしろいのは、七月初旬に行われる豪華絢爛《けんらん》なセレクタリアセールを皮切りに、どんどん出品される馬の値が安くなっていくことです。会場から華やかさや記者たちの姿が消えていって、参加するオーナーの顔ぶれも変わっていきます。

派手好きの山王社長はセレクタリアセールが好みのようでしたが、他のセリにもなるべく参加するようにしておられました。

その理由を、社長は「そこでしか会えない牧場の人たちがいるから」といった言葉で説明されますが、当初、私は理解できませんでした。結局セールで馬を購入するのなら、牧場関係者と顔を合わせる必要などないと考えていたからです。社長の口にするのが「庭先」のためであると知るまでに、しばらく時間を要しました。

庭先取引はとにかくわかりにくいものでした。セールのように表立って値が公表されるものではなく、懇意にしている生産牧場と馬主との間で内々に行われる売買方法をそう言います。かつてはセリ市そのものが存在せず、大方の馬がこの手法で取引されていたそうで、その頃はなんとか良血馬を手に入れたい馬主側が必死に有力牧場とコネクションを作ろうとしていたと聞いています。

しかし時代は移ろい、金さえ出せばコネがなくともセールで良血馬を手に入れられるようになりました。不透明なやり方を嫌い、それこそ金の力にモノを言わせてセールで高額の馬を競《せ》り落とすと見られがちな社長が、なぜか積極的に中小牧場とのコネクションを作っては、庭先で次々と馬を購入していくのです。

「だってセレクタリアで一頭しか買えない値段で、何頭もの馬が買えちまうんだぞ。そんなお得な話はないだろ？」

社長は酒の席などではそう豪快に笑っていますが、そんな簡単な話ではございません。たとえ何頭もの馬を買えたとしても、当然そこにかかってくる維持費は莫大《ばくだい》なものになります。それもまた競馬関連の入出金を管理するようになって、驚かされたことの一つでした。

現役の競走馬一頭につき、月の維持費が平均して六十〜七十万ほどかかるのです。そこに入手時にかかった金額の多寡は関係いたしません。元値が一億円の馬も、数百万円の馬も等しく六十〜七十万円です。本当に儲けようと思うのなら、安馬を多く抱えるのは得策でないという話を聞いたこともあります。

では、なぜ社長は積極的に中小牧場とつき合い、決して良血とはいえない馬を定期的に購入するのでしょう。私にはある仮説がありました。

いつか桜木町の〈寿司大〉で二人きりだったとき、その旨《むね》を伝えたことがあります。「ひょっとして社長は牧場を救済しようとしているんじゃないですか？　ちゃんとお金が回るようにしてあげている。私にはそう思えてなりません」

圧倒的な資金力と情報量で、北陸ファームをはじめとする大牧場の占有が始まろうとしていました。かつて国策として農地を牧場に変え、一時代を築いた日高地区の中小牧場は、すでに大半がじり貧の状況に陥りつつあります。

社長はおかしそうに身体を揺すりました。

「俺がそんな聖人に見えるかよ。じゃあ聞くけど、お前にはセリに出てくる馬の善し悪《あ》しがわかるのか？」

「善し悪し……ですか？　それは、まぁ、なんとなく」

「本当かよ」と派手に笑い、社長は私の目を覗《のぞ》き込みました。

「結局、俺たちはカタログに書かれてある父馬の競走成績や、母馬の繁殖実績くらいしか見てないと思うんだよな。いずれにしても、俺には馬の本質なんてわかってない。たとえば誰もいない会場で、すべての情報を秘匿《ひとく》された上で、二億円の馬と、二百万の馬を並べられたとして、お前は間違いなく二億の馬を選び取れるっていう自信があるか？」

「あの、それは……」と言い淀《よど》んだ私をじっと見つめて、社長はしてやったりという表情を浮かべます。

「しかも、俺たちが選ばなきゃいけないのは二億円の馬でさえないんだぞ。将来、二億円を稼ぎ出す馬なんだ。そんなのわかるわけねぇだろ。だったらプロを信用するしかない。こいつなら信用できるっていう人間と一人でも多く知り合って、そいつが『この馬はきっと走ります』って覚悟を持って言ってくるなら、俺はそれに投資する。馬に出資するんじゃない。その人間への信頼に賭《か》けるんだ」

そんな社長の思いに競馬の神さまが応《こた》えてくれているわけではないでしょうが、不思議なもので「ロイヤル」の馬たちは、セールで高値で購入したものよりも、庭先で安く手に入れた馬の方がよく走りました。ロイヤルイザーニャがまさにそうした馬でした。

そもそも〝イザーニャ〟は値段さえつきませんでした。生産した林田《はやしだ》ファームという牧場の場長とつながりができたのは、四年前に私がはじめて連れられていったセレクタリアセールの会場です。そこで知り合いを通じて是非にと請《こ》われ、我々が北海道・日高地方の牧場を訪ねていったのは、その翌春のことでした。

春とはいえ、北海道には多くの雪が残っていました。強い風の音しか聞こえない、うらぶれた牧場で我々は何頭かの馬を案内されました。

しかし、どの馬も似たり寄ったりで、母馬にさしたる繁殖実績もなければ、種馬も安さが取り柄というものばかりで、見栄《みば》えはしません。一度は失望しかけた社長でしたが、ふとある一頭の馬に目をつけられました。

「あの白毛の馬は？」

それが馬の、いや、生き物の習性なのでしょう。雄大な日高山脈を背景に、懸命に草を食《は》む十頭ほどの仔馬《こうま》たちすべてが、その母馬に寄り添っていました。

社長が目をつけた白毛の仔馬もまた、美しい白さを誇る母馬に甘えています。

「いえ、社長。申し訳ございません。あの馬はもう……」と、牧場長は困惑したように言葉を濁しました。

社長の目の色が変わります。

「売れたのか？」

「そういうわけではないのですが。これから見てみたいとおっしゃっているオーナーさんがいらっしゃいまして」

「いくらだ？」

「は？」

「あの馬はいくらなら俺に譲ってくれるか聞いてるんだ」

仔馬の血統や、気性などを尋ねることもなく、社長は苛立《いらだ》ったように口にします。牧場長は小さく首を振りましたが、直前までの笑みを引きずったままどこか一点を見つめています。頭の中で損得勘定が渦巻いているのでしょう。小さな牧場は往々にして目先の金を必要としているものです。

少しの沈黙のあと、牧場長が口にした言葉は意外なものでした。

「その前に社長に見ていただきたい馬がいるのですが、よろしいですか？」

社長の顔を上目遣いに見つめ、牧場長は覚悟を決めたようにうなずきました。果たしてスタッフに母馬とともに連れてこられたのは、素人目《しろうとめ》にも左の前脚が外側に曲がってしまっている、歩き方の不格好な若駒《わかごま》でした。

社長は黒毛の仔馬を一瞥《いちべつ》するだけで、関心を示しません。

「白毛の方の血統は？」

牧場長は少しムッとした様子を見せましたが、自分に言い聞かせるようにうなずきます。

「父親がダークシャドウズ、母馬がエンジェルレイナ。母の父がアイルランド産のボビーバウンズという馬です。二月生まれのオトコ馬で――」

ぶ然としている牧場長の説明に聞き耳を立てながら、私は持っていたリストにあわてて目を落とします。

優秀な馬のみがなれるとされている種牡馬《しゅぼば》にもいろいろあり、高いものでは種付け料だけで二千万円、安いものですと数十万円から揃《そろ》っています。たとえばセールで一億円を超えたロイヤルキングの父である「ホワイトジェイル」の種付け料は五百万円。「ダークシャドウズ」は百二十万円とリストにあります。

社長は迷う素振りも見せずに言いました。

「じゃあ、二頭まとめて三千万でどうだ？」

牧場長に考える隙《すき》を与えまいとするように、社長はさらに早口でまくし立てます。

「それでいいならいまここで即決する。今日中にもう何軒か牧場を回りたいから、あまり時間を割きたくない。いま決めてもらえるとありがたい」

「いや、ちょっと待ってください。社長」と、それまで無言を貫いておりましたが、私は口を挟みました。白毛の仔馬の見栄えがどれだけ素晴らしかったとしても、百二十万という父馬の種付け料からすれば三千万はあまりにも法外です。

社長は私になど目もくれません。牧場長は我に返ったように肩を震わせ、脚の曲がった仔馬に目を落とします。

「ですが、社長。こっちの馬の方も……」

「大丈夫だ。それも引き取る」

「いえ、ですが血統も何もまだ」

「関係ない」

そう制するように口にして、社長はようやく口もとに笑みを滲《にじ》ませました。

「どうせ林田さんにとって思い入れのある馬なんだろ？　それがわかるから、血統なんて関係ないんだ。安心してほしい。絶対に蔑《ないがし》ろにしたりしないから」

母馬は子どもと引き離されるのを拒むかのように、荒々しく息を吐いています。その鼻先をそっと撫《な》でて、社長は「そんな目で見るなよ。べつに取って食うわけじゃない」と、優しく語りかけました。そして、牧場長に向き直ります。

「この母馬の名前は？」

「え……？　あ、ああ、イザーニャです」

「イザーニャ？　意味は？」

「いえ、とくにはないんです。ただ――」

「ただ？」

「あの、すみません。縁起でもないって怒られるかもしれませんが、病気で死んだうちの倅《せがれ》が可愛がっていた馬でして。そいつが幼名として勝手につけたのがイザーニャだったんです」

母馬の鼻からそっと手を離し、社長はあらためて脚の曲がった仔馬に目を落とします。

「こいつも牝馬《ひんば》か？」

「ええ。そうです」

「じゃあ、ロイヤルイザーニャでいいな？」

「え？」

「山王の『王』から取ったうちの冠は背負ってもらうけど、悪くはないだろ？　ロイヤルイザーニャ。ちょうど九文字で収まるし」

過去に大レースで優勝した馬の名や、企業の宣伝になるものが使えないなど、競走馬のネーミングにはいくつかの厳格なルールがありますが、その最たるものは「カタカナで二〜九文字に収める」というものです。

牧場長の目はすでに潤《うる》んでいました。社長がニンマリと笑い、「引退後は林田さんの牧場に戻すよ。もし少しでも走ってくれるようなら、俺が責任持ってこいつの婿《むこ》を見つけてくるし、その子どもも引き受ける。だからさ、林田さん。良かったら俺に預けてもらえないかな。大切に育てさせてもらうから」と言ったときには、大粒の涙が頬を伝っておりました。

社長の口ぶりは、いつの間にか白毛の馬ではなく、脚の曲がった馬を欲しがっているようなものになっていました。社長が人助けとして中小牧場とつき合っていると感じるのは、こんな光景を目にするときです。少なくとも、これで向こう数年間は林田ファームは救われたことになるのです。

多くの人と出会うたびに、たくさんの人たちの人生を背負うたびに、社長の表情はいきいきとしていきます。

そばに仕えていた私は誰よりもその変化を見続けておりました。

ロイヤルファイトと名づけられた白毛の馬とともに、ロイヤルイザーニャが「ロイヤル」軍団の一員に加わりました。

そんなドラマがあったからといってその馬が走るほど、競馬は甘くありません。ましてや〝イザーニャ〟は脚に重大な欠陥を抱えた馬なのです。デビュー前は関係者の間で話題に上ることさえありませんでしたが、我々の予想を良い意味で裏切って、ロイヤルイザーニャはがんばってくれました。

二歳の九月に行われた「新馬戦」と翌月の「未勝利戦」こそ人気薄で、それぞれ11着、12着と惨敗《ざんぱい》しましたが、短期の放牧を挟み、年明けにあらためて挑んだ「未勝利戦」ではしんがり人気から見事に勝利を収めました。

競馬は、基本的には勝ち上がるにつれてクラスが上がっていきます。「未勝利クラス」を勝ち上がれば「五〇〇万下」、そこを勝てば「一〇〇〇万下」「一六〇〇万下」、そして重賞レースにも出られる「オープンクラス」といった塩梅《あんばい》です。もちろんクラスが上がるにつれて競走相手のレベルは上がりますし、勝つことが難しくなります。

どのクラスであっても「ロイヤル」の馬が出走するときは手に汗を握りますが、私がもっとも声を上げて応援したのは、この「未勝利戦」だったかもしれません。「未勝利戦」は三歳時の秋口までしかレースが組まれておらず、それまでに勝ち上がることができなければ、基本的にはJRAの主催するレースに出走することができなくなってしまうからです。

正直にいえば、ロイヤルイザーニャが八千頭ほどいる同期全体の六分の一ほどしか勝ち上がれないといわれている「未勝利戦」を突破するとは思っていませんでした。それほど「未勝利クラス」を勝ち上がることも難しいのです。

ですが一人だけ、最初から〝イザーニャ〟の可能性を指摘している方がいました。

「いやぁ、この馬いいですよ。たしかに脚は曲がってますけど、そんなに負担のかからない箇所ですし、何よりも背中が抜群に柔らかい。勝負根性もありそうだし、うまく育ててやれば化けるかもしれません」

透き通った笑みを浮かべて言っていたのは、ロイヤルイザーニャが所属した厩舎《きゆうしや》の調教師、広中博氏《ひろなかひろし》です。

JRAが管理する茨城県の美浦《みほ》と、滋賀県の栗東《りつとう》のトレーニングセンターには、それぞれ百二十ほどずつの厩舎が存在します。そのすべてに調教師と呼ばれる責任者がいて、十名前後のスタッフとともに馬をレースに向けて仕上げていきます。

その中には大手牧場や有力馬主との関係が良好で、毎年「超」のつく良血馬を入れては、次々とGI馬を輩出する名トレーナーと呼ばれる方もいますし、馬集めさえままならない調教師もいます。かつては輝いていたのに落ち目と見られている方も、逆に新しく打ち出したトレーニング方法がうまくはまり、トレンド扱いされているような方もいらっしゃいます。

自分の愛馬をどの厩舎に、どの調教師に預けるかは、馬主にとって本来は愛馬の命運を握る重要な選択であるはずです。

しかし、社長は周囲から「先生」などと呼ばれる調教師という人間をあまり信頼しておりません。過去によほど不快な出来事があったのでしょう。二言目には「あいつらは馬のことなんて何もわかってない」と吐き捨てるように口にし、私が両者のケンカの仲裁に入ったこともありました。

広中調教師は、林田氏が紹介してくれた方でした。数年前に調教師資格を取得し、栗東のトレーニングセンターで開業したばかりの三十代で、まださしたる有力馬を抱えていないという状況でしたが、林田氏が「馬を見る目はたしかですし、いい馬を求めて一人でよく北海道を回ってます」と、強く推薦してきたのです。

その広中氏の前向きな言葉を、社長はやはり信じていませんでした。しかし、ロイヤルイザーニャは「未勝利クラス」を勝ち上がったあとも、「五〇〇万下」「一〇〇〇万下」と、三年という年月をかけてゆっくりと勝ち上がっていったのです。

加えて〝イザーニャ〟は馬券をもたらしてくれました。よほどのことがない限り、社長は競馬場に出向く際には愛馬の単勝馬券を最低十万円は購入します。そして〝イザーニャ〟が「未勝利戦」を勝った日は、幸運にも我々は競馬場に足を運んでおりましたし、そのオッズは「120倍」を超えていました。つまり〝イザーニャ〟が最初にレースで勝った時点で、千二百万円もの払い戻しがあったというわけです。

「なんだよ、もう馬代ほとんど取り返しちまったじゃねぇか」

多くの方に祝福の声をかけていただいて、気が大きくなっていたのでしょう。社長は拍子抜けというふうにつぶやいたあと、一千万円を超える価値のある馬券をひらひらさせながら、同伴していたホステスの耳もとで「これ、お前にやろうか」とささやきました。それを私が必死に咎《とが》めます。

ホステスは恨みがましい視線をぶつけてきましたが、知ったことではありません。これから厩舎スタッフや牧場関係者にご祝儀《しゅうぎ》を配らなければなりませんし、何よりも勝った馬券代も含めたお金で、合計すれば月に三千万円以上かかっている全ロイヤル馬の飼い葉料を賄《まかな》わなければならないのです。

たった一頭が結果を出したくらいで調子に乗られては困ります。賞金の五百万円を含めた計千七百万円をどのように分配するべきか。

初対面のホステスの冷たい視線に晒《さら》されながら、私は思案しておりました。

〝イザーニャ〟の勝ち上がりは数少ない成功例の一つだったと思います。そもそもの目的で購入した白毛のロイヤルファイトは「未勝利クラス」を勝ち抜くことができませんでしたし、二億円弱で購入したロイヤルキングに至っては、右脚の骨折が癒《い》え、再びトレーニングに入った頃、今度は左後脚の骨に空洞ができるボーンシストという重篤《じゅうとく》な故障を発症し、再起に至りませんでした。

こうなると、どれだけ〝イザーニャ〟が稼いだところで資金は回収できません。奥さまからイヤミをぶつけられるまでもなく、金の出入りをつぶさに見ていた私は、ことあるごとに社長に競馬を控えるよう進言していました。

「ああ、今年はもうそんなに使っちまってるか。さすがにやり過ぎだよなぁ」などと、社長も二人きりのときは殊勝な態度で耳を傾けてくれるのです。

しかし、ひとたびセール会場などに足を運べばすぐにまた気持ちが大きくなって、感情の抑制が利《き》かなくなります。

本業の好調もあいまって、社長に金に糸目をつけるという考えはありません。大枚を叩《はた》いて手に入れる馬たちはことごとく走らないのに……、いや、走らないからこそますますムキになっていく面もあるのでしょう。

息子の優太郎さまが吐き捨てるように言った「バカが手を出すもの」という言葉が、常に頭の片隅にありました。社長に限らず、馬主の方々がどうしてみなさんこれほど競馬に熱中するのか、正直、私にも理解しきれませんでした。

社長が馬主となった直接的な理由は、知人の会社経営者に勧められたことだったと聞いています。

「べつにその人が言っていた『節税対策』っていう言葉を信じたわけじゃないんだけどな。どれだけ節税になろうが、やらない方が金はかからないに決まってる。もちろん稼げるなんてちっとも思ってなかったよ」

社長はそこまでは口にしますが、ではどうして始められたかという肝心なことについてはハッキリ説明しません。

競馬が生まれたイギリスをはじめとするヨーロッパでは、馬主は何よりも尊敬を集めていると耳にします。

ロンドン郊外にあるアスコット競馬場では英国王室が主催する「ロイヤルアスコット」と呼ばれる競馬が開催され、エリザベス女王はいまもご自身名義の馬を所有し、出走時には観戦に訪れているそうです。

テレビで目にするヨーロッパの大レースのパドックには、華やかな社交の世界が存在しているように見受けられます。みなさん余裕のある笑みに満ちあふれ、色とりどりのファッションは見事に洗練されていて、画面に見惚《みと》れてしまうほどです。

では、日本のオーナーズサークルとはいかなるものなのでしょう。私がマネージャーとなってはじめてお供したのは、社長が馬主協会に所属している中山競馬場の馬主席でした。三月、とあるGⅡレースがメインで開催された日のことです。

そこに一歩足を踏み入れたときのことを、私は生涯忘れません。ドレスアップが義務づけられ、たしかにそこには一般客席とはずいぶん違う顔ぶれが鎮座しておりました。しかし、イメージしていたヨーロッパの華やかさとはかけ離れ、率直にいえば私は失望しました。スリーピースの背広に蝶《ちょう》ネクタイで決めていたとしても野暮ったい方が少なくなく、雑誌などでしか見かけないサイズの小さな帽子をかぶっている女性も、やはりかぶられてしまっている方が少なくないように思われたのです。

それ以上に残念だったのは、馬主席のみなさまがハッキリと分断されていたことでした。持ち馬同士が争っているわけですから、仲良く観戦というわけにはいかないのでしょう。それは理解できても、まずはこの雰囲気を楽しもうという、ヨーロッパ競馬に見られるような余裕が決定的に欠如していました。

みなさん顔では笑っています。同じ馬主協会の方同士、あるいは重賞の常連同士というふうに挨拶《あいさつ》くらいはされますし、顔見知りの方々は一緒にご覧になることもあるようです。しかし、そこに余裕がありません。離れた席では必ず誰かが誰かのウワサ話をしているような、殺伐とした空気を覆《おお》い隠せていないのです。

本場の競馬にあるような威厳とはほど遠い、見栄っ張りしかいない世界に私の目には映りました。そうでなくても社長は悪目立ちする方です。知らないどなたかの好奇の視線に気がつくたびに、私は心身ともに疲弊します。

そうした馬主席にあって、ひときわ異彩を放っていたのが、椎名善弘《しいなよしひろ》氏です。私と二つしか変わらない三十九歳という若さでありながら、ロイヤルヒューマン社と同じ人材派遣業界の最大手「株式会社ユアーズ」の創業経営者です。

いえ、椎名さまを説明するのにそんな言葉はほとんど意味を為《な》さないでしょう。椎名氏はいまや押しも押されもしない、日本競馬界有数の馬主のお一人です。今年はついに「アキノリリー」という愛馬でダービーの栄光に輝きました。

それぞれ距離と競馬場の異なる「皐月賞《さつき》」「日本ダービー」「菊花賞」の三つのレースは、一般に「クラシック三冠」と呼ばれ、そのすべてが生涯一度、三歳時にしか出走することができません。

その中でもとくにダービー馬のオーナーとなることは「一国の宰相になるよりも難しい」という格言があるほどで、すべての馬主の憧《あこが》れと言っていいでしょう。かねがね「有馬記念を勝ちたい」と公言されている社長でさえ、ダービーの週は「ロイヤル」の馬に出走予定がなくてもソワソワしています。そんなレースを三十代で勝利することの意味は計り知れません。

椎名氏に浴びせられた賞賛を尻目《しりめ》に、私は歯がみしておりました。社長もまた数年前のセレクタリアセールでアキノリリーを狙《ねら》っていたからです。

まるで何かに導かれるように、椎名氏とはセリ市でよくぶつかります。意地になった社長が競り勝つことが多いですが、このときは椎名氏に降りる気配がいっさいなく、最後は社長が白旗を揚げました。その馬がのちにダービー馬となるのです。

もちろん仮に社長が競り落としていたら「アキノリリー」は「ロイヤル〇〇〇」という名前だったでしょうし、所属するトレーニングセンターも、入る厩舎も、調教師も、トレーニング内容も違っていたでしょう。

そうなれば数々の栄光には至らなかったかもしれないと頭では理解していますが、そうした物理的な要因以上に、私はここに社長と椎名氏の決定的な運否《うんぷ》の差を思わずにはいられません。

むろん、だからといって社長にツキがないわけではないのです。現に誰かと争うわけではない馬券などはよく当てます。

しかし、年間所得が二年連続で一八〇〇万円以上、総資産九〇〇〇万円以上でないとなることのできない馬主の、いわば全員が成功者で、全員が強運の持ち主というサークルの中では、率直にいって霞《かす》みます。一方の椎名氏はどこにいても見つけられるようなまばゆい輝きを放ち、業界トップをひた走る本業の業績も、馬主としての実績も群を抜いたものでした。

勝てず、稼げず、賞賛もされず。ケンカをして、人が離れ、インターネットでは罵詈《ばり》雑言《ぞうごん》を浴びせられて。いったいどうして馬主になどなるのだろうという疑問は、膨らみこそすれ、解消することはありませんでした。

それでも社長は何かに衝《つ》き動かされるように馬を買い漁《あさ》ります。私もまた社長の熱に当てられるように競馬の勉強を続けました。

椎名氏が大きなレースを勝つたびに、私は思うことがありました。

いつか社長にも同じ笑顔を――。

その思いもまた年月を重ねるたびに大きくなっている気がしてなりません。

四月

私が専属のマネージャーとなって四年の間、社長は大レースで勝てる馬を必死に探していました。しかし、かねて念願だったGⅠレースはおろか、いつかロイヤルダンスが呆気《あっけ》なく勝ったように見えたGⅢレースでさえ以降は一度も勝っていません。

私もまたのめり込みすぎないよう小言を口にしながらも、少しでも力になりたいと、とくに社長が疎《うと》い血統を中心に馬の勉強に励みました。

そんな私たちのもとに、天恵とも呼べる一本の連絡がありました。四月に入って間もない日曜の夜です。マネージャーとなってすぐに引っ越した横浜市内のマンションで、私は分不相応な夜景を見ながらビールをのんでおりました。

入社時はまだのめなかったのがウソのように、酒もだいぶ強くなりました。父ものむ方でしたので、自分もそのうち……と思ってはいましたが、まさかこうして自ら進んでビールをのむ日が来るとは想像もしていませんでした。

缶ビールを手にベランダに出ると、日曜だというのにみなとみらいの事務所の灯りがついているのが見えました。素直に頭の下がる思いがするのと同時に、自分もまた久しく土日に休みが取れていないことに気づきました。

とはいえ、私の場合は社長について競馬場や牧場に繰り出しているだけです。それをことさら同情して、「大変だね」と眉をひそめてくれる同僚は少なくありませんが、私自身はそれほど大変と感じていません。

ときには惰眠を貪《むさぼ》っていたい朝もありますし、カワイイ馬たちが負け続けるのを見るのもおもしろいことではありません。馬券だってほとんど当たりません。どれほどの給料をＪＲＡに献上したかわかりません。

それでも、季節によって美しさを変える競馬場に行ってしまえば自然と笑みが漏れますし、愛馬たちが好走してくれれば気分は高揚します。何よりも社長と喜怒哀楽、とくに喜びを共有できることは、すべての疲れを吹き飛ばしてくれる力があります。

父と働くことを夢見て、その思いを社長に託した日がありました。その頃には想像もしていなかった毎日を過ごしていますが、税理士事務所を辞めたことも、もちろんロイヤルヒューマン社に転職したことも後悔はしていません。

そんなことをいまさら思いながら、無意識のまま笑ってしまったとき、ポケットに入れてあった携帯電話が音を立てました。

残っていたビールを一息にのみ干し、折りたたみ式の携帯を開きます。画面には〈０

90〉から始まる見覚えのない番号が表示されています。

もともと友人の多い方ではありませんが、とくに社長のマネージャーとなってからは、プライベートで会う人間はめっきり少なくなりました。

日曜のこんな時間に電話をしてくるのは、競馬関係者と決まっています。それも喫緊に解決しなければならない事案が多く、私はすぐに気持ちを切り替え「ロイヤルヒューマン栗須です」と応じました。

相手の女性は驚いたとも、呆《あき》れたともいえない小さな息をこぼします。

『すごいね。休みの日なのに完全に仕事モードなんだ』

それはもう十数年、耳にしていない声でした。当時は携帯電話も普及しておらず、一人暮らしの学生が自宅に電話を引いていることさえ稀《まれ》という時代です。最後に彼女の声を聞いたのは、おそらく公衆電話から別れ話を切り出されたときでした。

「久しぶり。元気にしてた？」

自然と口をつきました。一瞬の沈黙のあと、彼女は……、かつて恋人だった野崎加奈子はやはり呆れたように言いました。

『すごいね。声だけでわかるの？』

「野崎さんでしょう？　番号どうして――」と口にしたところで、私は尋ねるまでもないことと思い直します。

「ああ、雄一郎から聞いたのか。それと、ごめん。いまはもう野崎さんじゃないんだよね？」

『どうして？』

「結婚したって聞いたから」

『ああ、そういうこと』

加奈子はつまらなそうに鼻を鳴らし、私の言葉を待つことなく続けます。

『最初の質問の方はそうだね。大竹さんに教えてもらった。本当は大竹さんから先に栄治に連絡してほしかったんだけど、なんか気まずいとか言われちゃって。なんなの、あんたたち。ケンカでもした？』

今度は私が呆れる番です。雄一郎とはたしかに一年近く連絡を取っていません。だからといって、ケンカをしたのは私たちではありません。社長と、社長が経理を任せていた雄一郎の父親です。

社長は毀誉褒貶《きよほうへん》の多い人ですし、横柄《おうへい》な態度にひやひやすることは少なくありませんが、この件に関していえば、雄一郎の父親に非がありました。あるときから競馬場に得体の知れない仲間を連れてくるようになり、そこには必ずスナックのママらしき厚化粧の女性がいて、二人が我が物顔で振る舞う姿は目に余るものがありました。

社長は何も言いませんでしたが、私自身が社長の沽券《こけん》にかかわると雄一郎に伝えました。

「他のオーナーさんの目もあるから、申し訳ないんだけど、親父《おやじ》さんに少し控えてもらうように言ってもらえないか」

雄一郎は驚いた仕草を見せましたが、すぐにこんなことを言いました。

「なんだよ、それ。叔父さんに言えって言われたのか？　大丈夫だよ。馬主席にいる人間なんてみんな好き勝手やってるじゃん。親父が特別目立ってるとは思わない。やり過ぎだと思ったらとっくに俺から言ってるって」

雄一郎は考えすぎだと口にしましたが、私にはそうは思えませんでした。事実、社長のカミナリが落ちたのはその直後のことでした。

それまで「義兄《にい》さん」と呼び、義兄として顔を立ててはいましたが、ある日の打ち上げの席で女性と見苦しくいちゃつく雄一郎の父親についに堪忍袋《かんにんぶくろ》の緒が切れました。顔を真っ赤にしてテーブルを叩《たた》きつけると、「あんたら、もういい加減にしろよ！　場をわきまえんか！」と叫んだのです。

一瞬、怯《ひる》んだように眉をひそめましたが、雄一郎の父親も猛然とやり返しました。

「あんたとはなんだ、あんたとは！　誰に向かってモノを言ってる！」という声が、むなしく部屋の壁を震わせました。

かつて同じ職業に就いていたのでよく知っておりますが、「先生」と呼ばれることの多い税理士に、自分は偉いと勘違いしている人間はたくさんいます。狭い世界でしか生きられず、顧客に食べさせてもらっているという謙虚さを忘れ、逆に顧客を食わせてやっているのは自分だと信じきっているのでしょう。雄一郎の父親もさることながら、まだ資格を取得していない雄一郎にすらそういう節がありました。

雄一郎の言うとおり、馬主席で「好き勝手なこと」をしている方は少なくないのかもしれません。私自身も不快な思いをすることはありますし、多くの取り巻きを従えて豪快に笑っている社長を快く思っていない人もいるでしょう。

それでも、それが許されるのは少なからず競馬界に貢献し、自ら責任を負っている馬主のみであるはずです。私も含めたそうではない人間は、連れてきてもらっているという謙虚な気持ちを忘れてはなりません。まして馬主を差し置いて野放図に振る舞うなど愚の骨頂と言わざるを得ないでしょう。

「お前、覚えておけ。義理を欠いた人間がどうなるか知らないからな」

酒にさえ酔っていなければ、雄一郎の父親はどちらかというと小心者です。奥さまの兄として一定の信頼を寄せていたからこそ、社長もこれまで口をつぐんできたのでしょう。その二人の関係が、この子どものような捨て台詞《ぜりふ》で呆気なく破綻《はたん》しました。

静かに話を聞いたあと、加奈子は感心したようにつぶやきました。

『なんか、あれだね。栄治もずいぶんいっぱしなこと言うようになったね』

「いっぱし？」

『競馬関係者っていう意味よ』

そう断じるように言い放つと、加奈子はさらりと話題を戻します。

『二個目の質問の方だけど、そうだね、たしかに結婚はしたけど、私いまも野崎だから』

「うん？」

『離婚したの。もう五年以上前になる』

加奈子はあっけらかんと言いました。昔の恋人が離婚をしたという事実に対する正しい反応が瞬時に思い浮かばず、私は言葉に窮します。

沈黙を埋めたい一心で、私は記憶の糸を辿《たど》りました。

「子どもがいるんだってね」

『うん。生意気盛りの男の子』

「いくつ？」

『もう十一歳。早すぎてイヤになるよ』

加奈子は自嘲《じちょう》するように笑ったあと、すうっと息を吸い込みました。空気が変わるのを感じます。大切な用件を切り出すとき、昔の加奈子は大きく肩で息を吐《つ》いて、私の目を強く覗いてきました。その鋭い視線が、かつての私は苦手でした。

『ごめんね。いきなり電話なんかして』

私は室内に戻り、窓を閉めました。「ううん。全然かまわないよ」と口にしながら、ソファに腰かけ、手帳を開きます。用件はわかっているつもりでした。

『あのね、栄治。恥を忍んでお願いするんだけど、私に山王社長を紹介してもらうことってできないかな』

「どうして？」

『今年、うちの牧場にいい仔馬が産まれてきてくれてさ。あ、ごめん。栄治に私の実家がサラブレッドの生産牧場だって話したことあったっけ？』

「うん。何度かそんな話をしたと思う。そのことでケンカもした」

『ああ、そんなことあったかもね。そう。その牧場で先月産まれた仔馬がいるの。その仔を社長に見てほしい』

「でも、西平《にしひら》会長は？」

『え？』

「いや、野崎さんのところの牧場、ノザキファームの馬って、だいたい〝カツノ〟の西平会長が庭先で引き取ってるよね。なんで急にうちの社長なのかなって」

この仕事に就いてから、加奈子の実家の馬はいつも気にしていました。しかし、繁殖牝馬を何十頭と抱える大牧場とは異なり、数頭しかいないノザキファームの馬はなかなか出走さえしてきません。加奈子と競馬場で会ったことはこれまで一度もありません。

『たぶん、うちの牧場にとってこれが最後の馬になると思う』

少しの沈黙のあと、加奈子は引き絞るような声を上げました。

『久しぶりの電話でこんなこと栄治に言うべきじゃないのかもしれないけど、でもお願いする以上は全部言うね。うちの牧場、もうずっとギリギリで。馬の生産も、米や小麦と同じ農業の一環だなんて言われてきたけど、もうそんな生ぬるい状況じゃなくなってる。ギャンブルと何も変わらない。とくに、北陵ファームが台頭してきてからはその傾向が強くなった。完全なる一強という状態で、他はまったく勝てないギャンブルを自転車操業的にし続けているようなものなの』

加奈子は深いため息をこぼしました。その瞬間、私の脳裏に日高地方の馬産地の光景が過《よ》ぎりました。

車を走らせるだけでは等しく穏やかに見える牧場も、一歩車を降りて、その周辺を歩いてみれば千差万別であることがわかります。

セレクタリアセールを主催する北陵ファームのような大牧場は言うに及ばず、同じような小規模な牧場であっても、案内の看板から周囲の道路までキレイに整備しているところもあれば、芝の手入れや、柵《さく》や母屋《おもや》の修繕さえままならないところもたくさんあります。

かつて栄華を極めた牧場であっても、看板の朽ち果てているところは少なくありません。加奈子のところのノザキファームもその一つと言えるでしょう。以前は重賞ウィナーを輩出していた時期もありましたが、有力馬がいる間に次へつながる投資ができず、新しいトレーニングマシンや繁殖牝馬を導入することもなく、少しずつ先細りしていきました。

「あのときラッキーチャンプが勝ってたら、何か違ったのかな。何年か前の中山金杯」

私は無意識のまま口にしました。乾いた声が携帯を伝います。

『そんなことも知ってるんだ』

「あのときはまだ社長の下で働いてなかったけどね。でも、テレビで見てたよ。それこそすごい応援してたんだ。実は馬券も買ってた」

『へぇ。じゃあ、儲《もう》けたでしょ？』

「少しだけね」

『いいなぁ、うちみたいな弱小牧場が泣いている裏でそうやって儲けてる人がいるんだよね』

加奈子は他意もなさそうに言いましたが、いまの私にはその切実さがわかります。競馬で勝利すると、馬主への賞金とはべつに、生産牧場にも「生産牧場賞」や「繁殖牝馬所有者賞」といった賞金が贈られます。馬主が受け取る数パーセントという程度の額に過ぎませんが、ノザキファームのような中小牧場にとっていかに重要なものか、想像するのは難しくありません。

加奈子は覚悟を決めたように切り出します。

『西平会長には返しきれない恩がある。父はいまだに信頼しきってるし、私だって足を向けて寝られない。でも、牧場の生死を賭けた馬を、私はどうしても西平会長に預ってもらいたいと思えない』

「どうして？」

『それは聞かないで。ただ、私がそう思うだけ』

静岡で自動車部品の会社を経営する西平克也《かつや》会長は、豪腕オーナーとして知られています。現在の競馬界を牛耳っている北陵ファームの金の力に物を言わせるやり方を公然と批判し、日高地方の牧場の復興にしか競馬の未来はないと高らかに口にしては、古い競馬ファンから大きな喝采《かっさい》を浴びています。

そんな西平会長のやり方にノザキファームのような中小牧場が救われている一方で、彼らの足もとを見て、馬を安く買い叩いているという悪いウワサも一部には存在します。

「社長に見せたいっていう馬の資料、こっちに送ってもらうことできる？」

西平会長とのことはそれ以上尋ねず、私は口にしました。昔の恋人にいい格好をしたかっただけかもしれません。『え？』と驚く加奈子を勇気づけるように、私の口調はいつになく力強かったと思います。

「近々、山王に提案してみる」

『いや、時間をいただけるなら私の方から出向くよ』

その言葉に私は軽い失望を覚えました。「大切な馬のプレゼンをあなたには任せられない」と言われている気がしたからです。

「大丈夫。春にはいつも牧場巡りをしてるから。その日程にノザキファームを追加してもらうのは難しくない」

『そう。じゃあ、お願いしようかな』

「いい話になるといいね。ノザキファームの生産馬が『ロイヤル』の一員になってくれたら、俺も嬉《うれ》しいから」

やはり私は気が大きくなっていたようです。それどころか、恩着せがましい口調にさえなっていたのではないでしょうか。『ありがとう、栄治』という加奈子の安堵《あんど》した声を聞きながら、私はまるで自分が何かを成し遂げたかのように悦に入っておりました。

後日、社長からノザキファームと西平会長の関係を尋ねられ、何も答えられずに大目玉を食うことも知らずに、ずいぶんといい気なものだったと思います。

眼下に広がる景色の色が不意に変わりました。シートベルト着用のアナウンスが流れると、羽田から一度もベルトを外すことのなかった社長は目を閉じ、身体《からだ》を強《こわ》ばらせました。社長が極度の高所恐怖症であると教えてくれたのは、本宅で勤務している山田氏です。

私は再び窓の外に視線を向けました。春夏秋冬、すべての季節の北海道を巡りましたが、私がもっとも好きなのは雪解け水で川の水量が増す、春が息吹《いぶ》くこの時期です。

山の頂にはまだ多くの雪が残っておりました。加奈子との再会が間近に控えていることを認識して、私は思わず口走ります。

「社長、今日はありがとうございます。本当にいい馬だといいのですが」

空港でレンタカーを借り、この日は苫小牧のホテルに一泊して、翌朝、カーテンを開いた私の目に飛び込んできたのは、いかにも春の北海道らしい澄みきった空でした。

約束の時間に社長はロビーに姿を見せました。「おはようございます！」と頭を下げても、社長はうなずくだけでしたが、背広ではなく、カジュアルなジャケットにジーンズ姿というだけで不思議と機嫌は良く見えます。

苫小牧近くのインターチェンジから日高自動車道に乗り、車を東へ走らせます。高速は途中で切れ、そこからはJR日高本線と並行して走る国道235号線を進みます。すでに勝手知ったる道です。なぜかナビを毛嫌いする社長の手前、ノザキファームの場所も昨夜頭に叩き込んでおきました。増えていく牧場の案内看板を目にしながら、アクセルを吹かします。

車が静内《しずない》の繁華街に差し掛かった頃、社長は深く腰かけていたシートから身を起こして、久しぶりに口を開きました。

「平日なのにずいぶんとにぎわってるんだな」

店の駐車場にはどこも多くの車が停まっています。

「本当ですね」

「どれくらいこの街に馬の金が流れ込んでるんだろうな」

「さぁ、どうなんでしょう」

「ほとんど全部か」

社長は独り言のようにつぶやきました。ファミリーレストランにパチンコ店、チェーンのコンビニと大型の紳士服店、カー用品の店……。日本中どこにでもありそうな地方都市の光景ではありますが、たしかににぎわっているように見えます。直前まで新緑のまばゆい景色の中を走ってきたこともあり、ずいぶん猥雑《わいざつ》な感を覚えました。

「『夢と欲望の街道』って呼ばれているそうですよ、この通り」

一瞬の静寂のあと、私は切り出しました。社長が眉《まゆ》をひそめます。

「夢と欲望？」

「ええ。最近読んだ本にそんな記述がありました。この道を通るほとんどの人たちが大きな夢を胸に秘めてここを通るか、あるいは欲望に飲み込まれて帰っていくのだそうです」

社長は「ふっ」と小さく笑うだけで、それに応じようとはしません。

「腹が減ったな。そろそろ昼食にするか。今日はラーメンでも食いたい気分だ。どこか適当につけてくれ」

そうして入った国道沿いのラーメン屋は、それこそ日本中どこにでもありそうなこぢんまりとした店で、出てきたのもなんの変哲もない中華そばでした。

それでも油にまみれたテレビには、この街で生きる矜持《きょうじ》を示すかのように競馬専門の衛星放送が流れていました。

日本中のどこにもなさそうな場面を目の当《ま》たりにして、我々は思わず目を見合わせ、苦笑しました。

ノザキファームには十五時前に到着しました。しばらく走っていた太平洋沿いの国道を三石《みついし》海浜公園の交差点で左折し、山に向かい始めた頃には、私の手は緊張で汗ばんでいました。

周辺には懸念《けねん》していたようなうらぶれた感じがひとまずなく、私はそれだけで安堵しました。むしろ小規模牧場とは思えない洗練された雰囲気を醸《かも》し出していて、社長に対して面目が立った気がします。

少し離れた場所に車を停め、我々はノザキファームの馬たちを眺めました。数こそ少ないとはいえ、馬たちの毛づやもとてもよく見えました。仔馬《こうま》のみならず、そばに寄り添う母馬たちも凛々《りり》しい姿をしています。手入れの行き届いた草の上に、二頭ずつの影が伸びています。日高山脈を背景としたこの画《え》だけは、いつ見ても私の心を落ち着かせてくれます。

我々の目はある一組の馬たちに釘《くぎ》づけになりました。上空に薄くかかった雲から一筋の光がこぼれています。その日だまりを認識しているかのように、その母子《おやこ》だけが太陽にさらされています。

とくに仔馬の方の毛づやは見事でした。うっすらと汗ばんだ漆黒に近い青鹿毛《あおかげ》が、太陽をキレイに反射させています。首を弓のように垂れ下げ、必死に草を食《は》む仔馬の姿を、母馬は優しい目で見つめています。

とうに見慣れているはずの光景を、私は時間を忘れて見つめておりました。どれくらいの間そうしていたことでしょう。「おい、クリス――」という社長の声も、しばらく気づけませんでした。

「あ、はい。なんでしょうか」

あわてて姿勢を正すと、社長は遠方に向けてあごをしゃくります。視線の先を追いかけて、私は息をのみました。厚手のオーバーオールにネルシャツ、手には寝藁《ねわら》を整備するための巨大なフォークという、古いアメリカ映画にそのまま出てきそうな格好は、想像していたどんな姿とも違います。

「すぐに気づかなくて申し訳ありません！　山王社長でいらっしゃいますよね？　本日はご多忙の中、お時間をいただきまして本当にありがとうございます！」

大声で言いながら直角に腰を折り曲げ、ゆっくりと顔を上げると、野崎加奈子は照れくさそうに私に顔を向けました。

「栄治くんも。久しぶりだね。遠いところをありがとう」

はつらつとした声は以前と変わりません。顔も、身体つきもまた、そう変化があるとは思いませんでした。

ですが、私は言葉に詰まりました。やはりその格好に理由はあるのだと思います。かつての加奈子は上昇志向が強い方で、パンツスーツのようなマニッシュな服を好んで着ては、その理由を「私はとんでもない田舎者だからさ。必死なんだよ」と説明していました。

私はあらためて加奈子を見つめました。視線に気づいた彼女は照れくさそうに微笑《ほほえ》みます。

「ちょっと、栄治？」

「ああ、ごめん。なんか加奈子のそんな格好って見たことないから」

「そりゃ牧場にいるときはね。オシャレなんかしてられないよ」

「それはそうかもしれないけど……。いや、ごめん。元気だった？」

「おかげさまで。栄治も元気そうだね。全然変わってない」

会っていなかった十数年の時間などなかったように、会話はスムーズでした。それでも私は緊張していたのだと思いますし、加奈子も同様だったのでしょう。二人とも再会の挨拶に夢中になって、社長の存在を忘れていました。

社長にムッとした様子はありません。ただ、意地悪そうに笑っています。「なるほどなぁ」という何かを決めつけたような小さな声は、おそらく私の耳にしか届いていなかったと思います。加奈子のことは大学時代の友人としか伝えていませんでした。

案内された事務所では、加奈子の父親が待っていました。小柄ながら、日に焼けた肌はいかにも昔気質《かたぎ》の職人です。社長と挨拶を交わすまでは問題ありませんでした。しかし、遠路やって来たことへの感謝の言葉もなければ、馬の資料を差し出してくることもありません。なぜか仏頂面《ぶっちょうづら》で口をつぐみ、延々とお茶ばかりすすっています。

しばらくは当たり障《さわ》りのない会話が続きました。加奈子が懸命に場を回そうとしますが、父親の方は社長と目を合わせようともしません。

社長もまた押し黙り、湯呑《ゆの》みに口をつけるだけです。売る側と、買う側の当事者がまったく乗っていないのです。加奈子がどれだけがんばったところで空回りするばかりです。

私は成り行きを見守っていましたが、いい加減しびれを切らしました。どういうつもりか知りませんが、何よりも我関せずという顔で無言を貫いている加奈子の父に対して腹が立ちます。あなたの娘に請《こ》われたから、社長に忙しい時間をわざわざ割いてもらったのだ。何度も口に出しそうになりました。

社長に申し訳が立たないという気持ちが募ります。しかし、私がカッとなって口を開こうとするたびに、加奈子の青い顔が視界に入りました。社長の心の内もつかめません。いつになく澄ました顔をしています。

実りのある話は何一つできないまま、加奈子は諦《あきら》めたように頭を下げました。

「それでは、社長。馬を見ていただけますでしょうか。厩舎《きゅうしゃ》へご案内いたします」

「いや、ちょっと待ってよ、さすがにそれは失礼だろう――」と、加奈子に伸ばしかけた私の手を、社長が制します。

「いいよ。とりあえず馬を見せてもらおう」

どうして社長が穏やかなのかわかりません。牧場側の尊大な態度に激昂《げっこう》し、席を立つ場面を何度となく見ています。その都度、社長は過去に殿様商売をしてきたのであろう牧場を「いつまで古い栄光を引きずっているつもりだ!」と、痛烈に批判していました。

社長が怒って席を立たない理由を想像することはできませんが、一つだけわかることがありました。常々「馬に賭《か》けるのではなく、人に賭ける」と公言されている人です。社長がここで馬を購入しないことは明白です。

社長に対しても、加奈子に対しても暗澹《あんたん》たる気持ちを抱えたまま、外へ出ました。周囲には早くも夕方の気配が立ち込め、風が冷たさを増しています。しかし、息苦しい時間から解放されて私は深呼吸できました。

しばらくして加奈子と壮年の牧場スタッフによって馬が二頭連れてこられました。牧草地で目立っていた母子です。遠目から見ていた以上に見映えのする青鹿毛の仔馬の瞳《ひとみ》は爛々《らんらん》と輝き、わずかな濁りさえありません。

「山王さん、大変申し訳ないんですけども――」

加奈子の父親が久しぶりに口を開きました。すると、続きの言葉を遮ろうとするように、加奈子が手綱を握っていた仔馬が甲高《かんだか》くいななきました。

そこにいた全員の視線を一身に浴びながら、仔馬は声を上げ続けます。そして加奈子の制御を振り払うかのように、こちらに近づいてこようとするのです。つぶらな瞳は、何かを訴えるように社長にだけ向けられていました。

社長が困惑したようにうなずくのを確認して、加奈子が手綱を緩めます。仔馬の額にはめずらしい雷模様の白斑《はくはん》がありました。三月生まれということは、まだ生後二ヶ月ということです。しかし、その瞳にはカワイイだけではない、競走馬としてのたしかな激しさが宿されているように見えました。

仔馬は社長のもとに近づくと、身体をこすりつけました。社長も思わずといったふうに相好《そうごう》を崩し、頭を撫《な》でます。その光景を加奈子と父親はなぜか目を見開いて見ています。

「すまんが、加奈子。ちょっと山王さんと二人きりにさせてもらえないか」

父親がまばたきもせずに口にしました。

「私はべつにいいけど、でも……」

「すまん。俺からきちんとお話しする。社長、すみませんが」

はじめて頭を下げた父親に、社長は困惑したようにうなずきました。弱ったような目を向けてくる加奈子に、私も首を縦に振りました。

「わかった。じゃあ、あとで私からもお話しさせて。山王社長、申し訳ありませんがよろしくお願いいたします」

二人が事務所に戻るのを見届けてから、我々は馬とともに厩舎に向かいました。以前は苦手だった「ボロ」と呼ばれる馬のフンの臭《にお》いも、いまではすっかり慣れっこです。

「どうする？　母屋に行く？」

二頭を馬房に戻すと、加奈子はぽつりと尋ねてきました。風は冷たいですが、不思議と寒さは感じません。

「ちょっと牧場の周りを歩いてみたいかな。加奈子が寒くないなら」

「わかった、そうしよう。栄治、あらためて今日はありがとうね。父のことはごめんなさい。あの人も西平会長に思うことがあるみたいで。あとできつく言っておくから」

空気は一段と引き締まっています。西の山は太陽と鮮やかなコントラストを為し、東の山の頂は燃えるように赤く染められています。ここは多くの競走馬たちの故郷です。悠然と空を舞う鳶《とび》たちは、これまで何頭の馬が戦いの場へ巣立っていくのを見届けてきたのでしょう。

歩いている間、聞こえてくるのは私たちの足音と息づかいだけでした。その圧倒的な静けさを裂くように、加奈子が口を開きます。

「私たちはあの仔にすべてを賭けている」

仔馬の額の稲妻が脳裏を過ぎりました。

「電話でもそんなこと言ってたよね。資料も読んだよ。あまり知られてない種牡馬《しゅぼば》だよね。『フェイズアンビータブル』って読むの？」

「うん。アメリカの種馬」

「わざわざ向こうまで付けにいったんでしょう？　どういう経緯で？」

「べつにたいした話じゃないよ。七年前、うちの生産馬がはじめてドバイのGⅡに出たことがあったの。そのレースで完勝したのがフェイズアンビータブルだった。最後方からの末脚《すえあし》が鮮烈だったらしく、かなり思い入れがあったみたいで」

「お父さんの？」

「そうだね。私もいつかあの母馬にはファイナルダンサー系を付けたいって思っていたから、その点では一致してたんだけど」

浮かない顔をして加奈子が挙げたのは、一九六〇年代に活躍したサラブレッドの名前です。ファイナルダンサーは「二十世紀最高の種牡馬」とも言われており、世界中に数多くの子孫を残しています。

とはいえ、だからこそ日本での活躍馬も多数おり、フェイズアンビータブルの血統がことさらめずらしいとは思えません。ドバイのGⅡレース程度が特筆に値するとも思えず、いくらでも日本の種牡馬で代替は利《き》きそうです。それこそ「思い入れ」という言葉でくらいしか、わざわざアメリカまで母馬を連れていく理由を説明することはできそうにありません。

そういった一方的な思い入れがどれだけ冷静な判断を狂わせ、悲惨な結果を招いてきたか、私はすでに知っています。いいイメージを抱くことはできません。

その内心を悟ったように、加奈子は言い訳するように続けます。

「種付け料自体は日本とは比べものにならないほど安かったからさ。それに、ちょっとおもしろい血のクロスが生まれるんだよね。日本のどの種牡馬との間にもないもので、私はそこに興味があって」

私は話題を変えました。

「さっき何をあんなに驚いてたの？」

「うん？」

「あの仔馬が社長に近づいていったとき、加奈子たちビックリしてたよね」

「ああ。うん、べつにたいしたことじゃない。あの仔馬、ああ見えてものすごく敏感でね。私以外の人間にほとんど懐《なつ》いたことがなかったから」

「へぇ、そうなんだ。それは意外」

「あんなふうに誰かにすり寄っていく姿ってはじめて見た」

「強面《こわもて》なのにね、うちの社長」

「父ですらいまだに噛《か》みつかれてばっかりだよ。この前も西平会長の前でちょっとひどくて。見たことないほど大暴れしたんだよね。それで、会長から『こんなバカ馬が走るか』って吐き捨てるように言われてさ。さすがにカチンときたんだけど、でもそれは私にとっては渡りに舟なところもあって……」

加奈子は苦々しそうに言葉をのみ込みました。そこに中小牧場の悲哀が見て取れます。

他の馬主に当てはなく、セールに出そうにも大手には上場できず、仮に出品できてもノザキファームのような弱小牧場はほとんど相手にされません。

その状況を知られてしまえば旧知のオーナーにさらに足もとを見られるという悪循環の中、アメリカまで種付けに行った仔馬を最後の希望と思うからこそ、山王社長を頼りたいと思った加奈子の気持ちは痛いほどわかります。

すっかり夜の帳《とばり》が下りていました。頭上には壮観な星空が広がっています。ロマンチックの欠片《かけら》もない会話の内容とは裏腹に、流れ星まで駆けました。

「牧場の借金、やっぱりすごいの？」

私は尋ねずにはいられませんでした。日高地区の牧場が抱える負債総額がすでに天文学的な数字に膨れあがっているということは、ニュースなどでもさかんに言われていることです。

「そうだね。さすがにもう限界かも」

だとしたらいよいよ致命的と思いました。そんな状況でアメリカなどで大博打《ばくち》を打っていることも、社長におそらく馬を買ってもらえないこともです。

加奈子にかける言葉を見つけられないまま、一時間ほどかけて牧場を一周してきたとき、タイミングを見計らっていたかのように社長から電話がかかってきました。

『すぐに来い』という命令を受けて、事務所へ向かいます。殴り合いをしているとは思っていませんでしたが、二人が楽しく話しているイメージもありませんでした。

だから、テーブルに酒が置かれていることにも、社長の頬が少し赤らんでいることにも、加奈子の父親が子どものように泣きじゃくっていることにも、私は咄嗟《とっさ》に対応できませんでした。

「え、どうして……？」とこぼした私に、社長はニンマリ微笑みます。

「まぁ、いいからお前らものめ」

「いえ、ですが社長……。私は運転が……」

「それはいいから」

呆然《ぼうぜん》と加奈子と目を見合わせ、仕方なく注がれたビールに口をつけたとき、社長は噛みしめるようにつぶやきました。

「俺たちも乗るからな」

「乗る？」

「ああ、野崎さんたちの酔狂にな。聞いたこともない外国の種牡馬で大きいレースを獲《と》ったらおもしろいだろ？　ここにいるみんなで同じ夢を見ることにした。欲望にのみ込まれるときは全員一緒だ」

「いや、なぜですか？」という私の質問が、部屋の熱を冷ますのはわかりました。それでも、口グセのように「馬にではなく、人に賭ける」と言っている社長にだからこそ、聞かないわけにはいきませんでした。

社長が私を鋭く睨《にら》みます。そして、私の疑問をなぞるように口にします。

「だからいつも言ってるだろう。馬を見る力のない俺は、人間に賭けるしかないんだよ。それだけのことだ」

社長は私にそれ以上の質問を許そうとしません。父親と同じように瞳を潤《うる》ませた加奈子に、途中からは料理を運んでくれた母親まで加わって、私たちは酒をのみ、たくさん言葉を交わしました。それぞれが抱く競馬観について、その未来について。ずいぶんと青臭く、熱っぽい議論だったと思います。

牧場の朝は早いです。加奈子の父親が早々にうとうとしかけたとき、社長は思い出したように私に顔を向けました。

「お前がみんなを結びつけたんだ。責任取って、お前があの馬の名前を決めろ」

寝かけていたはずの父親を含め、全員の視線がいっせいに私に向けられます。本当なら「畏《おそ》れ多い」と断るべきだったでしょうが、私は高揚しておりました。かつての恋人に対して、やはりいい格好をしたかったのかもしれません。

「〝サンダー〟はいかがでしょう」

「サンダー？」

「はい。『ロイヤルサンダー』です。あの額の白斑から採りました。稲妻のようにターフを駆けて欲しいという願いを込めて——」

馬を買った理由について、社長から説明があったのは翌日の車の中でした。

「キレイに整備された牧場を見たときから買うつもりだったよ。あんなふうに牧場を大切にできて、馬たちを大事にして、泥にまみれることを厭《いと》わない娘を育ててきた人間の作る馬が悪いわけないからな。どんな条件であったとしてもハナから買うつもりでいた」

そう平然と言ったあと、社長は「ああ、でも違うな。もっと前からだ——」と独り言のように続けました。

「どんな関係なのか聞く気もないけど、あの加奈子さんという人はお前にとって大切な人なんだろ？　だから俺は人に投資するって言ってるんだ。桜木町の寿司《すし》屋でお前が話を持ってきた時点で、俺は買うことを決めてたよ」

かくしてノザキファームの生産馬が「ロイヤル」の一員に加わりました。しかし、名前は私の提案した「ロイヤルサンダー」ではございません。「お前が決めろ」というあの日の言葉はいったいなんだったのでしょう。

とはいえ、異論はありませんでした。後日、どこか照れくさそうに手渡されたメモには、社長の愚直な思いが込められておりました。

ロイヤルホープ——。

私は想像せずにはいられませんでした。

ロイヤルホープが数年後の競馬界を席巻《せっけん》している姿を夢想するのは、そう難しいことではありませんでした。

五月

「ロイヤルホープ」と命名されたあの日の仔馬は、北海道での初期トレーニングをケガなくこなすと、早々に滋賀県の栗東トレーニングセンターに移動しました。

臆病《おくびょう》な性格はあいかわらずですが、新しい環境にも意外と柔軟に対応し、ゲート試験も一発でクリアすると、二歳の夏という早期のデビューが決まりました。

一つ先輩の三歳馬たちの祭典、椎名善弘氏が所有する「イマジンドラゴン」が圧勝した「日本ダービー」直後という時期のデビューに、陣営は大いに盛り上がりました。

とくに〝ホープ〟を預かってくれた広中博調教師の熱の入れようはひとしおでした。

「いやぁ、クリスくん。山王社長、ついに摑《つか》んじゃったね。いい馬と巡り合えたね。社長って馬主始めて何年くらいだっけ？」

「さぁ、どうでしたでしょうか。年に一、二頭という時代からなら二十年以上だと思いますが」

「そうか。長かっただろうなぁ。でも、ロイヤルホープはきっと大きいところ狙《ねら》えるよ。

期待していていいからね」

調教師という人たちは、基本的には本音を語りません。馬に多少の不備があったところでわざわざ口にしませんし、こちらからその点を指摘すると「素人《しろうと》が何を言う」とぶ然とする人も少なくありません。

その点、広中氏はいいものはいい、ダメなものはダメと、自分の考えをハッキリと主張する人でした。脚の曲がったロイヤルイザーニャの可能性をいち早く指摘し、実際に「一六〇〇万下クラス」まで勝ち上がらせて以来、社長の広中氏に対する信頼も絶大です。

そんな両者の関係もさることながら、広中氏はなぜか私のことを気に入ってくれているようです。同い年という気安さがそうさせるのでしょう。奢《おご》ってもらって当たり前という顔をしている調教師が多い中、のみに行っても私にお金を出させようとしません。

義理に厚く、絶対に呼ぶなと言われていた「先生」と呼んで、本気で怒られたこともありました。酒が深くなると「俺たちはみんな分断しすぎなんだよ。全員がもっとエゴを捨てて、馬のためだけに奉仕するべきなんだ」と語り出すこともしばしばです。

少なくとも、私と二人のときには絶対に社交辞令を言いません。そんな広中氏が連発する「期待していい」という言葉に、胸は高鳴る一方でした。

私がはじめて〝ホープ〟の本気の走りを見たのは、デビュー戦の十日前。トレセン全体がまだ前月のダービーの余韻に浸っているかのような、静かな朝でした。

広中氏の希望で実現した調教見学でしたが、山王社長は数日前にトラブルに見舞われ、急遽《きゅうきょ》前橋に出張しなければいけなくなりました。私もそちらに同行するつもりでおりましたが、どういうわけか社長に止められました。そして一人で栗東へ赴き、馬の様子を報告するよう命じられたのです。

前夜は近くのホテルに宿泊して、翌朝は四時半に出発しました。何度来ても早朝のトレセンの雰囲気は独特です。この時期に馬場が開門する六時が近づくと、百を超える厩舎から続々と馬たちが出てきます。それぞれの担当スタッフやジョッキーを背に乗せ、周回道路を数百という馬たちが悠然と歩く姿は、圧巻の一語に尽きます。

有名な『馬最優先　場内20㎞』の看板を、私は笑うことができません。万一にも馬をケガさせてしまえば、とんでもない事態を招きます。金銭的な問題以上に、ファンを含めた多くの夢をその瞬間に潰《つぶ》してしまう可能性があるからです。

厩舎そばに車を停めると、広中氏が出迎えてくれました。そのとなりで、長い金髪をなびかせた若い男性が、吸い終わったタバコを持った手で目をこすっていました。

「ああ、クリスくん。遠いところお疲れ様。大変だったでしょ？」

「いえいえ。これ、社長からです」

「ああ、いつもありがとう。くれぐれも社長によろしく伝えといて」

社長から託された山のような土産物を手渡したところで、広中氏はとなりの青年に目を向けます。

「はじめてだったよね。彼が――」

「もちろん存じております」と、広中氏が紹介しようとするのを遮り、私は頭を下げました。

「はじめまして。ロイヤルホープの山王耕造のマネージャーを務めています、栗須と申します」

場違いかとも思いましたが、あえて名刺を差し出しました。ジーンズ姿の彼は片手でそれを受け取るだけで、何も返そうとはしません。

広中氏が呆《あき》れたように肩をすくめます。

「おい、隆二郎《りゆうじろう》。挨拶《あいさつ》くらいちゃんとしろよ」

「ああ、いいですよ。広中さん」

「早く」

「ええと、佐木《さき》隆二郎です。ジョッキーやってます。よろしくお願いしまーす」と、青年はまるで反抗期の中学生のように名乗りました。

『佐木隆二郎をロイヤルホープのデビュー戦のジョッキーに起用したい――』

広中氏から電話でそんなことを伝えられたとき、私は新たな面倒を抱えこんだ気持ちになりました。

ジョッキーとしての佐木隆二郎の実力を疑う余地はございません。二十六歳という若さにして、昨年度のリーディング騎手ランキング第7位。攻撃的な騎乗によって制裁を受け、二度の騎乗停止がありながらこの成績はかなり優秀です。

何よりも隆二郎を有名たらしめているのは、椎名善弘氏が自身の所有馬の、とくに期待を寄せる馬に必ず彼を乗せることでした。有力馬に乗るからこそ勝ち星を拾えるという面はあるのでしょうが、彼がそれだけの結果を残し続けてきたということの裏づけでもあるはずです。

隆二郎は現代ではめずらしい型にとらわれないジョッキーです。挨拶もきちんとせず、インタビューの受け答えもいまだにままなりません。金髪というだけで昔からのオーナーやオールドファンからは徹底的に嫌われています。

そんな隆二郎を若手のトップジョッキーに押し上げたのは、椎名氏をはじめとするここ十年内に参入してきた新しい馬主たちです。

彼らは結果こそすべてというタイプなのでしょう。レースでミスすれば遠慮なくジョッキーを変更しますし、たとえ好騎乗を見せたとしても、ひとたび名のある外国人ジョッキーが来日すればそちらを起用します。隆二郎もそれを当然のことと受け止めている節がありますし、そうやって降ろされた馬や外国人ジョッキーに勝つ場面を何度となく見てきています。

前月の「日本ダービー」で、椎名氏に二度目となる栄冠をもたらした「イマジンドラゴン」の主戦ジョッキーも隆二郎でした。

東京競馬場で行われた表彰式で、隆二郎は喜びを爆発させていました。普段「鉄仮面」や「無感情」などと揶揄《やゆ》される若いジョッキーが見せた屈託のない笑みに、我々は心を掻《か》きむしられました。

いや、社長がそのとき何を思っていたか、本当のところはわかりません。馬主席からその様子を見ていた社長の表情はいつになく穏やかでしたし、独り言のようにつぶやいた「いいもんだよな」という言葉も印象に残っています。

「俺もう行ってもいいですかね。追い切りの準備をしたいんで」

隆二郎は広中氏の返事を待たずに調教に向かおうとしました。その背中に、私はあわてて声をかけました。社長から大事な伝言を預かっているからです。

「あの、佐木さん――」

隆二郎は不思議そうな顔をして振り返り、はじめて私を見つめました。

「隆二郎って呼んでもらっていいですか？　これ、俺のジンクスなんです。馬主さんにへりくだられていい結果が出たことがないんですよね」

私は呆気《あっけ》に取られましたが、なんとか気持ちを切り替えました。

「じゃあ、隆二郎さん」

「隆二郎」

「それは勘弁してください。私は馬主じゃないんです。ただのマネージャーですから」

「そんなの関係ないですよ。一頭の馬の前ではみんな対等じゃないですか。俺たち、もうチームなんでしょ？」

そんな殊勝なことを言いながらも、隆二郎の表情は意地悪そうに歪《ゆが》んでいます。覚悟を決めるしかありませんでした。

「わかりました。じゃあ、その、隆二郎……。山王からの言葉を伝えます。あなたが〝ホープ〟に力があると思うのなら、絶対にこちらから降ろすことはありません。目先の勝利にとらわれることなく、あなたがサジを投げるまで乗っていて欲しい。どうか〝ホープ〟を育ててほしい。とのことです」

さすがの隆二郎も不思議そうに首をひねりました。私もまた社長からこの話を聞いたときは意外な思いがしました。現代競馬においてジョッキーを固定することはほとんどありません。最初から言質《げんち》を与えることに意味があるとも思えません。

何よりも私は社長の隆二郎に対する見方に驚きました。ロイヤルホープは我々にとって希望です。ノザキファームではじめて会った日から二年、私たちは本当に大切に〝ホープ〟を育《はぐく》んでまいりました。その輪に……、それこそ我々の「チーム」に、社長が隆二郎を引き込もうとしているのが意外だったのです。

　隆二郎はあっけらかんと答えました。

「それは、まぁ馬に才能があるなら。才能もないのに乗り続けるつもりはないですよ。俺は単純に勝ちやすい馬を求めます」

　熱っぽいセリフを意気に感じるタイプではないと思っていましたが、私は落胆しました。功なり名を遂げたベテランならいざ知らず、平然とこんなことを口走る若者に〝ホープ〟の大事なデビューを託そうとしているのです。

　頭では隆二郎の言うことが正しいとわかっていました。ベテランも若手も関係なく、ジョッキーはより勝ちやすい馬に乗るべきです。乗り馬を増やすために馬主にへりくだるジョッキーなどよりずっと真摯《しんし》なのかもしれません。でも……。

　口をつぐむ私に何かを感じたのでしょう。隆二郎は取り繕うように微笑みました。

「とりあえず俺もあの馬に才能があることを祈ります。乗り替わりって面倒ですからね。そりゃ同じ馬に乗ってた方が楽ですから」

「おい、隆二郎――」という広中氏の声を振りほどき、隆二郎は颯爽《さっそう》と手を上げました。朝日の中に消えていくそのうしろ姿を、私は懇願するように見つめ続けておりました。

　ロイヤルホープのデビュー戦が六月、最終週の日曜日、阪神《はんしん》競馬場で行われる芝の一八〇〇メートル戦と決まりました。一般にダート向きとされるアメリカ型の血統であることと、若干の歩様の硬さから、我々は当然ダートでデビューだろうと決めつけておりましたが、広中氏は「最初は芝で」と考えていたようです。

とはいえ、そこに確たる信念はないようでした。「ま、ダメならダメで二戦目からダートに行けばいいんですから。可能性は広げておいた方が楽しいじゃないですか」と、社長に対しても悪びれる様子はありません。

すでに梅雨入りしていましたが、阪神競馬場は雲一つない快晴でした。当日はメインの11レースに春のグランプリ、GＩ「宝塚記念」が予定されており、早朝から大勢の観客が詰めかけていました。

その第5レースに組まれた「新馬戦」は、一部の競馬ファンからはメインレース以上に注目されていました。まだ六月のこの時期でありながら、メディアなどで以前から注目されていた良血馬が何頭もデビューしてくるからです。インターネットには『伝説の新馬戦』などという書き込みも見受けられます。

残念ながらそこにロイヤルホープの名前は含まれていませんでした。もっとも脚光を浴びていたのは、くしくもデビュー戦でぶつかった椎名善弘氏が所有する「ヴァルシャーレ」です。これまで散々苦汁を飲まされてきた椎名氏自慢の良血馬に、いい予感は抱けません。

他にも生産した北陵ファームの関係者が「今年のうちの一、二です」と豪語する「ネオガラパゴス」や、同じ父母を持つ、いわゆる「全兄弟」が数多《あまた》のGIレースで好走している「ストリートライン」などが注目を集めていました。同年のセレクタリアセールで一億円を超えた「超」のつく良血馬が四頭も集まってきたのです。

特筆すべきは、そのすべての父が同じ「ディクスアイ」ということでした。現役時代にGIを七つも獲っている名馬、ディクスアイは、種牡馬としても大成功を収めました。昨年度の種牡馬収得賞金ランキングはぶっちぎりの第一位。その子どもたちは牝馬、牡馬、芝、ダートを問わず、ことごとく重賞レースで好走しています。

そんな中でロイヤルホープの人気は高くなく、単勝オッズは全十二頭中六番目の「26倍」。それでもこの程度の人気薄で済んだのは、絶好調の佐木隆二郎が椎名氏のヴァルシャーレよりロイヤルホープを優先したことが理由の一つ。もう一つは、直前の追い切り調教で〝ホープ〟が抜群の動きを見せたからです。

はじめて隆二郎と言葉を交わしたあの朝、私は栗東のトレーニングセンターで衝撃的な光景を目にしました。

最初に驚いたのは北海道以来、久しぶりに見た〝ホープ〟の馬体です。もともと筋肉質とは思っていましたが、そこにゴム鞠《まり》のようなしなやかさと粘り強さが加わって、さらに一回り大きくなって私の目の前に現れました。

その日は「坂路《はんろ》」と呼ばれるコースでの調教でした。「今日はビシッと追うよ。記者たちの度肝を抜くからね」と微笑んだ広中氏に連れられていったのは、坂路コースを正面から見られるスタンドでした。

他の調教師や記者と並んで、私は渡された双眼鏡を覗《のぞ》き込みました。しばらく他馬の走る姿を見ていたのは、結果的に〝ホープ〟と比較する意味で良かったと思います。

数分後、やはり双眼鏡を覗いたまま、広中氏は「そろそろ来るよ」とつぶやきました。私がそれを〝ホープ〟と認識できたのは、ヘルメットからまるで馬のたてがみのようになびいていた隆二郎の金髪が見えたからです。

思わず息をのみ込みました。〝ホープ〟の走りは、ハッキリとそれまでの二歳馬たちとは違いました。歩いているときの硬さが消え、一歩一歩の飛びがとても大きく、優雅で、走っている表情はどこか嬉《うれ》しそうに見えます。

最大傾斜四・五％、ウッドチップという木材の敷き詰められた坂道を〝ホープ〟は苦にせず駆け上がってきました。並んで走っていた格上の五歳馬、これもまたディクスアイ産のオトコ馬を簡単に振りほどいて、さらに加速してきます。

調教は時計がすべてではないと言いますが、それを差し引いたとしても、この日〝ホープ〟が叩《たた》き出したタイムは二歳馬の平均をはるかに上回るものでした。

しかし、私が感動したのはそんなことではありません。朝日が降り注ぐ中を〝ホープ〟が駆けていく姿が、本当に美しかったことです。漆黒の毛色に隆二郎の金髪がよく映え、まさに人馬一体となった影が長くコースに伸びていました。

その美しさに涙がこぼれそうになりました。懸命に堪《こら》えながら、このとき私の脳裏を過《よ》ぎったのは、必ず単勝馬券を購入しようというひどく邪《よこしま》な思いでした。


午前中のレースを終え、太陽が昇りきった頃、私は社長と加奈子と三人でパドックに向かいました。

ロイヤルホープのそこでの見映えはお世辞にもいいとは言えませんでした。はじめての大観衆の前であきらかに集中力を失い、首を大きく上げ下げして、青鹿毛の肌は真っ白な泡状の汗で覆《おお》われています。手綱を引く広中厩舎の若いスタッフも不安そうにしています。

いわゆる「入れ込んでいる」という状態に加え、歩様の硬さがいつになくひどく、聴いていたラジオの解説ではこれでもかと酷評されていました。いざ走り始めてからの〝ホープ〟の変わり身を知っている私でさえ、不安が募ります。

対するディクスアイの子どもたちは、まるで父親の威厳を傷つけまいとするかのようにみな堂々としたものです。どうして「ロイヤル」の馬が出走するときの他馬はこんなにも強そうに見えるのでしょう。どの馬も初出走であるのがウソのように風格すら漂わせています。

パドックでのあまりの出来の悪さに、〝ホープ〟は締め切り直前に「8番人気」まで落ちました。すでに馬券は購入しています。私は一万円の、加奈子は三千円の、社長にいたっては百万円の単勝馬券を握りしめながら、パドックに移ってからは口さえ開きませんでした。

隆二郎の表情から心の内を探ることはできません。パドックを出て、馬場に入場し、軽く走り出しても〝ホープ〟の硬さは消えません。

返し馬からスタートを告げるファンファーレが響くまで、私はひたすら祈り続けていました。そしてゲートが音を立てて開いた瞬間、阪神競馬場の馬主席がどっとどよめきました。

一頭、ゲート内で立ち上がっている馬がいるのです。まさか……という思いと、案の定……という思いが激しく交錯しました。私の祈りもむなしく、一頭大きく出遅れたのはロイヤルホープでした。

体力を温存できるスローペースで進むことが多く、一般に新馬戦は前に行った馬が有利とされています。ラストの切れ味の鋭い馬が多いディクスアイ産駒《さんく》ではありますが、そのせいか有力馬たちもこぞって先頭争いを繰り広げています。

その結果、新馬戦としてはめずらしくハイペースでレースが進みました。その状況を見てのことでしょうか、最後方に位置した〝ホープ〟と隆二郎は焦《あせ》らず、どんと構えています。

さすがに前半のハイペースがたたり、「2番人気」のストリートラインを皮切りに、少しずつ先頭集団から脱落していく馬が出始めました。

ただ一頭ペースを乱さないのは「1番人気」のヴァルシャーレです。最後の直線に入ったところで「3番人気」のネオガラパゴス、「5番人気」のホロナウィズを振り切ると、一段ギアを上げました。

隆二郎が一貫してヴァルシャーレをマークしているのはわかりました。ヴァルシャーレがペースアップしたのを受けて、第4コーナーで隆二郎が軽く促すと、合図を受けた〝ホープ〟も一気に加速します。

トレセンで同じ光景を見た私でさえ目を見張りました。加奈子は「ちょっと！」と叫び、社長も「おいおいおい」と声を漏らします。〝ホープ〟の末脚は他の馬たちとは違いました。まるでそこだけべつの映像に差し替えられたかのように、次々とごぼう抜きしていくのです。

ハッキリ言って、ライバル視していたヴァルシャーレでさえ相手ではありませんでした。残り1ハロン、二〇〇メートルのところできっちりと捉《とら》えると、あとは引き離していく一方です。

結局、ヴァルシャーレに三馬身以上、以下の馬たちに十馬身以上の差をつけて、ロイヤルホープは圧勝で「伝説の新馬戦」を飾りました。

口取り式のためにウィナーズサークルに下りたときのことを、私はよく覚えておりません。のちに出来上がった写真を見ると、社長も、加奈子も、加奈子の父親も、広中氏も、隆二郎までもがガチガチに表情を強《こわ》ばらせていました。きっとみな〝ホープ〟の可能性を感じ取っていたのでしょう。

口取り式のあと、隆二郎が社長に近づきました。そして全員の視線を一身に浴びながら、深く頭を下げました。

「社長にいらないと言われるまで、この馬に乗らせてください。大切なロイヤルホープのデビュー戦に乗せてくれてありがとうございます」

社長はおどけたように身体《からだ》を仰《の》け反《ぞ》らす仕草を見せましたが、その目には嬉しそうな笑みが滲《にじ》んでいました。すでに隆二郎の〝ジンクス〟については伝え済みです。

社長は隆二郎の肩に手を置き、照れくさそうに言いました。

「よろしく頼むな、隆二郎」

翌朝、私はすべてのスポーツ紙を買い込みました。どの新聞もそれぞれ阪神の新馬戦を取り上げていましたが、私がもっとも気に入ったのは『東日スポーツ』が大々的につけたこんな見出しの記事です。

『クラシック主役候補を一蹴《いっしゅう》！〝伝説〟を制したのはロイヤルホープ』

あえて換金しなかった馬券と一緒に、私はその新聞を鍵《かぎ》つきの引き出しの奥深くにしまいました。

首尾良くデビュー戦で勝ち上がった〝ホープ〟は、近郊牧場での短期放牧を挟み、二戦目に九月の「野路菊ステークス」を選び、8頭立てという少頭数ながらここを勝利。初の重賞挑戦となった十二月のGⅢ「ラジオＮＩＫＫＥＩ杯」でも隆二郎を鞍上《あんじょう》に完勝し、社長に久々の重賞勝利をプレゼントしてくれました。

二歳時を三戦三勝というこれ以上ない成績で終え、ロイヤルホープは同世代の主役の一頭に躍り出ました。

この頃にはもう我々の逆算は始まっていました。「皐月賞《さつき》」「日本ダービー」「菊花賞」の、いわゆる「クラシック三冠」レース、とくに五月のダービーで勝つためにいま何をすべきか。社長から特別な指示は受けていませんが、私は常に頭を働かせていました。

何よりこわいのはケガで本番に出られなくなることです。身体は元気そうですし、いくらでも賞金を加算できそうなレースはありましたが、四月のクラシック第一弾「皐月賞」を念頭に置いて、〝ホープ〟は北海道に放牧に出ることになりました。

牧場では加奈子がつきっきりで面倒を見てくれました。今日はこんな調子だった、こました。

んなクセを見つけた、少し肉がついてきた、嬉しそうに走っていた……。毎日代わり映えのない内容でしたが、私もいつの頃からか彼女の報告を楽しみにするようになってい
ロイヤルホープにとってクラシックイヤーとなる年が明け、一ヶ月ほど過ぎた頃、私は社長から「一人で北海道に行ってこい」という命令を受けました。

おそらくは社長の一方的な決めつけと、温情だったと思います。本音をいえば、胸が高鳴りました。ノザキファームで再会したとき、十数年の年月など感じさせないほど加奈子は輝いていましたし、無造作に一本にまとめられた髪の毛も、泥だらけのシャツも、ノーメイクの顔も、学生時代の気取った姿よりもずっといいと思いました。

何よりも私は馬の未来を語る加奈子に魅せられました。牧場の事務所で社長らを交えて〝ホープ〟の将来を語り合った時間は、本当にかけがえのないものでした。

しかし、私が無邪気に心を弾ませていられたのはそこまででした。いよいよ宴もたけなわというときです。母屋《おもや》と隣接した事務所の扉が静かに開くと、そこに男の子が立っていました。

彼は何か口にするわけでなく、なぜかまっすぐ私を見つめていました。

「あ、ひょっとして息子さん？」

自分で首を揉《も》みながら、加奈子は私の質問に答えました。

「うん。翔平《しょうへい》。こう見えてもう六年生」

「ああ、そうか」

加奈子に似て背は小さい方でしょう。聞いていた年齢よりずっと幼く見えましたが、それを表明して彼の気分を害したいとは思いません。

「翔平くん、こんばんは。良かったらこっちに座らない？」

私は腰を浮かし、ソファにスペースを作りました。翔平はうんともすんとも言わず、それどころかまばたきさえしません。

一瞬、私は怯《ひる》みそうになりました。浮かれた気持ちを見透かされたというよりも、翔平の眼差《まなざ》しの強さが、その小さな背丈とかけ離れていると思ったからです。

「ちょっと翔平。挨拶くらいしなさいよ。失礼でしょ」

酔った加奈子が声を張りました。翔平はようやく目を瞬《しばた》かせて、冷たい表情をしたまま口を開きました。

「うるさくて眠れない。もう少し静かにして」

それだけ言い残して、翔平は母屋に消えていきます。加奈子はさらに顔を赤くして、

「ホントにあいつかわいくない！」と金切り声を上げ、加奈子の母親は「普段はいい子なんですけどね。ちょっと人見知りでして」と、誰にともなく弁明するように頭を下げました。

私は少年のうしろ姿を目で追いました。その小さな背中のシルエットは、社長がイヤミっぽく口にした「俺は仔馬《こうま》に好かれたけどなぁ」という言葉と一緒に、私の記憶に刻まれることとなりました。

あれから二年、北海道で加奈子と会うときはたいてい翔平がそばにいました。中学生になったいまもあいかわらず心は開いてくれません。主人を守る番犬のように鋭い目をし、気を緩めた瞬間に襲いかかってこられそうです。

新千歳《しんちとせ》空港のゲートをくぐったところで、加奈子は待っていてくれました。そのとなりにはやはりふて腐れた顔をして、翔平が立っています。

「二人ともわざわざ迎えにきてくれなくて良かったのに」

へりくだるように言いながら、私は社長から預かってきた野崎家への手土産と、それとはべつに自分で購入した翔平への土産を渡しました。

「だからこんなものいらないって言ってるでしょ」

加奈子は弱々しく首をすくめ、翔平は興味なさそうに袋の中を覗き込みます。以前、その気を引きたい一心で高価なゲーム機をプレゼントして、加奈子にこっぴどく怒られたことがありました。

チェーンの巻かれた四駆に乗り込んだところで、ちらりと私を一瞥《いちべつ》して、加奈子は髪の毛についた埃《ほこり》を拭《ぬぐ》ってくれました。

後部座席の翔平の視線が気になります。「せめて翔平くんのいる前では〝栗須くん〟と呼んでほしい」と頼んだことがありましたが、加奈子は「べつにそんなこと栄治が気にする必要ない。これ以上あいつがマザコンになっても困るし」と言うだけでした。

一ヶ月ぶりに馬房で会った〝ホープ〟は、とても元気そうでした。報告通り、さらにたくましさを増した身体に、代謝が落ちると出てくるという冬毛は目立たず、あいかわらず繊細な気配を漂わせてはいましたが、貪《むさぼ》るように飼い葉を頬張っています。

社長とは違い、私が顔を見せただけでは〝ホープ〟は近寄ってきてくれません。にんじんを差し出してようやく近づいてくるという程度です。それでも鼻を撫《な》でてやれば、仔馬の頃を彷彿《ほうふつ》とさせる愛くるしさを見せてくれました。

加奈子の父であるノザキファームの牧場長から「たとえ来週が皐月賞でも勝てる」という調子のいい報告を受け、その日は一日のんびり過ごし、夜は日高地区のホテルに宿泊しました。

翌日は一転、みんな忙しそうでした。「栄治、ごめん。私、仕事山積みだ。勝手にゆっくりしてて」と、加奈子も相手をしてくれません。放牧地の〝ホープ〟を見守ったり、事務所に飾られた写真やトロフィーを眺めたりして時間をつぶしていると、翔平が学校から帰ってきました。

お互いに「あっ……」と言ったまま、時間が止まったようでした。そこに例のオーバーオールを着た加奈子がやって来ました。

「あんたたち、なんで突っ立ってんの？」と言いながら私と翔平を交互に見つめ、加奈子はニンマリと微笑《ほほえ》みます。

「翔平、あんた今日は栄治に送ってってもらいなさい」

加奈子が命令するように言うと、翔平の頬がみるみる赤くなりました。

「はぁ？　ヤダよ」

「私、今日ちょっと忙しいの。栄治はまだ時間があるみたいだし、いいじゃない」

「いいよ、お母さんが送ってよ」

「だから私は忙しいって言ってるの。だいたい何が〝お母さん〟よ。普段は〝ママ〟って言うくせに」

「ああ、もうやめろって」

「やめないわよ。っていうか、なんなの、あんた。前から言おうと思ってたけど、栄治の前だと急にガキみたいになって」

「だからやめろって言ってんだろ！」

「だからやめないって言ってんのよ！」

母子が目の前で本気のケンカを始めて、しかもそれが他ならぬ私を巡ってのことで、胃が熱くなりました。

「あ、あの――」と、おずおずと声を上げ、私は二人の間に割って入ります。

「僕で良ければどこへでも送っていくよ。その、翔平くんさえ良ければだけど」

加奈子はうんざりしたように息を吐き出しました。そして、気まずそうに顔をしかめる翔平の後頭部を力いっぱい叩きます。

翔平は頭に触れながら恨めしそうに私を見つめ、渋々というふうにうなずきました。


二人きりの車中は、事務所とは比にならないほど緊迫した空気が立ち込めていました。お母さんとはどんな関係か？　母のことをどう思っているのか？　そんな質問を想定し、当たり障《さわ》りのない答えを用意していましたが、翔平にそのつもりはないようです。

冷たい沈黙を裂くようにして、尋ねられたのは一つだけでした。

「佐木隆二郎ってどんな人ですか？」

視線は窓の外を向いたままでしたが、声は震えていました。翔平から自発的に私に向けられた最初の言葉だったと思います。

私は自分に言い聞かせるように首を振りました。その道を志そうと思う者だからこそ、うかつなことは答えられないと思ったのです。

「馬のことしか考えてない人だよ」

翔平は何も応じません。私はハンドルを握りながら続けます。

「それは馬を可愛《かわい》がるというだけじゃない。隆二郎が少しでも強い馬に乗ろうとするのは、何も勝っていい思いをしたいからじゃない。いや、突き詰めるとそういうことになるんだけど、でも自己満足やお金のためなんかじゃない」

「じゃあ、なんのため？」

「自分がかかわった馬に一頭でもまっとうな余生を過ごさせてあげたいって。人間はがんばっているという過程だけで評価されるかもしれないけど、馬は勝つという結果でしか未来を切り拓《ひら》けないからって、そんなこと言ってるよ。自分は心が弱いから、馬の暗い将来は知りたくない。だから貪欲《どんよく》に勝つ可能性の高い馬に乗ってきたし、荒いと言われたとしても勝ちにこだわるレースをしてきたって」

競馬界に差す光はとてもまばゆいものですが、当然、相反する影も存在します。むしろその光がまぶしいほどに影は濃さを増していくのでしょう。たとえばディクスアイのような、現役時代も、種牡馬《しゅぼば》となってからも脚光を浴び続ける馬の背後には、まったく陽の目を見なかった数万、数十万という馬たちが存在します。

牝馬《ひんば》の場合は血統次第でまだ繁殖に上がる目が残されていますが、種馬になれる牡馬は万に一つという確率です。デビューできなかったり、未勝利戦すら勝ち上がれなかったりした彼らがどうなるのか。ＪＲＡが主催する中央競馬から、自治体が管理する地方競馬に鞍替《くらが》えし、そこで少しでも結果を出した馬たちはまだ幸せと言えるでしょう。問題は引き取り手がなかったり、あるいは地方に移ってからも結果を残せなかった馬たちです。

一度、私は思い入れのあった「ロイヤルチャペル」という馬の末路を辿《たど》るために、最後に流れ着いた高知に行こうとしたことがありました。休日を利用してのことでしたが、それを社長にこっぴどく叱《しか》られました。

「お前が行って何ができる？　それで貴様の罪悪感が消えるのか」

まだ社長について間もなかった頃のことです。そう指摘されて、私ははじめて胸に抱えたモヤモヤの正体が罪悪感なのだと知りました。

「いえ、その……」と言葉に詰まった私を睨みつけて、社長の顔が瞬時に真っ赤に染まったのを覚えています。

「じゃあ、俺は馬を買うべきじゃないのか？　結果を残せなかった馬たちにいちいち懺《ざん》悔《げ》しなきゃならないのか？」

「いえ、そんなことは……」

「ふざけるな！　だったらテメーは牛、豚をいっさい食わないのかよ！　菜食主義者か⁉」

その子どもじみた言いようにさすがにカチンときて、私はほとんどはじめて社長に言い返しました。

「そんなことは言っていませんよ。ですが、モヤッとした気持ちはいつも胸に抱えています」

「どういう意味だ？」

「この仕事に就いて以来、常に疑問を感じています。自分が動物虐待《ぎゃくたい》に加担しているという気持ちを拭えたことは一度たりともありません」

たしかに偽悪的ではありましたが、本心でもありました。人間のギャンブルの道具に動物を用い、ましてやムチまで振るうことが正しいとは思えません。人間の勝手な期待に応《こた》えられなければ無慈悲に処分されることもありますし、大昔にはＧⅠレース中に骨折し、予後不良と診断された馬の肉が、翌日の市場に流通していた事案もあったと聞いています。

社長の眉《まゆ》が歪みました。

「だったらもういいよ。お前、もうこの仕事辞めろ。向いてない」

「辞めませんよ。社長自身が裏切るなって言ったんじゃないですか」

「だったら黙って働いとけ！　俺じゃない誰かが買ってたらあの馬たちはみんな幸せな余生を過ごせたのかよ！　ふざけるな！　お前の考えるべきはそうじゃないだろう！　考えるのは、どうすれば一頭でも多く勝ち上がらせてやれるかだけだ！　独りよがりの罪悪感を抱くな！」

社長の口にしたことは、のちに隆二郎の言ったことと図らずも通じていました。怒声とともにデスクの筆立てが飛んできたこの日以来、活躍できなかった馬について社長と話したことはありません。それでも、我々の思いは間違いなく共通しています。一頭でも多くの「ロイヤル」の馬に明るい余生を過ごさせるために——。

それを必死に考え続けることだけが、我々に大きな夢を見させてくれる馬たちに報いられる唯一《ゆいいつ》の手段と私も信じています。

「今度、隆二郎のサインをもらってきてあげるよ」

そう約束した翔平を送り届けたのは、ノザキファームから三十分くらいのところにある乗馬クラブでした。

五十歳くらいのインストラクターの君和田《きみわだ》氏は、私を見るなり大笑いして、「翔平の新しいお父さん？　優しそうな人じゃない」と、大変面倒なことを言いました。

案の定、翔平はムッとした顔をして更衣室に消えていきます。私も憂鬱《ゆううつ》な気持ちにさせられましたが、いざレッスンが始まるとそんな思いは吹き飛びました。

翔平はもう四年ほど乗馬を続けているそうです。中学を出たら競馬学校に入学し、将来はジョッキーになって、ノザキファームの生産馬に乗ることを目指していると聞いています。

生半可な気持ちで取り組んでいるとは思っていませんでしたが、翔平の騎乗技術は普通の中学生のそれとは一線を画している気がしてなりませんでした。従順な馬ならすぐにでも競馬で乗れるのではと感じるほどです。

「いいでしょう、あいつ」

気づくと、となりに君和田氏が立っていました。雪焼けした肌に白い歯がよく映えます。私の手に缶コーヒーをねじ込むようにして、君和田氏は翔平に視線を戻しました。

「ロイヤルホープの馬主さんなんだって？」

「そのマネージャーです」

「どう？　〝ホープ〟はクラシック勝てそう？」

「どうでしょう。なんとか勝たせたいとみんながんばってくれているのですが」

「絶対に勝ってよね。この辺りの牧場はめっきり明るい話題がないからさ。最近は北陵ファームの馬ばっかりでしょう？　なんかみんな暗くって」

「そうですね。そうなるようにがんばります」

当たり障りのない受け答えをして、私も視線を翔平に移しました。西からの陽を身体いっぱいに浴びて、馬とともに翔《か》ける姿に、加奈子が「それだけは絶対に譲れなかった」と言っていた名前の由来を思わずにはいられません。

君和田氏が淡々と続けます。

「あいつ、将来ジョッキーになりたいんですよ」

「らしいですね」

「ジョッキーになって、ロイヤルの馬に乗りたいって」

「え、うちのですか？ ノザキファームさんのではなく？」

「もちろん野崎さんのところの馬には乗りたいんだろうけどね。でも、おたくに恩返ししたいって言ってたよ。牧場が苦しいのを助けてもらったから、いつか自分がジョッキーになってロイヤルの馬を勝たせたいって。お前が選ぶんじゃなくて、お前が選んでもらうんだって一応釘《くぎ》を刺しておいたけど、あいつがそんなこと言うのいままでなかったから。ちょっと嬉しくて」

君和田氏は本当に嬉しそうに目を細めました。私は翔平の意外な一面を教えられた気がしました。

加奈子が離婚し、二人が東京から北海道に引っ越したのは、翔平が八歳のときだったと聞いています。もともと引っ込み思案な性格だったところに、両親の離婚が加わり、ますます塞《ふさ》ぎ込むようになったからだと、加奈子は自分を責める口調で言っていました。

北海道に移り住んでからも、しばらくは生活に順応するのに苦労したそうですが、気づいたときには翔平は自然と笑うようになっていたそうです。

友だちに恵まれたのもさることながら、やはり生活の中に馬がいたことが救いになったのでしょう。他に極端に娯楽の少ない環境で、翔平は率先して牧場の仕事を手伝うようになり、テレビで生産馬が出走するレースを見ては、ますます馬の世話に精を出すようになったそうです。

翔平から「僕、乗馬をやってみたい」と切り出されたとき、そのまっすぐな目を見て、加奈子は赦《ゆる》された気持ちになったと言っていました。ジョッキーになりたいという翔平の夢は、すでに加奈子のものでもあるはずです。

練習を終え、馬房に戻って馬を洗う翔平を、私はボンヤリ見つめていました。

「勝てますよね？」

腕は動かしたまま翔平がポツリと尋ねてきます。

「絶対に勝ってください。皐月賞も、ダービーも……。それで、少しでも長く〝ホープ〟を活躍させてください」

「長く？　どうして？」

「僕、いつかあいつに乗りたいんです。一日も早くジョッキーになりますから、だから、お願いします」

来年、十倍とも十五倍ともいわれる倍率の競馬学校に仮に入学できて、挫折《ざせつ》することなく三年制の課程を修了したとしても、翔平がジョッキーとしてデビューするのはどんなに早くても四年後ということになります。

そのとき、七歳になっているロイヤルホープが現役として活躍できているか、確率で考えれば難しいと言わざるを得ないでしょう。しかし、私は力強くうなずきました。いつになく素直な翔平の言葉に胸が熱くなりました。

「そうだね。僕に何ができるかはわからないけれど、あの子が少しでも長く戦っていられるためにやれることは全部やる。だから、翔平くんもがんばって」

やれることをしてくれるのは調教師であり、牧場関係者であり、ジョッキーです。せいぜい馬主である社長までで、自分もやっているという気になっては足をすくわれるといつも自戒しているつもりです。それでも、約束しないわけにはいきませんでした。

我々の熱に反応したように馬がブルルッと鼻を鳴らします。「鼻ラッパ」とも「鼻嵐《はなあらし》」とも呼ばれている、鼻づまりを防ぐための馬特有の仕草です。

吐き出される息は真っ白ですが、春はあっという間にやって来ます。ロイヤルホープとその周りに集ったチームの挑戦が、再び始まろうとしています。

ロイヤルホープの再始動は三月の第一週、中山競馬場で行われるGⅡ「弥生賞《やよい》」と決まりました。

北海道から栗東の広中厩舎《きゅうしゃ》に戻ってきた頃には、〝ホープ〟を取り巻く環境は激変していました。今年度のクラシック戦線の主役の一頭として、マスコミやファンの注目度が飛躍的に増していたのです。

隆二郎までもが「イケメンジョッキー」などと注目されていました。ふてぶてしい態度でクルーを手こずらせているようですが、ドキュメンタリー番組の密着取材を受けているとも聞いています。放送日は五月の最終週、日本ダービー当日の夜。テレビ局も今年のダービーの本命に〝ホープ〟を推しているということなのでしょう。

〝ホープ〟は頭のいい馬です。きっと周辺のあわただしさに気がついているはずですが、ペースを乱すことはなく、しかし肉体も表情もしっかりと本番モードに切り替え、その日を待ち望んでいるようでした。

それでも、クラシックの前哨《ぜんしょう》戦となる「弥生賞」には、〝ホープ〟にとっていくつかの懸念《けねん》がありました。デビューしてからの三戦がすべて阪神競馬場だった中で、千葉にある中山競馬場までの輸送が〝ホープ〟にどう影響するのか、想像できなかったのが一つです。

中山競馬場の特殊なコース形態にも不安はありました。〝ホープ〟はスタートのいい馬ではありません。デビュー戦のときのような立ち遅れはありませんでしたが、二戦目も、三戦目も当然のように出遅れては、最後の直線で一気に差しきるという勝ち方をしてきました。

そうした派手なレースを見せてきたからこそ、〝ホープ〟にこれだけ多くのファンがついた面はあるのでしょうが、中山競馬場は一般に「小回りコース」と言われ、最後の直線が短いという特徴があります。

これまで数多の「直線一気」型、末脚《すえあし》で勝負するタイプの馬たちが中山の直線に散っていく姿を見てきました。四、五番手の好位でレースすることが望ましく、スタートの出遅れはそのまま致命傷になりかねません。

一人で不安に駆られる私に、みなさんは頻繁に声をかけてくれました。広中氏は「ひょっとしたらめちゃくちゃ中山巧者かもしれないよ」とニヤニヤとしていましたし、隆二郎からは「クリスさんがビビってても仕方なくない？　そういうの馬に移るからやめてほしいんだよね」と怒られました。

社長の言葉は、実に社長らしいものでした。

「まぁ、どうせ本番が中山であるのは変わらないんだ。いまのうちに試しておくのは悪いことじゃないだろう」

「本番って……。『皐月賞』のことでしょうか？」

「バカ野郎！　中山の本番は『有馬記念』に決まってるだろうが！　考えろ！」

初の長距離輸送、初の中山、初の長期休養明け……。様々な不安材料を抱えながら、ロイヤルホープはこのGⅡ「弥生賞」で、単勝1倍台、ぶっちぎりの「1番人気」に支持されました。

多少カリカリしている面はありましたが、輸送は乗り切ってくれたと思います。しばらくレースから遠ざかっていたこともあり、馬体重は前走時と比べて「プラス一〇キロ」。それでも輸送で体重を大幅に減らすことよりもずっと好感を持つことができ、北海道から駆けつけた加奈子たちも安堵の息を吐《つ》いていました。

レース内容も、危惧《きぐ》していたようなことはありませんでした。あいかわらずスタートはひどいものでしたが、例によって走り出した途端にパドックでの硬さが消え失《う》せ、向こう正面で隆二郎の指示に従って一気に順位を押し上げると、最後の直線では大外の六番手という好位につけていました。

馬券を購入してくれた多くのファンとともに、私も〝ホープ〟の勝利を確信しました。しかし休み明けのせいか、コースのせいかはわかりませんが、待てど暮らせどいつもの末脚が炸裂《さくれつ》しません。

それでも地力で前を行く人気の馬たちを捉えることはできましたが、大逃げを打った人気薄の一頭だけは最後までつかまえることができませんでした。

四戦目にしてはじめてついたロイヤルホープの黒星に、中山競馬場は大きなため息に包まれました。

ですが、私を含めて陣営にこの結果を悲観する者はいませんでした。勝つに越したことはありませんが、広中氏は当初から「ここは皐月賞に向けての叩き台」と位置づけておりましたし、負け惜しみかもしれませんが、社長も「もうGⅡはいらない。俺が欲しいのはGⅠだけだ！」と口にしておりました。

何よりも隆二郎がマスコミに向けて発したレース後の談話が、我々の思いを代弁してくれていたと思います。

「正直、不安要素の多かった中でこの走りは充分です。最後はいつもの切れ味がありませんでしたが、まぁそれも想定内。来月はいけると思います」

それは我々の偽らざる思いでした。休み明けの前哨戦でこれだけ走ってくれるのなら、来月の「皐月賞」では、きっと――。

そう信じていましたし、その期待に応じるように、トレセンに戻ってからの〝ホープ〟もさらに肉体のたくましさを増し、調教に打ち込んでくれました。

そして迎えたクラシック第一弾、ロイヤルホープにとって初となるGⅠ「皐月賞」当日。この日、陣営にはいくつかの変化がありました。小さなところでは、隆二郎が「いつまでもチャラチャラしていられない」と、髪を真っ黒に染めてきたこと。大きいことでは、この日から「ロイヤル」の勝負服が変わったことです。

騎手が着用するカラフルなユニフォームは、各馬主がデザインを決めています。細かい取り決めはありますが、基本的には胴部と袖部《そでぶ》にそれぞれ決められた柄があり、色は十三通りずつ用意されています。その組み合わせによって何通りになるのかわかりませんが、すでに二千以上のデザインが登録されているという話です。

従来の「ロイヤル」の勝負服は、お世辞にもカッコいいとは言えないものでした。デザインに統一感がなく、色がゴチャゴチャと多用されていて、かといって淡い色ばかりなので遠目から目立つわけでもないという、いろいろと問題のある代物《しろもの》だったのです。

とはいえ、私から社長にそれを進言したことはありません。二十年も使用してきた勝負服に思い入れがないはずはなく、うかつなことを口にすれば、気分を害されるのは火を見るよりあきらかです。

そんな私の気遣いなどおかまいなしに、堂々と言い放ったのは隆二郎でした。

「社長、この勝負服って変えられないんですか？」

「勝負服？　なぜだ？」

「めちゃくちゃダサいじゃないですか。これからクラシックに打って出ようっていうのに、この服じゃ〝ホープ〟が憐《あわ》れですよ」

昨年の九月、阪神競馬場の「野路菊ステークス」のパドックでのことでした。嘲笑《ちょうしょう》するように言い放った隆二郎の言葉に、私は肝を冷やしました。

社長はぶ然としていましたし、以来、勝負服について何も言ってこなかったので、機嫌を損ねたものと決めつけておりました。唐突にユニフォームを変更すると伝えられたのは、2着に敗れた「弥生賞」直後のことです。

知り合いのデザイナーのアイディアを採用したという新しい勝負服は、黒地の胴部に「のこぎり歯形」という模様が入り、上部は赤。袖は黒地に白い「一本輪」が入っているというものでした。黒と赤が印象的なデザインはとてもシンプルで、ジョッキーとしては背の高い隆二郎にもよく似合っていました。

何よりも私は胸の「のこぎり歯形」が気に入りました。〝ホープ〟の額にある稲妻型の白斑《はくはん》を模していると読み取ることができたからです。

ジョッキーの決意が表れた髪の色と、新しい勝負服に、私の気分は高揚しました。しかし、それを挫《くじ》くかのように、中山競馬場には前日から大粒の雨が降り注いでおりました。

一週間前に阪神競馬場で開催された牝馬クラシックの第一弾「桜花賞《おうか》」の当日は、その名に違《たが》わず、見事な桜の花が咲き乱れていました。限りなく白に近い淡いピンクの花々が、いまにも突き抜けそうな青い空によく映え、メス馬たちの祭典を華やかに演出していました。

先週時点での予報では同じような晴天だったはずなのですが、今日はわずかに残った桜の花を流し落とそうとするかのように、激しい雨が降っております。

当然、馬場も湿っていました。後方から末脚で勝負する〝ホープ〟のような馬にとっては不利な条件です。

問題は他にもありました。中山に到着した〝ホープ〟が見るからに瘦《や》せこけていたことです。馬体重は「弥生賞」から「マイナス一二キロ」となる四六八キロ。合流した広中氏の表情は曇りきっていましたし、隆二郎は不服そうに口をすぼめ、北海道から来た加奈子の父親の顔には怒りが滲み出ていました。

それでも、大雨の中を押し寄せた七万人のファンは〝ホープ〟を「1番人気」に支持しています。前走までのレース内容を評価してくれたこともあるのでしょうが、それ以上に大きかったのは、その他の有力馬がことごとくかつて〝ホープ〟が倒してきた相手だったことです。

ロイヤルホープが「弥生賞」から名乗りを上げてきたように、「若葉ステークス」や「スプリングステークス」など、いくつもの前哨戦や重賞レースからライバルたちが勝ち上がってきていました。

おもしろいのは、そこに「伝説の新馬戦」で戦った馬が多く含まれていたことです。1着を争った椎名善弘氏の「ヴァルシャーレ」や、あの日の2番人気だった「ストリートライン」、新馬戦では掲示板にさえ載れなかった7、8着の馬までもがその後しっかりと勝ち上がり、ここに参戦してきました。

パドックに馬が出てきたときには、雨は激しさを増していました。濡《ぬ》れそぼる〝ホープ〟の毛づやにいつものハリはなく、骨が浮き上がってしまっていて、表情に覇気もありません。

しかし、なぜか人気はじりじりと押し上げられていきます。ラジオのパドック解説でも絶賛されておりました。「いつになく落ち着いている」「踏み込みが非常に深い」「風格が出てきた」「幼さがなくなり、気性の成長がうかがえる」「究極の仕上げ」といった数々の賛辞を聞いて、ふと我に返る思いがいたします。

不安が馬に移るといったいつかの隆二郎の声が耳によみがえりました。懸念材料を抱えているのは、今回に限ってのことではありません。毎回、毎回、必ず何かしら不安に思いながらも〝ホープ〟はそれをはね返してきてくれました。

馬がパドックを出ていく際、社長は一言だけ「頼むぞ」と、鞍上の隆二郎に伝えました。髪を黒く染めた隆二郎は社長を見下ろし、力強くうなずきます。

その姿を確認して、観客席に戻る前、私は電話を一本入れました。デビュー戦以来、欠かさず〝ホープ〟の応援にきている加奈子が今日は来ていません。翔平の乗馬大会とバッティングしてしまったためです。

翔平も以前から「クラシックは絶対に応援に行く」と言っていました。「大会を取るか、レースを取るか、加奈子は彼に判断を任せたようです。翔平は「僕は自分のすべきことをする」と、即答したと聞きました。

きっと気が気ではなかったのでしょう。加奈子はワンコールで電話に出ました。『どう？』という緊迫した声が携帯を伝います。

「いまパドックを出ていった。とてもいいよ。いつもより落ち着いているし、風格が出てきた気がする」

私は無意識のままラジオの言葉をなぞっていました。

『そう。なら良かった。いよいよだね』

「翔平くんは？」

『こっちもそろそろ』

「そうか。もし伝えられるなら、伝えておいて。〝ホープ〟は絶対勝つからって。だから君は自分のことをがんばれって」

『うん、ありがとう。必ず伝える』

「終わったらまた電話するよ」

ゲン担《かつ》ぎのための単勝馬券を購入して、席に戻ると、社長が引き連れてきたロイヤルヒューマン社の社員たちがずらりとそろっていました。その中には競馬場でしか見たことのないスタッフも混ざっています。

いつもは挨拶《あいさつ》くらいしかしない彼ら一人一人と握手を交わして、私は社長のとなりの席に腰を下ろしました。

目が合って、どちらからともなくうなずきます。ついにここに辿り着いたという感慨は、我々しか共有できないものであるはずです。社長が差し出してきた分厚い右手を、私は両手で握り返しました。

発走の時間が近づき、客席のざわめきが一瞬波が引くように消えました。雨の中山競馬場に重いファンファーレが響きます。

スタート地点を歩いていた〝ホープ〟が、ふと足を止めました。双眼鏡を覗《のぞ》き込むと、隆二郎が頭を撫でています。そのことに気づかないのか、〝ホープ〟は微動だにせず、ボンヤリと空を見上げています。

社長と出会って十年、マネージャーになって七年が過ぎました。緊張も、不安も、期待も、古い記憶までもが複雑に胸に入り乱れる中、馬たちが続々とゲートインを果たしていきます。〝ホープ〟もいつになくすんなり収まりました。客席のボルテージが一段と高まり、次の瞬間、爆発するような歓声が内臓を突き上げます。

このときにはもう社長に「GIオーナー」の称号を与えるのは、このレースの、この馬なのだと私は確信していました。数分後の華々しい光景をイメージせずにいられません。

危惧していたスタートは完璧《かんぺき》でした。6番枠からタイミング良く飛び出していくと、暴走することなく前後の馬としっかりと折り合い、〝ホープ〟はいつになく淡々と走っていきます。

先頭を行くのは出走前の予想通り、1番枠のヴァルシャーレでした。向こう正面に入ってからも隊列は変わらず、〝ホープ〟と隆二郎はわずか五、六馬身先を行くヴァルシャーレの背中をじっと見つめ、内目の四番手という絶好の位置でその瞬間を待っています。こんなおあつらえ向きなレース展開はかつてありませんでした。

客席からもっとも遠い3コーナーに入ると、双眼鏡を覗いていても滝のような雨で馬群が見えなくなりました。大型のターフビジョンに目を移しても、新しい黒地の勝負服を確認することはできません。

そのうち屋外スタンドに咲いた傘の花が、直線の入り口付近から大きく揺れ始めました。雨霧のカーテンをくぐり抜けるように、最初に姿を目視することができたのは〝ホープ〟に続く「2番人気」のヴァルシャーレです。

鞍上は昨年度のリーディングジョッキー、ベテランの安野《あんの》克也《かつや》です。安野はムチを風車のようにくるくる回す、代名詞ともいえる風車ムチを繰り出しながら、力強く馬を追ってきます。

そのヴァルシャーレを独走させまいと、一頭、また一頭と、後続の馬たちが直線に進出してきました。屋外の傘は波打つように大きく揺れ、指定席エリアにも「残せ！」「差せ！」という怒号のような声が飛び交います。

中山競馬場に集った数万人が様々な熱を持ってその光景に見入る中、ただ一つ、空気の冷え切った場所がありました。ロイヤルヒューマン社のスタッフが陣取った一角です。

途中まで好位で追走していたはずの〝ホープ〟が、一向に現れません。ようやくラチ沿いにその姿を確認したときには、ヴァルシャーレをはじめとするライバルたちははるか前方を行っていました。

まるでレースを諦《あきら》めてしまったかのようにトボトボと走る〝ホープ〟の姿に、私はまずケガを疑いました。

しかし、隆二郎は懸命に追っています。絶対に走るのをやめさせまいとするように、諦めさせまいとするように、顔を伏せながら〝ホープ〟の首をぐいぐいと押し込んでいます。黒いゴーグルの下の表情はもちろんうかがうことはできませんが、私には隆二郎が泣いているように見えました。

結局、レースはラストでさらに加速したヴァルシャーレの圧勝で終わりました。ロイヤルホープは直線に入ってからもまったく見せ場がなく、16着という目を覆《おお》いたくなる結果に散りました。

ゴール板の前を駆け抜けると、〝ホープ〟はクールダウンもそこそこに立ちすくみ、再び空を見上げました。

1番人気馬のしんがり負けです。ファンたちの怒声が十重《とえ》二十重《はたえ》に響く中、呆然《ぼうぜん》とたたずむ愛馬の姿はひどく物憂《ものう》げで、雨で涙を隠しているかのように見えました。

私は胸に焼きつけるように〝ホープ〟を見つめていました。テーブルを叩《たた》きつける音が耳を打ったのは、その直後です。

「おい、クリス――！」

私はあわてて社長を向きました。怒りで血走った目が、まっすぐコースの〝ホープ〟に向けられています。

「絶対にダービーは獲《と》るからな！　何があってもだ！　絶対に立て直す。ダービーは何がなんでも俺たちが獲る！」

隆二郎や〝ホープ〟同様、社長も泣き出しそうな顔をしています。怒りと悲しみに暮れるロイヤル陣営を尻目《しりめ》に、私の視界の隅に映ったのは、表彰式のために馬場へ下りていこうとする椎名善弘氏の姿でした。

私はその姿を胸に焼きつけました。多くの視線を完全に無視し、椎名氏は奥さまとともに足早にターフへと向かっていきました。

※

それぞれが期するものを胸に抱えながら、「皐月賞」から「日本ダービー」までの一ヶ月は静かに過ぎていきました。

周囲は放っておいてくれません。スポーツ紙を開けば「競馬の祭典」の文字を見つけることはできましたし、繁華街の看板には『さぁ、日本ダービー！』といった文言が焚《た》きつけるように躍っています。

しかし、ロイヤルホープはもうその主役ではありません。多くの期待を裏切った「皐月賞」での凡走に、すでに終わった馬と見る向きもありました。『典型的な早熟馬』『ナゾ牧場のナゾ血統』『そもそもこれまでがラッキーパンチ』『もはやヴァルシャーレの敵じゃない』『あいかわらずGⅠでは用なしの山王社長（笑）』……。

耳を塞ごうとしたつもりはございませんが、我々がそういった心ない言葉に動じることはありませんでした。広中氏は淡々と〝ホープ〟に調教を課していましたし、隆二郎も冷静に乗り役を務めてくれました。

社長も顔色を変えることはありませんが、胸に期するものはあるのでしょう。最近はほとんど断ってきた競馬がらみの取材のオファーをすべて受けるよう、唐突に命じてきたのです。

そこで何か特別なことを口にするわけではありません。

「雨のせいか、輸送のせいかはわかりませんし、皐月賞のレースについて言い訳するつもりもありません。ですが、我々はロイヤルホープがあの程度とは思っていません。北海道で生まれた日から、彼は多くのものを背負ってきました。これまでも我々にたくさんの夢を見せてくれたんです。あの皐月賞があったからこそ、私はダービーがより楽しみになりましたよ。〝ホープ〟が反逆に転じる姿を、私にはハッキリと想像することができるんです」

七十歳を超え、さすがに社長の言葉にかつてのようなキレはなくなりました。それでも話している側が思わず目を逸《そ》らしてしまうような眼差しの強さは変わりません。言葉にトゲがなくなったからこそ、よりすごみを増したと言えそうです。

あの日の雨を嘲笑《あざわら》うように、五月に入ってからは晴天が続きました。社長室から見渡せる横浜港も、ここ数日は見事な凪《なぎ》です。思わず恨み言が漏れそうになりました。代わりにため息が一つこぼれます。

焦《じ》らすように、しかし刻一刻と、時間は過ぎていきました。社内の空気は日に日に緊迫感に包まれていきます。競馬なんて最近まで知らなかったはずの新人の女性社員にまで「いよいよなんですよね。がんばりましょうね！」などと声をかけられる始末です。これではいくら気にするまいと思っても、意識してしまいます。よほど肩に力が入っていたのでしょう。ダービーを十日後に控えた日のことでした。

「おい、クリス。お前、今週の土日は休め。命令だ」

社長から前触れもなくそんなことを言われました。

「お前、俺についてからほとんど休んでないだろう。こんな時代だからよ。過労死なんてされたらたまらないんだ」

社長はニンマリと笑いましたが、もちろん休んでいる場合ではございません。大一番をいよいよ翌週に控えているのもさることながら、本業の方でも私など比にならないほど社長は激務を極めています。

「ありがとうございます。お心遣いだけで充分です」

「お心遣いで休まるかよ。ダメだ、決定だ。それでお前、親父《おやじ》さんの墓参りに行ってこい」

「え？」

「親父さんに〝ホープ〟の必勝を祈願してきてくれ。里帰りだってどうせたいしてしてないだろ？　そんな罰当たりなことしてるから皐月賞は負けたんだ」

社長は自分の言葉に酔いしれるように、顔をうっとりさせました。こうなったらテコでも考えが動かない人です。

たしかに転職してからは帰省さえしていません。この機会に墓前で父と話すのもいいかもしれないと、私は素直に従いました。

結果的に、私は故郷の長野で英気を養うことができました。出迎えてくれた兄夫婦は、私の顔を見るなり「そんなに仕事大変なのか？」と尋ねてきました。理由を尋ねると、ひどく切羽詰まった顔をしていると言うのです。そんな自覚はありませんでしたが、そうなのだとしたら、やはり翌週に迫った「日本ダービー」が一番の理由でしょう。

甥《おい》っ子たちと諏訪湖《すわこ》に出かけ、久々に声を上げて笑い、しかし十五時には家に戻り、兄と一緒にテレビで牝馬クラシック第二戦の「オークス」を観戦しました。

「すごいよな。これもお前の仕事なんだもんな」とあっけらかんと言いながら、兄はしっかりと馬券を買っていました。私が山王社長の下について以来、すっかりハマったのだといたずらっぽく口にします。

「お前がどれだけ入れ込んだところで走るのは馬なんだからさ。気楽にやれよ」

競馬用語を用いたイヤミを聞き流し、最後に子どもたちと一緒に父の遺影に手を合わせ、本当に心の中で〝ホープ〟の必勝と、それ以上にケガのないことを祈願して、私は兄の家族に盛大に見送られて家を出ました。

上諏訪から電車に乗り、ビールと弁当をつまみながら、私は文庫本を開きました。最近はあまり競馬関係の本を読まないようにしておりますが、たまたま持ってきた競馬にまつわる詩集があまりにも素晴らしく、手帳にメモを取るなどして、時間を忘れて読み耽《ふけ》っておりました。

だから、カバンの中の携帯が震えていたことに気づきませんでした。五件もの不在着信にようやく気がついたのは、電車が新宿に着こうとしたときです。名前を確認すると、すべてに『広中博・栗東』とありました。

〝ホープ〟の身に何か起きたのかと、到着したホームであわてて電話をかけました。真っ先に耳を打ったのは、広中氏の笑い声です。

『ああ、やっと電話来た。クリスくん？　いまどこ？』

「いまですか？　新宿ですけど」

『新宿！　え、なんで？　俺たちも新宿にいるんだよ。じゃあ、ちょっと顔出してよ』

「俺たちって、どなたですか？」

『まぁ、それは来ればわかるから。でも、おもしろいメンバーだよ』

指定されたホテルのバーに顔を出すと、柱に隠れたソファ席に目当ての顔がありました。まだ二十一時を回ったばかりですが、広中氏の顔は真っ赤です。

「おお、来た来た。クリスくん、こっちこっち。どうして新宿になんているのよ！　ホントにもうヒキが強いんだから」

そうまくし立てる広中氏の他に四人ほどいらっしゃいました。そこに見知った顔は一つもありません。私と同年代くらいの背広姿の男性が一名と、他はみな華やかな雰囲気をまとった若い女性……と思ったところで、そのうちの一人が隆二郎であることに気がつきました。

しばらく気づかなかったのは他でもありません。「あ、髪……」と言ったまま、私は言葉に詰まりました。昼にテレビで観戦した「オークス」では黒かったはずの隆二郎の髪の毛が、再びあざやかな金色に染まっているのです。

私の視線に気づいた隆二郎はやりづらそうに目を逸らします。広中氏が意地悪そうに教えてくれました。

「俺の髪は〝ホープ〟の尾だったんだ。勝手に色を変えたからあいつが怒って走る気をなくしたんだって、皐月賞のあとにベロベロに酔って言っててさ。ダービーの前にまた戻すとは言ってたけど、まさかホントにやるとはね」

朝の光の中で人馬一体となった絵が脳裏をかすめました。いつかの調教時に見た隆二郎と〝ホープ〟の姿です。隆二郎が酒に酔うのも、熱い言葉も想像しにくくはありましたが、嬉しくなります。

隆二郎は余計なことを言うなというふうに口をすぼめ、となりの女性の耳もとで何やらささやきました。

酒席に女性がいることはめずらしくありません。競馬サークルに足を踏み入れた当初はあまりの男社会ぶりに何度も辟易《へきえき》させられましたし、みなさんの女好きに驚かされることもありました。あの調教師は愛人を連れて北海道を回っている……、あの騎手は競馬場のある先々に現地妻を囲っている……。ウワサ話は枚挙にいとまがありません。馬主席でも多くの方が競うように着飾った若い女性を連れています。

隆二郎に声をかけられた女性は小刻みにうなずき、友人らしき方を伴って席を立ちました。去り際にお辞儀してくれたキレイな女性に見覚えがある気がしましたが、どこかの競馬場で会ったのでしょう。

そう思い込もうとした矢先、広中氏が呆《あき》れたように息を吐きます。

「すごいね、クリスくん。ホントにテレビとか見ないんだ？」

「テレビですか？　ええ、あまり見ない方かもしれません」

「いまの人、女優の高遠美奈子《たかとおみなこ》だよ。隆二郎のこれ。平良《たいら》さん、書いちゃダメだよ」

広中氏は小指を立て、品なく笑いながら背広の男性に話しかけました。高遠美奈子さんの方にはピンと来ませんでしたが、男性の名前に聞き覚えはありました。見覚えといった方が正しいのかもしれません。

男性は「俺は芸能記者じゃないからな」とぶっきらぼうにつぶやいて、カードケースから名刺を一枚取り出しました。

思った通り、そこには『東日スポーツ　平良恒明《つねあき》』と記されています。発行部数第二位のスポーツ紙のエース競馬記者であり、何よりもロイヤルホープの新馬戦に注目し、紙面に大きく取り上げてくれた方です。

私も名刺を抜き取りました。

「新馬戦のときはいい記事をありがとうございました」

「あ、読んでくれました？」

「もちろん。ファイルして大切にしまっています。あの日の単勝馬券と一緒に」

平良氏は無骨な風貌《ふうぼう》に似つかわしくない愛嬌《あいきょう》のある笑みを浮かべました。目もとをくしゃくしゃにほころばせる表情に、警戒心がするりと解けます。

私のオーダーしたビールが届き、乾杯したところで、広中氏が仕切り直しというふうに切り出しました。

「クリスくんに来てもらったのは他でもない。急遽《きゆうきよ》ダービーに向けての決起集会をしようってことになって」

「そうでしたか」

「ホントはべつのオーナーに今日の打ち上げ誘われてたんだけどさ。なんか来週のことを考えたらいてもたってもいられなくなっちゃって。隆二郎に電話したら案の定オークスの打ち上げには参加してないっていうから、だったら決起集会をしようって。高遠さんには悪いことしちゃったけど」

「平良さんは？」

「もちろん俺が呼んだよ」

「どうして？」

「それはもちろんロイヤルホープという馬の大ファンだからですよ」と、平良氏が目尻を下げながら割って入ります。

「ファン？」

「ええ。つけ加えるとしたら、山王社長に恩があるっていうことですかね。前に僕があるた物調教師とケンカをして、仕事しにくくなっちゃったことがあったんです。そのとき見かねた山王社長が仲裁に入ってくれて、その上で怒られました。『お前はこわい顔で仕事しすぎだ。馬に緊張を与える態度を見せるな。ウソでも笑ってろ』って。あの言葉には妙な説得力がありました。実際にウソでも笑うようになってからはずいぶん仕事がしやすくなりましたよ」

平良氏はそれを証明するように柔らかく微笑《ほほえ》みます。釣られるように笑いながら、広中氏が引き取りました。

「ここにいるメンバーは多かれ少なかれ山王社長に恩のある人間ばかりだよ」

「いや、隆二郎はべつに……」

思わず目を向けた隆二郎はつまらなそうに鼻をこすります。

「だって俺のデビュー戦、ロイヤルの馬だったじゃん」

「え、そうなんですか？」

「はぁ？　マジで言ってるの？　クリスさんってマジメそうな顔してるけど、そういうとこ抜けてるよね。最初に俺が所属した厩舎に社長が何頭か預けてて、俺を乗せろって言ってくれたらしいんだよ。その理由が、俺が生意気な顔をしていて、ああいうのはギリギリのレースをするからってことだったらしくてさ」

タバコに火をつけた隆二郎に、広中氏が語りかけます。

「お前、それだけじゃないだろ。こいつ、そのあとすぐに社長と大ゲンカしたんだ。新人ジョッキーがオーナーとケンカしたって、当時の競馬サークルではわりと話題になったことでさ。二人とも意地っ張りだし、競馬場で目も合わせようとしなかったから。今回、ロイヤルホープを預ったのを機に俺が間に入らせてもらったんだ」

広中氏は平然としていますが、私は目を見開きました。デビュー戦の口取り式の光景がよみがえります。あの日、社長に「ロイヤルホープに乗せてくれてありがとうございます」と頭を下げた隆二郎の気持ちも、「よろしく頼むな、隆二郎」と応じた社長の思いも、完全にはき違えていました。

「お前がギリギリのレースをする騎手だって最初に見抜いた人なんだよな。山王さんは」

平良氏の独り言のような言葉に、隆二郎がムキになったように反論します。

「見抜いたんじゃないよ。あの言葉に俺が縛られたんだ」

「だとしたら、いよいよ感謝しなきゃな。それがなきゃお前は二流ジョッキーだ」

「こんなに制裁食らっててもかよ」

「ああ。二流だった。少なくとも高遠美奈子は抱けなかったぞ」

隆二郎が辟易するのを一瞥《いちべつ》して、広中氏が話題を変えます。

「クリスくんってネットとかは見てる？」

「ええ。それは、たまに」

「ああいうのって基本的にめちゃくちゃなこと書かれるじゃん？　競馬って、当たり前だけど十八頭立てのレースなら十七頭が負けるんだよ。どれだけ調教師が準備して、どれだけジョッキーが上手《うま》く乗って、馬の実力が足りていたとしても、展開一つで大敗することだってあり得るんだ。それをわかってない連中が、好き勝手なことばかり書いてやがる」

「でも、それはどうなんでしょうね。そんなことみなさん充分わかった上で書いてるんじゃないですか。大切なお金を賭《か》けているわけですから。捌《は》け口を探したくなる気持ちもわかる気はしますけど」

「うん、そうなんだ。だから、俺は甘んじて批判を受け入れるし、隆二郎が叩かれてるのを見ても正直なんとも思わない。でもさ、山王社長がボロカスに言われるのはどうしても許せないんだよね。あまりにも的が外れてる」

「社長ですか？」

「うん。見たことあるでしょう？」

「それは、まぁ……」

テレビに映る姿がよほど目立っているのでしょう。ずんぐりむっくりとした身体《からだ》を、ど派手なファッションを、白髪混じりの口ひげを、それだけ今風のメガネを、社長はたびたび揶揄《やゆ》されます。

私が何より心を痛めるのは、馬を思う社長の気持ちを侮辱するような書き込みです。それこそ、いったい社長の何を知った上で『山王に買われた時点で馬の未来が潰《つい》える』『馬たちがかわいそう』などと言えるのでしょう。

さすがにもう麻痺《まひ》してきましたが、社長と行動をともにするようになった当初は『金でＧⅠは勝てない』といった書き込みに対して、『金もないお前は一生勝てない』と反論したこともありました。

私の表情に何かを悟ったように、広中氏はこくりとうなずきます。

「俺、山王社長があんなふうに言われるのだけはどうしても許せなくてさ。クリスくんはもうわかってると思うけど、本来は馬主活動を二十年続けてるってだけで賞賛されるべきなんだ。ＧⅠに馬を出すだけでも本当に大変なことなのに、ましてやダービーだなんて……。勝っていないことばかりあげつらって」

本当に悔しそうに目を伏せ、しかし断ち切るように広中氏は顔を上げます。

「だから、もうそろそろ俺たちで社長を男にしてやろう。恩義のある俺たちで、社長にうまい酒をのんでもらおう。ダービーオーナーになってもらおう」

広中氏がいつになく熱く語ると、平良氏の顔にじんわりと笑みが広がり、隆二郎は顔を逸らしました。身体の中で何かが弾《はじ》けるのを感じます。

それでも自分にやれることなどそうはありません。みなさんに〝ホープ〟を託すのみです。その上で自分が一番近くで社長を見ていようと思いました。勝って歓喜の涙を流すとしても、負けて茫然自失《ぼうぜんじしつ》となったとしても、自分だけは正面から受け止めようと思いました。

さぁ、日本ダービーです。すべてのホースマンの憧《あこが》れであり、サラブレッドにとって生涯一度の晴れ舞台。

あの日よりさらに多くの〝希望〟を背負ったロイヤルホープが、同年に生まれた八千頭の頂点に立つときが、いよいよやって来ようとしています。

※

大地をしっかと踏みしめ
大地をはっしと蹴《け》り

風を分け　光をかすめ
何に向かって走るのか
あるいは美しさへの挑戦とも
あるいは栄光への本能とも
その真意の程を問わんとて
それはそも
遠き日の遠き約束

（中略）

今こそ新しき命の跳《おど》り
ふるさとの雪を想《おも》い
ふるさとの風を想い
何に向かって走るのか
それはそも
遠き日の遠き約束

諏訪から戻る特急で読んだのは、志摩直人《なおと》氏の『風はその背にたてがみに』の中にあった「遠き日の遠き約束」という詩でした。

一九七三年の春の天皇賞で勝利した「タイテエム」という馬を詠《うた》ったものです。私は手帳にペンを走らせながら、彼は何に向かって走っているのかと〝ホープ〟に思いを巡らさずにいられませんでした。

決起集会からの一週間は瞬《また》く間に過ぎました。すでに「皐月賞《さつき》」優勝のヴァルシャーレを中心に、ダービーに出走する十八頭は出揃《でそろ》いましたし、木曜日には枠順も発表されました。

舞台は中山競馬場から、ラストの直線の長い東京競馬場に変わります。今度こそ覚悟を決めて後方から行くはずのロイヤルホープにとって、枠はそれほど重要ではないかもしれません。むしろ他馬に包まれる可能性の高まる内枠は忌諱《きき》するべきだったかもしれませんが、発表された1枠1番という番号に私の気持ちは弾みました。一般にダービーでの勝率が高い内枠ということもさることながら、なんといっても「1」の数字に縁起の良さを感じたのです。

社長の機嫌もすこぶる良く、社内もいい雰囲気だったと思います。取引先の企業が気を遣ってくれているのではないかと勘ぐりたくなるほど、普段は怒濤《どとう》のように押し寄せてくる問題がいっさい起きません。社長と訪ねたいくつかの得意先でも、話題に上るのはダービーのことばかりでした。

引っかかることがあったとすれば、一つだけです。金曜日の夜、学生時代の友人方に激励会を開いてもらうのだという社長をビルの車寄せまで見送り、オフィスに戻った私に、同じ秘書課の竹田仁美《ひとみ》が声をかけてきました。

「栗須さん、ちょっとよろしいですか――」

同じ部署とはいえ、竹田とはほとんど仕事をともにしていません。私より先に秘書課に配属され、社長の下におりましたが、彼女はいっさい競馬にはタッチせず、主に社内で事務仕事をこなしています。

「いま？　うん、平気だよ」

そう答えたところで、ふと彼女のお腹《なか》が膨らんでいることに気がつきます。そういえば週明けから産休に入ると聞いています。

「そうだ。竹田さんにまだちゃんとおめでとうを言えてなかったよね」

「はい？」

「お子さん。なんとかダービーでいい結果を出して、気持ち良く休みに入ってもらえたらいいんだけど」

努めて明るく言いましたが、竹田の表情は晴れません。周囲を見渡し、小声で「いえ、栗須さん。そのことなんですけど……」とつぶやいてから、覚悟を決めたように切り出しました。

「先ほど『週刊グース』のライターという方から社長宛《あ》てに電話がありました」

「え、週刊誌？　経済誌やスポーツ誌じゃなくて？」と、私は面食らいました。『週刊グース』は決して高尚とはいえないゴシップ誌です。

「はい」

「ダービーの取材で？」

「私もはじめはそう思ったんですが、だとしたらいまからじゃ遅いですよね？　それに、ちょっと変な感じだったんです。本日は退社していますって伝えたら、明後日《あさって》は大一番ですもんねってイヤミっぽく言われて。勝つことを祈ってますって、すごくイヤな感じでした」

「そうか。連絡先は聞いた？　週明けにでも俺から電話してみるよ」

「すみません。本当は私が対処しなければいけないことなんですが」

そう口にしながら、竹田は番号の記されたメモを渡してきました。

「ううん。そんなこと気にしなくていいから。元気なお子さんを産んでまた戻ってきてよ。性別はわかってるの？」

「はい。男の子だそうです」

「そうか。じゃあ、将来はジョッキーかな。社長は絶対にそう言うよ」

冗談めかして私が口にすると、竹田は「ああ、それはたぶんムリですね」と、力なく首を振りました。

「うちの主人、一九〇センチもあるんです。どれだけ似るのかわかりませんが、さすがにジョッキーは厳しいですよね？」

目が合って、我々はほとんど同時に噴き出しました。はじめて社長のいないところで竹田と笑い合いながら、私は手の中のメモに一抹の不安を抱いておりました。

ダービー当日の東京競馬場の空には雲一つありませんでした。外に出れば汗ばむほど陽が照っているのに、湿度が低く、空気は澄んでいます。丹沢の山の稜線《りょうせん》は絵に描いたような輪郭が伴い、はるか後方にはくっきりとした富士山も見えています。

皐月賞の雰囲気にも圧倒されましたが、ダービーのそれは比較になりませんでした。もっとも広い東京競馬場ではありますが、昼にはすでに十万を超える観客が詰めかけ、スタンドを埋めています。

私は馬主席から、まさに立錐《りっすい》の余地もないその様子を眺めておりました。一瞬……、本当に一瞬だけ、胸に選民意識に近い思いが過《よ》ぎりました。

自分が何かを成し遂げたわけではありません。ただ成功者のそばにいるだけです。そんな当たり前のことを自分に言い聞かせていなければ、一般のお客様よりずっといい席にいられることを勘違いしてしまいそうな予感がありました。

馬主席も大変なにぎわいでした。普段は滅多に姿を見せない大物オーナーも、有名な映画俳優である馬主も、ご自身が所有する馬は出走しないにもかかわらず、多くの関係者を引き連れて楽しそうな雰囲気を醸《かも》し出しています。

お祭りのよう……といったら陳腐かもしれませんが、実際にこの日は競馬界にとって年に一度のお祭りです。〝ホープ〟と同じ三年前に生まれた八千頭、そのすべての馬にとっての最高の晴れ舞台。順調に、あるいは紆余曲折《うよきょくせつ》を経てここまで駒《こま》を進めてこられたのは、わずか十八頭しかいないのです。

そんな喧騒《けんそう》立ち込める馬主席にあって、一箇所だけ、まったく浮ついていないスペースがありました。以前から東京競馬場の出走馬主ロビーは独特の雰囲気と思っておりましたが、さすがに今日は緊張感が違います。

出走馬主ロビーとは、その日のメインレースに出走する馬主しか入れないスペースです。一般馬主席と同じフロアにありながら、よりゴール板に近い場所にあり、しんと張りつめた部屋に敷かれた柔らかい絨毯《じゅうたん》が、息をするのも躊躇《ためら》わせる緊張感を吸収しています。

そこに十八個の円卓が並べられ、それぞれにダービーに出走させる馬主の名が記された札が置かれています。〈北陵サラブレッドクラブ様〉と書かれた卓にいる、いわゆる一口馬主クラブの関係者のみなさんは、慣れっこなのか余裕のある表情を浮かべていきます。

〈椎名善弘様〉の札の前には、着物姿の奥さまとともに椎名氏がいらっしゃいます。あいかわらず周囲の注目は群を抜いておりますが、視線に気づいていないかのように一心不乱にパソコンを打っています。

話し声はヒソヒソ程度にしか聞こえず、それさえもスタンドからの歓声にのみ込まれてしまいます。はじめて〝ホープ〟を応援にきた翔平は「僕、ここにいたくない」と気《き》後《おく》れした様子を見せ、加奈子も「そうだね。ちょっと競馬場を見にいこうか」と弱ったように言いました。

私もそれにつき合おうと、社長に許可を取るために〈山王耕造様〉の札のあるテーブルに近づきました。円卓にはたくさんのスポーツ新聞が置かれています。すべての一面がダービー関連のもので、そのほとんどに皐月賞との二冠を目指す「ヴァルシャーレ」の文字が躍っています。

そんな中で一紙だけ「ロイヤルホープ」に本命を打っている新聞がありました。社長の読んでいた『東日スポーツ』の一面にはこうあります。

『「伝説の新馬戦」の再現だ！　本紙・平良は反逆のロイヤルホープに◎！』

老眼鏡をかけた社長と目が合いました。少し席を外したいと言おうとした矢先、ある方が私を呼びました。

「ああ、ちょっとクリスさん――」という声を無視するわけにいかず、振り向くと、ロビーに併設された屋外スタンドから、鮮やかなピンクのドレスに身を包んだ奥さまの京子さまが入ってきました。

やはりダービーは特別なのでしょう。普段は競馬を毛嫌いし、絶対に競馬場に近づこうとしないのに、奥さまはそんなことを微塵《みじん》も感じさせないように堂々と振る舞われています。

「なんでしょう」

どうせろくなことを言われないという気持ちを押し殺し、顔を近づけた私に、奥さまは思ってもみないことをおっしゃいました。

「来週、どっかでうちに来ていただけないかしら。主人には黙って。内容はいらっしゃったときにお話しします。日にちが決まったら山田さんに連絡をいただけますか」

一方的に言い放つと、奥さまは話は済んだとばかりに手をひらつかせました。モヤモヤした気持ちと、早々に解放された安堵《あんど》とが胸で交差する中、奥さまと入れ替わるようにして百合子さまが近づいてきます。

「ねぇ、ちょっとここ退屈。クリスさん、競馬場を案内してくれない？」

「案内ですか？　いえ、いまは……」

「ダメなの？　ちょっとタバコ吸いたいんだけど」

救いを求めて見た社長は仏頂面《ぶっちょうづら》で新聞を熟読しています。咄嗟《とっさ》に断る理由を見つけることができませんでした。

「そうですね。では」

待たせていた加奈子に申し訳ないと目配せして、仕方なく百合子さまを連れ出しました。とはいえ、通常の開催日ならいざしらず、ダービー当日に行ける場所は限られています。まさか人のごった返すパドックや一般スタンドにお連れするわけにはいきません。

結局、二十分ほど待って指定席エリアのレストランで席を確保できました。私は終始ソワソワしていましたが、百合子さまはなぜか楽しそうです。

注文したワインに口をつけ、私の顔を食い入るように覗いてきます。

「クリスさん、毎日楽しい？」

「そうですね。勉強になることばかりです」

「競馬はもともと好きだったの？」

「いえ、社長と知り合ってからですよ」

「ふーん、そうなんだ」と、百合子さまは興味なさそうにつぶやきます。鮮烈な紫のワンピースが周囲の目を引いています。私とちょうど十歳違いだったはずです。今年三十歳。その年齢を考えれば、若々しいとも、大人になりきれていないとも言えるでしょう。

つい最近、社長が「あいつはまた男と別れたらしいんだ。いつになったら落ちついてくれることやら」と、弱々しくこぼしていました。

「百合子さんもやっぱり競馬はお嫌いですか？」と、勝手に注文されたワインを舐《な》めながら、沈黙をおそれて私の方から尋ねます。

「やっぱりって何？　私、競馬が嫌いだったことなんてないよ」

「そうなんですか？」

「うん。お母さんもお兄ちゃんも悪く言うけどね。私はべつに嫌いじゃない。自分の父親が馬主だなんて誇らしいじゃん。もっと勝てればいいとは思ってるけど」

百合子さまはクスクスと笑い声を上げ、唐突に話題を変えました。

「ねぇ、クリスさんって彼女いるの？」

「いえ、おりませんよ」

「なんで？」

「理由なんてありませんけど。出会いもありませんしね」

「お父さんのそばにいれば出会いなんていくらでもあるでしょ。っていうか、さっきの人は違うんだ？　どっかの牧場の人っていう」

「野崎さんのことですか？　いえ、彼女は違います。学生時代の友人です」と、私は言葉に詰まりそうなのをはね除《の》けました。

百合子さまはなぜかいたずらっぽく微笑みます。

「そうなんだ。まぁ、たしかにちょっと野暮ったい人だもんね。クリスさんって意外とあか抜けてるし」

ムッとする気持ちを抑えて、逆に私が尋ねます。

「百合子さんの方はどうなんですか？　恋人は？」

「うん？　いるよ」

「え、いらっしゃるんですか？」

「何よ、その反応。私に恋人がいたら変？」

「いや、そういうわけじゃありませんが。お父さまからはいまはいないというふうに聞いていましたので」

「いちいちお父さんに報告しないよ。まだつき合い始めたばかりだしね。それに私って意外とお父さんの好みとか考えちゃうんだ。いまの人があんまりタイプな気がしなくてさ。ねぇ、良かったら先にクリスさんが会ってみてくれない？」

「は？　私がですか？」

「お願い。それでお父さんに引き合わせる方法を一緒に考えて」

自由奔放に生きているように見える百合子さまの願い事としては意外でしたが、私は言われるまま携帯の番号を交換しました。

他に行くあてもなく、喫煙所で百合子さまのタバコにつき合い、時間をつぶしてから出走馬主ロビーに戻ると、ちょうど優太郎さまが姿を見せたところでした。ピンクのドレスの奥さま、紫のワンピースの百合子さまに負けまいとするように、優太郎さまは染《し》み一つない真っ白なスーツとブラックのアスコットタイで決めています。

私を見て安堵したように息を吐《つ》き、社長は「パドックに行こう」と腰を持ち上げました。社長のあとを奥さまと百合子さまが横並びで、最後尾に優太郎さまが続きます。それぞれ派手でありながらまったく統一感のない格好のせいでしょうか、多くの視線を集めました。

「なんかすごいな。大名行列だ」

どこからか嘲笑《ちようしよう》する声が聞こえてきます。

「あれ、〝ロイヤル〟の山王オーナーとその家族だよ」

「へぇ、そうなんだ。おもしろいね。文字通りっていう感じ」

「どういう意味？」

「〝ザ・ロイヤルファミリー〟っていう感じ」

「ハハハ。なるほど。ずいぶんチープなロイヤルファミリーだけどな」

そんな陰口を意識の外で聞き流しながら、私は息を吸い込みました。まるで水底にいるような息苦しさを感じながら、一秒でも早く〝ホープ〟に会いたいと願いました。

そこに足を踏み入れた瞬間、直前まで胸にあった憂鬱《ゆううつ》が吹き飛びました。皐月賞とも、その他の重賞レースとも異なる独特の空気が、ダービーのパドックには立ち込めていました。メインレースが近づいてくるにつれ、東京競馬場のパドックの周辺には人が増え、雑然とした空気が充満していきます。

しかし、ダービー直前の第9レースが終わった直後のことでした。一瞬……、本当に一瞬だけ、周辺が静けさに包まれた時間がありました。その静寂のあとに訪れたのは、爆発するような強烈な熱気です。

パドックの待機所前から見渡せる客席がファンで埋まっていました。一階部のみならず、二階部も、ガラス張りになった三階より上の席も。まるでパドック自体が価値ある興行のように、すでに立ち入る隙《すき》のない客席にまだまだ人が押し寄せてきます。

GIレースでは馬主とその関係者はパドックに立ち入ることが許されます。皐月賞のときも同じように入らせていただきましたが、あの日は強い雨が降っていましたし、馬主の多くは屋根のある場所から出てきませんでした。

それが今日はどうでしょう。目に入るすべての場所に人がいます。関係者の数も皐月賞とは比になりません。それぞれ立場は違うでしょうし、きっと各々《おのおの》が各々の思いを抱いているはずなのに、みなさん同じ目の色をしています。

一言でいうならば、何かしらの〝欲望〟に囚《とら》われた光を放っています。興奮の坩堝《るつぼ》の、その底に自分が立っているような錯覚に陥りました。すべての視線が、すべてのエネルギーが、パドックにのみ注がれています。

「こ、これって何人くらいいるんでしょうか」

思わずそんな声が漏れました。となりにいた社長も肩を震わせます。

「そんなこと俺が知るかよ。数千はいるんじゃないのか」

「〝ホープ〟は大丈夫なんでしょうか」

「何がだよ？」

「いえ、だって……、こんな環境、もちろん彼にとってもはじめてだと思うので」

社長は眉《まゆ》をひそめました。雑然としていた空気がぴんと張りつめたのは、その直後です。雰囲気の変化に気づき、社長と同時に入場口に目を向けました。ダービーに出走する栄《は》えある十八頭の先陣を切って、1番のゼッケンを背負った「ロイヤルホープ」が悠然と姿を現します。

青鹿毛《あおかげ》の身体はワックスをかけたように艶《つや》を放っておりました。皐月賞のときとはあきらかに異なり、輸送をクリアしたことをうかがわせます。

パドックビジョンに記された馬体重は「プラス14キロ」の「482キロ」。本来、二桁《ふたけた》の体重増は喜ばしいものではありません。発表された瞬間は客席の一部から落胆の声が漏れましたが、私は拳《こぶし》を握りました。

前走の皐月賞時には一〇キロ以上減らしていた身体です。それからも決して調教を緩めることなく、かつ苦手な輸送をこなした上での二桁プラスは、むしろ望むべきことだったと言えるでしょう。

何よりも〝ホープ〟の漆黒の肌にいつもの張りが戻っていることに安堵しました。「この一戦にすべてのノウハウを注ぐ」と言っていた広中氏の声が耳によみがえり、素直に頭の下がる思いがします。

馬体と同じ黒いスーツに身を包み、誇らしげな担当厩務員《きゅうむいん》に手綱を引かれた〝ホープ〟は、他馬を引き連れ、一歩、一歩、地面を踏みしめるように歩いています。

発汗量も少なく、心配していた気の昂《たか》ぶりも堪《こら》えてくれていました。しかし、それは数十秒と保《も》ちませんでした。

〝ホープ〟から数えて八番目に、皐月賞の勝ち馬、この日も「1番人気」を背負った「ヴァルシャーレ」が現れました。その瞬間、それまでしんと静まっていたパドックが、ドッとどよめきました。

私も思わず声を漏らしそうになりました。贔屓目《ひいきめ》なしに〝ホープ〟の毛づやは見事だと思いましたが、それを優に上回り、リーディングトップの大沢恵一《おおさわけいいち》調教師に鍛え上げられたヴァルシャーレの肉体は、黄金の輝きを放っていました。

馬を驚かせないよう、本来、パドックで声を上げることは厳禁です。しかし、そこかしこで立ち上ったざわめきは、しばらく消えることがありませんでした。

その声に反応したのか、あるいは背後のライバルの存在に気がついたのか、〝ホープ〟が首を上げていななきます。

怯《おび》えたような〝ホープ〟の声に呼応し、後続の馬たちの鳴き声が次々と周囲に響きました。あからさまに動揺した様子を見せる馬もいれば、興奮して暴れ始めた馬もいます。

パドックは直前までの緊張感を失い、観客席から笑い声や、それを咎《とが》める怒声まで聞こえてきました。ただ一頭、ヴァルシャーレだけが泰然自若というふうに歩いています。ビジョンに映し出されたオッズがちょうど更新されるところでした。この一件を捉《とら》えてのことではないでしょうが、偶然にも「1番人気」のヴァルシャーレの単勝オッズが3倍を切り、一方の〝ホープ〟は「7番人気」となる24倍までオッズを落としました。オッズで競馬をするわけではありませんが、気分のいいものではありません。

十八頭すべてが出揃い、何周かしたところで係員から声がかかり、我々はパドックの中に誘導されます。

百人を超える関係者が移動する姿は壮観でした。たくさんの携帯電話やカメラが我々にまで向けられます。

社長は周囲の様子を気にせず、そばにいたヴァルシャーレの椎名氏にも気づかないように、じっと〝ホープ〟を見つめています。入場してきたときの堂々とした姿からかけ離れ、愛馬はちゃかちゃかと忙《せわ》しなく動き、厩務員の手を煩《わずら》わせています。

そのうち係員から「止まーれー！」の合図がかかり、馬たちが歩を止めました。控え室から出てきたジョッキーたちが横一列に整列し、観客に向けて一礼します。この舞台が一生に一度の三歳馬ほどではないかもしれませんが、ジョッキーにとっても日本ダービーは最高の晴れ舞台であるはずです。

誰よりも深く礼をすると、隆二郎は我々のもとに駆け足でやってきました。私が「よろしくお願いします」とうなずくと、隆二郎は「だからクリスさんが入れ込んでも仕方ないって言ってるじゃん」と苦笑します。

〝ホープ〟はこれ以上なく興奮していました。まさに「入れ込んでいる」という状態で、目は血走り、鼻息は荒く、涎《よだれ》をボロボロと垂らしては、混乱した様子をうかがわせます。

それが、社長にちらりと目を向けた瞬間でした。〝ホープ〟は不意に落ち着きを取り戻したのです。これには散々手を焼いていた厩務員も、毎日見ている広中氏も、当の社長自身さえ目をパチクリさせました。ただ一人、隆二郎だけが当然だというふうに微笑みます。

いまから三年前、はじめて北海道のノザキファームで会ったときも、なぜか〝ホープ〟は社長にだけは従順でした。

あの日と同じように、しかしあの日よりもずっとたくましくなった身体を縮め、〝ホープ〟は社長に首を擦りつけようとします。社長もまたそうすることが当然とでもいうふうに、雷型の額の白斑《はくはん》を優しく撫《な》でました。

広中氏が「なんで社長ばっかり。いい加減ちょっと嫉妬《しっと》しちゃうよ」と冗談っぽく口にし、それを聞いた隆二郎が鼻で笑います。陽にさらされた社長と〝ホープ〟の姿は神々《こうごう》しいと思えるほど美しく、私は場違いにも目頭を熱くします。

少しでも愛馬を疑った自分を恥じたくなりました。〝ホープ〟は私など見向きもせず、鼻ラッパを鳴らします。そして隆二郎を背に乗せ、最後に社長を見下ろしてからは、臨戦態勢に入ったのがわかりました。

そう思った矢先、私は背後に視線を感じました。ごった返す人たちの間隙《かんげき》を縫うように、ヴァルシャーレが〝ホープ〟を睨《にら》んでいるのです。〝ホープ〟も身体を震わせました。

偶然なのかもしれません。すぐに二頭は人の波に分断され、以降は首を下げてお互いに一瞥もしませんでした。ヴァルシャーレの止まった向きがたまたまこちらだっただけで、たまたま〝ホープ〟が身体を震わせただけ。そう考える方が自然です。

しかし、サラブレッドはときに我々の想像を超越した行動を取ります。ヴァルシャーレにとってロイヤルホープは、唯一《ゆいいつ》の黒星をつけられた相手です。ライバルと見立て、闘争心を剝《む》き出しにしていたとしても、私は不思議に思いません。

「どうかしたか?」という社長の声に、我に返る思いがします。「いえ」と答えながら、私は空を見上げました。

雲一つない空には、その先の宇宙の黒まで透けて見えそうな青が広がっています。私たちにとっての〝希望〟のレースが始まろうとしています。

※

五月二十七日、日曜日。

東京競馬場。芝、二四〇〇メートル。

フルゲート十八頭。

発走時刻、十五時四十分。

第10レース。

東京優駿。通称、日本ダービー——。

汗ばむような陽射《ひざ》しはいくらか落ち着き、西からの風が柔らかく吹き始めました。本馬場に入場して、返し馬を終えた馬たちのたてがみがなびいています。

我々ロイヤルホープの関係者は、屋外スタンドに場所を移し、そのときを待ちました。私のとなりに加奈子が座り、その奥に翔平、加奈子の両親という順に並び、反対側のとなりには社長が腰を下ろしました。その奥には社長のご家族が勢揃いしています。一階の観客席には十三万人を超える人たちの頭が絶え間なく揺れ動き、じっと見ていると吐き気を催しそうになるほどです。

逃げるように西の富士山に視線を逸《そ》らしてから、腕時計に目を落としました。十五時三十九分。スタートまで一分を切ったところで、馬場に設置された大型ターフビジョンにスターターの姿が映し出されます。

競馬場のボルテージが爆発します。一階の客席で手拍子が鳴り始め、その音は包み込むように競馬場全体に広がります。指定席の至るところからも「おい、おい、おい、おい！」と、大声が聞こえてきました。

私は気持ちを鎮《しず》めます。双眼鏡を覗《のぞ》き込むと〝ホープ〟も興奮状態に陥っているようで、隆二郎が懸命に宥《なだ》めようとしているのが見て取れます。

スターターがフラッグを振り上げると、陸上自衛隊によるファンファーレが響きました。四方八方に散らばっていた手拍子が一つにまとまり、大きな塊となって空へ突き抜けます。

この瞬間、ここに集った方々の〝欲望〟が一つに重なり合いました。わずか百円の馬券に託したものであったとしても、一億円を超える馬に投資したものであったとしても、牧場の未来を委《ゆだ》ねていたとしても、自分自身の姿に重ね合わせたものであっても同じです。馬に〝欲望〟を託した十三万人の思いが、たしかに一つに混じり合いました。むろん、それは〝夢〟とも〝希望〟とも置き換えられる思いです。

そんなことを露ほども知らないであろう十八頭の馬たちが、ただいつもとはあきらかに違う雰囲気に面くらいながら、順にゲートインを果たしていきます。

最初に誘導されたのは1番枠のロイヤルホープでした。〝ホープ〟は駄々をこねるようにゲート入りを渋りましたが、隆二郎に促されてなんとかゲートインします。続いて奇数番号の馬たちが順に枠入りし、偶数番号の馬たちも着々とスタート準備に入りました。

最後に18番のゼッケンを背負った「ポストランド」が係の者に手綱を引かれると、さらなる歓声が沸きました。社長に目配せし、加奈子と顔を見合わせてから、私はいつものように片方の耳にラジオのイヤホンを突っ込みます。

その直後、ゲートが開きました。破裂するような歓声に続いて耳に飛び込んできたのは、悲鳴にも似た叫び声です。

ずっと目を見張っていたはずですが、私には何が起きたのかわかりませんでした。説明してくれたのはラジオの実況中継です。

『18番のポストランドがゲートインを果たして、さぁ、同年に生まれた七八二四頭の頂点を目指し、今年の日本ダービー、スタートしました。おっと、一頭大きく出遅れた馬がいます――。内1番、白い帽子のロイヤルホープ、大きく立ち遅れていまようやくゲートを出ました。一方、1番人気のヴァルシャーレは今日もポンと好スタート。するすると内に切り込んでいき、4番ジャガースタイル、11番ピックマイラブとの先行争いを制します』

ロイヤルホープはスタートで大きくつまずきました。ロイヤル関係者はみな頭を抱え、どこかから「佐木、バカ野郎!」という罵声《ばせい》が飛んできます。

しかし、当の隆二郎に焦《あせ》った様子はありません。二四〇〇メートル戦というどの三歳馬も経験したことのない長丁場です。あわてて手綱を動かすことなく、勝負はまだ先というふうに慎重に馬を促していきます。

1番枠の利を完全に失う格好ではありましたが、私も悲観しませんでした。もとより、これは作戦通りともいえるのです。さすがにここまでの出遅れは想定していませんでしたが、抜群のスタートを切り、好位で競馬をした結果、最後にまったく伸びなかった皐月賞の反省から、ここでは〝ホープ〟の末脚《すえあし》を信じて後方待機でいこうというのが、広中氏の当初からの狙《ねら》いでした。

それよりも我々が不安視していたことがありました。一般に「先行馬」というものは、他馬に競《せ》りかけられることなく、マイペースで逃げられるほど体力を温存することができ、後半に有利な展開を迎えられます。

逆に先行勢が積極的に競り合って、ペースが早まれば早まるほど、最後の直線で前を行く馬たちの勢いは鈍り、後方待機馬に有利に働くという面があります。

今回のダービーには先行馬が多く出揃っておりましたが、果たして皐月賞チャンピオンのヴァルシャーレに玉砕覚悟で競りかけていく馬はいるのだろうか。我々はその点をもっとも重要視していました。

いささか他力本願ではありましたが、結局、競馬は血統や脚質のみならず、実際のレース展開が大きくものを言うものです。そして祈りにも似たこの日の我々の展開予想は、見事に当たったといえるでしょう。

まさに玉砕を覚悟したように、二頭が果敢にヴァルシャーレに挑んでいってくれました。アナウンサーが興奮したように解説します。

『各馬1コーナーに差し掛かりましたが、まだ隊列は整いません。ハナを切ったヴァルシャーレに、4番のジャガースタイルと、大外18番からピンクの帽子、ポストランドが積極果敢に絡《から》んでいきます。あっと、ここでポストランドが前に出た。先を行くヴァルシャーレをすっと交わして、一馬身、二馬身……。一気に引き離していきます。一方のヴァルシャーレはやや掛かり気味か。鞍上《あんじょう》の安野克也が懸命に手綱を抑えます』

ポストランドはヴァルシャーレを嘲笑《あざわら》うように颯爽《さっそう》と飛ばし、みるみるとその差を広げていきました。

最後方を行く〝ホープ〟とは見る間に二十馬身近くの距離が開きましたが、あきらかにオーバーペースで、これが最後まで保たないことは明白です。先頭のポストランドにヴァルシャーレが引っ張られるという期待していた以上の展開に、私はガッツポーズを作りました。

ようやくレースが落ち着いたのは、全馬が2コーナーを回り、向こう正面の長い直線に入った頃です。

アナウンサーは晴れの舞台を走る馬たちを讃《たた》えるように、一頭ずつ名前を読み上げていきました。

『さぁ、それでは先頭から見ていきましょう。前を行くのは若葉ステークスを逃げ切り勝ちしたポストランド。その二馬身うしろに黒い帽子のジャガースタイルが続き、その半馬身うしろで今日はやや苦しい展開か、皐月賞馬ヴァルシャーレが折り合いをつけています。そのあとに11番のピックマイラブ、ヒカリラザール、ストリートライン、バクレツモテオトコと続き……。そして最後方、覚悟を決めてしんがりから虎視眈々《こしたんたん》と先頭を見つめるのは、白い帽子、昨年のラジオＮＩＫＫＥＩ杯を制した7番人気のロイヤルホープ。こんな隊列となっています──』

押し合いへし合いを繰り返していた1コーナーまでの展開から一転、向こう正面に入ってレースは落ち着きました。

隊列は乱れず、最後尾を行くロイヤルホープも強引に仕掛けるようなことはありませんが、やはり前を行く馬たちが飛ばしすぎたせいでしょう。最初の一〇〇〇メートルを58秒台というハイラップのおかげもあって、〝ホープ〟は少しずつ先頭の馬たちとの距離を縮めていきます。

「ねぇ、どう？　どうなの、これ。悪くないよね？」

となりから震える声が聞こえてきました。加奈子がレースを見つめたまま手を前で組んでいます。

「悪くないどころか最高の展開だ」と、私は視線をコースに戻しながら答えます。

「本当に？」

「うん。スタート以外は完璧《かんぺき》だよ。きちんと折り合いがついてるし、走るリズムも悪くない。それに何より――」

そこで言葉が途切れました。私には〝ホープ〟の好不調を測るある明確な基準があります。はじめて栗東で目にした調教の光景です。

皐月賞のときとは異なり、今日の〝ホープ〟は間違いなく気持ち良さそうに走っています。隆二郎と呼吸が合っていて、双眼鏡越しの表情は笑っているように見えました。私には立ち入ることの許されない、隆二郎と〝ホープ〟だけの世界がたしかに存在していて、嫉妬しそうになるくらいです。

私は加奈子に言いました。

「楽しそうでしょう？ 〝ホープ〟も、隆二郎も。だから、今日はとてもいい」

そう口にした直後、観客席から内臓を貫くような叫声が響き渡りました。あわててレースに目を戻すと、3コーナーに入ったところでヴァルシャーレが加速していくのが見えました。4コーナーに差し掛かる前に先行するジャガースタイルとポストランドを捉えると、並走することさえ許さず、さらにスピードを上げます。

『さぁ、ここで1番人気のヴァルシャーレが先頭に立つ！ 先頭に立つ！ 後続を一気に突き放して、ぐんぐん加速。王者の激走にスタンドから大歓声が上がります！』

実況は煽《あお》るように口にしますが、私には仕掛けが早すぎるように思えました。道中、終始引っ掛かっていたヴァルシャーレに、ジョッキーが仕方なく手綱を緩めたように見えたのです。満を持してゴーサインを出したとは感じませんでした。

現に、客席の歓声の中には少なからず不安の声がありました。背後にいる椎名氏はいつものポーカーフェイスを浮かべていますが、かすかに唇を噛《か》んでいます。

私はこれが想定外のことなのだと確信しました。レースは一気にペースアップし、ヴァルシャーレ以外の前方の馬たちが次々と馬群に沈んでいきます。

身体《からだ》中の細胞が弾《はじ》けるように、武者震いしました。私の視界にはもう〝ホープ〟の姿しか映っていません。

『さぁ、さぁ、日本ダービーはいよいよ最後の直線だ！　内ラチ沿いを行く先頭、8番ヴァルシャーレに、後続の馬たちが次々と襲いかかる。手応《てごた》えがいいのは2番のクエルヴェントと、11番のピックマイラブか。いや、その間を強引に割り込むようにして7番のストリートラインも突っ込んでくるぞ！　大外をついては15番のラニヤ、9番のパールネロワールも強襲するが、しかしその差は二馬身、変わらない！　先頭は変わらずヴァルシャーレ、先頭はヴァルシャーレ。懸命に追う他の馬たちを嘲笑うように、脚色《あしいろ》はまったく衰えない！　鞍上、安野克也のムチが軽やかに回っています。さぁ、残り2ハロン、四〇〇メートルの攻防だ！　ヴァルシャーレ、ヴァルシャーレ、ヴァルシャーレの二冠はもう目前だ！　ストリートライン、ラニヤ、クエルヴェントは息が上がる。ちょっと厳しそうだが、いや、一頭……、一頭だけ大外を回ってすごい勢いで突っ込んでくる馬がいるぞ！　さぁ、来た、来た、来た、来た。ただ一頭、ものすごい勢いで突っ込んでくるのは白い帽子の――』

その実況を耳にしたときには、私の目からはもう大量の涙があふれ出ておりました。

「行け」

思わずというふうな翔平の言葉に呼応するように、加奈子の口からも「行け」という声がこぼれます。ぴんと張りつめた水面の上に落ちた一滴のしずくのように、行け、行け、行け……。声は輪になって広がりました。

〝ホープ〟はすべての馬の外を通り、馬場のちょうど真ん中、一筋緑の濃くなった芝の上を駆けていきます。

まるでそこだけが重力から解放されたかのような〝ホープ〟の走りに、私にはその濃い緑の筋がハッキリとウィニングロードに見えました。

「行け、ホープ！　行け！　行け！」

ロイヤルの関係者たちが身を乗り出します。この地鳴りのような歓声の中で、我々の声など聞こえているわけがありませんが、私も力の限り〝ホープ〟の名を連呼し続けました。

たとえ一ミリでも彼が、彼らが前に進む力になるのなら——。そんなことを願いながら、ひたすら声を張りました。

『ロイヤルだ！　ロイヤルだ！　外、外を回って、ただ一頭、ヴァルシャーレに迫っていくのは1番、ロイヤルホープと佐木隆二郎だ！　一完歩ごとにその差をぐいぐいと縮めていく。一方のヴァルシャーレは脚色一杯。鞍上の安野克也が懸命にムチを振るう。佐木隆二郎が馬を追う。さぁ、残り1ハロン、残り二〇〇メートル！』

そのとき、右手の甲に何かが触れました。私は何かを思うことなく、その触れたものをつかみ取り、自然と力を込めました。

『内にヴァルシャーレ、外にロイヤルホープ！　意地と意地、プライドとプライドがぶつかり合う！　ヴァルシャーレか、ロイヤルホープか！　安野克也か、佐木隆二郎か！　さぁ、並ぶ、並ぶ、並んだ、並んだ。ロイヤルホープ、ヴァルシャーレ、ロイヤルホープ、ヴァルシャーレ、二頭の鼻先がぴたりと並んだ！　さぁ、主役は……、今年の主役は、さぁどっちだ！　白と青、内と外、遠く離れて二頭がまったく並んでゴールイン！』

澄みきった五月の風が目の前を通り過ぎていきました。外れ馬券や新聞が自ら意志を持つかのように優雅に宙を舞っています。

涙で視界がかすむ中、私は懸命に愛馬のうしろ姿を追いかけました。頭を落とし、少しずつスピードを緩めながらも、〝ホープ〟はあいかわらず気持ち良さそうにしています。

隆二郎がその首もとを、二度、三度、労《いたわ》るように叩《たた》きました。ゴールした瞬間、ジョッキーはどれほど僅差《きんさ》であったとしても勝ち負けを判断できるといいます。しかし、隆二郎はガッツポーズを作りません。ヴァルシャーレの安野克也も同じです。

両者は馬に跨《また》がったままどちらからともなく近づいていくと、お互いの健闘を讃え合うように拳をこつんと合わせました。その音が聞こえてきそうな粋《いき》な演出に、目撃した観客たちの声がさらに大きくこだまします。

前方にいるロイヤルの関係者たちは、口々に「勝ったよ！」「絶対に勝った！」と言い合っておりました。早合点した一部の馬主たちからも、社長に向けて「山王さん、おめでとう！」と握手の手が飛んできます。

社長はその都度やりづらそうな笑みを浮かべて対応していましたが、表情は晴れません。もちろん、まだ結果が確定していないからだとは思いますが、私の脳裏にはまったくべつの思いが過ぎりました。あるいは、社長だけは結果を確信しているのではないだろうか――。

そう予感したのは他でもありません。「社長？」という私の声に気づかず、社長はターフからゆっくりと視線を逸らし、吸い寄せられるように左後方を向きました。椎名善弘氏もこちらを凝視しています。

お二方の間の時間だけが切り取られたかのように、静かな空気が流れていました。先に息を吐いたのは椎名氏の方です。椎名氏は何度か目を瞬《しばた》かせると、社長に向けて敬意を表するように深く頭を下げました。

社長も肩を震わせると、小さく頭を下げました。再びコースに向けた表情は妙に晴れ晴れとしていて、私にはそれが勝者を讃えるものに見えたのです。

社長が前を向いた次の瞬間、爆発するような歓声が響きました。ターフビジョンにスローモーションでゴール前の攻防が映し出されます。

首を上げたり、下げたりするだけで、抜いて、抜かれて……。勢いは間違いなく〝ホープ〟が上回っていましたが、体勢はヴァルシャーレが有利に映ります。

耳の奥に『さぁ、今年の主役は──』という実況がよみがえりました。ターフビジョンの二頭がゴール板の前を横切ろうとしたとき、私は映像を直視することができなくなりました。

ゆっくりと芝に視線を移し、あらためて〝ホープ〟の姿を探しましたが、すでに地下馬道に消えたあとのようです。

主役たちのいなくなったターフは、激闘を終えた直後であるのがウソのように、柔らかい初夏の陽が燦々《さんさん》と降り注いでいました。

結果なんて出なくていい。ずっとこの時間が続けばいい。そんな私の切実な願いを嘲笑するように、ビジョンに『確定』の文字が出ました。さらに鋭さを伴った大歓声が競馬場全体を揺るがします。

私は固く目をつぶりました。

「栄治──」

祈るような加奈子の声も、いつからかつながれていた彼女の左手にも、私はしばらく気づくことができませんでした。

六月

社長宅に住み込みで働いている山田氏から電話をもらったのは、「日本ダービー」の翌日のことでした。

その日、私は朝から多忙を極めていました。ダービーの件で多くの関係者から祝福や労《ねぎら》いの連絡を受けていたことに加え、日常業務でも細かい問題が多発していたからです。

朝一番にデスクに置かれていたメモを見たとき、私は前日から続く夢心地を打ち砕かれるのを感じました。

『「週刊グース」武藤《むとう》さまより連絡あり。また連絡するとのことです』

メモには産休に入った竹田から引き継ぎを受けた契約社員の名前がありました。ボンヤリと見つめた時計の針は、まだ十時を指す前でした。竹田と言葉を交わしたときに抱いた悪い予感がよみがえりました。

武藤氏と連絡がつかないまま、昼食時に山田氏からの電話がありました。山田氏はなぜか前日のダービーの件に触れてきません。そういえば東京競馬場でも姿を見かけませんでした。

『クリスさん、奥さまから何かお聞き及びですか？』

挨拶《あいさつ》もそこそこに、山田氏は電話口で尋ねてきます。

「申し訳ございません。たしかに山田さんに連絡するよう奥さまから言われておりました。失念していました」

『いえいえ、それは問題ありません。それで、どうでしょう。近く、こちらにいらっしゃることはできますか？』

「そうですね。あの、それはどういうご用件でしょうか。奥さまからは社長に内緒でとだけうかがっているのですが」

山田氏の返答はすげないものでした。

『それは私の口から申し上げることはできません。ですが、おそらくクリスさんが今朝から混乱している理由とそうかけ離れていないと思います』

「私ですか？」

『申し訳ありませんが、私からはそれ以上のことを言うことができません』

電話を切ったあと、手のひらが汗で湿っておりました。前日以来、完全に頭から競馬のことが消え去ったのはこのときがはじめてだったと思います。

社長には気づかれぬよう本宅を訪れたのは、その四日後、金曜日の夕方でした。

庭には車が数台停まっており、そこには見覚えのあるものもありました。悄然《しょうぜん》とした気持ちが膨らみます。どんな理由であれ、このタイミングで彼らと顔を合わすのは喜ばしいことではありません。

同情するような顔をする山田氏に背中を押されるように、リビングのドアを開きました。奥さまと、その兄で数年前まで社長の経理を担当していた税理士の大竹善夫《よしお》氏、その息子で私の友人の雄一郎と、もうお一方、見覚えのない同年代の男性がいっせいにこちらを向きました。

「ああ、クリスさん。待ってたわ。先に紹介しとくわね」と、男性陣を制するように奥さまが口を開きます。

「といっても、この二人は知ってるわよね」

「ええ、もちろん」

「ご無沙汰《ぶさた》しているね、クリスくん。少し瘦《や》せたんじゃないか？」

奥さまの言葉を引き継ぐように余裕のある笑みを浮かべられたのは、大竹氏でした。大竹氏と会うのは、競馬の打ち上げの席で社長がその品のない振る舞いを激しく非難した日以来です。もう四年も前の出来事です。

できれば会いたい人ではありませんでした。あの日、店を出ていく際に社長に対して吐かれた捨て台詞《ぜりふ》、「義理を欠いた人間がどうなるか——」という言葉はいまでも忘れられません。

大竹氏から視線を移すと、雄一郎が気まずそうに手を振りました。上等そうなスーツのフラワーホールには白金のバッジが光っています。

「久しぶりだな、栄治」

雄一郎は気まずさを押し殺すように口にします。

「うん。久しぶり。おめでとう。資格、取ったんだね」

「ああ、これか。うん、ようやくな」

「いやいや、たいしたもんだよ。おめでとう」

「そんなことより、お前、本当にやつれたな。白髪もずいぶん増えたようだし」

「まぁ、俺たちも四十だしな。雄一郎もずいぶん貫禄《かんろく》がついたじゃないか」

「俺はただの不摂生。ま、たしかにずいぶん歳《とし》取ったよな、お互いに」

八王子の大学キャンパスで出会ってから二十年以上の時が過ぎました。すっかり中年になったお互いの容姿を茶化しつつも、気分は晴れません。彼らがここにいる理由を想像することができないからです。

浮かない私の表情に何かを感じたのか、雄一郎は話題を変えました。

「惜しかったな、ダービー。応援してたんだぞ。できれば最後にヴァルシャーレを交わしてほしかったけど。でも、やっといい馬と出会えたな。しかも加奈子の実家で生産された馬だって聞いて驚いたよ。ある意味じゃ、俺がキューピッドっていうことだよな？」

たしかに私と加奈子を久しぶりにつないでくれたのは雄一郎です。言葉に誤りはないのかもしれませんが、大切な何かを汚《けが》されたような気分になりました。

雄一郎は笑みを浮かべたまま首をひねります。

「どうだった？　やっぱり叔父さんは負けて怒ってたか？」

抜けていたダービーの記憶がよみがえります。あの日、ラストの直線で前を行く馬たちをごぼう抜きにし、大歓声を浴びながらヴァルシャーレと死闘を演じたロイヤルホープは、最後の最後で十センチ及ばず、2着に散りました。

東京競馬場の検量室前で出迎えた〝ホープ〟は、ひどく興奮した様子でした。鼻をぶるぶる鳴らし、何かを訴えるように首を上下させる姿は、彼が繰り広げてきた戦いの激しさを雄弁に物語っていました。

そんな愛馬に社長が怒るはずはありません。主《あるじ》の姿を確認して、ようやく少し落ち着きを取り戻した〝ホープ〟は、今度はうなだれるように首を低く下げました。その頭を優しく撫でてやりながら、社長がかけた言葉は一つです。

「よくがんばった」

うつむきながら「すみません」と繰り返す隆二郎の肩を叩き、涙まで浮かべた広中氏に笑顔で目配せして、そしてゆっくりと私を向いた社長は最後にしぼり出すようにつぶやきました。

「さすがに今日は疲れた。打ち上げはやめておこう。車を出してもらえるか」

社長の口から「疲れた」という言葉を聞いたのは、これがはじめてだった気がします。その表情も一気に老《ふ》け込んでしまったように見えました。

雄一郎にそのことを話す気にはなりません。それどころかダービーの話題そのものを避けたいと思いましたが、それを許してくれない人がいました。

「本当に。私もいろんな意味で応援していたんですけどね。今回は本当に残念でした。でも、さすがに近くGIの一つくらい獲《と》れるんじゃないですか？」

鋭い声が、部屋の空気を一変させます。私はその声に聞き覚えがありました。奥さまがその方を紹介します。

「こちら『週刊グース』の武藤さん」

「そうですか。あなたが」

「先日は電話で失礼しました。本日はあらためてご挨拶したいと思いまして」

全身から力が抜け落ちます。月曜の午後に連絡が取れて以来、武藤氏とは何度となく電話でやり取りしてきました。

彼の用件はこうでした。

『ロイヤルヒューマン社の港湾運送業への違法派遣について、御社代表の山王氏からコメントをいただきたい』

あっけらかんとした口調とは裏腹に、その声は底意地の悪さを孕《はら》んでいました。

「違法派遣?」

『もう十年以上も前から組織的に行われているという情報があります。それに伴う二重派遣も常習的に行われているという話も聞いています』

私には要領を得ない話でしたが、残念ながら「我が社に限って」と思うことはできませんでした。

それでも真っ先に社長を守らなければという意識は働きました。

「すみません。山王は出張に出ておりまして、すぐに対応することができません。質問項目を文書で送っていただくことはできますでしょうか」

『いつお戻りで?』

「すみません。正確な日時は把握しておりません」

ウソではありませんでした。この数ヶ月ほど、社長は何度か一人で出張に行くことがありました。場所は決まって群馬の前橋です。そこで何をされているのか、私は知りません。仕事のことなのか、馬関係のことなのかもなぜか説明しようとしないのです。隠していると勘違いされたのでしょう。電話口の武藤氏は呆《あき》れたように息を吐《つ》きました。

『あなたは?』

「申し遅れました。秘書課の栗須と申します」

『そうですか。やっぱりあなたが……』

そう納得したようにつぶやいてから、武藤氏は私に言葉の意味を尋ねさせまいとするように続けました。

『わかりました。では、質問事項をファックスにて送付させていただきます。こちらの都合で心苦しいのですが、明日の夕方までにご回答いただけますと助かります』

その日から実際に雑誌が発売された木曜日まで……、いや、今日に至っても尚《なお》、社内は法務部を中心に蜂《はち》の巣を突《つつ》いたような大混乱に陥っています。

雑誌が発売された朝、私は普段よりも早く起きて、コンビニで『週刊グース』を購入しました。質問内容からある程度は内容を推測することはできましたが、実際に活字となって読むと強烈なインパクトを放っておりました。

記事は、労働者派遣法で禁止されている港湾運送業への派遣について、ロイヤルヒューマン社が犯したとされる罪を手厳しく糾弾するものでした。また文中に挟み込まれた見出しも読者の嘲笑《ちょうしょう》を煽り立てるのに充分な効果を果たしていました。

『ダービーオーナー(になりそこねた)山王耕造氏の、華麗なる(?)半生』

「になりそこねた」の部分がマンガの吹き出しのような別枠で囲まれ、「?・」はことさら強調されて大きく印字されています。

それ以上に腹が立ったのは、社長の、とくに馬主活動を揶揄《やゆ》する文章です。

『今回、組織的な犯罪行為が明るみに出た〈ロ社〉の山王社長は、有力馬を多く抱える馬主としても有名だ。しかし、毎年湯水のように金を遣い、「超」のつく良血馬をセールで買い漁《あさ》っていながら、いまだGIレースオーナーの称号を得られていない。

山王社長をよく知る関係者は「競馬サークル内で山王さんの馬を見る目のなさはよく語られていますよ。セールでも『よくあんなのに……』という馬に、平気で億の金を突っ込んだりしますからね。結局、大切なのは金ではなく、馬への愛情、そして人間への信頼です。それを身をもって証明している馬主の代表と言えるでしょうね」と口にする。

先般行われた競馬の祭典〈日本ダービー〉でも、山王社長が所有するロイヤルホープ号が最後の直線を鋭く追い込みながら、ハナ差の2着に敗れている。この馬に関しては、決して値の張る良血馬とはいえないものの、それでもひょっとしたら存在していたかもしれないこの馬の、もう一つの〝馬生〟を想像せずにはいられない。

もしもまったく違うオーナーに、それこそ平然と法を犯すような人間以外に見そめられていたとしても、〈ホープ号〉は敗れていただろうか。今年の日本ダービーはいろいろと考えさせるレースだった――。』

「それで？　今日は私にどういったご用件でしょう？」

平然を装《よそお》ったまま、私の方から問いかけました。武藤氏は造作もないというふうに首をひねります。

「いえ、ですからご挨拶したかっただけですよ」

「そのためだけに私を呼んだのですか？」

「いえいえ、それは……。私も奥さんに呼び出されただけなので」

この家に来て以来、ずっとモヤモヤした気持ちがありました。敵であるはずの武藤氏が仲間のように受け入れられていることについてです。

私は奥さまに顔を向けました。奥さまは澄んだ瞳《ひとみ》で私を見つめ返します。大竹氏が何かを弁明するように口を開きました。

「言っとくけど、俺の方から情報を売ったわけじゃないからな」

「それはどういう意味でしょう？」

「言葉の通りだよ。武藤さんはすでにいろいろな情報をつかんできていた。いくつも裏を取った上で、最後に俺のところを訪ねてきたんだ。どうしたって記事を止めることはできなかった。むしろ、もっと精査されないまま世に出てしまっていたかもしれなかったんだ」

大竹氏の口はよく回ります。私はボンヤリと雄一郎を見ました。かつての友人は居心地が悪そうに身体を揺すり続けています。

私は奥さまに尋ねました。

「奥さまはこのことをご存じだったのでしょうか？」

「当たり前じゃない」

「どうして止められなかったのでしょうか。せめて私に――」

「止める？ ねぇ、ちょっとふざけたこと言わないで。どうして私があの人のために汗をかかなきゃならないの？ これまで放蕩《ほうとう》の限りを尽くしてきた人じゃない。都合の悪いときばかり、甘えたことを言わないで」

奥さまのおっしゃる意味がよくわかりませんでした。一瞬、競馬のことを指しているのかとも思いましたが、そうではなかったようです。

奥さまは眉間《みけん》を指で揉《も》み、肩で息を吐きました。続きを引き取るように、武藤氏が私の前にすっとA４ほどのサイズの紙を差し出します。

「掲載時期はまだ未定です。ダービーを勝っていたら文句なしにすぐ掲載できたのですが、まだニュースバリューに乏しくて。ただ、昨日の記事は意外と反響が大きかったですからね。今回の一件がさらに大きく展開したときか、あるいはロイヤルホープが大きなレースに勝ったときかもしれませんが、どこかのタイミングで掲載します。そのときまでに山王社長へのインタビューをセッティングしていただけると幸いです」

武藤氏の声は、ほとんど耳に入りませんでした。見覚えのない女性と、その彼女に寄り添う社長の写真、そして誌面にある『隠し子』の見出しに、私の目は釘《くぎ》づけになります。

「近々、あの人とは離婚することになると思います」

いつも以上に冷たい奥さまの言葉に、胸がトクンと拍動しました。

「これまでたいていのことは我慢してきました。外に女がいるくらいなら目をつぶってきたじゃないですか。でも、今回のことだけは許すことができません。高校生の隠し子って、どれだけ長く私たちは裏切られてきたんですか」

「ですが、何かの間違いということも……」

自分でもしらじらしい言葉だと思いましたが、実際に私は何も知りません。しかし、一つだけ思い当たる節がありました。本文中の『群馬県前橋市の――』という記述が目を引きます。

奥さまは涙をこぼすわけでもなく、ただ機械のように首を横に振っています。

「子どもたちも賛成してくれています。お母さんの好きなようにしたらいいって、二人とも言ってくれています」

ダービーの日の、東京競馬場でのご家族の姿が胸をかすめました。競馬嫌いを公言されている奥さまでさえ、あの日はどこか誇らしそうに見えました。パドックに立ち、こちらを値踏みするような数千という視線に怯《ひる》んだ様子を見せると、奥さまは思わずといった感じで社長に寄り添われました。

奥さまは決して社長のそばから離れようとしませんでした。社長もまたそっと奥さまをエスコートし、その両サイドを二人のお子様が囲み、四人でパドックを周回するロイヤルホープを追う姿は、直前に耳にした「ロイヤルファミリー」という揶揄をはね返すかのように美しいものでした。

あの日よりもずっと毅然《きぜん》としていて、でもどこかさびしげな表情を浮かべながら、奥さまは最後にポツリとつぶやきました。

「これからいろいろと大変なことになると思います。クリスさん、あなたがあの人をフォローしてあげなさい。知っての通り、敵の多い人だから」

七月

奥さまの言葉に「はい」と返事をしながら、それから一ヶ月、私は社長とこの一件についで話すことができませんでした。

違法派遣を糾弾する週刊誌の記事の反響がすさまじく、雑誌、新聞を問わず後追い報道が次々と続き、法務部や広報部のみならず、秘書課も大混乱に陥りました。

社長は常に苛立《いらだ》っていましたが、問題に言及することはありませんでした。我関せずと「俺は何も知らん。そんなもん放っておけ！」と開き直ったように言うだけです。社内の不信感も少しずつ膨らんでいきました。

報道で指摘されたのは、なぜそんなことを……と、首をかしげたくなるようなことでした。

一九九九年の労働者派遣法の改正で、派遣できる対象業務は原則的に自由化されました。それまでの「派遣できる業種」を定めた、いわゆる〈ポジティブリスト〉から「派遣できない業種」を指定した〈ネガティブリスト〉への転換が起きたのです。今回『週刊グース』が「違法派遣」と指摘した「港湾運送業」は、まさにその〈ネガティブリスト〉に定められた数少ない業種の一つでした。

港湾運送業が禁止されている理由は諸説ありますが、一番は労働者の安全の確保という側面が強いようです。荷積みなどの重労働が多く、かつクレーンなどの特殊作業の多い港湾勤務は、経験の浅い派遣労働者には危険がつきまとうことは私にもわかります。

記事によれば、ロイヤルヒューマン社はもう十数年、この港湾運送業に人材を派遣しているとのことでした。

社長以外、当時を知っている社員は残っておらず、その社長自身も詳しい事情を知っているか怪しいもので、どういった経緯でロイヤルヒューマン社が港湾作業への派遣をするようになったのか説明できる者はおりません。

だからといって会社としてその違法性を把握していなかったということではありません。今回『週刊グース』によってもう一つ指摘されたことがありました。それは港湾運送業に人材を派遣するに当たり、ロイヤルヒューマン社から同じ横浜市内のセントラルリースという小さな人材派遣会社に一度スタッフが派遣され、そこからさらに雄和組という港湾業者に送り込まれるという形を取っていたことです。

何年にわたって担当社員たちの申し送り事項になっていたか定かではありませんが、当時の社員も違法性を把握していたからこそ、わざわざ別会社を通していたのでしょう。

結果として、今度は職業安定法で禁止されている「二重派遣」に手を染めているわけですから、元も子もない話です。

とはいえ、二重派遣は業界の慣例ともいえるものです。もちろん違法ですし、厚労省は撲滅に向け何度もキャンペーンを張っていましたが、少なくとも雑誌で大きく取り上げられるようなものではありません。

ましてやロイヤルヒューマン社は大手というわけではないのです。やはり社長に馬主としてのニュースバリューがあったからでしょう。もし〝ホープ〟がダービーを制覇していたら、記事の扱いはもっと大きかったかもしれません。

いずれにしても、社長の言うまま放置しておけばいいという問題ではありません。当初は楽観視している社員もおりましたが、神奈川県警の生活安全部が動いているという大きな臭いウワサが流れると、社内は一気にピリピリし始めました。

この頃、社長から理不尽に叱《しか》られることや、無理難題を強要されることが増えました。俺は何も気にしていないと人前で豪快に笑えば笑うほど、私に対する八つ当たりは激しくなっていったように思います。

言い返したくなることはありました。しかし、私はどんなにムッとすることがあっても、口をつぐんでおりました。社長の気持ちを理解することもできたからです。苛立ちの背後に、私は決まって社長の不安を見て取ります。あまりに子どもじみた感情とは思いますが、横暴で、理不尽に振る舞う理由の半分は、私の忠誠心を試すためという気がします。

どんなに社長が私を遠ざけようとしても、喫緊に二人で話す必要がありました。そんなことを考えていた矢先、そのチャンスが訪れました。二人きりになる時間さえほとんど与えようとしなかった社長が、突然こんなことを言ってきたのです。

「明日、前橋に行く。悪いが、お前も一緒についてきてくれるか」

久しぶりに私自身がハンドルを握り、横浜駅近くの自宅マンションに送り届けているときでした。後部座席から沈んだ声が聞こえてきて、私は言葉に詰まりました。

「前橋……でございますか？」

「ああ、ホテルはいい。日帰りで行く。とりあえず明日も運転してもらいたい」

専属のドライバーが会社を去り、まだ代わりが見つかっておりません。

「それはかまいませんが。ですが、社長――」

「わかってる。明日、向こうに行くまでにすべて話す」

「そうですか。わかりました」

「そんなことよりお前、加奈子さんとはうまくやってるのか」

「おっしゃっている意味がわかりませんが」

「いやいや、わかるだろう。これの意味がわからないって、お前、さすがに中学生じゃないんだからよ」

ダービーの日、〝ホープ〟がゴールを駆け抜ける瞬間に加奈子と握り合った手の感触は、いまでもしっかりと残っています。私はゴール後もそのことに気づいていませんでした。「ねぇ、栄治」という加奈子の声を認識して、ようやく知った次第です。

社長の言う通り、まったく中学生のような不甲斐《ふがい》なさではありますが、だからといって二人の間に進展はありません。そもそも翔平を抱えた加奈子が何を思うのか、私には想像もできません。

その後、自宅に到着するまでの間、我々は競馬の話を夢中でしました。ダービーが終わったあと、秋以降の英気を養うために〝ホープ〟は北海道に放牧に出ています。九月のGⅡ「神戸新聞杯」から再始動し、クラシック最後の一冠、十月のGⅠ「菊花賞」を目指す。

そんな話を皮切りに、今年の夏はどの競馬場を回ろうか、二歳馬をこのレースでデビューさせたい、八月のセールではこのような馬を狙《ねら》っている、〝ホープ〟で絶対に今年の「有馬記念」を獲る……。社長の話は尽きることがありませんでした。

去り際《ぎわ》、社長は思わぬことを口にしました。マンションの車寄せに到着し、後部座席のドアを開き、「明日は何時に出発なさいますか?」と尋ねたときです。社長は不意に現実に引き戻されたかのように目を瞬かせました。

そして、直前までの柔らかい笑みをゆっくりと引っ込め、私をじっと見つめたのです。

「すまないが、明日は喪服を着てきてもらえるか」

「喪服？」

「出発は昼過ぎでいい。明日は会社にも顔を出すな。また俺の方から電話する」

そう言うと、社長は力なく右手を振り上げ、質問は受けつけないというふうにエレベーターホールへ消えていきました。

車内には社長の匂《にお》いが残っていました。しかし、それはいつもの荒々しいものとは違う、しっかりと老いを感じさせるものでした。

昨夜の予報通り、朝から雨が降っていました。それも連日続いている、しとしととしたものではなく、東南アジアのスコールを思わせるような激しい雨です。

昨日と同じマンションのエントランスで出迎えた社長は、まるで別人のようでした。寝ていないのだろうと思います。目の下には黒いクマがくっきりと浮かび、肌の水気も失われています。

いつも通り後部座席のドアを開けると、社長は少し逡巡《しゅんじゅん》する素振りを見せたあと、

「いや、今日は前でいい」と、自分でドアを開けました。

前夜に言っていた「向こうに行くまでにすべて話す」という言葉がよみがえり、私は

緊張しましたが、社長は座席に腰を下ろすなり寝息を立て始めました。

雨は激しさを増す一方です。首都高に乗ってからは運転に集中を強いられ、深い話をするような状況ではありませんでした。

外環道から関越に抜け、群馬県内に入ってからも雨足は衰えません。雨雲が我々を追いかけてくるかのように、同じ大きさの雨粒が絶えずフロントガラスを叩きつけます。

ようやく高速を下りたところで、社長は目を覚ましました。

「ここから三十分くらいだ。まだちょっと早いな。どこか適当に入るか。小腹が減った」

国道沿いの古びた喫茶店には、平日の日中のせいか、主婦らしき女性が多くいました。社長は窓際の席に腰を下ろすと、ホットサンドとコーヒーを注文し、雨に煙る窓の外にボンヤリと目を向けました。

「雨ばっかりだったんだよな」

私のことなど一瞥《いちべつ》もしないまま、社長はポツリと口にします。

「なんでしょう？」

「ああ、すまん。そうだな。どこから話そうか……」と、社長は自分の言葉に驚いた表情を浮かべ、一度は口を閉じかけましたが、意を決したようにうなずきました。

「中条美紀子《なかじょうみきこ》という女だった」

唐突に出てきた名前に、私は聞き覚えがありません。

「他に誰かがいるときは絶対に晴れてるんだよ。でも、二人きりのときはどういうわけか雨ばかり降っていた。一度、俺が『泣かされている誰かの涙雨だろうな』って冗談を言ったことがあるんだけど、あれはいただけなかったよな。あんなに本気で怒られたのは最初で最後だった気がするよ」

前橋に行くという話を聞いたときから、そんな予感はありました。仕事や競馬のことでは殊《こと》に人使いの荒い方ですが、意外にも社長はプライベートのことはほとんど他人に任せません。

社長が一人で前橋に行くのは私用のためだと、私はうすうす感じていました。そうでなければ私を伴おうとしないことに説明がつきません。そして『週刊グース』の武藤氏に見せられた掲載前の原稿によって、それが女性がらみのことなのだと知りました。

社長は懺悔《ざんげ》するかのような口調で、その方とのことを語ります。中条さんが社長よりずっと年下であろうことも、銀座あたりのホステスだったのであろうことも、恋が実らず実家に帰ったのであろうことも、それがきっと前橋なのであろうことも、想像していたことはたいてい当たっておりました。

しかし一つだけ、もっとも大事なことだけは完全にはき違えていたようです。社長はひとしきり思い出話を口にしたあと、上目遣いに私を見ました。

「まだ五十三だった」

店内に流れていたブラームスが不意に止《や》み、窓の外の雨音が耳を打ちました。社長は表情を変えずに続けます。

「年が明けた頃に向こうのお母さんから連絡をもらってな。もう長くはなさそうだから、一応お伝えしておきますって。ガンだった。もう何年も治療してた」

「いや、ちょっと待っていただけますか――」

一方的に話を進める社長を、私は思わず制します。社長は眉《まゆ》をひそめました。私はその目を見返しながら、小さくツバを飲みました。

昨日、社長から「一緒に前橋に」と言われたときから、私は女性に会わされるものと覚悟していました。記事の隠蔽《いんぺい》のためか、はたまた事後処理のためかはわかりませんが、何らかの面倒を処理するために一緒に行くものと思ったのです。そのあとに「喪服を」と聞いたときは、女性のお身内の不幸だろうと考えていました。

この数ヶ月ほどの、社長の疲れきった表情がよみがえります。一人で出張に出かけられたあとは、必ず疲弊した様子を見せていました。

「あの……、今日は中条さんご自身のお通夜《つや》ということでしょうか？」

社長は何をいまさらというふうに口をすぼめ、再び窓の外に目を向けます。

「はじめてのデートが競馬でな」

「え？」

「もう二十年以上も前だ。有馬だった。お前は有馬記念というレースに対してどういうイメージを持ってる？」

「イメージですか？」

「ああ、天気のことな。晴れているイメージがないか？」

「そうですね。冬らしいといいますか、空気がからりとしていて、レースのときにはもう陽が傾いていて、馬の影が長く伸びているイメージがあります」

その画《え》を思い描くのは簡単でした。冬枯れした芝にオレンジ色の光が当たり、年の瀬という物悲しさも手伝って、一年を締めくくる最後のＧⅠ「有馬記念」にはノスタルジーにも似た独特の感慨が伴います。

社長はこくりとうなずきます。

「俺もそんな話をしたんだよ。銀座の店でな。席についていた女どもに、競馬場の美しさを偉そうに語ったんだ。そのときはまだ有馬記念に対して特別な思い入れがあったわけじゃないんだけど、たしか十二月で、時期的にちょうど良かったんだと思う。まだ馬主資格を取ったばかりの頃だったし、調子に乗ってたんだろう。中山競馬場の来賓席で一緒に見せてやろうかなんて言ったら、女たちはみんな行きたいって口を揃《そろ》えてな」

「その中に中条さんも？」

「そうだな。でも、あいつだけちょっと反応が違ったんだ。他の連中が馬券も買ってやるぞという言葉にキャーキャー言っていた中で、美紀子だけは『キレイなんでしょうね。競馬はよく知りませんけど、なんとなく想像できます』って、独り言みたいにさ。それからどうしてそうなったかは覚えてないけど、結局二人で行くことになったんだ」

「中山競馬場に？」

「ああ、たしか何人分も指定席が取れなかったような記憶がある。あの頃はまだそんなことも知らなかった」

馬主の秘書などという仕事をしていると、取引先や社長の学生時代のご友人、果てはホステスや顔見知りのバーテンダーなど、あらゆる方から競馬場の指定席を確保してほしいと頼まれることがあります。

社長が馬主協会に所属されている中山に限らず、たいていはどの競馬場でも、GＩレースが組まれている日であったとしても、座席を確保することは可能です。

しかし年に二日、二会場だけ、座席の確保が難しい日があります。それが、東京競馬場で「日本ダービー」が開催される五月の最終日曜日と、中山競馬場で「有馬記念」が行われる年の瀬の一日です。

古い記憶を思い出したように、社長はくすりと笑いました。

「そうだよなぁ。有馬って、西日が差しているイメージだよなぁ」

「そうですね。とてもキレイな印象です」

「大雨だったんだよ」

「はい？」

「美紀子と行った有馬の日、大雨が降ってた。あれは立つ瀬がなかったな。さんざっぱら競馬場の美しさを語っておいて、雨でコースがかすんでるんだもん。レースも大荒れで、それをあいつは見事に当てて。俺も大概馬券は得意な方だけど、あいつは優にそれを上回っていた。普通、素人《しろうと》が馬券を買うときってどんなふうに予想する？」

「さぁ、どうでしょう。私などいまだにゲンを担《かつ》いだり、名前や数字でこじつけてみたりという感じですが」

「普通はそうだよな。あとはせいぜい馬の顔がカワイイみたいなもんだろ。だけど、あいつは違ったんだ。パドックを見てみたいって言うから、雨の中を傘さして連れていってやってさ。そしたら馬をじっと見て、なんかメモにゼッケン番号を書いていくんだ」

「はぁ」

「それがことごとく人気薄の馬の番号ばかりでよ。何を見てる？　って聞いたら、お尻《しり》の筋肉だって。理由を聞いたら、この雨のせいで走るのにパワーが必要だろうからって。これまでのレースも筋肉質の馬が善戦していたから、そんな馬の馬券を買ってみようと思いますって」

「それはすごい。初心者だったんですよね？」

「まったくのな」

「その馬券を当てたんですか？」

「そいつらが上位を独占しちまった。当時は三連単なんて券種はなかったけど」

「馬を見る目があったんでしょうね」

「状況を読む力もな」

「牧場にお連れしたらおもしろかったかもしれませんね」

「もちろん連れていったよ。二、三回」

「へぇ、そうでしたか。何か買われたことがあるんですか？」

「それがあいつはそんな責任は取れませんって、なかなか見立ててくれなかったんだ」

「そうですか。それは残念でしたね」

「本当だよな。あいつがちゃんと馬を見つけてくれていたら、俺はもっと偉大な馬主になれていたかもしれないんだからよ。結局、三頭しか見立ててくれなかったんだ」

「は？」

「そのうちの一頭が『ロイヤルハピネス』だ。名前をつけたのも美紀子だ。〝ロイヤル〟の冠名をつけたのもあの馬からだった」

社長は声を上げて笑いました。名を挙げた「ロイヤルハピネス」は、社長にはじめて重賞オーナーの称号を与えた牝馬《ひんば》です。ロイヤルヒューマン社の本社受付にはいまでも色褪《あ》せた〝ハピネス〟の写真と、GⅢ「中山牝馬ステークス」の優勝トロフィーが飾られています。

社長の言葉に天から中条さんが応じるように、窓の外の雨が激しさを増しました。社長はちらりとそちらに目を向け、思い出を振り払うように胸を張ります。そしていつか私にくれたのと同じ金のロレックスに目を落とし、「そろそろだな。行こうか」と独り言のようにつぶやきました。

喫茶店で会計を済まし、再び車に乗り込み、目的の場所に向かっている間、社長はもう何も語りませんでした。

私からも何か尋ねることはありませんでしたが、頭の中はある一つのことがずっと占めておりました。

武藤氏から見せられた、まだ世に出ていない記事のことです。その中にあった「不貞」については余すことなく聞きましたが、「隠し子」についてはまだ何も触れられていません。

むろん、中条さんとの間の子であるのでしょう。記事にあった「彼」がいまどうしているのか、母親との生活は幸せなものだったのか、社長の存在を認識しているのか、そもそも二人は会ったことがあるのか。何も聞かされておりません。

市内から四十分ほど車を走らせたところに、目的の葬儀場はありました。未婚の母や元ホステスという経歴、そしてこの陰鬱《いんうつ》な雨によって一方的にうらびれた葬儀をイメージしておりましたが、会場には想像を超えて多くの人たちが詰めかけていました。

とくに目を引いたのは制服を着た学生たちです。体育会系らしき身体《からだ》の大きな男子学生が中心でしたが、髪の長い男子生徒や、泣いている女子たちも混ざっています。

私は「彼」と面識がございませんし、つい先ほどまで頭の痛い存在でしかありませんでした。それが、社長と中条さんの古い話を聞いたからでしょう。私は彼に友人が多そうなことに深く安心しました。

駐車場からしばらく会場を見つめ、社長は無言で車を降りました。会場入口に設置された受付で二人分の香典を手渡し、記帳すると、中年の男性がハッとした顔をします。

ここ数日の疲弊しきった様子がウソのように、社長は毅然と中条さんの遺影を見つめていました。

こちらに向けられたいくつかの視線を感じながら、私も祭壇を見つめます。社長の話から女性の容姿を想像したつもりはありませんが、写真の中条さんは一点の曇りも感じさせない笑みを浮かべていて、意外な思いがします。

和服姿の女性が足早に近づいてきました。社長と同い年くらいの女性は、社長に向けて恭《うやうや》しく頭を下げると、小声で何かささやきます。

社長は小さくうなずき、私に顔を近づけました。

「ちょっと待っててくれ。すぐに済む」

「わかりました。あの、社長。私もお焼香させていただいてもよろしいでしょうか」

「ああ、ありがとう。よろしく頼む」

制服姿の学生たちに混じって、私は焼香の列に並びました。僧侶《そうりよ》の読み上げるお経と、女子学生の涙声が立ち込める会場で、私は一人緊張しておりました。

焼香台のすぐとなりに、親族席がありました。焼香する一人一人に頭を下げる十人ほどの親族の中に、彼が……、社長と中条さんの間に十六年前に生まれた男の子がいるのでしょうか。

その姿を確認したくて一人で焼香させてもらいましたが、最後までそれらしい人物を見つけることはできませんでした。

焼香を済まし、会場の隅に場所を移すと、半開きになった扉の向こうに先ほどの女性と社長の姿が見えました。雰囲気程度ではありますが、女性は写真の中条さんと似てらっしゃいます。おそらくお母さまなのでしょう。

意外だったのは、女性に社長を恨んでいる雰囲気が微塵《みじん》もないことでした。葬儀場に入ってきたときも、社長に向けられるいくつかの視線を感じましたが、そのほとんどが驚きや好奇心によるものだった気がします。少なくとも、面と向かって睨《にら》みつけてきたり、罵声《ばせい》をぶつけてきたりする方はいらっしゃいませんでした。

お二人の間にこれまでどんなやり取りがあったか想像できませんでした。女性は社長の胸にしなだれるようにうなだれ、社長はその肩に腕を回します。その様子は、一般的に思い描く娘の不倫相手に対するものとは異なりました。

女性を残して会場に戻ってきた社長は、何も言わずに焼香の列に並びました。そして、すぐに順番がやって来て、親族に向けて深々と礼をしたときです。私は殺気に似た空気を感じました。

先ほど社長が出てきた別室の扉の前に、学生服を着た坊主頭《ぼうずあたま》の少年が立っています。その彼が先ほどの女性と並び、社長を睨んでいます。

社長は焼香を終えると私の方に歩み寄ってきましたが、不意に足を止め、吸い寄せられるように彼に目を向けました。

年輩の女性はあらためて頭を下げましたが、少年の方は微動だにしません。目つきはさらに険しくなり、唇を嚙《か》んでいます。

少年は父親の存在を知っていたのでしょうか。あるいは、二人はこれまでに言葉を交わしたことがあるのでしょうか。二人の様子からうかがい知ることはできませんし、私には知る権利もないのかもしれません。ただ一つ、少年の父親が社長であることだけは明白でした。

決して顔が似ているわけではないのです。むしろ切れ長の目も、すっと通った鼻筋も、少年は写真の中条さんと瓜《うり》二つと言えるでしょう。

いまどきの子らしく手足が長く、身にまとう空気は柔らかそうで、その点をとっても社長と似ているわけではありません。それでも、二人は紛れもなく父子《おやこ》です。

お二人はしばらく見つめ合っておりました。その光景を見て、私は二人が話したことがないのだと悟りました。少なくとも、少年の方は社長の顔を知らないはずです。にもかかわらず、少年の頬はみるみる紅潮していきます。

根負けしたように、先に身体を揺らしたのは社長の方です。我に返ったようにぴくりと肩を震わせると、社長は彼に頭を下げました。

顔を上げると、社長は今度こそ私のもとへ近づいてきて、一言だけ「今日はありがとう。帰ろうか」と力なくつぶやきました。

社長はもう振り返ろうとしませんでした。ただ、その瞳が赤く潤《うる》んでいることを、私は見逃しませんでした。

帰りの車内では、社長は一度も口を開きませんでした。葬儀場で見た少年についてようやく語られたのは、横浜に戻ってから。いつものように桜木町の〈寿司《すし》大〉に顔を出し、ビールで唇を湿らせてから、社長はしぼり出すように切り出しました。

「お前、知ってたのか」

何を……と尋ねる気にはなりませんでした。

「おおよそではありますが」

「最後に会ったのはあの子がまだ四歳のときだった。美紀子から別れを告げられた日だ」

「それ以来、一度も会ってないんですか？」

「ああ」

「病院でバッタリ会ってしまったことは？」

「平日の午前中にしか行っていないからな。美紀子を見舞えたのはあの子が学校に行っているときだけだった。前橋に到着してから、今日は子どもが来るかもしれないからって拒まれたこともある」

「写真などは？」

「美紀子がかたくなに見せてくれなかった。頼んだことはあったけど」

卑下したように微笑《ほほえ》む社長を、少しだけ不憫《ふびん》に思いました。もちろん家庭を持ちながら愛人を作り、火遊びでは終われずに恋に落ちて、子どもまで作ってしまった身です。それを週刊誌で糾弾されたとしても、自業自得《じごうじとく》と言わざるを得ないでしょう。いま口にされていることだって、すべてが本当のこととは限りません。たとえ本当のつもりでも、美化していないとは限りません。人間は思い出を簡単に美しく塗り替える生き物です。それでも私は社長の話を信じたいと思いました。仮にそれがかつての恋人に対しての、一方的な贖罪《しょくざい》の気持ちからだったとしてもです。今夜、社長が不意に見せた後悔の念を、私はしばらく忘れられそうにありません。

「あの和服の女性が中条さんのお母さままでいらっしゃいますか?」

「そうだ」

「どんな話を?」

「べつに。たいしたことじゃない」

「教えていただくわけにはいきませんか?」

私は身を乗り出しました。この期《ご》に及んでまだ信頼しきってもらえないのかと、歯がゆさを感じました。

社長は小さくうなずくだけです。

「本当にたいした話じゃない。金のことだ」

「お金の?　どんな?」

「これからはお母さんの口座に振り込ませていただきますのでって。あの子が成人するまでは間違いなく養育費はお支払いしますのでって。それだけの話だよ」

「これまで支払いはどういう形でされていたのですか？」

「どういうって……。だから、それは美紀子の口座に――」

「そうじゃなくて、どなたがその振り込みをされていたんですか？」

「はぁ？　そんなもん自分でやってたに決まってるだろ」

「どうやって？」

「なんだよ、それは。銀行からだよ」

「どうしてですか？」

「いや、ちょっと待て。お前、酔ってるのか？」

「だって、おかしいじゃないですか。社長のお金の処理はすべて私がやってますよね。なんで前橋への送金だけは私を通してくれないんですか？」

「通してくれないって、お前な……」

「いいから答えてくださいよ。社長、ご自分で銀行に行くようなタイプじゃないですよね？　そんなに中条さんのことを私に知られたくなかったんですか？　そんなに私のことが信用できませんか！」

たしかに声は大きかったと思いますし、酔っていたのかもしれません。しかし、頭は意外なほど冷静でした。

社長の瞳にかすかな怒りが宿ります。

「たしかに俺は銀行なんて苦手だよ。だから最初は任せてたんだ」

「任せてた？」

「まだ義兄《にい》さんに会計を見てもらっているときにな。結果的にそのことに足をすくわれた。それまで美紀子とのことは誰にも言わなかったのに。完全に脇《わき》が甘かった」

社長が週刊誌のゲラの話をしていることに、私はしばらく気づきませんでした。大竹氏は奥さまの実兄です。夫婦関係を顧みれば、大竹氏こそ警戒しなければいけなかったはずです。たしかに脇が甘かったと言わざるを得ないでしょう。

そう考えたところで、私は腑《ふ》に落ちる思いがしました。だからこそ、社長は私に任せようとしなかったのでしょう。これ以上、中条さんの件が露呈することをおそれ、ご自身で動かれていたのです。

それを理解しても尚《なお》、私はムカつきを抑えることができませんでした。

「正直、見損ないました」

「何をだよ」

「何もかもです。隠し子がいたことも、そのことを隠されていたことも、こそこそと自分で動いていたこともです」

「だったらもう辞めろ。俺は止めない」

「はぁ？　だから辞めませんよ。辞めるわけがないじゃないですか。っていうか、私に辞められたら傷つくくせに、よくそんなことが言えますね。もう少しジタバタしたらどうですか？　辞めないでくれって泣きつかれた方がよっぽど気持ちがいいですよ」

社長は怒っているとも、悲しそうともいえない表情を浮かべています。それまで見て見ぬフリを決め込んでいた顔見知りの大将が「ちょっとクリスくん。言い過ぎ」と、見かねたように割り込んできましたが、私は話を止めようとは思いません。

「いつか、社長から二万九千円分の馬券をいただいたことがありました。覚えてらっしゃいますか？」

社長の眉間《みけん》にシワが寄ります。

「はじめてお会いしたときです。中山金杯でした。私が雄一郎にお願いしていたロイヤルダンスの単勝馬券、千円分に、社長がさらに二万九千円を足して、しかも勝手に馬連に変えられていたんです。ノザキファームで生産されたラッキーチャンプとの馬連を、三万円」

「なんの話をしてるんだ」

「四百万を超えました」

「はぁ？」

「大万馬券でした。そうとも知らずに当たり前のように馬券を受け取ったとき、新宿の天ぷら屋で、社長、私になんて言ったか覚えてますか？」

「知るか、そんなこと」

「裏切るな、ですよ」

一度ビールに口をつけて、私はさらに続けます。

「社長、そうおっしゃったんですよ。この馬券の分くらいはがんばって働け。そんなことをおっしゃったあと、いきなり真顔になって絶対に俺を裏切るなって。私はその言葉を今日まで忘れたことがありません。あのときのお金、一円も使っていません。いただいたロレックスもほとんど新品のままでいつでも換金できます。社長が苦しいというのなら、どちらも喜んでお返しします」

話しているうちに、あの日の記憶が鮮烈によみがえりました。あの日〈天八〉に集まっていたメンバーは、もうほとんど社長のもとを離れています。大竹氏も、雄一郎も、当時マネージャーを務めていた金城氏も、まだ入社間もなかった社員でさえも。みなさん決して円満とは言えない離れ方をしています。

それでも尚、私は腹が立つのを抑えられませんでした。社長が過去にどれだけ裏切られてきたか知りませんが、私自身は一貫して忠誠を尽くしてきました。父に対して負い目のある私は、社長のもとで働くこと自体に喜びを感じています。

社長は思わずというふうに目の前の寿司に手を伸ばし、大きく肩を揺すりました。

「近く、京子とは離婚することになると思う。それと、これから会社に警察の捜査が入ることになるかもしれない。お前にはまたいろいろと迷惑かけることになると思う」

社長は殊勝に頭《こうべ》を垂れました。そして重そうに上げられた顔には、自嘲《じちょう》するような笑みが浮かんでいました。

「情けないよな。人だ、人だって言い続けて、社名にまで『ヒューマン』なんて入れておきながら、俺の周りにはもうほとんど人がいない」

そう気弱に口にする社長が、人を大切にしていないとは思いません。違法派遣の一件でも、まず収入の不安定な派遣スタッフの生活を守るよう社員に通告したくらいです。

社長の、とくに立場の低い人間に向ける優しさは本物です。でも、ひょっとしたら本人にその自覚はないのかもしれませんが、決して信頼しきってはいません。当然、それは相手だけのせいではないはずです。感謝や期待の気持ちを物やお金でしか表せない社長の側にも問題はあるはずです。

沈黙が居心地悪く、私は酒をあおりました。

「とりあえず、今後は私が責任をもって中条さんのお母さまへの振り込みをします。どういう形を取るのが最良なのか、必要ならば一度前橋にご挨拶《あいさつ》にいってまいります」

「いや、だからさ……」と、私を呆《あき》れたように見つめたあと、社長はたまらないというふうに噴き出しました。

「わかった。お前に任せる」

「承知いたしました」

「そうだよな。たしかにきちんと期待しなきゃ、裏切られたもクソもないよな。お前の言う通りだ。俺はお前をもっと信頼するよ。でもな、クリス。一度くれてやったものを返せっていうほど、俺は落ちぶれてねぇぞ。それとな、これだけは覚えておけ――」

そこで一度言葉を切って、社長は真顔を取り戻そうとしました。しかし、その目もとは嬉《うれ》しそうに綻《ほころ》んだままでした。

「期待する以上、絶対に俺を裏切るなよ。お前にまで裏切られたら、俺はもうお前を殺すしかなくなる。それがイヤなら必死に走れ」

私は何かを誇示するように大きく胸を張りました。

「たとえ明日、社長の身に何かが起きたとしても、私がすべて滞りなく計らいます」

本当は「ご子息のことも任せてください」と続けるつもりでした。しかし、その言葉は社長がしみじみと口にした「ありがとうな、クリス」というお礼の前に、力なく消え入りました。

六月から続いたロイヤルヒューマン社に対する世論の集中砲火は、神奈川労働局による「事業改善命令」という結末で落ち着きました。

さすがに「事業廃止命令」はないと思っていましたが、一定期間の「事業停止命令」までは想定していたのでひとまずは安心です。

とはいえ、一度押された「不正」の烙印《らくいん》はなかなか消すことができません。離れていく取引先は想像していた以上に多く、取引が続いたとしても厳しい言葉をぶつけられた社員はいたようです。

会社を去っていく社員も出てきました。中には社長に近い人間もいましたが、当の社長に引き留める気はなさそうです。

「それぞれの人生だ。俺がどうこう言うつもりはない」

わざわざオフィスに顔を出して口にする社長は、やはり動揺していたのだろうと思います。普段の、社員に対する優しい本音を知っている私にはひどく痛々しいセリフでした。

気持ちと裏腹の言葉を吐いてしまうのは、社長の悪いクセです。社員が離れていくことに傷つき、だからこそ社員の忠誠を疑うことしかできない。なのに、また誰かが自分のもとから去っていくことに恐怖を感じ、一人で不安を抱いている。あいかわらずそんなジレンマに陥っている社長に、私は哀れみしか感じません。

離婚問題についても同様です。お互いに弁護士を立てた話し合いは順調に進んでいるようですが、社長は自らの意思を表明しません。

不貞の記事はなんとか差し止めることができましたが、奥さまの言うままに財産分与を行うようですし、慰謝料も言い値で支払うようです。四十年という年月のケジメを、決して憎んでいるわけではないのに金品でしかつけることのできない社長に、私はやはり憐憫《れんびん》を抱きます。

奥さまに対しても同じように思います。社長の連絡係として、この間、私は奥さまとも何度か顔を合わせました。

社長に対して牙《きば》をむき、兄やマスコミを利用してまで奪えるものをすべて奪おうとしておきながら、奥さまはふとしたときに悲しげな息をこぼします。

「あの人は大丈夫なの？」

そのあとに続くはずの言葉をのみ込み、奥さまは必ず自分に何かを言い聞かせるように首を横に振るのです。

最後の最後まで罵《のの》り合うことなく、相手から、そしておそらくは自分自身からも目を背けようとするお二人のことが、私は歯がゆくて仕方ありませんでした。

息子の優太郎さまは近く会社を離れ、独立すると聞いています。一時期は毎晩のように連絡をくれていた百合子さまも、めっきり私を遠ざけるようになりました。

かつて華やかさに目を奪われた山手の本宅は、いつの頃からか空気が淀《よど》み、私の身体にべったりと張りつくようになりました。

いつか、どなたかが「ロイヤルファミリー」と形容していたご家族の最後は、実に呆《あっ》気《け》ないものでした。

八月

社員の四分の一が会社を去り、得意先からはことごとく取引を打ち切られ、ご家族からもついに離縁を突きつけられた。

そんな状況にあって尚、いえ、そんな状況であったからこそかもしれませんが、社長はますます競馬に執着していきました。

八月に入ってすぐのある日、我々は二つの目的のために久しぶりに二人で北海道に向かいました。

新千歳空港のタラップに降り立った瞬間、悲壮感に覆《おお》われた表情から一転して社長の顔は晴れやかなものに塗り替えられました。決して洒落《しゃれ》ているとは思えないアイボリーカラーのポロシャツも私の心を浮き立たせてくれます。

目的の一つは、放牧に出ているロイヤルホープの顔を見ることです。九月に行われるGⅡ「神戸新聞杯」に向け、来週には〝ホープ〟は栗東に戻ることが決まっています。わざわざノザキファームまで出向く必要はなかったかもしれませんが、社長が強く望みました。

牧場で迎えてくれた加奈子も、場長である加奈子の父親も、自信にあふれた雰囲気を漂わせていました。

皐月《さつき》賞の前にも同じことを言ったのをきっと忘れているのでしょう。

「いやぁ、山王さん。ロイヤルホープ、気迫が漲《みなぎ》っていますよ。仮に来週が菊花賞だったとしても勝っちゃうんじゃないのかな」

加奈子の父の言葉に、社長は笑いを堪《こら》えることができません。しかし、たしかに場長の言う通り、ダービー以来二ヶ月ぶりに目にする〝ホープ〟は、ほどよく全身に肉がのり、体調の良さをうかがわせます。

視線にさらされているのを嫌ったのか、厩舎《きゆうしや》の〝ホープ〟は飼い葉を食べるのを止め、こちらに近づいてきました。

顔を寄せる相手は例によって社長です。加奈子も場長も呆れる仕草は見せたものの、驚きはしません。贔屓《ひいき》された社長だけが「ふふ」と声に出して笑いました。社長に鼻面《はなづら》を撫《な》でられ、〝ホープ〟も嬉しそうに身体を揺らします。

「秋、本当に獲《と》れますかね」

〝ホープ〟の顔に手を置いたまま、社長が独り言のようにつぶやきます。一瞬の間のあと、場長が答えました。

「さぁ、どうでしょうね。本音をいえばわかりません。いままでも散々いろんな馬に期待してきましたけど、いまだにうちはＧⅠを勝ててませんから」

「それはこちらも一緒ですよ。これまで馬に期待しては、何度も裏切られてきましたから。もうずっとその繰り返しです」

社長は何気なく口にし、場長も納得したようにうなずきましたが、私は引っかかりました。社長の口から「馬に裏切られる」というニュアンスの言葉が出てきたのがはじめてだったからです。

加奈子もそれに気づいたようです。つい先日、私たちはまさにその話をしました。社長を含め、どうしてみなさん馬主活動などされているのかということについてです。

金ばかりかかり、ただでさえ多忙な時間を奪われ、賞賛を浴びるどころか、見えないところで嘲笑に晒《さら》され、ほとんどの馬たちと悲しい別れをしなければならない。

社長が馬主を続ける理由について、私がわずかでも腑に落ちたのは一度だけです。あのダービーの日、パドックの真ん中に立ち、おそらく数千は下らない人たちの熱い視線を浴びながら〝ホープ〟を見つめる社長の目は、とても誇らしげなものでした。

しかし、そんな「自己顕示欲」という一言で置き換えられるような何かのために、社長が馬主をしているとは思えません。だからといって、いつか本宅勤務の山田氏から聞いた「馬は裏切らないから」という理由も額面通りには受け止められません。

ならば、なんのために社長は馬主を続けているのか。もっと深遠な信念に支えられている気もしますし、もっと浅薄な欲望に搦《から》め捕られているだけのようにも見えるというのが、あの日の私と加奈子の答えでした。

〝ホープ〟は名残惜しそうに社長から離れ、再び飼い葉を食《は》み始めました。その姿を優しく見つめながら、社長がポツリと漏らします。

「なぁ、クリス。こいつにGIを勝たせてやりたいよな。いまさらだけど」

「ええ、ホントに。でも、そう遠くない日だと思いますよ」

「べつに有馬記念とは言わないからさ。何か大きなレースを獲らしてやりたい。こいつに幸せな余生を送らせてやりたいし、みんなを喜ばせてやりたいんだ」

もうすでに社長はたくさんの競馬関係者の夢と生活を背負っています。その口から不意に出てきた「みんな」が誰を指すのか、本当のところはわかりません。

しかしこのとき、私の頭に真っ先に浮かんだのは競馬関係者でも会社のスタッフでもなく、不思議と別れたご家族の面々でした。

いななく〝ホープ〟に別れを告げ、その日は近くのホテルに泊まり、翌日、我々はレンタカーで二つ目の目的地に向かいました。夏のセリ市「オーガストセール」です。七月に開催される「セレクタリアセール」は、主催する北陵ファームや北陵とのつながりが強い大牧場が中心となり、基本的には良血馬のみが集まります。

一方の「オーガストセール」は、日高地区の農業協同組合がセリを主催し、出品される馬たちも千差万別。五日間にわたって開催され、千頭を超える一歳馬たちが上場してきます。

四日目までもお目当ての馬はいましたし、すでにエージェントを通じて何頭か落札もしています。その上で、社長自ら最終日に足を運んだのは、他でもありません。ある良血の牝馬を是が非でも落とそうとしているからです。

社長が狙《ねら》うのは、これまでつき合いのない中規模牧場の馬でした。兄、姉の競走成績は優れているとは言えませんが、母親の「ワルシャワ」自身はかなりの良血で、現役時代は五勝を挙げています。

何よりも牧場の決意の表れなのか、今回はじめて父馬に「ディクスアイ」を迎えたことで注目を集めていました。

このメス馬を、社長は最初から「〝ホープ〟の妻に」と考えていたようです。つまりはロイヤルホープを種牡馬《しゆぼば》にするという前提で、この良血馬を購入しようとしているのです。

例年、当然のように億超えを連発するセレクタリアセールとは異なり、オーガストセールではそこまで値は張りません。しかし、今年はこの馬のせいでかなりの出費になってしまうのではないかと、私は気を揉《も》んでおりました。

イヤな予感が確信に変わったのは、セール会場に足を踏み入れた瞬間です。普段はどこか牧歌的な雰囲気を感じさせるオーガストセールの会場が、妙にピリピリしていました。それもそのはず、前日までは「いなかった」と人づてに聞いていた有力馬主たちが、こぞって会場に足を運んでいたのです。

社長と何度もやり合ってきた椎名善弘氏もまた、競馬場でよくお見かけするレースマネージャーらしき男性を伴って会場入りしていました。こちらを認識した椎名氏の眉間《みけん》にもかすかにシワが寄ったことを、私は見逃しませんでした。

スタート時間の正午になって、五日目のセールは静かに幕を開けました。なんとか熱を呼び起こそうとする若いオークショニアの掛け声もむなしく、呼応する声はパラパラとしか聞こえてきません。

値はほとんど釣り上がらず、とくに牝馬の結果は散々なものでした。牧場側の希望額にまったく届かず、取引が成立しない「主取り《ぬしと》」と呼ばれる結果も少なくなく、手塩にかけて育ててきたはずの牧場スタッフの落胆する表情は見るに堪えません。

それでも時間が経過するにつれ、会場に人が増えていきました。比例するように熱気も充満していきます。

私は顔見知りの牧場関係者とともに最初から会場にいましたが、社長は十四時を過ぎた頃に控え室から出てきました。

若手からベテランのオークショニアに替わったところで、会場の空気が変わります。セレクタ見渡してみれば、いつの間にか競馬場でよく見かける顔が勢揃《せいぞろ》いしています。セレクタリアセールならいざ知らず、オーガストセールでこの息苦しさは記憶にありません。

壇上の資料に目を落とし、オークショニアは小さく咳払《せきばら》いします。

「続きましては上場番号828番、ワルシャワの2006、メスの鹿毛《かげ》。二月二十日生まれ。父親はご存じディクスアイ――」

若駒《わかごま》が女性スタッフとともに入場してきた瞬間、会場がにわかにざわめきました。もうすでに私は自分の馬を見る目「相馬眼《そうまがん》」をいっさい信じておりません。これは走ると疑わなかった馬がまったく走らず、逆にセールではもったりして見えた他オーナーの馬が重賞制覇まで駆け上がっていく光景を何度も目にしてきているからです。

それでもまだ私は自分の目を信じたくなりました。触れただけでちぎれてしまいそうなうすい皮膚に、パンッと張った大きなお尻、いかにも柔らかそうな肩まわりの筋肉と、鏡のように照明を反射させる毛ヅヤの良さ……。

そうした見映えの良さもさることながら、会場の熱気に動揺したり、興奮したりしていたこれまでの若駒たちとは異なり、ワルシャワが二〇〇六年に産んだ「ワルシャワの2006」は、凜《りん》としています。すり鉢状になった客席からの視線をはね返すように堂々とたたずみ、その表情はふてぶてしいと感じるほどです。

「こいつはすごい。値が張るぞ」

社長はカタログに目を落とし、不敵な笑みを浮かべました。完全に戦闘モードに入ったのが見て取れます。競馬にまつわるたいていのことに慣れたつもりですが、私はいまだに高級マンションが買えてしまう値が馬一頭につけられることに面食らいます。

とはいえ、種付け料だけで二千五百万円もするディクスアイの産駒《さんく》です。三千万円という目を見張る額からオークションはスタートし、しばらくはじりじりと値を上げていきました。社長は静観しています。

「正面のお客様お受けいたしました。ありがとうございます。はい、四千八百まーん、四千八百まーん！ いかがでしょうか。母親のワルシャワは芝で五勝の良血馬。さぁ、もう一声いかがでしょう！」

オークショニアの声にいっそう力が籠《こ》もります。それに反応したように「ワルシャワの2006」が甲高《かんだか》くいななきました。怯《おび》えたような鳴き声がはじめて会場に響いたとき、社長が小声でつぶやきます。

「あまり興奮させるなよ。俺の馬をよ」

その好戦的な表情をボンヤリと横目にして、私はようやく「俺の馬」という言葉の意味に気づきました。

「あの、社長？」

「祝いだ」

「は？」

「どうせ〝ホープ〟は秋にGI獲るからな。その前祝いだ」

社長は宣言するように口にすると、勢いよく両手を挙げました。左手の指が五本、右手は一本立っています。

メガネをかけたオークショニアが受けて立つように微笑みました。

「中央のお客様、六千万円でお取りしてよろしいですね？」

その問いかけに社長が面倒くさそうに手をひらつかせた瞬間、一度は落ち着きかけていた会場の熱が再び上昇するのがわかりました。

「ありがとうございます！　それでは六千二百万で行きましょう。はい、六千二百まーん、六千二百まーん」

私には「セリは生き物」という持論があります。馬が走るレースと同じように、百回セリが行われれば、百通りの結果になると思うのです。社長が参戦したときが、まさにセリという生き物が息吹《いぶ》いた瞬間でした。会場全体にぶわっと熱風が吹いたように、社長のコールが入った瞬間から次々と手が挙がりました。

左前方の若いオーナーが、通路脇のベテラン馬主が、最後列のスーツ姿の男性が、無表情を装《よそお》って入札します。それらを蹴散《けち》らすようにして、社長は一瞬の躊躇《ちゅうちょ》もなくわかりやすく腕を振り上げます。

早々に脱落する方がいたり、逆に途中から参戦してくる方がいたり、あるいは場をかき乱すためだけにおそるおそる手を挙げる方がいたりする中で、値は一気に九千万近くまで釣り上がりました。

こういうとき、私はセリというシステムの不備を思わずにはいられません。買う気もないくせに目立とうとするためや、特定の誰かを困らせるためだけに手を挙げる人が少なからずいる気がするからです。

今日の標的はあきらかに社長でした。いや、どこにいても悪目立ちする社長は、いかなる場合でもターゲットになりがちです。私などはいっそ意趣返しのために唐突に下りて、相手に不相応な額を背負わせてやればいいと邪《よこしま》なことを思いますが、駆け引き下手で、一本気な性格の社長にそんな気はなさそうです。

しばらくは社長vs.他のオーナーという構図で場は進んでいきました。それが、ついに一億円の大台を超えたときです。私はすっかりその存在を忘れていました。それまで静観していた椎名オーナーが、となりのマネージャー氏に何やら耳打ちしながらそっと手を挙げたのです。

直前まで熱に浮かされていたような会場の空気が、再び鋭く張りつめました。ざわめきが立ち消え、多くの視線が前方に座る椎名氏の背中に注がれます。

ここから社長と椎名氏の壮絶な一騎打ちが始まりました。いつもなら馬を見る力に長《た》けているとされている椎名氏が入札に加わると、それが走る馬であると立証されたかのように、それまで静観していたオーナーたちがこぞって参戦してきます。

しかし、このときは社長のいつにない勢いと、椎名氏のただならぬ雰囲気に圧《お》されたかのように、二人の間に割り込んでくるオーナーはいませんでした。

両者の静かな攻防によって、値は瞬《またた》く間に一億五千万円まで跳ね上がりました。オーガストセールの、しかも牝馬ということを考えれば、あきらかに行き過ぎです。そんなことはお互いに承知しているはずですが、社長に諦《あきら》める気配も、椎名氏に下りる雰囲気もありません。

「ワルシャワの２００６」は再び落ち着きを取り戻し、不思議そうに人間たちのやり取りを見つめています。むしろ手綱を引く牧場スタッフの方が興奮で頬を紅潮させ、面食らった顔をしています。品のない好奇心や、高揚をきっと胸の内に秘めながら、誰もが固唾《かたず》をのんで成り行きを見守っていました。

現在の競馬界を支える二人の馬主によるタイマン勝負です。競馬場で見られる対決とはまた別種の応酬に、会場全体が緊張に包まれる中、私は一人気が気ではありませんでした。会社が下火で、かつ離婚に際して多額の財産を奥さまに渡したいまの社長に、一億五千万円はポンと支払える額ではありません。

それでも、かすかに瞳孔《どうこう》を開いた社長の気持ちは痛いほどわかりました。厳しい状況であるからこそ、絶対に自分から下りることはありません。山王耕造はまだ死んでいない、勝手に殺すな――。そう世間にアピールしているのでしょう。

その気持ちがわかるからこそ、私は口を挟めませんでした。気づいたときには、頼むからあなたの方が下りてくれと、ほとんど動かない椎名氏の背中に懇願していました。

そんな私の切なる祈りが通じたかのように、それまで機械的に上がり続けていた椎名氏の手がついに止まりました。ちょうど二億円の大台に乗ったときです。

椎名氏が小声で何か話し、それを受けたマネージャー氏が呆れた顔をしてこちらに目を向けてきたことが、終了のゴングでした。

「さぁ、二億一千まーん、二億一千まーん！　どなたかございませんか？　さぁ、もう一声いかがでしょう！」

早く終わってくれと願う私を弄《もてあそ》ぶように、オークショニアがさらに煽《あお》ってきます。もちろんここから参戦してくる心の強いオーナーはいらっしゃいません。

「それでは、ラストコール入ります！　ディクスアイ産駒、ワルシャワの２００６。二億円。よろしいですね？　ラストコール！」

オークショニアは鋭くハンマーを振り落としました。きっと力が入ったのでしょう。

間違いなく、それは今日一番大きな音でした。社長は我に返ったように目を瞬《しばたた》かせ、主役の一歳馬も身体をぴくりと震わせます。

馬がとことこと去っていくと、会場全体に安堵《あんど》の息が漏れました。社長はいまさらおどけたように舌を出します。

「ま、そう怒るなって、クリス。もちろん、あいつは〝ホープ〟の花嫁候補ではあるけど、普通に走るぞ。二億円くらい軽く自分で稼いできてくれるさ」

そんな言葉を額面通り受け止めるほど、私はもう競馬に対してウブではありません。

「だといいんですけどね」とイヤミっぽく口にしながら、これからどうやって資金をやりくりしていこうか、すでに頭の中で電卓を叩《たた》いておりました。

そんな私の気も知らずに、この日、社長はさらにもう一頭牝馬《ひんば》を落札しました。オーガストセールだけで五頭目となる購入です。

胃のあたりに重いものを抱えながら会場を出たところで、先に帰ろうとしていた椎名氏と出くわしました。普段、競馬場で顔を合わせるときも互いに軽く会釈《えしやく》する程度の関係です。

このときも一度はさっとすれ違いましたが、お目当ての馬を手に入れ、社長はよほど上機嫌だったのでしょう。不意に足を止め、「ああ、そうだ。椎名さん、あんたさ――」と呼びかけたのです。

振り返った椎名氏の顔に驚いた様子はありません。

「なんでしょう？」

「今日って札幌泊？」

「ええ。その予定ですが」

「やっぱりそうか。いや、俺たちも今夜から札幌なんだよ。ホテルは日航？　ま、いずれにしても今晩ってなんか予定ある？」

「今晩ですか？　いえ、とくには」

「そうか──」

そこで一度言葉を切って、社長は親子ほども年の離れた椎名氏の肩を、二度、三度、親しげに叩きました。

「じゃあ、一緒にメシでも食わないか？　一度、椎名さんとはじっくり話してみたいと思ってたんだ。俺が〝ワルシャワ〟を落としたことを祝ってくれよ」

その言葉に他意は感じられませんでしたが、さすがの椎名氏も怪訝《けげん》そうに眉根《まゆね》を寄せます。それよりもはるかにウンザリした顔を見せたのは、はじめて目が合った初老のマネージャー氏でした。

「ちょっと勘弁してくれよ」という心の声が聞こえてくるようでした。

おそらく似たような表情を浮かべながら、私も心の中で何度となく「申し訳ありません」と謝罪しました。

※

勝手知ったる札幌市内の寿司屋が、はじめて来る店のようでした。もう何度時計を確認したかわかりません。

気もそぞろな私を尻目《しりめ》に、社長はのんきに壁の写真を眺めています。

「いい馬ばかりだよなぁ」

「え、なんでしょう？」

「だから、いい馬ばかりだって言ってるんだよ」

社長の見つめる先に視線を移して、はじめて個室の壁に飾られているのが「札幌記念」の歴代の優勝馬たちであることを知りました。

「ああ、たしかに。名だたる馬ばかりですね。そうか、ディクスアイもこのレースを勝ってるのか」と、私は一枚の写真を見ながら同意します。

社長は小刻みにうなずきました。

「他の馬もその後の種牡馬ばかりだな」

「そうですね。いいですね、札幌記念」

真夏に行われるGⅡ「札幌記念」は、札幌競馬場で開催される最高格のレースです。ここを皮切りに東京競馬場で開催される「天皇賞・秋」「ジャパンカップ」、そして中山競馬場での「有馬記念」と、一般に「古馬三冠」と呼ばれるレースに挑戦する馬が多いことから、毎年熱い戦いが繰り広げられています。

「いつか獲りたいレースの一つだよな。〝ホープ〟で獲れたら最高だな」

「札幌記念が種牡馬の登竜門であればこそ、ですか」

「まぁ、そういうことかな」

「でも、それはもう大丈夫ですよ。たとえ札幌記念を獲れなくても、きっと〝ホープ〟は立派な種牡馬になってくれます。これまでの実績だけで充分です」

年に一頭しか子どもを産めない牝馬とは違い、牡馬で種馬となれるのは年間十頭ほどしかいません。きちんと繁殖牝馬を集め、子どもを中央競馬で活躍させるという意味では、片手で足りてしまう程度でしょう。GⅠレースを勝つより狭き門です。

それでも、私には確信がありました。ロイヤルホープには「血の価値」があるからです。現在の種牡馬リーディングで上位を独占するのは、一位を独走する「ディクスアイ」を筆頭に、二位の「サマースカイ」も、三位の「カンノローズ」も、その父はみな同じ「ワールドグロウ」という馬です。

現在の日本競馬界は、一九九〇年代に北陵ファームがアメリカから輸入したワールドグロウ一族の独壇場といえるでしょう。七つものGⅠタイトルを獲得したディクスアイをはじめ、その血は広く、葉脈のように競馬界に浸透しています。昨年の重賞レースの勝ち馬を眺めてみても、ワールドグロウの血が入っていない馬を見つける方が大変なくらいです。

その結果として、近年は「血の飽和」がしきりに喧伝《けんでん》されています。活躍した牝馬に主要な牡馬の種を付けようとすれば、多くの場合で近親配合となってしまうからです。

その点、父馬が主流のファイナルダンサー系とはいえ、アメリカの無名馬である「フェイズアンビータブル」で、母馬もワールドグロウの血を持っていないロイヤルホープは、ほとんどの牝馬と配合することが可能です。それこそ社長が立て続けに購入しているディクスアイ産の牝馬はもちろん、ダービーで激闘を演じた「ヴァルシャーレ」がいつか種牡馬となれば、その子どもと交配させることも可能なのです。

〝ホープ〟は二歳の冬に行われたGⅢ「ラジオNIKKEI杯」で優勝しており、かつ「日本ダービー」で2着という実績をすでに残しています。しかし、より質の高い繁殖牝馬を集めようと思うなら、さらなる競走成績を残す必要があります。

秋に行われるクラシック最終戦「菊花賞」はもとより、これから戦っていかなければならないのは四歳以上の古馬たちです。当然、レベルは格段に上がります。

私は部屋にかけられたもっとも新しい写真を見ました。ここ数日の間に飾られたものなのでしょう。先週行われた「札幌記念」を完勝したのは、やはりディクスアイ産駒であり、昨年のダービー王者「イマジンドラゴン」です。そのオーナーは言うまでもなく——。

そんなことを思ったとき、係の女性が個室の戸を引きました。

「お連れの方がご到着です」

とくんと胸が音を立てます。気重そうなマネージャー氏に続いて入室してきた椎名善弘氏の表情は、いつも通り乾ききったものでした。

競馬場では何度も顔を合わせていますし、今日のようなセール会場や、競馬関係のパーティーなどでも、その姿をお見かけすることはあります。

いつ、いかなるときでも椎名氏の口数は少なく、いるだけで周囲の注目を集めてしまう他の有力オーナーのようなオーラは感じません。四十代という若さもあいまって、周囲の景色にすっと溶け込んでしまいます。

個室ではじめて面と向かった椎名氏に、やはり威圧感はありませんでした。こんな場でもかっちりとしたスーツを着ているのが「らしい」と感じさせる程度で、あとはどこにでもいる同年代のサラリーマンのようです。

「いやぁ、椎名社長。お呼び立てして申し訳ない。ビールでいいですか?」

社長が気安い口調で尋ねても、椎名氏はすげなく首を振るだけです。

「いえ、私はお茶で」

「そうなの？　車？」

「体質的にアルコールを受けつけないんです」

マネージャーの相磯《あいそ》氏ものまないということで、そろってウーロン茶を注文されたお二方と静かにグラスを合わせました。それだけが理由でないと思いますが、場は一向に盛り上がりません。

しゃべっているのは社長だけです。お互いが従事する人材派遣業のことや、経済についてひとしきり持論をぶったあと、思い出したように「椎名さんはどう？」と意見を求めます。

椎名氏も振られるまま自分の考えを述べますが、そこに目を見張る鋭い視点は介在しません。逆に椎名氏の方から社長に質問することはなく、会話はすぐに収束してしまいます。

いっそ違法派遣の件など、社長のゴシップネタについて尋ねてくれたら話は弾むのかもしれませんが、椎名氏はそんなタイプではありません。そもそもその件を知っているのかも怪しいものです。それは、つまりは椎名氏が社長に興味がないことの裏返しです。

張りつめた空気が少しだけ緩んだのは、社長が唐突に競馬の話題を持ち出したときでした。

「あ、そういえばまだおめでとう言ってなかったよね。イマジンドラゴンの復帰戦。やっぱり強い勝ち方でしたね」

椎名氏は苦笑します。

「幸運だっただけですよ」

「そんなわけないでしょう。あんな強い勝ち方しておいて」

「展開が向いただけです」

「またまた。そんなこと言って。どんな展開になったってイマジンドラゴンが負けるイメージなんかないくせに。椎名社長のとこの馬はいつもよく走るから」

ロイヤルホープやヴァルシャーレの一つ上で、昨年のダービー馬「イマジンドラゴン」は、その後もめざましい活躍を続けました。

ダービー後はいままさに〝ホープ〟が目指しているGⅡ「神戸新聞杯」から始動し、ここを勝利すると、続くGⅠ「菊花賞」では二位以下を十馬身以上突き放す圧勝劇でクラシック三冠を達成。初の古馬との激突となった昨年末の「有馬記念」でも、三歳馬でありながらダントツの「1番人気」を背負い、歴戦のライバルたちを一蹴《いっしゅう》してしまったのです。

さすがにその反動は大きかったらしく、今年に入ってからは全休していましたが、復帰戦となった先週の「札幌記念」で完璧《かんぺき》な走りを披露し、イマジンドラゴンは健在であることを見せつけたばかりでした。社長の言う通り、椎名氏が謙遜《けんそん》するような「展開が向いた」といった勝ち方ではありません。

「やっぱり秋は三つとも獲りに行くつもりなんでしょう？」

日本酒をちびりと舐《な》めて、社長は椎名氏の顔を覗《のぞ》き込みます。

「天皇賞、ジャパンカップ、有馬記念。全部獲れる器ですもんね、イマジンドラゴンは」

椎名氏に向ける社長の言葉は、敬語と、友人に向けるかのようなフランクさが入り混じったものでした。

それは、そのまま社長の抱く椎名氏への屈託なのだと思います。はるかに年下で、経営者としてもずっと後輩ではあるけれど、抱えている社員の数も事業規模もずっと大きく、競馬でも自分が手にしていないGⅠタイトルをいくつも獲得している。椎名善弘という人間に対して、嫉妬《しっと》などのネガティブな感情とともに、憧《あこが》れや尊敬の念も持ち合わせているのです。

その熱い思いは、おそらく椎名氏には伝わっていません。

「どうでしょう。もちろん三つとも狙えたら嬉しいですけど、そう簡単にはいきませんよ」

「そう？　もうイマジンドラゴンより強い馬なんていないんじゃない？」

「いえいえ。これからは強い三歳馬だって出てきますし」

「ヴァルシャーレとか？」

「ハハハ。いやぁ、それは、まぁ――」

「ロイヤルホープとか？」

椎名氏の答えを遮るように、社長は質問を重ねます。目もとはいたずらっぽく歪《ゆが》み、言葉そのものも柔らかいものでしたが、部屋に緊張感が立ち込めました。

椎名氏もかすかに息をのむ仕草を見せましたが、すぐに取り成すような笑みを口もとに浮かべます。

しかし、まっすぐ見つめる社長に感じることがあったのでしょう。何も口にすることのないままゆっくりと目を逸《そ》らし、小首をかしげたときには再び真剣な表情に戻っていました。

他の三人の視線を一身に浴びて、椎名氏は淡々と口を開きます。

「そうですね。いい馬だと思いますよ、ロイヤルホープ。私にはどうしたって見つけることができなかったと思いますが、血統は理にかなっていますし、奥の深さも感じさせます。配合された方はかなり勉強されたんじゃないですか？　ロイヤルホープのあの血のクロスは、今後のトレンドの一つになっていく可能性まで秘めていると思います。ああいう勝負根性のある馬を見つけてきて、それがしっかり走ってくれることとって、わかりやすい良血馬が走ることよりもオーナーとして幸せなことかもしれませんよね」

じんわりと染《し》みこむかのように、椎名氏の声が耳の奥に広がります。いつかノザキファームで加奈子から聞いた「ちょっとおもしろい血のクロスが生まれる」という言葉がよみがえり、私はまるで自分が認められたような気持ちになりました。

一部から「血統マニア」と称される椎名氏の声が、個室の空気を緩めます。あらためて意味を噛みしめてみても、これ以上ない敬意の言葉と思いました。

しかし、社長に喜ぶ気配はありません。むしろ挑発的に「うん、それで？」と畳みかけます。

「それでって、なんですか？」

「だって、その話には続きがあるでしょう？　ロイヤルホープはいい馬です。血統は理にかなっているし、勝負根性もある。だけど……って、そう続かないとおかしいんだ。否定の言葉が続かないのは、それこそ理にかなっていない」

「なぜそう思うんです？」

「自信に満ちあふれたあんたの顔だよ。他人事《ひとごと》みたいなその顔。それが自分のところの馬のライバルを語る顔かっていうんだ。もし本当に額面通りに語っているなら、もっと不安や腹立たしさが透けて見えるはずなんだ。少なくとも、俺がヴァルシャーレについて話すときはそんな涼しい顔をしていられない。憎くて仕方ないもん。毎回苦汁をなめさせられて、あんな馬いなきゃ良かったって何度思ったかわからないよ」

聞きようによっては暴言だったかもしれません。しかし、私は社長がこんなに直接的にヴァルシャーレを、ひいては椎名氏をライバル視したことに、驚きを禁じ得ませんでした。

場の空気が再び緊張に包まれましたが、椎名氏も真意を汲《く》み取ってくれたようです。すぐに相好《そうごう》を崩し「なるほど。そういう意味ですか」と独り言のようにつぶやきます。

椎名氏は透き通った瞳《ひとみ》をゆっくりと社長に向けました。

「いえ、ロイヤルホープは本当にいい馬だと思います。あまり他のオーナーの馬を評価したくありませんが、いい馬であることは間違いありません。ただ、そうですね。ですが——」

「ほら来たぞ。うん、ですが？」と、社長は嬉《うれ》しそうに微笑《ほほえ》みます。椎名氏も受けて立つように笑いました。続きの言葉は、私の想像にないものでした。

「ですが、どんなにいい馬だとしても、残念ながらロイヤルホープではうちの馬たちに勝てません。スピードも、スタミナも、レースセンスや出足だって、ヴァルシャーレやイマジンドラゴンが負ける理由がないんです。申し訳ありませんが、菊花賞も渡しません。秋もうちの馬がいただくことになると思います」

それまでの寡黙《かもく》さがウソのように、椎名氏の舌はよく回りました。今度は社長が呆気に取られる番です。あんぐりと口を開いたまま唇を舐めると、ついにたまらなくなったように噴き出しました。

「やっと馬脚を露《あらわ》しやがったな」

「どう捉《とら》えられても結構ですよ」

「ふざけるな。ダービーでさえあと一〇〇メートルあれば〝ホープ〟の勝ちだったんだ。三〇〇〇メートル戦の菊花賞で負ける道理がどこにある」

「いやいや、山王社長。それはいくらなんでも拙《つたな》すぎませんか？　三〇〇〇メートル戦なら三〇〇〇メートル戦の戦い方をするまでですよ。結果は変わりません。それに大変申し訳ありませんが、社長は重大な思い違いをしています」

「なんだよ」

「私がロイヤルホープを憎んでないわけないじゃないですか。ああいうワケのわからない血統の馬に大切なデビュー戦で敗れ、ダービーという大舞台でもあそこまで追い詰められたんですよ。社長はあのときのスタンドの落胆の声を聞きましたか？　さすがの私もあのときばかりはこの国の人間の判官《ほうがん》贔屓に呆《あき》れましたよ。何をおっしゃってるんですか。憎いに決まっているじゃないですか。ヴァルシャーレをあの晴れ舞台であれだけヒールにしてくれた馬のことが憎くないわけがない」

椎名氏は一気にまくし立てると、グラスのお茶を一息に飲み干しました。マネージャーの相磯氏はうんざりしたように目もとに手をあてがいます。社長は机をバンバン叩きました。

「やっぱりタヌキだったか」

「だから、どう思われようとかまいません」

「本性を見たぞ」

「ですから、解釈はご自由に」

椎名氏がムキになるほど、社長の顔は嬉しそうに綻《ほころ》びます。それはそうでしょう。社長が吹っかける暴言が「ヴァルシャーレ」への畏怖《いふ》なのだとすれば、椎名氏が早口でまくし立てるのもまた「ロイヤルホープ」に対する敬意でしかありません。

何よりも私は腑《ふ》に落ちる思いがいたしました。椎名氏が不意に見せた熱っぽい感情に、ふと答えの一端に触れた気がしたのです。

どんなにクールを装ってみたところで、負けず嫌いに決まっています。そうでなければ、何年も馬主などしているわけがありません。どんなに立派なことを口にされていたとしても、逆に節税のためなどとうそぶいてみたとしても、同じです。結局、馬主を続けられる一番の理由は「勝ちたい」という欲求でしかないのでしょう。人生を勝ち続けてきたみなさまだからこそ、自分のコントロールの利《き》かない馬に何かを託したくなるのかもしれません。

そのやり取りがきっかけとなって、場は一気に盛り上がり……ということはありませんでしたが、小さな変化はありました。椎名氏のマネージャーが突然酒をのみ始めたことがその一つ。もう一つは、セールから始まった一日の疲労とこの場の緊張からか、私がいつになく酔ってしまったことです。

最初は歳《とし》の離れた相磯氏と二人、お互いの待遇や日常勤務の苦労について、愚痴をこぼし合う程度でした。

それが、社長がトイレに立ったときでした。椎名氏が呆れ顔で我々の様子を眺めているのに気づいて、胸の内側を何かがこつんと叩きました。

「あの、申し訳ありません。椎名社長——」

まさか話しかけられると思っていなかったのか、椎名氏は顔を歪めます。

「はい、なんでしょう？」

「ずっと社長にうかがいたいことがあったんです。不躾《ぶしつけ》ではあるのですが、質問してもよろしいでしょうか」

まっすぐ見つめてくる椎名氏の細い目に、いまさら気圧《けお》される思いがします。それでも私は気持ちを奮わせました。こんな機会、もう二度とないとわかっています。

どうやって購入する馬を決めているのか、血統についてどのような勉強をしているのか、育成やレース選択はどの程度まで口出ししているのか、マネージャー氏と普段どんな会話をしているのか、馬主としての生涯収支はどれほどか……。椎名氏に尋ねてみたいことは山のようにありましたが、そのどれもが千載一遇のこの機会にふさわしい気がしません。

悔いを残さぬようにと自分自身に言い聞かせて、私は慎重に切り出しました。

「もし人生をやり直せるとしても、椎名社長はまた馬主をされますか？」

そう口にして、私ははじめて気がつきました。それは、つまりはずっと山王社長に聞いてみたかったことなのです。

馬主になったことで、社長は多くのものを失いました。家族も、お金も、時間も、友人も、ある意味では名誉も……。社長はすでに人生における勝ち組ではないのかもしれません。それでも尚《なお》、馬主活動に邁進《まいしん》しようとする社長に、ずっと聞いてみたいことでした。

その疑問を他のオーナーにぶつけることの非礼さに赤面する思いがしましたが、訂正しようとは思いません。

そして出てきた椎名氏の答えに、私はハッとさせられました。

「やらないでしょうね。そんなこと考えたこともないですけど、たぶんやらないと思います」

「なぜですか？」

「常にうしろめたさを抱えているからです。競馬に熱中するほど、レースに勝って周囲に持ち上げられるほど、なぜか申し訳ないという気持ちが湧《わ》いてしまうんです」

「それは、どなたに対して？」

「さぁ、よくわかりません。家族に対してもそうだし、社員に対しても。不思議なもので、競馬関係者に対してもそういう気持ちを持つことがありますし、馬に対してもずっと引け目を感じています」

「何を言ってるんですか、それでも社長はやりますよ」と、つまらなそうに鼻で笑って、酒で顔を真っ赤に染めた相磯氏がいきなり割り込んできました。

「バカバカしいことを言わないでください。絶対に来世も馬主をしているに決まってるじゃないですか。断言します」

椎名氏は「どうしてそう思う？」と、興味深そうに尋ねます。相磯氏は当然だという顔をして答えました。

「社長が心から楽しいと感じられる瞬間が競馬にしかないからですよ。今日の山王社長と話している姿、私は会社の人間に見せられませんよ。こんな楽しそうな表情、社員たちが見たらショックを受けます」

「そんなことはないだろう」

「ありますよ。というか、そもそもその〝うしろめたさ〟の正体こそが、まさに〝楽しさ〟なんじゃないですか？　馬主として奇跡的に黒字も出していて、少なからず会社の知名度向上にも貢献している。奥さまだって競馬場でずいぶん誇らしそうにされているじゃないですか。なのに社長がうしろめたいと感じるのは、自分が楽しんでしまっていると思うからです。何度生まれ変わってもあなたは馬主をしています。そして、どうせマネージャーになっている私を扱《こ》き使っているんです」

　突然、居直ったようにまくし立てる相磯氏を呆れたように見つめるものの、椎名氏は否定しませんでした。「ホントに、相磯さんは……。ちょっとのみすぎだよ」と、嬉しそうにつぶやくだけです。

　この件についてさらに深く突っ込みたいと思いましたが、私にはもう一つ尋ねなければならないことがありました。

　今度は気持ちをしっかりと制御して、覚悟を持って切り出します。

「椎名社長、もう一つだけ教えてください。うちの社長は……、山王はなぜＧＩを勝つことができないのでしょうか？　椎名社長の目に山王はどう映っているんですか？　何が間違っていると思われますか？　忌憚《きたん》のないご意見をお聞かせいただけたら嬉しいです」

　社長がいる前では絶対に聞けない質問でした。いや、社長がいなかったとしても、本来はルール違反です。それでもどうしても聞きたいことでした。

しばらくの間、我々は無言で見つめ合っていました。これまでどんな経験をし、いま現在何を背負っているのか。ガラス玉のような瞳は何も映し出していません。

根負けしたように先に身体《からだ》を揺すったのは椎名氏でした。しかし、その重たい口がゆっくりと開きかけたとき、タイミング悪く社長がトイレから戻ってきます。さすがに疲労の色を濃く浮かべながら、社長は弱々しく口にしました。

「会計は済ませておいた。椎名社長、今日はおつかれのところ申し訳ない。また近く、競馬場で会いましょう」

大将につかまった社長を残し、我々は先に店を出ました。八月とはいえ北海道の夜空には多くの星がまたたき、頬を撫《な》でる風はすでに秋の気配を感じさせます。

疲れと緊張で火照《ほて》った身体を、乾いた風が撫でました。思わず大きく伸びをしたところに、背後から声をかけられました。

「大丈夫ですよ」

のんびりと振り返った私に、椎名氏が小さくうなずきます。友人に向けるかのような気安い笑みは、間違いなく競馬場では見たことがないものです。

「案外早いと思いますよ。競馬って流れみたいなものがあるんです。何年も馬主活動をさせてもらって、曲がりなりにもいくつか大きいレースを獲《と》らせてもらって、少しは私もそれを見られるようになりました。その上で、山王社長は近々GIレースを獲られると思いますよ」

リップサービスとも思えたあの日の椎名氏の予言は、見事に的中しました。直後、社長は二十年来の悲願だった「GIオーナー」の称号を得るのです。

しかし、それもまた椎名氏の見立て通りだったと言えるのかもしれません。勝ったのは「菊花賞」におけるロイヤルホープではありません。「1番人気」を背負いながら6着に敗れた「神戸新聞杯」を経て、迎えた秋の京都の「菊花賞」で、〝ホープ〟は再びヴァルシャーレと激しい死闘を演じました。

道中はダービーを上回る一進一退が繰り広げられ、何度となく勝利の予感を抱かせてくれましたが、結局〝ホープ〟は最後の直線で力尽き、勝ち馬のクエルヴェントに半馬身及ばずの3着に、ヴァルシャーレもまた2着に散りました。

こうして四月から始まった三歳クラシック挑戦を「皐月《さつき》賞」16着、「日本ダービー」2着、そして「菊花賞」3着で終え、関係者全員が悲嘆にくれる中、運命の日は前触れもなくやって来ました。社長がはじめて得たGI盾は「菊花賞」からおよそ一ヶ月後に行われた「ジャパンカップダート」というレースのものでした。

ここを「9番人気」という人気薄で勝利したのは、七歳となった今年はじめてオープンクラス入りを果たした「ロイヤルワンダー」という遅咲きの馬です。

GⅠ勝ちに違いはありませんが、〝ワンダー〟は〝ホープ〟のように特別思い入れの強かった一頭ではありません。

レース自体もクラシック三冠などと比べれば格落ちの感が否《いな》めず、はじめてのGⅠ勝ちが「安馬」による「ダートレース」だったということを嘲笑《ちょうしょう》する声も一部とはいえ存在しましたが、社長に気にする様子はありませんでした。

口取り式のために東京競馬場のターフに立った社長は、まるで子どものようでした。真っ白な眉は垂れ下がり、何も見えていないかのように目を細くして、スタンドまで届きそうな大きな笑い声を上げていました。

「ありがとうな、クリス。ここまで俺のわがままにつき合ってくれて、本当にありがとう。ようやくGⅠを獲ることができた。感無量だ」

はじめての戴冠《たいかん》のあとにやってきたのは、我々の知らないことばかりでした。驚いたことの一つに、会社に送り届けられた胡蝶蘭《こちょうらん》の数があります。翌日の朝に出社した瞬間から、オフィスのロビーは瞬く間に白い花で埋まりました。入りきらない分は社員たちに持って帰ってもらいましたが、それでも捌《さば》ききれません。

他のオーナーや同業の社長、仕事上の取引先に牧場関係者、銀座で知り合った小説家とタレント……。社長とわずかでもつながりのある方々から届けられる鉢の中で、もっとも豪華で、かつ早く届けられたのは椎名氏からのものでした。社長が唯一《ゆいいつ》自分の部屋に持ち込んだのもその鉢です。白い木札には、おそらく椎名氏の直筆でこんな言葉が認《したた》められておりました。

『勝って尚、孤独は癒《い》えず。おめでとうございます。椎名善弘』

激動だった一年は、当初の予定通り、ロイヤルホープにとって初となる「有馬記念」で幕を閉じました。

年末のこの大一番に三歳で挑戦したのは、〝ホープ〟を除けば、クラシックで二冠を制覇したヴァルシャーレだけです。それぞれに思うことはあったはずですが、十月の「菊花賞」以来、久しぶりに競馬場で顔を合わせた社長と椎名氏はいつも通り会釈するだけで、とくに言葉は交わしませんでした。

圧倒的な「1番人気」に椎名氏のイマジンドラゴンが推され、斤量《きんりよう》の軽さも好感を持たれヴァルシャーレが「2番人気」、皐月賞の惨敗《ざんぱい》から中山競馬場が苦手と見られていたロイヤルホープも「8番人気」という決して低くない支持を集めました。

因縁めいたヴァルシャーレとの再戦に、我々陣営は「今度こそ」と息巻きました。しかし、長年の夢だった「有馬記念」の日が近づいてきても、社長に入れ込む気配はありません。レース当日になっても、いざ中山競馬場に到着してからも、澄んだ表情を浮かべています。

思い入れのある馬が、思い入れのあるレースに辿《たど》り着いたのですから、感慨に耽《ふけ》る気持ちは理解できます。それでも、見ようによっては覇気がないとも感じ取れる表情は、少し気になるものでした。

社長の柔らかい笑みは、結局〝ホープ〟が8着に、椎名氏の両馬も人気を裏切って敗れ去っても消えることはありませんでした。

「社長？」

メインレースを終えた中山競馬場の芝は、直前までの激闘がウソのようにさびしげな西日にさらされております。

社長は肩を震わせ、振り返ります。力なく「ああ……」とつぶやき、呼びかけた私に笑みを浮かべました。

「楽しかったな。今年はずっと〝ホープ〟に楽しませてもらったよ」

「ええ、本当ですね」

「あいつはこれまで諦めずにやってきた俺へのご褒美《ほうび》だったのかもしれないな」

「どうして終わってしまったようなことを言ってるんですか？　また挑戦したらいいじゃないですか。来年またここに戻ってきましょう。大丈夫です。きっとまた来られますよ」

社長はふっと視線を逸らしました。

「そうだな。来年以降も年末はここにいられたら最高だよな。いつか必ず獲ろうな、有馬記念」

その一言で一年が終わったはずでした。いえ、競馬にまみれた一年という意味においては、実際に幕を閉じたのです。

社長の肺にガンが見つかったのは、その二日後のことでした。その一報を娘の百合子さまから受けたとき、私は衝撃を覚えたのでしょうか、記憶に残っておりません。胸に刻まれているのは窓の外の景色だけです。

その日の夕方、横浜の空はうすい雲に覆《おお》われていました。

そこから数筋の光がこぼれ落ち、皮肉なほど美しく街を彩《いろど》っておりました。

九月

ロイヤルホープの引退レースが、年末の「有馬記念」に決まりました。はじめての有馬挑戦から三年。〝ホープ〟は本当に孝行息子で、六歳となった現在まで大きなケガはなく、有馬には毎年欠かさず出走してくれましたし、それ以外にも多くの思い出をくれました。

そのうちの一つに、父の「フェイズアンビータブル」が激走し、偶然ノザキファームの場長である加奈子の父親の目に触れた、ドバイのGⅡレースがあります。

今春のことでした。その頃の〝ホープ〟は前年から続く不調の真っ只中《ただなか》で、気分転換も兼ねてという名目での海外挑戦でしたが、おそらくは社長自身が〝ホープ〟と遠征したかったのだと思います。

総額千四百万円を超えた渡航費を工面し、こぎつけたレースで〝ホープ〟は見事な走りを見せてくれました。芝の三二〇〇メートルという長距離を完璧に折り合い、先頭の馬を好位で追走しながら、最後の直線で一瞬の末脚《すえあし》を繰り出し、外国馬たちを一蹴したのです。

同舞台で優勝した父の血が体内で爆発したのでしょうか。ドバイでの〝ホープ〟の走りは、動画サイトで繰り返し見たフェイズアンビータブルの走りそっくりでしたし、結果も同じものでした。

王道とは言えない距離での、海外のGⅡレース程度ではありますが、それまでの実績に鑑《かんが》みれば、これでロイヤルホープの種牡馬《しゅぼば》入りはほぼ確実なものとなりました。しかし、我々には大きな使命が残っています。いまだに〝ホープ〟はGⅠを勝てていないのです。

社長に初のGⅠ盾をもたらしてくれた「ロイヤルワンダー」はすでに引退しています。椎名氏との激しい競《せ》り合いの末に購入した「ワルシャワの2006」は、相次ぐ故障に苦しめられ、結局デビューにさえ至らず繁殖に上がりました。

むろん、この三年の間にも多くの馬を購入していますが、その量、質ともに全盛期に比べれば見劣りがします。

社長自身の体調の悪さもあって、今年はほとんど取得さえしていません。「関係者に元気な姿を見せたいから」と、セールにはなるべく参加しましたが、もとより購入する予定はなく、さらにそこで調子をこじらせ、今夏は牧場に足を運ぶこともできませんでした。いいえ、たとえ牧場に足を運んでいても購入には至らなかったと思います。それだけの気力も、財力も社長には残っていません。

この三年間に、社長の身体はゆるやかに、しかし確実に病魔に冒されていきました。会社の方は昨年、話し合いにより長男の優太郎さまが代表を引き継ぎ、苦労しているようですがなんとか回してくれています。

担当医もやれることはすべてしてくれていますし、社長もまた意外にも文句一つ口にせず、治療に励んでいます。ならば、私にできることは一つしかありません。広中氏や隆二郎たちとの連携を強め、社長に〝ホープ〟のGⅠ制覇の瞬間に立ち会ってもらうことだけです。

ドバイから帰国したあとは、北海道の牧場に放牧に出され、復帰戦は八月の「札幌記念」からと決まりました。

苦手な長期休養明けということもあり、陣営は不安を抱きながら当日を迎えましたが、〝ホープ〟はここを2着と好結果を残してくれました。

結論を先延ばしにしていた社長が口を開いたのは、この直後のことでした。

「ロイヤルホープは年内で引退させる。あと三つ、どれか一つでも〝ホープ〟にGⅠを獲らせてやってほしい」

三つとは他でもありません。「天皇賞・秋」「ジャパンカップ」、そして「有馬記念」の秋の古馬三冠レースです。

社長の言葉に、異論のあるスタッフはいませんでした。私はただ一人、社長らしからぬ弱気な発言に腹を立てました。

「何を言ってるんですか、社長。三つとも獲りましょうよ。天皇賞も、ジャパンカップも、もちろん有馬記念もです。我々にこれだけ夢を見させてくれた馬にふさわしいのは、そんな華々しいラストじゃないんですか」

社長は呆れたように鼻で笑っていましたが、冗談を言ったつもりはございません。近しい関係者はみな同じ気持ちだったと思います。

十月

我々に多くの希望を抱かせてくれた「ロイヤルホープ」の引退まで、残り三戦。その一報は『東日スポーツ』の平良記者による特ダネという形で発表されました。社長の命令を受けて私が流したものです。

一風変わった米国型の血統と、いざ走ってみないとわからないレース展開、ライバルたちとの激闘や、デビュー戦以来、一貫して佐木隆二郎が乗り続けたという近年あまり聞かない騎手とのストーリーなどから、〝ホープ〟には多くのファンがつきました。

何よりもファンたちのラスト三戦への期待を煽《あお》ったのは、デビュー戦以来のライバル「ヴァルシャーレ」も、同じ有馬記念での引退を決めたことです。三歳時に「皐月賞」「日本ダービー」を制覇し、古馬となってやや輝きは失《う》せましたが、重賞レースを他に五つも勝っています。

計七度にわたり激闘を繰り広げてきたロイヤルホープとヴァルシャーレが、ともにあと三戦で引退すると決まりました。対戦成績は、デビュー戦の完勝を含めて〝ホープ〟

の二勝五敗。今後は種牡馬として戦っていかなければならないことを考えれば、この三戦を少しでもいい形で終えなければなりません。すべて勝って五勝五敗。ようやくタイに持ち込めます。

その第一戦、東京競馬場で開催される「天皇賞・秋」が、いよいよ今週末に迫っています。社長の体調も先月は悪くなく、現地での観戦が叶《かな》うのではないかと期待していましたが、先週、再び築地のがんセンターに入院することになりました。

月曜日、昼過ぎに着替えを持って病室を訪ねると、先客がありました。病気であることがウソのように、社長の笑い声が廊下にまで聞こえています。最近では塞《ふさ》ぎ込むことも少なくなく、こうして社長らしい声が聞こえるだけでホッとします。ロイヤルホープの主戦ジョッキー、佐木隆二郎です。

「え、隆二郎? どうしたの、一人?」

私は持ってきた荷物を個室の棚に置きながら、驚きの声を上げました。隆二郎は仏頂《ぶっちょう》面《づら》でうなずきながら、「ちょっと時間ができたから。なんとなく」などと答えます。

私が驚いたのは他でもありません。昨日、京都競馬場で行われた「菊花賞」で、隆二郎が椎名善弘氏の所有馬に騎乗していたからです。

私は社長と病室のテレビで観戦しました。「まさか椎名さんの馬を応援する日が来るなんてなぁ」と社長は苦笑いしていましたが、隆二郎の騎乗馬が低人気を覆《くつがえ》し、大外一気の差し脚で完勝したときには、二人で抱き合わんばかりに喜びました。

「わざわざ昨日の祝儀《しゅうぎ》をもらいに来たんだとよ。律儀《りちぎ》なこったぜ」

社長は悪ぶって言いますが、嬉しさは隠しきれておりません。〝ホープ〟以降、「ロイヤル」の馬に中央で活躍するものはほとんど出ていません。

ときの流れは儚《はかな》いもので、社長は競馬界ですっかり存在感を失いました。これまで周りを囲んでいた牧場関係者やマスコミ、甘い蜜《みつ》を吸おうとすり寄ってきていた人たちが当然のように遠ざかっていく中で、こうして第一線で活躍する騎手が顔を見せてくれるというだけで心に張りが生まれるのでしょう。

「ずいぶん具合が良さそうですね、社長」

私のかけた声に、社長は面倒くささそうに応じます。

「だから、俺はもう社長じゃねぇって言ってるんだよ。おい、隆二郎。お前からもなんとか言ってくれ」

隆二郎は弱々しく首を振って、「だからって、いまさら他の呼び方なんてできないよね。クリスさん」と、私に加勢してくれました。

カーテンを開けた窓から尖《とが》った陽が差し込み、社長の顔を照らします。私はあらためて隆二郎に目を向けました。トレセンが休みの月曜日とはいえ、わざわざ自宅のある京都から来てくれたということは話があってのことなのでしょう。

「それでは、何かありましたら携帯で呼んでください」

そう言って席を外そうとした私を、隆二郎が呼び止めます。

「ああ、クリスさん。ちょっと二人でいい？」

「私ですか？」

「うん。べつに社長がいてもいいんだけど」

ちらりと見やった社長は目を細めたままうなずきました。

「わかりました。じゃあ、ちょっと場所を移しましょうか」

隆二郎と足を運んだ十九階のレストランフロアからは汐留《しおどめ》やお台場、東京湾も一望できます。病院のレストランという特性上、心の弾むものではありませんが、がんセンターという場所だからこそこういった明るい光景に息が吐《つ》けるのかもしれません。

競馬マスコミのみならず、一般メディアに取り上げられる機会も多い隆二郎は、早速何人かの方から声をかけられました。競馬ファンらしき中年男性のみならず、若い女性に、親に連れられた子どもまで。そのすべての人たちが、抗がん剤の影響なのでしょう、ニットキャップをかぶっています。

まだ小学生くらいのパジャマ姿の男の子にねだられ、隆二郎はサインも書きました。どこぞのチンピラのように目つきが鋭く、金色の長髪を束ねている隆二郎が子どもと触れ合っている姿は微笑ましいものです。

　父親に何やら耳打ちされ、少年は瞳を輝かせました。

「へぇ、お兄ちゃんって馬に乗る人なんだ？」

「そうだぞ」

「カッコいいなぁ。いいなぁ、僕も乗ってみたい」

「じゃあ、早く治さなきゃな。治ったら俺が乗せてやる」

「ホントに？」

「ああ、絶対だ」

　隆二郎はサインを綴《つづ》ったノートの裏に『ロイヤルホープ』という文字と、秋に出走する三つのレース、その日づけ、そして携帯の番号まで書き記しました。

「スゲー！　これ、ホントにスゲー！」と興奮する男の子の頭を撫でて、隆二郎は「テレビでもやるから応援してくれな。それで、治ったら必ず一緒に馬に乗ろう。北海道にいい牧場があるんだ」と、口にします。

　その後も続いたサイン攻めが一段落したところで、隆二郎は小さな息を吐きました。

「そういえば、前にクリスさんにもサイン書いたことあったよね」

「そんなの一度や二度じゃないでしょう」

「いやいや、個人的にとか言ってさ。俺、こないだその色紙見つけちゃったんだよ。競馬学校の寮で。来年卒業する野崎翔平くんの机に飾られてた。彼って、実家がノザキファームなんだってね。つまり加奈子さんの息子ってことでしょ？　俺、全然知らなかったよ」

隆二郎は抑揚なく言葉を紡《つむ》ぎます。

「すごいよね。サインあげたときなんてまだ中学生だったんだから。その子がもう来年デビューして、俺と一緒に走るっていうんだもん。イヤになるよ」

隆二郎は口をとがらせ、私は思わず苦笑します。加奈子の一人息子、翔平のために隆二郎にサインをもらったのはいまから三年前でした。その直後、二十二倍という倍率の試験を勝ち抜き、翔平は晴れて千葉県にあるＪＲＡの競馬学校に入学しました。

隆二郎が「とにかく食欲との戦い。身体の成長に無理やり抗《あらが》っている日々だった」と振り返る環境で、翔平は楽しくやっているようです。私は久しく会っていませんが、加奈子が「本物の競馬バカ。ずっと馬と一緒で幸せらしいよ」と、呆れたように教えてくれました。

その翔平の夢は、いつかジョッキーになって、実家のノザキファームが生産した「ロイヤルホープ」に乗るというものです。それを目標に騎手への道をひた走り、〝ホープ〟もまた大きなケガなく、六歳となった今年までがんばってくれましたが、どうやら翔平の「夢」が叶うことはなさそうです。

それが私には意外でした。むろん〝ホープ〟の主戦は隆二郎ですし、何より優先すべきが馬の幸せな余生であることもわかっています。それでも常に翔平に目をかけ、彼の夢を知る社長が、それが根本的に叶わなくなる選択をしたということが意外でした。せめて〝ホープ〟の引退をもう一年延ばせれば、翔平が乗る可能性は残されます。そこに思うことはありますが、しかし私にはもう一つの「可能性」がある気がしてなりません。社長から直接聞いたことはありませんが、ひょっとしたら……と思わずにはいられないのです。

もし、私の想像が現実のものになるとしたら、それこそが我々の「希望」の物語のフィナーレとしてふさわしいものになるでしょう。

注文したコーヒーに口をつけ、隆二郎は思い出したように微笑みます。

「とても筋がいいよ、野崎くん」

「ホントに？」

「うん。馬乗りがすごく上手《うま》いし、バランス感覚がとてもいい。でも、何よりも目を見張るのはあの腕力だ。あんなに繊細そうに見えるのに、豪腕外国人みたいなパワーを秘めている。デビューしたらいきなり勝てるんじゃないかな」

胸に喜びがじんわりと広がります。そこそこはやるだろうと思っていましたが、隆二郎に言ってもらえたら百人力です。

「そんなに嬉しい？」と、隆二郎は何かを見透かしたように言いました。

「それは嬉しいよ。小さい頃から見てきた子だからね。隆二郎のような一流に認めてもらって嬉しくないわけがない」

「ふーん、そうなんだ。それで？　最近はどうなの？」

「どうとは？」

「野崎くんという邪魔者が競馬学校に入ったわけじゃない？　さすがになんか進展あったんじゃないのかなって」

隆二郎が口にするのが加奈子のことだと気づくのに、しばらく時間がかかりました。

「べつに。そんな関係じゃない」

「そうなの？　すごく仲良さそうに見えるけど」

「仲はいいかもしれないけど、進展とかはべつにない。考えすぎだよ」

私は慎重に言葉を選びました。たしかに一時期、私たちは急速に距離を縮めた時期がありました。厳密にいえば、やはり三年前です。デートとも呼べない逢瀬《おうせ》を重ね、有馬記念を目前に控えたある日、私は勇気を振り絞って加奈子に伝えたことがありました。

「もし〝ホープ〟が有馬で勝ったら、俺ともう一度つき合ってくれないかな」

私が四十歳、加奈子が三十七歳の年でした。返事のないことを了承と受け止め、迎えた有馬記念で〝ホープ〟は8着に散りましたが、それでもしばらくは私は諦めていませんでした。いつか〝ホープ〟がGIを獲ったときに。そう考えを切り替えたのです。

しかし、その後〝ホープ〟がGIを勝つことも、私が再び思いを告げることもありませんでした。私たちの関係は馬を真ん中に置いてつかず離れずの距離を保ったまま、ただ年齢だけを重ねていきました。

それでも私に諦《あきら》めたつもりはありません。いつの頃か心に決めた思いがあります。〝ホープ〟に夢を託す競馬の日々も、ついに最後のときを迎えようとしています。

隆二郎が話題を変えました。

「昨日、ちょっとイヤな夢を見たんだよね。社長が死んじゃう夢。死んじゃって、ロイヤルホープが有馬記念で勝つのに立ち会えないっていう夢。そしたら、なんかいてもたってもいられなくなっちゃって。変に後悔するくらいなら顔だけでも見ておこうって、気づいたら新幹線に飛び乗ってた」

隆二郎に冗談を言っているつもりはなさそうです。空気が停滞しそうになりましたが、私はからりと笑って吹き飛ばしました。

「死なないよ。殺したって簡単に死ぬ人じゃない」

「それはよく知ってるけど」

「社長には見届けなければならない景色があるから」

「景色？」

「有馬記念で〝ホープ〟が勝つことだけじゃないよ。もっと先にある、それこそ夢みたいな景色がある。それを見るまでは死なないよ」

隆二郎はまっすぐ私を見つめていましたが、しばらくすると「なんだよ、夢って。いい歳こいたオッサンたちが」と、肩をすくめました。

私も釣られて目を細めましたが、その質問に答えようとは思いません。

「どう？　ホープの調子は」

「悪くないよ。先週の調教で久しぶりに跨《また》がったけど、ずいぶん走りたがってた」

「天皇賞は？　勝てそう？」

「さぁ、それはどうだろうね。イマジンドラゴンはあいかわらずバケモノ級の強さだし、ここに来てヴァルシャーレも復調してきてるってウワサだしね。今年のダービーを勝ったライアンヒルズも菊花賞じゃなく、こっちに回ってきたし、絶好調だった〝ホープ〟がなれなかったダービー馬が四頭も出てきてるんだもん。レベルは高いよ」

決してうかつなことを口にしないのも、反面、その声が自信に満ちあふれているのもいつものことです。私も一喜一憂いたしません。

今度は隆二郎が尋ねてきます。

「社長はどうなの？　今週は競馬場に来られそう？」

「それはちょっと厳しいかな。隆二郎が来てくれたから今日はずいぶん気が張ってたみたいだけど、最近は歩くこともままならないから」

「頭はずいぶんしっかりしてたけどね」

「それでも二回も再発しちゃってるからね。抗がん剤のダメージは相当なものだよ」

「いずれにしても長くはないっていうわけか。じゃあ、いよいよ勝たなきゃね。天皇賞も、ジャパンカップも。で、有馬の日は大手を振って中山に来てもらわないと。俺はまだあの人に恩を返せてないからさ。本当はいつジョッキーを代えられてもおかしくなかったのに、いまだに結果を出せてない」

昨年、騎手リーディングで2位に大躍進した佐木隆二郎は、今年もまたベテランの安野克也と激しいトップ争いを演じています。

二ヶ月を残した時点で、両者の勝ち星の差はわずか六。まさにハナの差で隆二郎がリードしている状況ですが、この程度なら一日で巻き返すことも可能です。これまで何度もドラマチックな展開でリーディングの座を獲得してきた安野克也が相手となると、油断はできません。

それでも、私は隆二郎が今年はじめてリーディングを奪うと確信しています。隆二郎の騎乗スタイルはあきらかに変わりました。従来の強気一辺倒から、柔らかさが加わったのです。よく言われるバランス感覚や勝負勘のみならず、隆二郎の騎手としての特性は、そうした騎乗スタイルの変更も厭《いと》わない貪欲《どんよく》な姿勢にこそあると私は思っています。

何よりも感心させられたのは、あんなに吸っていたタバコを呆気《あっけ》なくやめたこと、そして隆二郎が人知れず英語を勉強していることです。

「だって日本には海外から超一流のジョッキーが山ほど来るわけでしょ？　あの人たちから何か学べたらラッキーじゃん」

本人は平然と口にしますが、実践するのは容易なことではありません。外国人からも若手からもいいと思うことは謙虚に学び、貪欲に成長を続ける隆二郎の初のリーディングが今年であることを私は切に願っています。それにロイヤルホープが一つでも貢献してくれるなら、こんなに嬉《うれ》しいことはありません。

秋らしく澄んだ空に、一羽のトビが舞っています。東京湾の十月の柔らかい水面《みなも》に、太陽が美しく揺れています。

窓の外の光景は神々《こうごう》しいほどでした。それが我々に何かを暗示してくれていることを、私は祈らずにはいられませんでした。

十一月

青年の凜《りん》とした立ち姿に、目眩《めまい》がしそうになりました。

「母が亡《な》くなってからの三年、僕と祖母はそれまでの十六年より濃密につき合ってきました。たった二人の家族でしたが、この三年間は本当に穏やかだったと思います。

僕が大学に合格し、上京するのを見計らっていたように、祖母は病魔に冒されました。東京での生活に慣れてきた五月に電話をもらってからは、本当にあっという間でした。いや、我慢強い祖母のことですから、ひょっとするともっと前から体調が悪かったのかもしれません。いずれにしても、おばあちゃん孝行どころか、祖母に弱音さえ吐かせてあげられなかったことをいまはとても後悔しています。

これから真摯《しんし》に生きることだけが、祖母と、三年前に逝《い》った母に報いる唯一の方法だと思っています。ありがたいことに、二人は僕が大学を出るまでのお金を遺《のこ》してくれました。彼女たちと過ごした時間を誇りに、これからも真剣に生きていこうと思っています。

本日はご多忙の中、祖母、中条雅子《まさこ》の葬儀にご参列いただきまして本当にありがとうございます。まだまだ若輩者です。故人同様、今後ともよろしくご指導、ご鞭撻《べんたつ》くださいますようお願いいたします」

彼が話している最中から、そこかしこで洟《はな》をすする音が聞こえていました。三年前と同じ前橋市内の葬儀場で、参列者の数はあの日よりもぐっと少なくなりましたが、涙の量は匹敵するかもしれません。

あの日、大雨の音の籠《こ》もる部屋で社長と言葉を交わしていた中条雅子さまが、遺影の中で微笑《ほほえ》んでいます。

三年前の中条美紀子さまの葬儀のあとで社長に命じられて以来、季節に一回といったペースで、私は雅子さまと顔を合わせてきました。

話す内容は孫の耕一《こういち》さまのことばかりです。高校にはこんな友だちがいるようだ、最近こんなことを話していた、大学はこんなところを目指している、こんな食べ物が好きな子だ、こんな歌手が好きなようだ……。

生活費を工面してもらっているという負い目がそうしていたのでしょうか。私の先にいる社長に向けて、雅子さまは多くのことを語ってくれました。耕一さまにまつわる様々なことで、私が心から驚いたことが二つあります。

一つは、名前についてです。当然、耕一さまの名が社長の「耕造」に由来していることはわかっていましたが、耕一さまもその旨《むね》を知っているというのです。山王耕造という人間については明かしていないとのことですが、美紀子さまが今際《いまわ》の際《きわ》に由来について伝え、耕一さまは興味なさそうに「そう」とつぶやかれたとのことでした。

もう一つは趣味のことです。高校二年生に上がった頃から、耕一さまは学校の友人たちと競馬に夢中だというのです。

馬券を買うわけではありません。彼らがハマっているのは一般に「POG（ペーパー・オーナー・ゲーム）」と呼ばれるもので、プレイヤーが架空の馬主となり、その年の全デビュー馬の中から「これぞ」と思う十頭をピックアップし、翌年のダービーまでの戦績をポイント化し、仲間内で競い合うというものです。

「私にはよくわからないんですけどね」

そう苦笑しながら、雅子さまはいかに耕一さまが熱心に競馬を見ているかということを教えてくれました。競馬新聞やデータ本を読み込んでいるときは声をかけるのも憚《はばか》られるほどで、休日に家にいるときは必ず競馬を観戦し、しまいには自分のアルバイト代で競馬専門のCSチャンネルにまで加入したと聞きました。

「山王さんの血なんでしょうね。実の父が本物の馬主だなんて知らないはずなのに、それは熱心に勉強してますよ。血統っていうんですか？　たまに私が一緒にテレビを見ていて、馬について質問でもしようものなら、止まらなくなるんです。そのなんちゃらというゲームでも、負ける気がしないって嬉しそうに話しておりました。そういう話を聞くときですかね。あの子の中に山王さんの影を見出《みいだ》してしまうのは」

雅子さまは弱ったように微笑み、私も苦笑しましたが、心の中では「それは違う」と反論していました。もし本当に耕一さまに競馬の才覚があるのだとしたら、それは間違いなく母である美紀子さまの遺伝子によるものです。

いつか社長から聞いた美紀子さまの相馬眼については、驚かされることばかりでした。全体の八割が一勝もできずに引退すると言われている競走馬の世界で、牧場で選んだ三頭すべてが中央のレースを勝ち上がっているのです。

とくに五勝してオープンまで出世した「ロイヤルハピネス」という牝馬《ひんば》は、間違いなく「ロイヤル」馬の礎《いしずえ》を築いてくれた一頭です。美紀子さまと別れて以降、馬主としての社長が長く低迷したのも決して偶然ではないでしょう。

そんな母親の特性や父親の素性を知らないまま競馬に熱中している孫のことを、雅子さまはいつも困惑したように語られていました。

「父親のことについては、有名な馬主さんということも含めて、いつか話さなきゃいけないと思っています。でも、いまではないという気がするんです。大学受験が終わったあとか、二十歳になったときでしょうか。いつか言わなきゃとは思っているのですが」

そういったことを含め、雅子さまが語られるのは耕一さまのことばかりでした。それ以外のことで、私が鮮明に覚えているのは一つだけです。

昨年、耕一さまが高校三年生になった夏休みのことでした。

「私はもう長くないかもしれません。最近、胃にガンが見つかりました。なんとかあの子に迷惑がかからないようにしたいと思っているのですが」

淡々とつぶやいた雅子さまの表情はいつも以上に穏やかで、とても死期が差し迫っているようには見えませんでした。

セミの鳴き声がうるさいくらいの昼下がりでした。真っ先に過《よ》ぎったのは、やはり病に臥《ふ》せる社長のことでした。

いつかの大雨とは違い、真っ青に抜ける空を見上げながら、私は耕一さまの今後について思いを馳《は》せずにはいられませんでした。

出棺まで見届けて、私は足早に葬儀場をあとにしました。ちらりと腕時計に目を向けます。正午。十一月最後の日曜日。ロイヤルホープが出走する「ジャパンカップ」当日です。

いまから車を飛ばせばレースに間に合うかもしれませんが、私にはそうできない理由がありました。

先に社長に報告のメールを入れ、加奈子に電話をかけます。携帯の受話口から、にぎやかな雰囲気が伝わってきました。

『もしもし。栄治?　どうだった?』

加奈子の声がかすかに緊張の糸をほどいてくれました。

「うん。さっき葬儀が終わったところ」

『そう。大変だったね、おつかれさま。耕一さんの様子は?』

私は唯一、加奈子にだけは耕一さまのことを伝えていました。『週刊グース』に隠し子の件をつかまれながら、奥さまに懇願してなんとか記事を握りつぶすことができた頃です。恋人のボスであり、自身の恩人でもある社長を決して悪くは言いませんでしたが、女性として感じることは少なくなかったと思います。

「姿を見たのは三年ぶりだったんだけど、すごく立派になっていて驚いた。挨拶《あいさつ》もとても良かったし、ホントにしっかりしてたよ」

『そう。それはひとまず良かった』

「もちろん内心は不安だろうけどね。どれだけ毅然《きぜん》としてたって、まだ十九歳なんだから。不安じゃないはずがない」

『そうだね。私が栄治と出会ったのがちょうどその頃だ』

「あの頃の僕たちには想像もつかないくらい大きなものを彼は抱えてるよ。それより、どう?　そっちの様子は?」

『うん、さっき広中さんと挨拶できたんだけど、いい状態をキープできてるって。輸送もうまくこなせたし、いい勝負ができるだろうって言ってたよ。それと、やっぱりすごいんだね。ジャパンカップって。すごく華やか。いい雰囲気』

先月行なわれた「天皇賞・秋」で、〝ホープ〟はライバル「ヴァルシャーレ」には大きく先着し、帝王「イマジンドラゴン」にもクビの差まで迫る2着という好結果を収めました。そのことを評価され、本日の「ジャパンカップ」では海外から名だたる名馬が参戦している中、堂々の「3番人気」に推されています。

当然、私も期待に胸を弾ませています。「天皇賞」と同様、社長が現地で観戦することは叶いませんでしたが、それでもここに来て体調は向上しています。「ジャパンカップ」でもいい結果を残し、ラストの「有馬記念」へ。その青写真は関係する全員が共有しています。

「なんだよ、それ。行きたくなっちゃうじゃん」

『栄治は仕事でしょ』

「競馬場に行くのも仕事なんだけどな」

『こっちのことは大丈夫』

「ありがとう。広中さんにも隆二郎にもよろしく伝えておいて。そっちに行っている会社の人間には僕から連絡しておく。ホントに申し訳ない」

電話を切り、小さな息を一つこぼして、私は車に乗り込みました。向かった先は前橋市内の喫茶店です。三年前に社長と来たときに昼食をとったところであり、中条雅子さまと会っていたのも毎回この店でした。

朝も食べていませんが、空腹は感じません。すっかり顔見知りになった店主は、メニューを届けながら「いつものご婦人は？」と尋ねてきます。

私も「今日はちょっと違う人と」と言葉を濁しました。店の隅に設置されたテレビにはクイズ番組が流れています。なんとなく窓の方に背を向け、ラジオのイヤホンを耳に入れましたが、意識は競馬に向かいません。腕時計にばかり目を落としてしまいます。

その針が十五時を指し、テレビが競馬中継に切り替わったタイミングで、中条雅子さまの友人だという唐沢《からさわ》氏が喪服姿のままやって来ました。

「先ほど無事に火葬が終わりました。本日はお忙しい中、わざわざご足労いただいてありがとうございます」

「いえ、こちらは何も……。社長からもくれぐれもよろしくお伝えするよう託《ことづ》かってまいりました。あの、耕一さまのご様子は？」

「最後まで気丈にしてましたよ。若いのにたいしたものです」

「本当に。あの年で喪主を務める機会も普通はありませんからね。挨拶も立派でしたし、驚きました」

そうつぶやきながら、私は自分がかすかに安堵《あんど》していることに気づきました。唐沢氏と一緒に耕一さまがいらっしゃるのではないかと、少しだけ身構えていたからです。

タバコの煙を吐き出し、唐沢氏は早々に用件を切り出します。

「他に頼める人はいなかったんだろうな。自分にもしものことがあったらおたくに電話してほしいって、生前の雅子さんから頼まれてたんだ」

「そうでしたか」

「俺はおたくの社長も闘病中なんて知らなかったからさ。驚いたし、皮肉な話だと思ったよ」

「皮肉？」

「これで耕一くんの肉親が山王さんだけになってしまったことも、その人もまたそう長くなさそうってこともさ。皮肉だろう？」

私はうまく答えることはできませんでした。唐沢氏も返事を求めず、持っていたバッグから封筒を取り出します。

「これを渡してくれって、雅子さんから頼まれた。あんた宛《あ》てなのか、山王さん宛てなのかはわからない。俺は中身を読んでない」

唐沢氏はおもむろに立ち上がると、ご自身のコーヒー代をテーブルに置き、テレビの競馬中継を見ながらつぶやきました。

「今日はロイヤルホープから買ってみようかな。おつかいは果たしたんだ。雅子さん、勝たせてくれないかな」

その言葉に、私は何か応じた覚えがありません。逸《はや》る気持ちを抑えて封をちぎると、何枚かの便箋《びんせん》が出てきました。

その『前略――』から始まる丁寧な手紙には、私の知りたいおおよそのことが綴られておりました。

『過日、孫の耕一にすべて伝えました。山王さまと美紀子との間に起きたこと、美紀子がした選択について、出産当日のこと、耕一という名前について、山王さまに金銭的な援助をしてもらっていたという事実、美紀子が山王さまを微塵《みじん》も恨んでいなかったこと。

ひょっとしたらすでに彼の知っていることもあったかもしれません。傷つける内容も含まれていたかもしれません。それでも私は包み隠さず話したつもりですし、耕一もまた無言で受け止めてくれました。

耕一の顔色が変わった瞬間が一度だけありました。山王さまが馬主であるということ、それも彼の好きなロイヤルホープの馬主であることを話したときです。そのときだけは顔色を変え、孫は「まいったな」と申しておりました。

それでも彼はすべてを聞き終えると、無言で私の背中を撫《な》でてくれました。泣いているのは私ばかりでした。ただの身内びいきかもしれませんが、いい子に育ってくれたことを感謝したい気持ちです。

耕一は「これから僕はどうしたらいい？」と尋ねてきました。山王さまの意向も知らぬまま答えるのは気が引けましたが、私は「お前の好きにしたらいい」と答えました。彼は少しだけ考える素振りを見せましたが、「僕はその人に会うつもりはない。僕の家族はおばあちゃんとお母さんだけだから」と申しました。

これまで散々お世話になっていながら、恥知らずなことと承知しています。ですが、彼の意志をどうか尊重していただき、この手紙をもって孫・中条耕一との関係を清算していただけましたら、彼を遺してこの世を去る身としては安堵いたします。

これまでのご厚意のおかげで、耕一が大学を出るまでの学費はすでに支払える算段がついております。社会人になったあとは、彼が一人で道を切り拓《ひら》いていくべきです。繰り返しになりますが、あの子がここまで立派に育ってこられたのは、ひとえに山王さまのおかげだと認識しております。これまでのご厚意は感謝の念に堪えません。

それでも、山王さまと耕一が父子《おやこ》である事実に変わりはありません。彼は入学した明和大学で競馬研究会なるサークルに所属したそうです。いつか競馬場で、耕一が山王さまにお目にかかる日が来るのかもしれません。

そのときお二人が笑顔であることを、やはり彼の祖母として願うばかりです。』

私は何度この手紙を読み返したことでしょう。彼らが主役である物語において、自分だけが圧倒的な部外者でありながら、どうしても泣くのを堪《こら》えることができませんでした。

その涙が誰の立場に沿ってのものか、自分でも理解できませんでした。それでもわかることが一つだけありました。父と子の物語がこれで終わるはずがないということです。

雅子さまからの手紙には知りたいことの大半が記されておりましたが、私のもっとも知りたいことは綴られていませんでした。それは、美紀子さまの葬儀時に社長を目にしたはずの耕一さまが、あの瞬間、何を感じたかということです。

耕一さまは間違いなく社長に目を向けられました。睨《にら》んでいたというべきでしょう。口を真一文字に結び、社長をきつく睨みつけながら、しかし耕一さまの瞳《ひとみ》にどこか懇願するような色が混じっていたことも私は覚えています。

そんなことを思ったとき、興奮して上ずった声が耳に飛び込んできました。便箋を手にしたまま声の方に顔を向けると、店に設置された古いテレビに東京競馬場の最後の直線が映し出されていました。

過去に何度も見てきたのとほとんど変わらない光景です。逃げるヴァルシャーレを、中段からイマジンドラゴンが、そして隆二郎を背にしたロイヤルホープが最後方から追い上げようとしています。

私は静かな気持ちでその場面を見つめていました。アナウンサーのヒステリックな『さぁ、大外からロイヤルホープ、大外から一気にロイヤルホープ！』という声は聞こえていましたが、それでも興奮することはありません。

結局、ライバル三頭はほとんど横並びでゴールになだれ込みました。画面はすぐにゴール板前のスローモーション映像に切り替わります。

祈る気持ちはありました。しかし私は自分でも気づかぬまま、手に持った手紙に視線を戻しておりました。

より幸せな種牡馬《しゅぼば》生活を目指して始まったロイヤルホープにとってのラスト三戦。その中で距離、馬場といった点からもっとも期待していた「ジャパンカップ」で、またしてもイマジンドラゴンに敗れたためか、それとも実子との絶縁を求められたからでしょうか。十二月に入り、木枯らしが舞うようになった頃から、社長は目に見えて衰弱していきました。

十二月

表情は常に青白く、眼光の鋭さは見る影もなく、口も滅多に開きません。物思いに耽《ふけ》ったように外の景色を眺めるばかりです。

四度目の発症となるガンが脳に見つかったのは、十二月の一週目。くしくも「有馬記念」のファン投票の第二回中間発表があった日でした。

脳に腫瘍《しゅよう》があるのがウソのように、社長は静かに医師の説明に耳を傾けていました。混乱して怒り出すことも、逆に落胆する様子もなく、そのことが私にはひどく不満でした。

翌週の手術が告げられ、看護師とともに医師が去ると、社長は私を見ることなく再び窓に目を向けました。

「まさか行かないおつもりじゃないですよね？」

それでもこちらを向こうとしない社長に、私はしびれを切らしました。

「有馬記念。〝ホープ〟の最後の勇姿ですよ。社長の夢見ていた晴れ舞台じゃないですか。行かないおつもりなんですか？」

「でも、まぁムリだろう」と、社長は力なく口にします。

「手術はともかく、来週からまたあのキツい抗がん剤が始まるんだ。たぶん競馬どころじゃなくなるよ。自分のことで精いっぱいだ」

「本気ですか？」

「何がだよ」

「本気でそんなことを言ってるんですか？　ロイヤルホープ、ファン投票でついに1位になりましたよ。六年前に牧場で見たあの仔馬《こうま》が、グランプリレースで文字通りみんなの希望を背負うんです。社長が何よりも望んでいたことじゃないんですか」

興奮して声が震えるのを自覚しながら、私はカバンからプリントアウトした投票結果を取り出しました。

一流馬たちばかりがずらりと名を連ねるランキングで、我々の愛馬がトップに記載されています。

挑んでも、挑んでも、超良血を誇る「イマジンドラゴン」の、あるいはデビュー戦以来のライバル「ヴァルシャーレ」の高い壁にはね返され、それでもまた立ち上がり、挑んでいく。生まれた時代の悪かった一頭の馬にファンたちが思いを託しているのです。紙を見つめる社長の瞳にやっと生気が宿りました。誰かの期待に応《こた》えたくなるのは、出会った頃から変わらない山王耕造の特性です。

「今度こそ勝てるのか？」

「ええ、もちろん」と即答すると、社長の顔が綻《ほころ》びます。

「ホントかよ。実際〝ホープ〟の調子はどうなんだ？」

広中氏からは毎日のように電話で報告を受けています。「天皇賞」に「ジャパンカップ」と、立て続けに厳しい競馬を強いられたことに加え、苦手な輸送が短期間で二度もありました。トレセンに戻ってからも飼い葉の食いは細く、一向に体重が戻ってこないと聞いています。

うかがうように見つめてくる社長に、しかし私は強くうなずきます。

「絶好調だそうです」

「はっ。本当かよ」

「ええ。広中さんから連絡は来てないですか？　やはり〝ホープ〟は賢い馬なんでしょうね。二戦連続でイマジンドラゴンに負けたことをきちんと認識しているそうです。体力も、気力もいままでにないくらい充実しているそうですよ」

そんな精いっぱいの強がりを口にした私を、社長は呆《あき》れたように見つめてきました。

呼び起こしたかった「病気に立ち向かう気持ち」とは違うかもしれませんが、これもまた社長らしい表情です。

それでも、期待した「有馬に行く」という言葉は聞けませんでした。社長は私に向けていた視線をあらためて投票結果に戻し、何かを確認するようにうなずきます。

「手術、来週のいつって言ったっけ？」

「水曜の午後です」

「そうしたら優太郎に連絡を取って、来週、手術前に来てくれるよう言ってくれるか？」

「優太郎さまだけでよろしいですか？」

「いや、百合子にも来てもらいたい。ただ、あいつには優太郎から連絡させればいいだろう」

「わかりました。早速連絡を取ります」

そう言ってメモを開いた私に、社長は手を振りました。

「お前は来なくていいからな」

「なぜですか？」

「家族の話だ。個人的に話したいことくらいある」

「これまでそういう面倒をことごとく私に押しつけてきたじゃないですか」と不満をこぼしながら、私はかすかな寂寞《せきばく》を覚えました。自分だけが「家族」じゃないと、いまさらながら突きつけられた気がしたからです。

そんな私の気など知らずに、社長はいたずらっぽく笑いました。

「いいんだよ。さすがに死期が近づいてることくらいわかってるからよ。いい加減、逃げてばかりもいられない。それと弁護士の先生にも来てもらいたい」

「大隅《おおすみ》先生でよろしいですね？　わかりました。優太郎さまたちとご一緒のタイミングでよろしいでしょうか？」

「いや、先生には個別に会っておきたい。優太郎たちの前がいいだろう。先方の都合のいいときでいいから来てもらえるか聞いてくれ」

「わかりました」

「そっちもお前はいいからな」

「は？」

「お前の今後についても先生と話しておきたいんだよ。退職金なんかできる限りケチりたいからな。お前のいる前ではしにくい」

微笑む社長の言葉を、真に受けることはできません。しかし「手術には必ず立ち会いますからね」という気持ちさえも、社長は面倒くさそうに制しました。

「それもダメだ。来週、お前に一週間休みをくれてやる」

「ちょっと待ってくださいよ。なんですか、それは」

「まぁ、休みっていうこともないか。出張してもらいたいんだ。俺の代わりにいろんなところを回ってきて、挨拶してきてほしい」

「挨拶って、こんなときにどこに」

「まず長野でお前の両親の墓参り、それから栗東に行って〝ホープ〟に激励、あとは北海道で例の神社にも行ってきてほしい」

「例の神社って、杵臼《きねうす》神社のことですか？」と、様々な疑問を押しのけるようにして、その言葉が口をつきます。

「そうだな」

「それはべつにかまわないのですが、何もこんなタイミングじゃなくても」

「いやいや、このタイミングしかないだろう。〝ホープ〟の無事の引退と俺の手術が成功するよう祈ってきてくれよ」

馬産地、浦河《うらかわ》町にある杵臼神社は、一部の競馬関係者の間では「GI神社」などと呼ばれています。古くから大レースの前に馬主や牧場スタッフが山間《やまあい》のこの神社を訪れ、数多《あまた》の伝説めいた逸話を残しているそうです。我々もノザキファームの面々を伴って何度か訪ねたことがありました。

咄嗟《とっさ》に言葉の出てこなかった私を見つめ、社長はふんと鼻を鳴らします。

「とりあえず来週は出張だ」

「ですから……」

「俺がくたばるまではお前は専属のマネージャーなんだよ。文句を言う権利はない。つべこべ言わずに行ってこい」

そして、最後は独り言のようにつぶやきました。

「浦河はとっくに雪か。有馬の季節だもんな。今年は晴れるといいけどな」

翌週、私は社長に指示されるまま本当に各地を巡りました。諏訪の実家で待っていた兄は、目を丸くして「お前、わざわざこんなときに里帰りなんてしなくていいじゃないか」と、私と寸分違《たが》わない疑問を口にします。

顔も、体型も、兄とは年々似てきている気がしてなりません。義姉などは「声も同じよ」と大笑いしますが、どうやら考えまで似てきているようです。社長の考えを聞かせたときに見せた「意味がわからない」といった反応も、おそらく私とほとんど変わらないものでしょう。

兄と会うのは〝ホープ〟がダービーに出走したとき以来です。その日の印象がよほど鮮烈だったようで、兄は三年も前のレースの内容を昨日のことのように口にします。

「しかし、すごいよなぁ。お前が仕える社長の馬がダービーに出て、あやうく勝ちそうになっちゃうんだもんなぁ。やっぱり強運の持ち主なんだろうな、山王さんって」

冷蔵庫から取り出したビールと一緒に、両親の遺影も仏壇から持ってきて、兄は楽しそうに言いました。

社長の人生に「強運」は不釣り合いな気がしましたが、あえて否定はしません。

「あの年のダービーは本当にすごかった。ロイヤルホープのレースはいつも感動するけど、あんなに興奮したことはさすがにないよ」

「馬券も獲《と》ったんだっけ？」

「ああ。ヴァルシャーレとの馬連を三万も買ってた」

「何倍ついたの？」

「十八倍」

「五十四万？　すごいじゃん」

「すごくない、すごくない。お前、あのあと俺がどれだけやられたか知らないだろ？　ああなっちゃうと競馬はやっぱりギャンブルだよな。どれだけ冷静であろうとしても、頭が興奮を覚えてるんだ。勝った分なんてすぐになくなったし、それでも歯止めは利《き》かないし。美恵子《みえこ》に本気で怒られたこともあったしさ」

当時のことを思い出し、兄は苦々しい表情を浮かべつつも、いまでも馬券の購入は続けていると口にします。

「べつに何万円も賭《か》けてないよ。千円でも、二千円でもいいんだ。そのレースを数日かけて本気で予想して、自分の思い描いた通りの展開で決着したときなんかは、やっぱりゾクゾクするんだよ。ギャンブルとしてじゃなくて、趣味として折り合えるようになったら、競馬は本当におもしろい。ミステリー小説好きなんかには絶対にハマる要素があると思う」

「へぇ、それはすごい。JRAの人に聞かせたい話だね」

「だろ？　表彰モンだぜ」

「兄貴、もういっそ馬主になっちゃえば？」

「どういう条件なんだっけ？」

「過去二年の所得が一八〇〇万、総資産が九〇〇〇万」

「あ、そんなもん？」

「本気で言ってる？」

「いやいや、もちろん俺にはそんな金ないけど、なんていうか馬主ってもっと雲上人っていう感じがするじゃん」

「それでも、きちんと馬を所有できている人なんていくらもいないって話だよ。馬主資格を持っている人って二千五百人くらいいるらしいんだけど、その中で個人で一頭でも現役の馬を持てているのは、せいぜい五、六百人くらいだって。つまりさ、馬主資格を獲ることも、パッと大きなレースを勝つことも大変なことなんだけど、それよりも馬の所有を維持、継続していくことの方がずっと価値のあることなんじゃないのかなって思うんだよね。競馬の未来にきちんとつながっているっていうか」

言葉に込めた本当の意味を、兄は察してくれました。

「だとしたら、山王さんというのはやっぱりたいした人なんだな」

「ちなみに地方競馬の馬主だったら年間の所得五〇〇万円くらいでなれるって」

「へぇ、それだったら間違いなく俺もなれるわ」

「もうホントにいっそなってくれよ。俺、いまなら結構ノウハウ持ってるからさ。レースマネージャーとして雇ってよ」

むろん冗談のつもりで口にしましたが、兄の顔色が変わりました。その変化に私も気づき、かすかに緊張した空気が立ち込めます。

それを義姉が緩和してくれました。

「ちょっと栄治くんさ。変なこと焚《た》きつけないでくれる？　この人、こんな穏やかそうな顔してるくせに、勝負事になると完全にダメなタイプなんだから」

「そうなんですか？」

「何が千円でも、二千円でもよ。この家がロイヤルホープにいったいいくら持っていかれたかわかったもんじゃないわ」

「べつにロイヤルホープにはそんなに持っていかれてないだろう」と、兄が不服そうに口をすぼめます。

　義姉は口を曲げました。

「どうだか。勝ったときばかり嬉しそうに報告してくるのって、賭け事やってる人はみんなそうなんだろうね。負けた話なんか聞いたこともないもん。なんか申し訳なさそうに突然皿洗いを始めたりすることはあるけど」

「そんな言い方があるかよ」

「何よ、ホントのことじゃない」と、二人とも顔は笑っていますが、言葉に少しずつ熱を帯びていきます。

　巻き込まれてはたまらないと席を外して、私は歩いて二十分ほどの距離にある両親の墓に出向きました。

　信州特有の鋭い風が、酒で火照《ほて》った身体《からだ》を包みます。高台から見下ろせる雄大な諏訪湖は、冬の太陽を柔らかく揺らしていました。

　墓石を掃除し、手を合わせながら、私は久しぶりに父と会話しました。父子家庭で育ち、働く背中をいつも見ていた私にとって、父はずっと憧《あこが》れの対象であり、また背反する屈託を抱えていました。

いつか自分のそんな気持ちと向き合わなければいけない日が来ると思っていた中で、突然訪れた父との別れと、その二年後に訪れた社長との出会い。山王耕造という人間に父性を求めたつもりはありません。ですが、社長と一緒にいた十三年の間に、不思議と父への悔いは晴れていった気がします。その社長が生涯を賭けた夢が成就《じょうじゅ》するよう、私は父に祈りました。

帰宅すると母屋《おもや》には向かわず、私は事務所の扉を開きました。休日で誰もいない部屋は、実際の気温以上に冷たい空気を孕《はら》んでいます。しんと静まり返った事務所で、私はかつて父が座っていたデスクを見るともなく眺めていました。

「だから言っただろう。そんな不安そうな顔するなって」

振り向くと、酒で頬を赤らめた兄が立っていました。すぐには何も言えなかった私の肩に手を置き、兄はライトを灯《とも》します。

「お前の席は空けてある。ご覧の通りいまは荷物置き場になっちゃってるけど、帰ってくる場所はちゃんとある。だから戻ってこい。今度は二人で切り盛りしようぜ。正直うちはあいかわらず人手が足りてない。助けてほしいっていうのが本当のところだ」

兄が社長の逝ったあとのことを話しているのは明白でした。そのありがたい言葉には何も応じず、私は先ほどの続きを切り出します。

「兄貴、ダービーが一番興奮したって言ったっけ？」

「うん？　ああ、あれがいまのところ俺にとって一番のレースだ」

「それ、たぶん更新するから。有馬記念。絶対にすごいレースになるよ」

本当は「絶対に勝つ」と断言したいところでしたが、その間際、義姉の顔が脳裏の片隅を過ぎりました。

しかし、兄は察しよく微笑みます。「インサイダー情報だな？」という冗談に、私も笑顔で応戦すると、兄は手を叩《たた》いて喜びました。

「わかった。その日は俺も大勝負するわ。美恵子に内緒で十万円下ろしてくる。俺にとっても有馬記念が競馬からの引退レースだ」

それでも、兄が馬券を買うのを辞めることはないでしょう。競馬はずっと続いていくからです。ロイヤルホープが引退しても、山王耕造が退いても、その血は脈々と受け継がれますし、思いはどなたかに託されます。

義姉に怒られている兄の姿を想像して、私はつい噴き出しました。

諏訪から栗東のトレセンへ移動したのが月曜日だったため、残念ながら〝ホープ〟の調教に立ち会うことはできませんでした。

それでも、広中厩舎《きゅうしゃ》の馬房で出迎えてくれた〝ホープ〟は、ずいぶんと穏やかな顔をしていました。

前回、その姿を見たのは「天皇賞」後の検量室です。大レース直後だったことに加え、そもそもあの日はいつになく激しく入れ込んでおりました。厩舎の〝ホープ〟は違う馬のように見えました。

広中氏の許可をもらってニンジンを与えると〝ホープ〟は鼻面《はなづら》を寄せてきました。いつもそばにいる社長を探すかのように愛くるしい目をキョロキョロと動かします。これだけ激戦を重ねてきたいまも愛馬は社長にのみ懐《なつ》いています。

久しぶりに〝ホープ〟の頭を撫で、「頼んだぞ」と告げたその夜、私は広中氏と二人で近くの居酒屋に向かいました。キンキンに冷えたビールで乾杯すると、広中氏は申し訳なさそうに口を開きます。

「ごめんね、クリスくん。なかなか社長のお見舞いに行けなくて。ホントに恩知らずなことだと思ってる」

そう深々と頭を下げてくれた広中氏は、いまでは押しも押されもしないトップトレーナーのお一人です。

林田ファームからの紹介を受け、「ロイヤルイザーニャ」をきっかけに縁ができた当時の広中氏は、たしかにまだ十把《じっぱ》一絡《ひとから》げの若手調教師の一人でした。それが〝ホープ〟

のデビューした頃と前後して、みるみると頭角を現していきました。

元来の馬を見る目や、ヨーロッパで学んだという調教技術に加え、人好きする性格も成績に反映されているのでしょう。当代切ってのオーナーたちがこぞって期待馬を預け始めると、今年ついにブレイクを果たし、一年が終わろうとしているこの時期にあって調教師リーディングの第4位につけています。

それでも何ら人間性の変わらない広中氏に向け、私も頭を下げました。

「とんでもない。むしろいつも気にかけていただいてありがとうございます。社長も感謝しています」

「それで、実際どうなの？　有馬には来られそう？」

「うーん。わかりません。明後日《あさって》の手術がどれほどのものかわからないので。ただ、本人があいかわらず……」

「弱気？」

「そうですね。というよりも、何を考えているかよくわからないんです。いつも物思いに耽ったように窓の外を眺めていて、心ここにあらずという感じで。あと三週間で念願の有馬記念だっていう熱がなくて」

広中氏は弱々しく肩をすくめるだけで、話題を変えます。

「クリスくんはこの先どうするつもり？　社長にもしものことがあったら会社にはいら

れないんでしょう?」」

どうやら、私の今後は共通してみなさんの悩みのタネであるようです。広中氏はさらに続けました。

「クリスくんにさえその気があるなら、いまなら俺が誰か紹介できると思うんだ。優秀なマネージャーを探しているオーナーさんは多いよ。というか、クリスくんが目立ってるんだよ。あの山王社長のところで何年もやってきたってことで注目されてる。俺のところにもいくつか問い合わせ来てるもん」

それに対して何か答える気にはなりませんでした。もちろん感謝する気持ちはありますが、その方たちが「山王社長の亡《な》きあと」の話をしていることは率直にいって不快です。

私自身はまだまだ「先」を想像することができません。そもそも競馬ファンだったわけではなく、いまも馬を「経済動物」と割り切ることができません。その魔力を認めはしますが、結果を残せなかった牡馬の、繁殖に上がれなかった牝馬のことを思ってしまうと、不安で眠れなくなるくらいです。オトコ馬を欲しがっていたどこかのオーナーの言った「もう医学的にオス、メスをわけて産むことくらいできるんじゃないか?」という言葉は、たとえ冗談と理解していても、無性に許せませんでした。

税理士として兄と働くイメージが持てないのと同じように、他のオーナーのもとで競馬に携わることも想像できませんでした。そのことを説明する気になりませんし、広中氏もそれ以上の答えを求めてきません。

入店から一時間ほどして、隆二郎が合流しました。「おつかれ、クリスさん」と手を上げた隆二郎の髪の毛は、さらに金色に磨きがかかり、もはや白く見えるくらいです。そのとなりにすっと腰を下ろした女性を見て、私は一瞬混乱しました。広中氏が緊張するのがわかります。

お目にかかるのは久しぶりではありません。頼まれものを届けた病院で、資料をお持ちしたご自宅で、挨拶程度は交わしています。ただ、そのときはどこか避けられているように感じました。

「久しぶりね、クリスさん。元気にしてました？」と、社長のご令嬢、山王百合子さまが乾いた笑みを浮かべます。

「あ、はい。ごぶさたしております」

ぎこちない私たちのやり取りを、隆二郎は怪訝《けげん》そうに見つめていました。「あれ、知らなかったんだっけ？」という質問の意味を、私こそ不思議に思います。

「知らなかったって、何を？」

「俺たちがつき合ってるって」

「知らないですよ。そんなの」

「なんで怒ってるんだよ」

「怒ってませんよ」

「いやいや、めちゃくちゃ怒ってるじゃん。クリスさん、こわいって」

そう茶化したように言いながら、隆二郎はケタケタ笑います。なんとなく広中氏に目を向けました。広中氏は気まずそうに視線を逸《そ》らして、隆二郎に問いかけます。

「もう結構長くつき合ってるよね？　何年くらいだっけ？」

「そんなこと知るかよ。三年くらい？」と話を振られた百合子さまは、毅然と首を横に振りました。

「もう四年です。この人は覚えてないんでしょうけど、つき合い始めたのはロイヤルホープがデビューした頃でした。新馬戦で勝ったら俺とつき合えって」

「ええ、ホントに？　そんなスタートだったの？」と、広中氏が目を丸くします。

「だって〝ホープ〟のデビュー戦ってたしか8番人気だったとかだよな？　それって結構なギャンブルじゃない？」

隆二郎はつまらなそうに嘆息します。

「べつに人気なんて関係なくない？　何？　広中さんはあのとき少しでも〝ホープ〟が負けるかもって疑ってた？」

「それはまったくなかったけど」

「だよね。あのときはまだヴァルシャーレがこんなバケモンだって知らなかったし、正直、新馬戦なんかでコケる馬じゃないって思ってたもん」

「たしかにね。じゃ、百合子さんを落とすのは必然だったんだ」

「べつに。負けたら負けたでそれまでだって。社長とのことも含めて、縁がなかったって諦《あきら》めただけだよ」

デリカシーのないことを言い放って、隆二郎は百合子さまを横目にします。百合子さまが小さくうなずくのがわかりました。それを見て、隆二郎は目を伏せます。

「でさ、もう二人には先に言っとくけど、俺たち結婚しようと思ってる。〝ホープ〟が有馬で勝ったら年内にでも籍を入れる」

「え……？　でも、それは」と、今度は私が声を上げます。三人の視線を一身に浴び、次の言葉は出てきません。

「あの、いや、もしも有馬に勝てなかったらどうするつもりなのかなって」

隆二郎が「はぁ？　また、それかよ」と呆れます。

「さっきの広中さんもそうだけど、何なの？　クリスさんは少しでも〝ホープ〟が負けると思ってるわけ？」

「そういうわけではありませんが」

「負けるわけないじゃん。これは精神論でもなんでもなく、この状況で〝ホープ〟が負けるなんてありえないと思うんだよね。牧場での誕生から、社長との出会い、広中さんのところに来た経緯も、俺と社長の過去も、クリスさんと加奈子さんの関係もさ。すべての物語の真ん中にあいつがいて、ここまで連れてきてくれたんじゃん。その馬の最終戦なんだぞ？　絶対に勝つよ。そして俺はこいつと結婚する。デビュー戦からつき合い始めて、引退レースで結婚するんだ。こんな美しい話はないだろ？」

何かのスイッチが入ったように隆二郎がまくし立てたのは、精神論以外の何ものでもありませんでした。広中氏はニヤニヤし、百合子さまは何か思いつめたように瞬《まばた》きさえしません。

もちろん、私も〝ホープ〟が勝つことを微塵《みじん》も疑っていません。我々に散々「夢」を見せてくれた馬の最終戦に、これ以上ふさわしい結果はありません。いえ、最後にロイヤルホープを勝たせることは、我々が等しく背負った責務だと思っています。

私が思わず声を漏らしてしまったのは、何も「有馬で勝ったら」という一言を疑ったからではありません。隆二郎の口にしたその言葉が、三年前に、そして近日中に私が加奈子にもう一度伝えようとしていることと一言一句同じだったからです。

思わず隆二郎を見入りました。隆二郎も怪訝そうに見返してきます。隆二郎が山王社長の義理の息子になる。家族になる――。

そんなことを思ったとき、またしても思わぬ感情が胸の奥底をざらつかせました。しばらくして、それが嫉妬《しっと》から来るものだと気づいて、我ながら気持ちが悪いと自制しようとしましたが、膨らんでいく一方です。

押し黙る私に、場は不思議な緊張感に包まれました。それを解消してくれたのは、これまでほとんど口を開かなかった百合子さまです。

「私、いつかクリスさんに、無意識に父の好みのタイプの男の人を探してる気がするって言ったの覚えてる？」

「ええ、それはよく覚えています。東京競馬場でしたよね。ダービーの日」

「どう思う？　この人」

「はい？」

「だから愛娘《まなむすめ》の夫として、佐木隆二郎という人を山王耕造は認めると思う？」

その質問を受け、私はあらためて隆二郎に目を向けました。正直にいえば、認めるに決まっています。ジョッキーとしての隆二郎を誰よりも高く評価してきた人ですし、先日の病室でのやり取りを見るまでもなく、かわいくて仕方がないのもわかります。もしお二人がつき合っていることを、さらには結婚すると報告した暁には、喜びのあまり回復が早まるのではないかと思うくらいです。

しかし、私は力強く首を横に振りました。

「嬉《うれ》しくはないでしょうね」

「なんでだよ！」と、隆二郎がぶ然とした顔で突っかかってきます。それを見て、私はようやく先日の見舞いが結婚の赦《ゆる》しを得るためのものだったのだと気づきました。

私は眉間《みけん》を揉《も》んで懸命に笑うのを堪えます。

「それはそうでしょう。自分の身に置き換えて考えてみたらいいじゃないですか。どうして大切な一人娘をこんな金髪の悪ガキにやらなきゃいけないんですか。当たり前だけど、いつも死と背中合わせの仕事をしていて、少しでも勝てなくなったら途端に収入はなくなって、そもそもこんな派手な世界で派手に遊んできた人間に。隆二郎なら自分の娘をやりたいと思いますか？」

比喩《ひゆ》ではなく、隆二郎は小さく「ぐっ」と漏らしました。それを聞いて、私はついに笑うのを我慢できなくなりました。

「でも、まぁ一つだけありますよ。間違いなく、結婚を許してもらう方法」

「なんだよ」と、隆二郎が身を乗り出します。私はもったいつけるように答えました。

「一番機嫌のいいときを見計らうんです。つまり有馬記念でロイヤルホープを勝たせて、そのどさくさに紛れて報告するんですよ。間違いなく、ノーとは言いません」

隆二郎の顔にみるみる失望が広がっていきます。

「それなら俺がしようとしていることと一緒じゃねぇか。っていうか、それをしようとしてたからここまで結婚が延び延びになっちゃったんだよ。とっととＧⅠ勝って、大手を振って社長に会いにいこうってずっと思ってたんだからさ。ああ、こんなことならドバイ勝ったときに言っとけば良かったよなぁ」

隆二郎の嘆きに、広中氏が声を上げて笑います。隆二郎は「だとしたら、ホントに有馬で勝たなきゃヤバいよな」とうんざりしたように口にしますが、その結果はどうであれ、お二人は結婚されるのでしょう。百合子さまといるときにいつも漂っているタバコの匂《にお》いが、今日はずっとしていません。そういえば、今日はお酒ものんでいません。社長は初孫を溺愛《できあい》することでしょう。それこそ元気を取り戻すのではないかと思いながら、私は話題を変えました。

「明日から北海道に行ってきます。社長に命じられたんです。杵臼神社で〝ホープ〟の安全を祈願してきてくれって。ついでに俺の手術の成功も祈ってこいって」

「へぇ。いいなぁ、北海道。俺も行こうかな」と、仏頂面で応じた隆二郎を、広中氏が呆れたようにたしなめます。

「いやいや、無茶なこと言うなよ。明日行って、水曜の朝の調教までに帰ってこられるわけないだろ。明後日だぞ」

「たとえ日帰りだとしてもさ」

「ムリだよ。札幌ならともかく、浦河なんだから。それに、お前少し空気読めって。クリスくん困ってるじゃん」

「なんで困るの？」

「さぁ、それは知らないけど。北海道で何かあるんだろ。まるで明日が有馬かっていう切羽詰まった顔をしてるよ」

※

周囲を牧場に囲まれた杵臼神社は静まり返っていました。風は穏やかで、おそれていたような身を切る寒さは感じません。それでも参道にはうっすらと雪が積もり、景色を冷たく変えています。

他に人の気配のない境内を、私は加奈子と二人で歩きました。隣接する牧場越しに見晴らせる日高山脈は真っ白な雪を頂き、雲のない青空とのコントラストはとても見事です。そばにいた馬も草を食《は》むのをしばし休み、峰を見上げています。

無言のまま拝殿に向かい、私は社長から託された十万円と、自分と、広中氏、隆二郎、そして百合子さまから預かってきたそれぞれの一万円を、加奈子の方は自分と翔平の分の五円玉を賽銭《さいせん》箱に投げ入れ、手を合わせました。

長い参拝を終え、帰り際《ぎわ》、私は思い立っておみくじを引きました。「栄治、クジ運悪いんだからやめた方がいいよ」という加奈子を無視して、紙を開くと、真っ先に以下の文言が目に飛び込んできました。

待ち人来たる――。

私は声を上げて笑ってしまいました。もう十四年も前のことです。あの日のおみくじに綴《つづ》られていた『望まざる人』とは、結局誰のことだったのでしょう。社長のこととは思いません。あの頃からは想像もつかない環境に身を置いていますが、運命を変えてくれるという意味において、そして父への無念を晴らしてくれるという点において、社長は間違いなく私にとって望むべき人だったと思います。

加奈子に笑いの理由を説明しようとしたとき、ポケットの携帯が震えました。胸に冷たいものが過《よ》ぎります。

再び加奈子に目を向け、うなずくのを確認してから、私は電話を取りました。

「はい、栗須です」

電話の向こうもまた緊張感に包まれているのがわかりました。『クリスさん？　いま平気？』と尋ねてくるのは優太郎さまです。その声から内容をうかがい知ることはできません。

「はい、大丈夫です。いかがでしたでしょうか」

検査の結果を聞くときと、手術後だけは、どれだけ事前に大丈夫と聞かされていても不安な気持ちが押し寄せてきます。

優太郎さまは軽く咳払《せきばら》いして、単刀直入に言いました。

『さっき手術が終わったところ。いまのところ問題はない。先生もキレイに取り除けたって言ってくれてるし、容体も安定している』

「そうですか。それは良かった。安心しました。こんな大変な日に立ち会いもせず、申し訳ございません」

『とんでもない。こちらこそ申し訳ない気持ちだよ。親父《おやじ》のワガママなんだって？　本当にいつもありがとうね。クリスさん』

優太郎さまの柔らかい声がすっと耳に馴染《なじ》みます。独立することを翻意し、昨年、晴れてロイヤルヒューマン社の代表に就かれたものの、優太郎さまが苦労されているという話はよく耳に入ってきます。

それでも社員たちからの信は厚く、全社一丸となって、ワンマンであり、ある意味ではカリスマでもあった先代のやり方からの脱却を図っているとも聞いています。

私は仕事でご一緒することがほとんどありませんが、たまに顔を合わせるときは、優太郎さまの方から声をかけてくれます。「やぁ、クリスさん」という声に、かつての毒気はありません。疲弊していながらも、笑顔はいつも澄んでいます。

優太郎さまは社長の容体について丁寧に説明してくれ、私はメモも取らずにその話を聞いていました。

冷たい風が吹きつけ、鼻先を刺激します。緊張が次第に解けていって、社長の無事を認識すると、安堵《あんど》から涙がこぼれそうになりました。それを見せまいと加奈子に背を向けたとき、優太郎さまは思わぬことを言いました。

『それでね、クリスさん。今日、手術の前に親父といろいろ話をしたよ。あの人にとっては懺悔《ざんげ》みたいな内容だったし、さすがに百合子は混乱してたけど、俺は少しだけあの人の気持ちを理解することができちゃったんだよね。だから善処したいと思ってる。なるべく家族を納得させる形で、親父の希望を叶《かな》えてあげたいと思うんだ。もちろん今日、明日の話ではないけど、クリスさんにはそれを伝えておきたくて』

私は、社長がお二人に何を話したのか知りません。優太郎さまの話はあきらかに言葉足らずでしたし、要領を得たわけではありませんが、もう涙を堪えることができませんでした。

たとえそれがどんな内容であったとしてもです。たった一人だとしても、社長がようやくご家族に赦されたという気持ちが芽生えました。

『またこっちから連絡します。近く、二人で会いましょう』

そう口にする優太郎さまにしつこいほど礼を言って、電話を切ると、私は無意識のまま加奈子に言いました。

「俺もやっぱり動きたい。このまま何もせずにはいられない」

「動くって、何を？」

「社長はそんなこと望んでないはずだけど、やっぱり何もしないわけにはいかないから。亡くなった中条さんたちに申し訳ないとも思うけど、俺は二人のために何かしたい」

私の話もまた言葉足らずであったはずです。それでも加奈子は深く尋ねてくることなく、背中を押してくれました。

「いいんじゃない？　栄治は自分が正しいと思うことをすればいいよ。べつにこれまでだって社長の言いなりだったわけじゃないんだから」

「俺、言いなりじゃなかったのかな」

「じゃなきゃ、十何年も続いてこなかったと思うけどね。私さ、栄治からはじめて耕一さんの話を聞いたとき、ちょっと納得いったんだよね。栄治がお父さんとの何かを社長で埋めようとしたように、たぶん社長も隠し子である耕一さんとの何かを栄治で埋めようとしてたんだよ」

「いや、ちょっと待ってよ」

「何？」

「俺そんなこと加奈子に話したっけ？　親父との何かを社長で埋めようとしたなんて言ったことあった？」

加奈子は呆れたように肩をすくめます。

「そんなの、見てればわかるでしょう。社長と秘書、オーナーとマネージャーっていうだけじゃなくて、父と子って考えたら二人の関係はしっくり来る。子どもは親の言いなりにならないものだよ。そうでしょう？　だったら、栄治は自分の信じることをしたらいい」

それから車に乗り込み、加奈子がエンジンをかけたあとも、しばらく頭の芯《しん》がボーッとしていました。

だから、私はやり残していたことになかなか気づけませんでした。

「あ、ごめん。加奈子。俺、完全に忘れてた」

「今度は何よ？」

「俺、さっきの神社で社長のことしかお祈りしなかった」

「はぁ？」

「〝ホープ〟のこと祈願するの忘れてた」

加奈子は小さなため息を吐いたあと、「わかった。それならもう一ついい場所があるよ」と、独り言のようにつぶやきました。

そうして連れられていったのは、浦河神社という街中にある神社でした。真っ先に目についたのは駐車場の脇《わき》に置かれた馬の銅像です。鳥居をくぐると、今度は百段ほどの石段が目の前に現れました。

それを上って、境内に出たところで、加奈子は教えてくれました。

「ここは毎年、騎馬参拝っていう行事があったところなの。いまの階段を馬で上ってくるんだけど、栄治はじめてだっけ？」

「うん。知らなかった」

「このへんの牧場の関係者にはむしろこっちの方が有名なんじゃないかな」

加奈子の説明を聞いてから、今度こそ〝ホープ〟の有馬記念での安全と勝利、そしてあらためて社長の健康を祈願して、振り向くと、西日にオレンジ色に染められた太平洋を見下ろすことができました。

「うわぁ、すごい」

加奈子と視線が絡み合います。少しずつ言葉を交わし、心を通わせ合いながら、私たちは私たちなりに二人の時間を育《はぐく》んできました。

眼下に輝く太平洋と、いたずらっぽい広中氏の顔、偶然にも合致していた隆二郎の言葉と、なぜか物思いに耽《ふけ》る社長の表情に背中を押され、私は覚悟を決めます。震える声が冷たい空気と混ざり合いました。

「あのさ、加奈子。もしだよ、もし有馬記念で〝ホープ〟が勝ったら、俺と結婚してもらえないかな。みんなに心配されるくらい、自分が何して生きていくのかもよくわかってなくて、四十を超えて、こんな不安定な身で何を言うんだって思われるかもしれないけど、本気なんだ。〝ホープ〟が勝ったら、俺と結婚してほしい」

加奈子は表情を微塵も変えず、じっと私を見つめています。その瞳《ひとみ》から心の内を探ることはできません。

しばらくして出てきた言葉もまた想像していないものでした。

「イヤだよ、そんなの」

「え、イヤなの？」

「イヤに決まってるじゃない。何それ。私が尻尾《しっぽ》振ってオーケーするって思ってた？」

絶句した私から目を逸らさず、加奈子はさらに吐き捨てるように続けます。

「これまで散々馬に人生を翻弄《ほんろう》されてきてさ。小さい頃から馬のことを何よりも優先させられてきて、たぶんそれもあって離婚して、一人息子まで十五歳で千葉なんかに持っていかれて。それで何？　今度は自分の幸せまで馬次第だっていうの？　冗談じゃないよ。いい加減、私の人生くらい私自身に決めさせてよ」

「いや、ごめん。それってどういう意味？」

「だからもう〝ホープ〟がどうとか関係なくて、私が全部決めるって言ってるの。その上で、いまはまだ栄治と結婚しない」

「え、なんで？」

「いまは山王社長からあなたを奪いたくないから。もう何年も前から思ってた。社長にもしものことがあったら、どうせ落ち込む栄治を私が支えてあげようって思ってた。私からプロポーズしようと思ってた。だからいまは愛だの恋だの言ってないで、まずは社長と添い遂げることを考えなさい。もうどのみちこんな歳《とし》になっちゃったんだから、私はべつにあと十年でも二十年でも待てるから」

加奈子は本気で苛立《いらだ》ったように口にすると、「ちょっと来て！」と足早に社務所に向かい、絵馬を二つ買いました。そして「はい、これ書いて」と、そのうちの一つとサインペンを手渡してきて、こちらに背を向けて何やら書き始めます。

そのうしろ姿をボンヤリと見つめたあと、私もペンを走らせました。「できた？」と振り返った加奈子の顔は、一転、晴れ晴れとした笑みに覆《おお》われています。

乱高下する感情についていけないまま「うん」と答えた私の絵馬を覗《のぞ》き込んで、加奈子の表情は再び曇りました。

「はぁ、やっぱりダメだ。こういうところがホントに栄治ってつくづくダメ。うまくやっていく自信なくなった」

突き放すようなその声を聞きながら、私は自分の絵馬に目を落とします。

『ロイヤルホープの有馬記念優勝と、山王耕造の完全復活』

うなだれた加奈子の絵馬には流れるような字でこうありました。

『栄治と幸せでいられますように。加奈子』

※

革靴の底から冷たさが伝わってきます。まだ深い闇《やみ》に包まれた早朝、車が敷地に入ってくるたびに私は心を弾ませますが、待ち望むタクシーは一向に来ません。

厚手のマフラーに顔の半分を埋《うず》めながら、何度、腕時計に目を落としたでしょう。マネージャーになるときに社長にプレゼントされた金のロレックスを久しぶりに着けてみました。普段はなんとなく躊躇《ためら》われ、いまでも新品のような輝きを放っています。

「栗須さん、そろそろ時間ですが。いかがしましょうか？」

そばにいたＪＲＡの職員が申し訳なさそうに声をかけてきます。申し訳なく感じるのはこちらの方です。

「すみません。あと五分だけ待たせていただけますか？　それでも来ないようなら、すみません。その場合は私だけ歩かせてもらうことは可能でしょうか？」

「もちろんです。どんなことでもおっしゃってください。なるべく善処しますので」

担当の職員は同情するように眉根《まゆね》を寄せました。賞金額やレース制度、対応などを巡り、一部の馬主たちはＪＲＡという組織に対していつも不満を口にしています。

しかし、少なくとも現場の職員はいい方ばかりです。「ＪＲＡにとってお客様は、ファンを除けば、馬を持ってくれるオーナーだけ。みなさまがいなければたちまち立ちゆかなくなってしまう」と、馬主のわがままを最大限、聞き入れてくれます。

この日も、顔見知りの中山馬主協会会長を通じて出した「日の出の時間帯に競馬場を歩かせてほしい」という私のムリな要望を、ＪＲＡは快諾してくれました。

朝六時というあり得ない時間に中山競馬場に呼び出されているにもかかわらず、はじめてお会いする担当職員はさわやかな笑みを浮かべています。そもそも馬主である山王社長の依頼ですらありません。一介のマネージャーに過ぎない私の独断であり、それさえもこのままでは絵に描いた餅《もち》になりそうです。

私はあらためてロレックスに目を向けました。東の空が白み始めています。きっと来ることはないのだろうと思いながら、私は真っ白な息を手袋の上から吹きかけ、タクシーがやって来るのをひたすら待ち続けておりました。

『この手紙をもって孫・中条耕一との関係を清算していただけましたら――』

今際《いまわ》の際に、きっと断腸の思いで綴られた中条雅子さまの気持ちを踏みにじる行為と承知しております。しかし、私はどうしても動きたいと思いました。

その気持ちを強めたのは、北海道から駆けつけた築地の病院で、優太郎さまから社長のくわしい容体と、直前に行われた家族会議の内容を聞いたときです。

「クリスさんにはこれからますます面倒かけることになると思う。本当に自分勝手な父親で申し訳ない。許してほしい」

すべてを話し終え、深々と頭を下げてくれた優太郎さまの謝罪の言葉は、ほとんど頭に入りませんでした。私の胸は話の内容と、「本当にそんなことが可能なのか」という思いでいっぱいでした。

優太郎さまが帰宅し、二人きりになった病室で、私は頭に痛々しい包帯を巻いて眠る社長に告げました。

「これから勝手なことをします。先に謝罪しておきます。申し訳ありません」

翌日、私は早速行動に出ました。本当は民間の調査会社を利用することも考えましたが、社長のプライバシーは極力守らなければなりません。

とはいえ、情報は限られています。住所も知らなければ、電話番号だってわかりません。中条雅子さまの手紙から、私が知っているのは耕一さまが明和大学に通われていて、かつ「競馬研究会」に所属しているということくらいです。そのサークル名をインターネットで検索してみましたが、大学対抗のPOGの結果が出てくる程度で、活動場所やメンバーについては触れられていません。

他に方法が思いつかず、私はお茶の水にある明和大学に行ってみました。公開授業などのおかげか、同年代が少なからずキャンパスにいることには安堵しましたが、サークルについて尋ねても大半の学生たちは首をかしげるばかりです。

そんなことを一週間ほど続けたある日、「有馬記念」まで十日を切った金曜日でした。いつものように食堂をウロウロしていた私に声をかけてくる女性がいました。

「コウちゃんを探しているのってあなたですか？」

「コウちゃん」が「耕一さま」に瞬時に変換されず、言葉に詰まった私にかまわず、女性はさらに冷たく尋ねてきます。

「ひょっとして山王さんの関係者ですか？」

胸がトクンと脈打ちました。彼女が何者かわかりませんし、その瞳には敵愾心《てきがいしん》が滲《にじ》み出ています。しかし、私には天恵としか思えませんでした。

私は〈ロイヤルヒューマン〉の名刺を差し出し、丁寧に自分の身元を明かして、可能ならば二人で話したいと伝えました。

女性は少しだけ迷う素振りを見せてから、あらためて鋭い目で私を見つめ「わかりました。ついてきてください」と、先を歩き出しました。

そうして連れていかれた空き教室で、我々は机越しに向き合いました。ダウンコートにジーンズというラフな格好ながら、女性は大人びて見えました。いまにも飛びかかってこられそうな緊張感もあり、二十以上も年下ということを忘れそうになります。

「池田《いけだ》薫子《かおるこ》といいます」

そう言ったきり口をつぐんだ彼女に、私は自分の非礼を詫《わ》びつつ、先に彼女と耕一さまとの関係を尋ねました。

「耕ちゃん」という呼び方からある程度の想像はついたので、「彼とはつき合っています。中学からずっと一緒でした」という言葉には、ならば彼女も美紀子さまの通夜《つや》にいたのだろうかと思った程度で、驚きはしませんでした。

私が目を見開かされたことは他にあります。薫子さんもまた「競馬研究会」のメンバーであるというのです。そもそもは彼女の父親が競馬ファンで、中学時代によく家に遊びにきていた耕一さまに教えてあげたとのことでした。耕一さまはどんどん競馬にのめり込んでいき、その頃から競馬ゲームを通じて血統について学び、その相馬眼は競馬オタクばかりのサークル内でも指折りとのことでした。

「そのことをいまはとても後悔しています」

薫子さんは絞り出すように口にします。ゆっくりと首をひねった私をあいかわらず冷たく見つめ、今度は声を張りました。

「だって、そうですよね？　彼の実の父親がまさか〈ロイヤル〉の馬主だなんて知るわけがないんですから。すごく責任を感じますよ。とんでもない道に引き込んでしまったって、あの頃のことを思うといまでもイヤな気持ちになります」

自嘲《じちよう》するような笑みを打ち消し、薫子さんは続けました。

「ハッキリ言いますけど、彼は山王さんのことを恨んでいます。おばあちゃんには言えなかったって言っていましたけど、本当に落ち込んでいます。彼が競馬好きであることを運命だなんて思わないでください。そんなのただの偶然ですから」

その上でどういう用ですか？　そんな挑発的な表情を浮かべる彼女に、ここに来た理由を語るのは憚《はばか》られました。

しかし、病床に臥《ふ》せる社長の姿を思い浮かべながら、私は小さくうなずきました。

「耕一さまをご紹介いただけませんか？」

「ムリです」

「お願いします。どうしても山王と耕一さまをお引き合わせしたいんです」

「だからいま話しましたよね？　彼は父親を恨んでいます」

「それでも、お引き合わせしなければならないんです。というよりも、我々が勝手に忖《そん》度《たく》してはいけないんですよ。我々はただお二人がお会いできる状況を整えて、それでもお二人が会わないという選択をするのなら引き下がるだけです」

「はぁ？　何を勝手な――」

「わかっています。勝手は承知の上です」

思わず語気を強めた私に、薫子さんは不気味そうな表情を浮かべました。私も熱くなっていることを自覚していましたが、言葉を止めることはできません。

手術から三日が過ぎて、社長はようやく目を覚ましました。しかし、これでまた快方に向かうだろうという私たちの期待を嘲笑《あざわら》うように、体調は一向に良くなりません。さすがに社長はもう長くありません。それがわかっているからこそ、勝手をせざるを得ないのです。

私の話に薫子さんが翻意されることはありませんでした。

「お断りします」

「では、耕一さまにお伝えしていただくことはできませんか？」

「私がですか？　何を？」

「中山競馬場に来ていただきたいのです。有馬記念の当日に――」

そう言ったところで、私は息をのみました。社長と耕一さまの再会の場所として、中条美紀子さまとの思い出の地である中山競馬場という考えにおそらく間違いはありません。ロイヤルホープの引退レースです。その日、社長は地を這《は》ってでも中山に向かうでしょう。たとえそこで命を落とすようなことがあったとしてもです。

そのことには絶対の自信がありましたが、私は思い留まりました。十数万人という観客が詰めかけるビッグレースの会場で、父と子が顔を合わすというイメージが瞬時に持てなくなったのです。

たいした考えもないまま、私は言い直しました。

「ちょうど一週間後。十二月二十四日、金曜日。有馬記念の二日前です。早朝で申し訳ないのですが、六時に中山競馬場の正門の前にお越しください。私は山王とお待ちしております。耕一さまにそう伝えていただけると幸いです」

私はカバンからタクシーチケットを抜き取り、必要な事項を書き込んで、呆《ほう》けた表情を浮かべる薫子さんの手に強引に押し込みました。

「お願いいたします」

「約束できません」

「お願いします」

念を押すように繰り返して、私は頭を下げました。頭上からため息の音が降ってきます。彼女がどんな表情をしているのか、思い浮かべるのは容易でした。

「霜が降りていますので、すみませんが外ラチ沿いを歩いていただけますか？　内側の芝はなるべく傷《いた》ませたくないので」

ＪＲＡ職員は申し訳なさそうに告げてきます。わずか二日後に年末のグランプリ「有馬記念」が開催される競馬場です。そんな神聖な場所を、たいした大義もなく歩かせてもらうことに心が痛みました。しかし、私はいつかあるオーナーがインタビューで語っていた言葉がどうしても忘れられませんでした。

『早朝の競馬場は特別だ。とくに冬の朝は心が洗われるし、人間が素直になれる。誰かと大切な話をするときは、できればあそこに連れ出したいくらいだよ』

そんな場所で二人を再会させたいという思いからでしたが、それも私の独りよがりだったようです。社長はいまもベッドから身を起こすことができず、今日の件を伝えることすらできませんでした。耕一さまがいらっしゃることもなく、連絡すらいただいていません。

いつもの私でしたら、ここで職員に謝罪して帰宅していたと思います。しかし私は心苦しさを押し殺してでも、歩かせてもらうことを希望しました。もう二度と見られない光景とわかっていたからです。私が競馬界とかかわりを持っていられるのは、少なくともこれほど深く入り込むことのできる時間は、あとわずかしかございません。

さすがに一人にはしてくれませんでしたが、職員は五メートルほどうしろを無言でついてきてくれました。霜が降り、まるで人工芝のような硬さの芝が、さくさくと心地良い音を立てています。

時間帯は違いますが、二日後に〝ホープ〟が目にするのと同じ景色です。ゴール板の前から外ラチ沿いを歩き始め、一歩、一歩、私は踏みしめるように歩を進めます。

東の空にハッキリと朝と夜の境目を見つけることができました。夜の闇から、朝の黄金の輝きへ。目に映る光景が少しずつ色を変えていきます。

はじめて山王耕造という人を目にしたのは、テレビに映っていた姿でした。「中山金杯」のパドックです。あの日、社長の「ロイヤルダンス」が、大逃げを打つノザキファーム生産の「ラッキーチャンプ」を差しきり、勝利を収めました。

その日の祝勝会に呼び出され、言葉を交わした瞬間から、私は社長の豪快で、かつ繊細な笑顔に魅了され続けてきました。あの日からの時間があっという間だったとは思いませんが、長かったとも感じません。ただ、たくさんの場所を巡り巡ってずいぶんと遠くまで来たものだと、他人事《ひとごと》のように思います。

向こう正面に入り、障害レースで使用される急坂《きゆうはん》を横切ろうとしたところで、私は足を止めました。左手から真っ赤に燃える太陽が顔を出しているのに気づいたからです。

正面スタンドの窓という窓がその陽を反射させています。

両サイドからまばゆい光にさらされ、十数メートルにも伸びる自分の影が不意に視界に入ったとき、そんな信仰などないくせに、私は両手を合わせました。固く目を閉じながら、二日後にここを走る愛馬の姿を、その嬉しそうな表情を、必死に思い描いておりました。

ゆっくりと頭を上げたとき、コースにはさらなる光が溢《あふ》れていました。社長にも、耕一さまにも見てもらいたい光景だった。そんな後悔にも似た気持ちが胸を貫きかけたとき、背後から柔らかい声が聞こえました。

「勝つといいですね。ロイヤルホープ」

存在さえ忘れかけていた職員が、手をひさしのように額に当て、東の空を眺めています。

「僕、ファンなんですよ」

「え？」

「ＪＲＡの職員がそんなこと言ってはいけないでしょうから、これは独り言です。僕はあの馬の勝負根性が大好きです。馬券は買えませんが、思いは託します。ラストレース、本当に期待しています」

きっと早朝の競馬場が素直な気持ちにさせたのでしょう。まさにＪＲＡの職員らしからぬ直截《ちよくせつ》的な言葉に、私は力強くうなずきました。

輝きを増していく芝の上に立ち、拳《こぶし》を握ります。「お約束します。必ずいいレースをしてみせます」と口にした私もまた気持ちが大きくなっていたのでしょう。

※

この朝の太陽がウソのように、「有馬記念」当日、中山競馬場の上空にはどんよりとした雲が立ち込めていました。午前中には小雨が降り始め、二歳の新馬戦を終えた昼過ぎからは本格的な雨に変わりました。

それでも客足は途絶えません。スタンドにたくさんの傘の花が咲き乱れるたびに、馬主席では上から目線の感嘆の声が漏れました。

この日、引退するのはロイヤルホープだけではありません。「天皇賞・秋」「ジャパンカップ」を勝った一歳上のイマジンドラゴンに、ライバルのヴァルシャーレもまた、この日をもって引退することが決まっています。

そのどちらのレースでも2着だった〝ホープ〟も含め、同時代の日本競馬を彩《いろど》り、常にメインストリームにいた三頭の最後の勇姿を見ようとするファンたちの熱意が、雨くらいで奪われるとは考えられません。

雨足はどんどん強まっていきました。年末のイメージがそうであるように、「有馬記念」を思い浮かべるとき、その空は必ず赤い色に染められています。

雨の「有馬記念」は二十三年ぶりであるそうです。それは、つまりは社長と中条美紀子さまが訪れたレース以来ということです。その後、お二人は恋に落ち、子どもを授かり、美紀子さまは身を引くことを選択して、前橋の実家で立派に耕一さまを育て上げられました。

一方の社長は、その美紀子さまによって軌道に乗せられた馬主活動に熱を上げ、うまく行かない時期を長く過ごし、多くのものを失った上で、ついにロイヤルホープという名馬と邂逅《かいこう》することが叶いました。

　その馬のラストレースが雨の「有馬記念」であることを、私は偶然と思いません。いつか社長が言っていたような、これがどなたかの「涙雨」とも思いませんが、必然である気がしてならないのです。しかし……。

　私は唇を嚙《か》みしめました。運命のいたずらを呪《のろ》わずにはいられません。集大成であるはずのロイヤルホープのラストレースに、その当事者たちがいないのです。部外者である私がこの場にいて、いらっしゃらなければならない方々がおりません。

「栄治？」という声の方を向くと、そこに加奈子と、加奈子の両親の姿がありました。

「ああ、みなさん。本日は――」と言いかけて、私は加奈子の背後に坊主頭《ぼうずあたま》の少年が立っているのに気づきました。あまりの精悍《せいかん》さに、すぐにその人を加奈子の一人息子、野崎翔平と認識することができませんでした。

　三年ぶりに目にする姿です。私がようやく気づいたことを感じ取ったようで、翔平は柔らかく微笑《ほほえ》みました。

「ごぶさたしています、クリスさん」

　身長はたしかに少し伸びました。さらさらだった髪の毛は切り落とされ、肌には小さな吹き出物も目立ちます。

　ですが、私が目を見張ったのはそんな外見的な理由ではありません。翔平が身にまとっている空気です。まるでこれからレースに臨もうとするジョッキーのように、翔平が放つ空気は鋭く震え、周囲に緊張を振りまいていました。

「翔平くん？　いや、ごめん。ちょっとわからなかった。見違えた」

「何も変わってないですよ」

「いやいや、すごいよ。驚いた。え、今日は観戦？　大丈夫なの？」

「大丈夫です。すぐにみんなのところに戻りますけど。クリスさんに挨拶《あいさつ》したくて」

「そうなんだ。ありがとう。どう？　毎日大変？」

「全然。楽しいです。馬のことばっかり考えていられますから」

「来年もうデビューだもんね」

「ですね。このまま上手《うま》くいけば、ですけど」

「大丈夫でしょ？」

「だと思います」

きっと充実した日々を過ごしているのでしょう。加奈子ゆずりの笑みに相反して、翔平の瞳には自信が漲《みなぎ》っています。

そんなことをふと思ったとき、私はいまはじめて翔平と言葉を交わしているかのような妙な錯覚に囚《とら》われました。はじめて人と人として、心を通わせているという感覚を抱いたのです。

「パドックにも来られる？　隆二郎に会っていきなよ。〝ホープ〟にも」

いま、このタイミングが正しいとは思いませんでしたが、私は二人を引き合わせたいという強い衝動に駆られました。

しかし、翔平は迷う素振りもなく首を振ります。

「いえ、今日はやめておきます」

「どうして？」

「来年から戦わなくちゃならない人だから。競馬学校に入ってからの三年間、僕のしてきたことってたぶん憧《あこが》れを打ち消す作業だったと思うんです」

「憧れ？」

「はい。佐木隆二郎というジョッキーに対する憧れです。やる以上は負けたくないですから。もちろん尊敬はしてますけど、しすぎないように制御しています。来年から同じコースで戦う相手にかける言葉はありません」

そう一息に言うと、翔平は小さく頭を下げました。

「でも〝ホープ〟にはよろしく伝えておいてください。大丈夫だからって、お前の走りをしたら平気だからって。それと、四年間おつかれさまって」

私の脳裏にある一つの絵が浮かびました。以前にも思い描いたことのある未来図です。あの日は「理想に過ぎない」と切り捨てようとしたイメージが、現実味を伴って胸の奥深くに迫ってくるのを感じました。騎手となった翔平が、我々の〝希望〟を継承した一頭の馬に跨《また》がり、血統馬に乗った隆二郎を相手にターフを駆ける姿です。去っていく翔平の背中を見つめながら、私は息を漏らしました。加奈子が見つめているのはわかっていましたが、顔を向けようとは思いませんでした。

みぞれ混じりの冷たい雨は激しさを増していきます。吐く息はすでに真っ白で、屋根を打つ雨音は耳をつんざくほどでありながら、パドック周辺には傘を差すファンたちが大挙して詰めかけています。

私は頭からレインコートを被《かぶ》り、出走馬主スペースで広中厩舎《きゆうしや》の関係者とともに静かにそのときを待っていました。

しばらくしてスタンドの方から大きな歓声が聞こえてきて、直前の第9レースが始まろうとしていることを知らされます。

トクンと胸が鳴った次の瞬間、歴戦の古馬たちを引きつけるようにして、数日前の抽選で1枠1番を引き当てたロイヤルホープが最初に姿を現しました。きっと多くのオーナーにとって、もっとも思い入れのあるレースは五月の「日本ダービー」なのでしょうが、我々にとって、山王耕造にとってはこの「有馬記念」に他なりません。

豪雨の中、歓声が幾層もの塊となって我々の耳を打ちつけます。完勝したデビュー戦の日から四年。あれほど繊細で、臆病《おくびょう》だった〝ホープ〟が人間の熱にまったく動じていません。輸送で馬体重を減らすこともなく、筋肉の浮き上がった身体《からだ》から湯気を立ち上らせながら、一歩、また一歩と、雨水の溜《た》まるパドックを歩いていきます。

装鞍所《そうあんじょ》から広中氏がやって来ました。

「仕上がりは完璧《かんぺき》。あとは展開と、この雨だけ。我慢が利《き》いてくれるといいんだけど」

祈るように〝ホープ〟を見つめるその目はいつになく優しく、私もゆっくりと愛馬に視線を戻します。

雨の中山競馬場に、我々はいい思い出がありません。ロイヤルホープにとって唯一《ゆいいつ》の二桁《ふたけた》着順となったレースが、三歳時、まさにこの競馬場で開催された大雨の「皐月《さつき》賞」だったことを忘れている者はいません。

だから広中氏はしきりに天気予報をチェックしていたようですが、私はそれほど気にしませんでした。すでに〝ホープ〟はあの頃とは違う馬です。表情は活気に充《み》ち、だからといって入れ込むこともなく、王者のような佇《たたず》まいの馬が雨になど負けるはずがありません。

大雨のせいでいつものような華やかさはありませんが、それでも愛馬を出走させる馬主たちはレインコートを羽織り、パドックに出てきました。

いつかは舞い上がっていた環境に、もう浮かれることはありません。強い馬を持っているからといって偉いわけでなく、逆に馬が走らないからといって嘲笑される理由にもなりません。馬主は等しくこの国の、競馬界全体の繁栄を担《にな》っています。

過去から受け継いだバトンを、次の世代に引き継いでいく。馬たちの血の継続を陰ひなたで支えているのは、たとえその原動力が目も当てられない自己顕示欲であったとしても、馬主の皆さまであることに変わりありません。そのことに私は敬意を覚えます。

そんなことを思いながら、私は椎名氏に目を向けました。驚いたことに、椎名氏もまたこちらを見ていらっしゃいました。あわてて腰を折り、ゆっくりと顔を上げると、椎名氏はマネージャーの相磯氏を伴ってこちらに近づいてきます。

椎名氏の表情はいつものように変わりません。

「山王社長はやはりお越しではありませんか？」

「申し訳ありません。残念ながら」

「そうですか。それは本当に残念です。できれば最後は一緒に走りたかった」

脳裏にふと疑問が過ぎりました。

「どうしてでしょう」

「どうしてとは？」

「どうして椎名社長はそんなふうに山王に一目置いてくださるのでしょうか」

「一目という表現がこの場合正しいかはわかりませんが。おかしいですか？」

「不思議でした。椎名社長はどなたにも心を開くイメージがありませんので。どうして山王のことを認めてくださるのかずっと不思議だったんです」

馬主としての格は椎名氏の方がずっと上です。歯牙《しが》にもかけなかったとしてもおかしくありませんが、どういうわけか椎名氏は社長にだけは心を開いています。もっと言うと、懐《なつ》いているというふうにも見えるのです。

自分で質問していながら、椎名氏が何か答えてくれるとは思いませんでした。受け流されるか、ハッキリと「認めてなどいない」と言われることも覚悟していましたが、このときはじめて椎名氏の顔が穏やかに緩みました。

「僕はたくさんのものを背負っていらっしゃるオーナーが好きなんです。いや、それはべつに馬主に限りませんね。たくさんの人の思いを引き受けている人間が好きなんですよ。意外と少ないですからね。背負っているふうの人はたくさんいますけど、きちんと背負えている人ってあまりいない。つけ加えるなら、競馬場にいる山王社長はいつも楽しそうでした。何かを心から楽しんでいる大人ってカッコいいじゃないですか。こんなふうになりたいって思わせてくれる稀有《けう》な人でしたからね、山王さんは。だから話していると、いつも孤独な気持ちが癒《い》えました」

言葉の一つ一つが全身に染み渡っていくようでした。これ以上ない肯定だと思いました、私が言葉にできなかった山王耕造の魅力を言語化してもらえたような気持ちでした。真に血の通った椎名氏の言葉に、私の細胞は震えました。

「お互いに悔いの残らないレースにしましょう」

椎名氏の差し出してきた手を、両手でつかみ取りたくなる衝動を押し殺し、右手で握り返しました。椎名氏が私にではなく、私の先にいる社長に語りかけていることがわかるからこそ、山王耕造の代理として、対等に振る舞わなければいけないと思ったのです。

「はい！　楽しみましょう。素晴らしいレースになることを期待しています！」

その直後、白いヘルメットをかぶった隆二郎を先頭にジョッキーたちが控え室前に出てきました。係の人間から「止まーれー！」の号令がかかります。

レインコートを身にまとった隆二郎が、小走りで我々のところへやって来ます。雨はいよいよ滝のような音を立て、一帯を叩《たた》きつけていました。

「指示は？」

隆二郎の質問を聞き取ることもやっとです。

「ありません。隆二郎に任せます」

「社長からは？」

「一つだけです。勝つようにと」

隆二郎はいたずらっぽく舌を出し、助手の手を借りて〝ホープ〟に跨がりました。

〝ホープ〟が高らかにいななきます。騎手と馬の関係は本当に不思議です。確実に二人にしかない世界が存在し、我々部外者を寄せつけません。

とくに隆二郎と〃ホープ〃は、デビュー以来、一度もコンビを解消したことがありません。どちらかの調子が良かったり、あるいは悪かったりすればすぐに乗り替わりの起きる現代競馬においては大変めずらしいことです。

隆二郎が跨がると〃ホープ〃の身体が一段と大きくなったように見えました。隆二郎が「まだ早いぞ、まだ早い」と諌《いさ》めます。こちらを見向きもしない〃ホープ〃に、私は「大丈夫だ。お前の走りをすれば大丈夫」と、翔平の言葉を伝えました。

「それじゃあ、またあとで。一緒に喜びましょう」

いつものように広中氏をはじめとする厩舎スタッフに声をかけ、地下馬道に馬たちが消えていくのを見届けてから、私はスタンドに戻りました。

優太郎さまをはじめ社長のご家族の姿が、別れた奥さまも含めてありました。「社長が来ることは叶《かな》いそうにありません」と電話で報告したとき、優太郎さまが『そうか。じゃあ、代わりにみんなで見届けるよ』と言っていたのを思い出します。

ご挨拶のために近づこうとした私を、京子さまが手で制します。その心の内は想像できませんが、きっとこれで最後の競馬場と捉《とら》えられているのでしょう。その瞳が赤く滲んでいるのを確認し、お辞儀だけした私に、百合子さまが声をかけてきました。

「先日はどうもありがとう。クリスさんに報告できてホッとした」

「いえ、私は何も」

「本当にこれが最後のレースなのね」

「ええ、そうですね」

「たぶん今日は勝つ気がする。お父さん譲りのネガティブな私が言うんだから間違いない。たぶん今日は勝ってくれる」

そう口にする百合子さまは、ご自身のお腹《なか》を優しく撫《な》でていました。

「そうですね。私もそんな気がしています。今日は一緒に祈りましょう。〝ホープ〟に思いを託しましょう」

会社の人間や関係者の誰もいない最前列の、ゴール板の目の前の席に腰を下ろし、私は息を吸い込みました。加奈子たちにも「今日だけは社長と二人で戦わせてほしい」と、前もって伝えてあります。

十五時を回り、レースまで二十分を切り、各馬が雨に煙る本馬場に現れたときも、いつものように高揚しません。

冷静に、ただ祈るようにスタートゲートに向かう〝ホープ〟を見つめながら、私の胸にあったのは「あと十数分ですべてが終わる」という寂寥《せきりょう》とした思いだけです。時計の針はいつもよりずっと早く時を刻んでいきます。

照明が灯《とも》され、水の浮き上がった芝コースが明々と照らされています。二日前に歩いたのと同じ場所であるのが不思議な感覚ではありましたが、ライトに照らされた雨の中山競馬場もまた別種の美しさをたたえています。

向こう正面に設置されたスタートゲートの後方を輪乗りする馬たちの様子が、大型ビジョンに映し出されました。

ダントツの「1番人気」を背負ったイマジンドラゴンも、「2番人気」のヴァルシャーレも気にならず、ひたすら〝ホープ〟の姿だけを目で追いながら、私は無意識に携帯電話に手を伸ばしました。そして、社長に宛《あ》ててメールを打ちます。

『ラストランです。見ていてください』

社長からの返信はありません。大型ビジョンに、5、4、3……と、カウントダウンが表示され、スターターが台に上がろうとしたとき、私は背中に視線を感じました。

振り返ると、後方の席で両親と一緒にいた加奈子が、私を見つめていました。彼女にこくりとうなずきかけて、そろって悲壮感を漂わせる社長のご家族を一瞥《いちべつ》して、私はもう一通、メールを認《したた》めました。

いま私が社長に伝えたい思いは一つしかありません。とってつけたような先ほどの文面に嫌気が差して、あらためて送り直します。

『ここまで私を連れてきてくださってありがとうございました。社長に出会えたことは人生一番の僥倖《ぎょうこう》です。ラストラン、一緒に祈りましょう！　クリス』

今年最後のGIファンファーレを聞きながら、それでも私は手拍子を鳴らさず、その手を顔の前で合わせながら、霞《かすみ》がかったスタート地点に目を凝らしました。双眼鏡を使わないのは〝ホープ〟の勇姿を肉眼に焼きつけたいと思ったからです。

ファンファーレが止《や》み、最初に「3番人気」のロイヤルホープが1番枠にゲートインを果たすと、地響きのような歓声が沸き起こりました。その後も外国人ジョッキーのスミスを背に乗せたイマジンドラゴンを筆頭に、GI勝ち馬が実に八頭、ある意味では〝ホープ〟よりずっと格上の馬たちが続々とゲート入りしていきます。

最後に残ったのはピンクの帽子、ベテラン安野克也を乗せたヴァルシャーレです。デビュー戦でいきなり対戦して以来、常に目の上のたんこぶがごとく存在していたヴァルシャーレではありますが、邪魔と感じていたのは最初だけです。

〝ホープ〟と隆二郎の関係と同様に、この同い年二頭の物語もまた、そろって何度も皇帝イマジンドラゴンに返り討ちにあったというエピソードも含め、ファンの胸を熱くしてきました。あれだけ多かった同期の中で、今日のこのグランプリレースに辿《たど》り着いたのは二頭しかおりません。

そのヴァルシャーレがすっとゲートに入ったとき、ほんの一瞬、エアポケットに入ったかのように競馬場全体に静けさが広がりました。

私はボンヤリとあることを思いました。ダービーの日に感じた観客たちの圧倒的な熱が〝欲望〟から来るものだとしたら、この胸を刺すような静けさの正体は〝祈り〟なのではないだろうか――。

それは牧場の未来を賭《と》したものかもしれませんし、愛馬の幸せな未来を託したものかもしれません。自らの苦境を一頭の馬に重ねている方もいるかもしれませんし、プロポーズを待つ百合子さまのように人生を委《ゆだ》ねている方もいるでしょう。そして数十、数百万円……、あるいはたった百円であったとしても、馬券に願いを込めた人たちもたくさんいます。

その形、思いの大小はそれぞれであったとしても、ここに何かを祈っていない人は一人もいません。十二万を超える人たちが一人残らず何かを祈っているのです。私はそれをとても美しいことと感じました。

次の瞬間、カシャンという小気味のいいゲート音を合図にして、ファンたちの祈りが一つに混ざり合い、爆発しました。

パドックで広中氏から「スタートが大事」という説明をしつこく受けていました。後方から一気に差す〝ホープ〟のようなタイプの馬は、末脚《すえあし》が弾《はじ》けやすいパンパンに乾いた馬場の方が有利というのは私にもわかります。

雨でコースが大荒れであることに加え、他馬に包まれやすい1枠1番、かつ最後の直線の短い中山競馬場です。

いつもの後方からではなく、今日だけは好位につけてほしい。そんな願いに応《こた》えるように〝ホープ〟はポンとゲートを出ると、引っかかって暴走することもなく、先頭から六、七頭目のインという絶好の位置で最初のコーナーに差し掛かっていきました。

拳を握りしめながら、私は先頭争いに目を移します。積極果敢にハナを切っていったのは、大外枠の不利を解消しようと一気に内に切り込んだヴァルシャーレです。「1番人気」のイマジンドラゴンも、〝ホープ〟をマークするような好位で悠然と走っています。

各馬がスタンド正面、一周目の直線に差し掛かった頃には隊列が落ち着きました。しかし、先頭の一群がゴール板前に差し掛かろうとしたとき、私は異変を感じました。

指定席エリアのファンたちがどよめきます。乱れることのなかった隊列から、一頭、ずるずると後退していく馬がいるのです。白い帽子をかぶったジョッキーが懸命に手綱をしごいているのがわかりました。絶望的な思いを伴ってそれを〝ホープ〟と認識するのに、そう時間はかかりませんでした。

ぬかるみに足を取られるのか、他馬に囲まれた内ラチ沿いの位置をイヤがったのかはわかりませんが、あきらかに〝ホープ〟は走りにくそうにしています。

先頭を行くヴァルシャーレからかなり離され、結局しんがりで一周目のゴール板前を通り過ぎていった頃には、隆二郎の手も止まっていました。

この不良馬場の中、しかも最初の一〇〇〇メートルを66秒という「超」のつくスローペースで進むレースで、最後方からの競馬が得策なわけがありません。

しかし、すべての馬を見渡せるいつものポジションに位置した瞬間から、〝ホープ〟にスイッチが入ったのがわかりました。首もとをポンポンと二回叩いた隆二郎の合図に応じるように、2コーナーを抜けるところでまずは脱落してきた目の前の二頭を抜いていきます。

その様子を見つめながら、私は目頭を拭《ぬぐ》いました。いつから流れていたかわからない涙が、最後の勇姿を見届けなければならない私にはひどく邪魔です。一頭、また一頭と前を行く馬たちを交わしていって、瞬《また》く間にレースは残り一〇〇〇メートルの攻防となりました。ロイヤルホープが現役馬として走るのは、あと一分もありません。

縦長となった隊列から、最初に仕掛けたのは今年のダービーを制した三歳馬、「4番人気」のライアンヒルズです。

向こう正面で後方外目からぐんぐんと他の馬たちをまくっていくと、若手有望株の筆頭と評されている田代健太郎《たしろけんたろう》騎手は、一気に先頭を狙《ねら》おうという構えを見せました。

しかし、それをヴァルシャーレが許しません。鞍上の安野克也に動きはありませんが、ヴァルシャーレ自身が相手はお前じゃないというふうに、ライアンヒルズに並ぶことを許そうとしないのです。

突然のヴァルシャーレのペースアップに、それまでの美しい隊列が崩壊しました。ついていけない馬が続出し、代わって不良馬場に強い血統の馬たちが虎視眈々《こしたんたん》、トップを捉えようとしています。

私は〝ホープ〟の姿を確認できませんでした。ヴァルシャーレが先頭を切って4コーナーを回ってきたこのときだけ、トップ集団の馬たちの激しいやり取りに目を奪われていたからです。

4コーナー出口から最後の直線にかけて、雨でボコボコに荒れた内ラチ沿いを嫌い、ヴァルシャーレは真ん中のコースを選択しました。

それに続く馬たちが、やはり内を嫌い、軒並みヴァルシャーレより外のコースを選択していく中で、一頭、果敢にインを突こうとする馬がいます。

それに気づいた観客たちが怒号のような叫び声を上げました。荒れたコースをものともせずにパワー全開で突っ込んでくるのは「1番人気」、イギリス人ジョッキーのスミスを乗せたイマジンドラゴンです。

内にイマジンドラゴン、中にヴァルシャーレ。かつて何度も繰り広げられてきた椎名オーナーの二頭の叩き合いに、この瞬間を待ち望んでいた観客たちは待っていましたと手を叩き、大きな声を張り上げます。

しかし、私は後続を一気に突き放そうとする二頭の様子を、視界の隅にしか捉えておりませんでした。

顔の前で組んでいた手にさらに力が籠《こ》もり、目を見開いたまま口にします。

「社長──」

小回りコースの中山で、逃げ残りを狙うヴァルシャーレのさらに外を行く馬たちは、それぞれ大きく膨らまされていました。

そのもっとも外側で、他のどの馬よりも外ラチ寄りに進路を取らされ、距離のロスを強いられていながら、一頭だけ、あきらかに他と違う脚色で前を追いかけていく馬がいるのです。

私はもう涙を堪《こら》えようともしませんでした。他の十五頭が跳ねさせた泥を浴び、白いはずのジョッキーの帽子もすでに何色か判別できません。

それでも、私にはそれが〝ホープ〟とわかりました。余計な力の入っていない、優雅とも感じさせるいつもの騎乗フォームは見る影もなく、まるで新人ジョッキーのようながむしゃらさで隆二郎が〝ホープ〟を追っています。それはヴァルシャーレに跨がる安野も、イマジンドラゴンのスミスも同じでした。いつになくでたらめな手捌《てさば》きで懸命にムチを振るっています。

先頭を行くのはヴァルシャーレで、二番手にイマジンドラゴン、そして目の前にいたライアンヒルズをまずは捉えて、三番手にロイヤルホープが続きます。1、2、3番人気の馬たちが、中と、内と、大外。それぞれ違うコースを選択し、まるで編み目をくぐり抜けた三本の筋のように、後続の馬たちを突き放していきます。

脚色は見事に順位と逆でした。先頭のヴァルシャーレの勢いがあきらかに鈍り、反対にロイヤルホープのスピードがライバルたちを圧倒しています。

イマジンドラゴンまで三馬身、ヴァルシャーレまでは五馬身というところまで詰め寄ったところで、〝ホープ〟も中山名物、最後の急坂に差し掛かりました。かつていくつものドラマを生んできた有馬記念の登り坂でも、〝ホープ〟の勢いは衰えません。

最後にジャケットの袖口《そでぐち》で涙を拭い、〝ホープ〟に向けて自分でもワケのわからない何かを叫んだとき、私は不意に社長とのやり取りを思い出しました。

古い記憶ではありません。今朝、ここに来る前に立ち寄った病院でのやり取りです。

「それでは、行ってまいります。あまり興奮されないでくださいよ」

まだ身体を起こすまでには至っていませんが、今朝の社長は最近の中ではずいぶん調子が良さそうでした。

社長が面倒くさそうに手を振るのを確認して、きびすを返そうとしたとき、私はなぜかうしろ髪を引かれる思いがしました。

それは、ほとんど無意識のことだったと思います。まったく覚悟を要さず、なぜこのタイミングなのか自分でもわからないまま、私は問いかけておりました。

「もし生まれ変わったとしても、社長はまた馬主になりますか？」

そう口にしてから、私はそれが札幌の寿司《すし》店で椎名善弘氏にぶつけたのと同じ質問だということに気づきました。

椎名氏とは違い、社長は怪訝《けげん》な表情さえ浮かべようとしませんでした。

「やらないだろうな」

「なぜですか？」

「俺、自分のこと大嫌いだもん。見栄《みえ》っ張りでさ。自信なんてないのに、悪ぶって。馬主やって、たとえ勝ったって、尊敬なんて勝ち得ないってわかってるのに、途中で降りることもできなくて。家庭が破綻《はたん》して、一度は惚《ほ》れた女にすべて持っていかれて、すっからかんになったくせに、それでもまだやめることができなくて。そのことを陰で嘲《ちょう》笑《しょう》されてるのに、降りたら美紀子との糸が切れると思い込んで」

「すごい。嘲笑されてるってお気づきだったんですね」という私のイヤミに応じることなく、社長は肩をすくめます。

「それともう一つ理由がある。俺が馬主をやらない理由」

「なんでしょう？」

「次の人生はもう少し長生きしたいんだ。もっとリラックスして生きてみたい。こんなふうに緊張を強いられる人生はもうまっぴらだ。うしろめたさを背負わないで済む人生を送れたらなって思うんだ」

それは、はからずも椎名氏の言葉と合致するものでした。一転、鼻先が熱くなります。理不尽なことばかりで、もちろん腹の立つこともありました。それでも、一度たりとも社長のそばを離れようと思ったことがなかったのは、結局この可愛《かわい》げにあったのだと思います。

父にもそんなところがありました。振り返れば、はじめて会った日にかけられた「絶対に俺を裏切るな」という言葉こそ、社長の本質だったのだろうと思います。

地鳴りのようなファンたちの叫びを伴って、内、中、外、三頭の馬たちが見事に横一線になってゴール板の前を駆け抜けました。

三頭があまりにも離れてフィニッシュしたため、肉眼ではどの馬が勝ったかわかりません。馬主席には〝ホープ〟の勝利を主張される方が多かったように思います。そして正直にいえば、私の目にも〝ホープ〟が差しきったように見えました。

もっとも脚色の優れていた〝ホープ〟のもとに、まずは好位から果敢に先頭を狙っていったイマジンドラゴンとスミス騎手が近づいていきます。

スミスと拳をぶつけ合ったあと、隆二郎は宿敵であったイマジンドラゴンの頭をポンポンと二度叩いてやりました。それを受けたスミスの方は〝ホープ〟に向けて敬礼してみせ、大いに観客席を沸かせました。

続いてヴァルシャーレに乗った安野克也も〝ホープ〟のもとに寄ってきます。激戦を終えた他の馬たちが続々と検量室前に戻っていき、最後に二頭だけが、そして二人だけがターフの上に残りました。

雨でその表情まではうかがい知ることはできませんが、まばゆい照明にさらされた二組の姿は時間を忘れるほど美しく、見ているすべての人たちの口をつぐませます。同じジョッキーで激突したデビュー戦から四年の月日が過ぎました。そろって幸せな引退を迎えられることは、奇跡であると断言できます。

馬場から出ていく直前、安野は隆二郎の背中を軽く叩き、そして〝ホープ〟の頭を子どもにするようにくしゃくしゃと撫でました。

四年に及ぶ現役生活を優しく労《ねぎら》ってもらい、〝ホープ〟が嬉《うれ》しそうにしているのが目に浮かびます。早く検量室に下りていって、私こそが社長の分まで〝ホープ〟を褒めてやらなければならないのに、腰が抜けたように立ち上がることができません。

ボンヤリと振り返ると、そこにもたくさんの涙がありました。こんな場面、かつて見たことがありません。加奈子をはじめとするノザキファームの面々はもちろん、いつからいたのか、翔平も座席後方の通路に背筋を伸ばして凜《りん》と立ち、目を潤《うる》ませながらコースを見つめています。

かつて「ロイヤルファミリー」と揶揄《やゆ》された社長のご家族も、一人残らず泣いています。百合子さまは人目をはばかろうともせず、奥さまは長く我慢してきた何かが決壊したように、その母の肩を抱くようにして優太郎さまも頰に涙を伝わせています。

視線を戻すと、着順掲示板には『審議』のランプが点灯していました。このときになって、私はようやく自分が結果を気にしていないことに気づきました。

いえ、そういうことではないのでしょう。山王耕造のレースマネージャーとしては失格と理解していながら、私には結果は二の次としか思えなかったのです。この三頭による激しい叩き合いが、ロイヤルホープの雨中の激走が、きっと多くの人の記憶に焼きつき、胸の内の何かを突き動かすものと信じることができました。

それを証明するようなメールを二通、立て続けに受信しました。

一つは社長からでした。

『ここ最近の、俺が死ぬ前提で話をしているお前の態度が気に入らない。俺にそのつもりはまったくない!』

もう一通は登録にないアドレスからです。息をのみ、震える指を懸命に押さえて、私は慎重にそれを開きました。

『先日はせっかくのお誘いを断り申し訳ありません。薫子から話は聞きました。一度、お目にかかりたいと思います。父とではなく、まず栗須さんと話ができたら嬉しいです』

生きる執着を取り戻そうとする父親と、新しい一歩を踏み出そうとする息子です。ロイヤルホープの走りが親子の気持ちを動かしました。私にはそうとしか思えません。二通目のメールの末尾には『中条耕一』という署名がしっかりと記されていました。

震える足腰にムチ打って、今度こそ私は検量室前に向かわなければと思いました。しかし、ようやく立ち上がろうとしたとき、ずっと響いていた歓声の合間を縫うようにして、さわりと、優しい音が聞こえました。

周囲の様子をうかがいましたが、私以外にその音を耳にした方はいなそうです。しかし、気のせいとは思えません。それがなんの音かも、私は認識することができました。

競馬における一番の魅力は「継承」です。馬の血の、ジョッキーの思いの、そして馬主の夢の継承に他なりません。

いえ、それは馬主だけに限らないのでしょう。調教師も、牧場スタッフも、ファンも、それこそ私のような末端の人間に至るまで。競馬にかかわるすべての人たちが、いまこの時代にある「希望」を次の時代へと継承する、その役目を担っているだけだと思うのです。

過去から、未来へ。

前の世代から、次の世代へ。

昨日から、明日へ。

そして父親たちから、子どもたちへ——。

風のように柔らかいその音は、私の耳にはハッキリと新しいページをめくるものに聞こえました。

調教師	広中博（栗東）
生産者	ノザキファーム
セリ取引価格	庭先
中央獲得賞金	7億9,600万円
通算成績	25戦6勝（6-6-2-11）
馬主	山王耕造

ロイヤルホープ

牡／生年月日 2004年3月5日

フェイズアンビータブル	Morocco Design	ノーザンテースト
		The Arabiannight
	All My Heart	Sunday Storm
		Breaking Heart
カツノミラクル	トーシンギア	Taste of Love
		ハルフォン
	キョウトノイチヤ	ドライブキャット
		キョウコマチ

競走成績

日付	開催	R	レース名	人気	着順	距離	1着馬（2着馬）
2006/6/25	阪神	5	新馬戦	8	1	芝1800	（ヴァルシャーレ）
9/17	阪神	11	野路菊S（OP）	2	1	芝1800	（ローズホルン）
12/23	阪神	11	ラジオNIKKEI杯（GⅢ）	1	1	芝2000	（ロイナ）
2007/3/4	中山	11	報知杯弥生賞（GⅡ）	1	2	芝2000	トコトコシンゲキ
4/15	中山	11	皐月賞（GⅠ）	1	16	芝2000	ヴァルシャーレ
5/27	東京	10	日本ダービー（GⅠ）	7	2	芝2400	ヴァルシャーレ
9/23	阪神	10	神戸新聞杯（GⅡ）	1	6	芝2400	ストリートライン
10/21	京都	11	菊花賞（GⅠ）	5	3	芝3000	クエルヴェント
12/23	中山	10	有馬記念（GⅠ）	8	8	芝2500	ミラールアイビス
2008/2/23	京都	11	京都記念（GⅡ）	4	1	芝2200	（メモリーメイト）
5/4	京都	10	天皇賞・春（GⅠ）	2	5	芝3200	ミトゥパラ
6/29	阪神	10	宝塚記念（GⅠ）	5	5	芝2200	エリナ
11/2	東京	11	天皇賞・秋（GⅠ）	8	8	芝2000	バズラード
12/28	中山	10	有馬記念（GⅠ）	9	5	芝2500	ピーピングトム
2009/3/28	中山	11	日経賞（GⅡ）	2	1	芝2500	（ヴァルシャーレ）
5/3	京都	11	天皇賞・春（GⅠ）	4	3	芝3200	オーバーイノセント
6/28	阪神	11	宝塚記念（GⅠ）	2	9	芝2200	イマジンドラゴン
11/1	東京	11	天皇賞・秋（GⅠ）	7	8	芝2000	ライフイズマイン
11/29	東京	10	ジャパンC（GⅠ）	8	9	芝2400	ポットショット
12/27	中山	10	有馬記念（GⅠ）	11	9	芝2500	エドゥアルド
2010/3/27	UAE	4	ドバイステイヤーカップ（GⅡ）	8	1	芝3200	（ジルヴァンシャ）
8/22	札幌	11	札幌記念（GⅡ）	3	2	芝2000	マイルズウェイン
10/31	東京	11	天皇賞・秋（GⅠ）	6	2	芝2000	イマジンドラゴン
11/28	東京	11	ジャパンC（GⅠ）	3	2	芝2400	イマジンドラゴン
12/26	中山	10	有馬記念（GⅠ）	3	2	芝2500	イマジンドラゴン

第二部　家族

春

豪雨の「有馬記念《ありま》」から三年。株式会社ロイヤルヒューマンの創業者であり、〈ロイヤル〉の冠名で知られる馬主、山王耕造の通夜《つや》、告別式が盛大に執り行われました。

生前の社長とつき合いのあった牧場や厩舎《きゅうしゃ》関係者、競馬マスコミの方々に騎手、そして一部馬主のみなさまも続々と焼香に来てくれました。仕事上のつき合いしかなかったみなさまはその華やかさに面食らったに違いありません。

最後の一年はほとんど眠り続けていましたが、たまに目を覚ますとき、社長は瘦《や》せ細った身体《からだ》にムチを打つようにして、会社のこと、馬のこと、そしてご家族のことなど、私に細かく命令してきました。

その中の一つに、ご自身の葬儀のこともありました。

「絶対にしみったれた葬式にはするな」

かすれた声で言われたとき、私は笑いを禁じ得ませんでした。

「もちろん。私が責任を持って、憎まれっ子・山王耕造にふさわしい葬儀にしてみせます」

それが社長との最後の会話らしい会話だったかもしれません。少なくとも社長を社長たらしめるいたずらっぽい笑みを見たのは、このときが最後でした。

ロイヤルヒューマン社の二代目社長、息子の優太郎さまは見事に喪主を務められました。ご自身はすでに一線を引いている競馬関係者とも如才なく言葉を交わし、経営者としての存在感を見せつけていたように思います。

特筆すべきは、通夜での出来事でした。「しみったれた葬式には……」という社長の意向を私から伝えられた優太郎さまは、その旨《むね》をみなさまの前で公表し、通夜らしからぬ笑いを誘ったあと、唐突に佐木隆二郎をマイクの前に呼びました。

そこかしこから「おおっ」という声が漏れました。昨シーズンも百八十もの勝ち星を挙げ、二年連続のリーディングジョッキーとなった佐木隆二郎の名は、いまや競馬ファン以外にも広く浸透しています。

かつての悪童ぶりも表面上はなりを潜め、隆二郎は義兄となった優太郎さまに言われるままマイクの前に立ちました。

挨拶《あいさつ》の内容もなかなかのものでした。

「たぶんみなさん思ってることだと思うんですけど、ずいぶん長いこと生きたものだなと、僕も同じように感じています。三年くらい前から、もうダメだ、もうダメだって毎週のように聞かされていたので、おかげさまで最近は連絡が来てもまったく動揺しませんでした」

不謹慎な話でしたが、再び笑い声が起きました。隆二郎と社長の関係をみなさんよくご存知です。

隆二郎が咳払《せきばら》いを一つはさんだとき、彼の長女で、社長にとっての初孫である花菜《かな》がキャッキャッと声を上げました。

隆二郎は飄々《ひょうひょう》と続けます。

「先日、『有馬記念』がありました。おかげさまでポップフラットという馬ではじめて勝たせてもらったんですけど、勝ったあとに変な後悔みたいのが湧《わ》いてきちゃって。義父に乗せてもらっていたロイヤルホープで『有馬記念』を勝つというのが、あの人を筆頭とした陣営の共通した夢だったので。イマジンドラゴンにハナ差で負けた三年前の『有馬記念』が脳裏を過《よ》ぎっちゃったんです」

たまに黒々とした短髪に触れるくらいで、隆二郎はまっすぐ前を見つめ続けています。そうしていなければすぐにでも涙がこぼれてしまうというふうに、まばたきもあまりしません。

その口から唐突に出てきた「夢」という言葉に、斎場の空気は沈黙の度を増しました。それを打ち払おうとするように、隆二郎は誰にともなく微笑《ほほえ》みます。

「義父との思い出はたくさんありますけど、やはり一番大きなものはあの人の馬主人生の集大成ともいえるロイヤルホープに乗せてもらったことです。ダービーに出走したことも、ドバイのレースで勝ったことも記憶に残ってますけど、一番鮮烈なのはやっぱり三年前の有馬です。あの頃の義父は本当に体調が悪そうで、結局競馬場には来られなかったんですけど、あの日ほど一緒に走ったという感覚になれたことってなかったんですよね。僕、あんまり浪花節《なにわぶし》みたいのが得意じゃないんですけど、チームみんなの思いが背中に乗っている感じがして、それが心地よくて。あんなふうにみんなが一つになって、馬も完璧《かんぺき》な走りをして勝てないんですから、やっぱり競馬って難しいなって思いました」

きっと三年前のことを思い出しているのでしょう。斎場に涙の声が立ち込めます。隆二郎は決して泣かず、社長の遺影に顔を向けました。

「せっかくここまでしぶとく生き延びたんですからね。もう少しくらい生きることはできなかったんですかね。あと少し生きていてくれていたら、また違った景色を見せてあげることができたかもしれないのに」

その言葉の意味を正確に理解できた人はほとんどいなかったことでしょう。隆二郎は力強くうなずき、再び我々の方を向きました。

「しみったれた葬式はイヤだという故人の意を汲《く》んで、最後にこれだけは言わせてください。山王耕造が死んで悲しんでいる人間はきっとたくさんいるんでしょうけど、同じくらいせいせいしたっていう人もいるはずです。ただ、望む望まないに関係なく、あの人が遺《のこ》していったものはたくさんあります。それを引き継いでいくことがきっと唯一《ゆいいつ》の報いであり、恩返しなんだろうと僕は思っています。ここで義父に礼を言うつもりはありません。これからの結果だけで、何かを証明していけたらと思っています」

平静を装《よそお》ってはいましたが、最後に声がかすれました。葬儀という場では本来あり得ないことですが、優しい拍手の音が斎場を包み込みます。

遺影の社長は金歯の入った前歯をむき出しにして、豪快に笑っておりました。

前日の通夜に続き、葬儀、告別式、出棺、そして〝ホープ〟初勝利時の新聞記事などを棺に敷きつめた火葬を無事に終えたとき、私は自分にとっての一つの時代が終わるのを感じました。

遺骨を胸にした優太郎さまが堂々と最後の挨拶をされたとき、「クリスくん」と、私を呼ぶ声が聞こえました。

ロイヤルホープを担当してくれていた調教師の広中博氏と、『東日スポーツ』紙のエース競馬記者、平良恒明氏が「よう」と手を上げます。

「ああ、本日は遠いところをありがとうございます。なかなかご挨拶できなくてすみません。山王も喜んでいると思います」

滋賀にある栗東《りっとう》トレーニングセンターにいる広中氏と、昨年からデスクとして大阪本社に栄転された平良氏は、今朝横浜市の斎場に来てくれました。

「いやいや、派手な葬式で良かったよ。安心した。それはそうとクリスくん、いまちょっと話できる？」

広中氏が周囲の様子をうかがうように尋ねてきます。

「ええ、もう大丈夫ですよ。場所、移しましょうか」

「ごめんね。こんな日にする話でもないんだけど」

「わかりました。ちょっと待っていただけますか」

私は一度場所を外して、優太郎さまのもとに向かいました。仕事関係者と話しているところに耳打ちすると、優太郎さまは小刻みにうなずき、早々に会話を打ち切って、足早に我々のところに来てくれます。

広中氏と平良氏、お二方の顔が同時に歪《ゆが》んだのは仕方ありません。優太郎さまはからりとした笑みを浮かべ、お二人に挨拶します。

「本日はご多忙のところありがとうございます。重ねて、生前はわがままな父が本当にお世話になりました。おかげさまで楽しい馬主生活を送らせていただいたと思っています」

そう一通りの礼の言葉を口にしたあと、優太郎さまはくだけた調子で切り出しました。

「大丈夫ですよ。父からすべて聞いています」

「え?」と、声を漏らしたのは平良氏でした。優太郎さまは笑います。

「こちらとしては何も問題ありません。長く父の生き方を否定して生きてきた人間ですので、自分も資格を取得して、馬主に……ということは考えにくかったですけど、残った馬たちをどうすべきかというのは悩みの一つだったので。三年前の『有馬記念』の直前に父から病院に呼び出されて、打ち明けられたんです。妹は最初混乱して、絶対に認めないって言っていたんですけど、そこは隆二郎くんが説き伏せてくれました。その件ですよね? 広中さんのお話って」

「いや、あの……」と口ごもった広中氏の答えを待とうとせず、優太郎さまはあらぬ方に視線を向けます。

「だったら私ではなく彼を呼んだ方がいいんじゃないですか」

「彼?」

「ええ。葬儀には必ず来るよう伝えていたんです。さすがに母たちの手前、堂々と参列することはできなかったみたいですけど。来ていることはわかっていました。べつに母だって離婚している身なんですから、遠慮する必要はないって言ったんですけど」

優太郎さまは自分で言ってくすりと笑い、遠くに向けて手を振ります。入り口のすぐ脇《わき》にその姿はありました。むろん、私は何度となく顔を合わせておりますが、こうして人前に出てくるのははじめてです。

外からの光を背に浴びながら、中条耕一さまは深々と腰を折りました。

逆光となったその姿は凜《りん》として美しく、私は置かれた状況を一瞬忘れて、小さく息をのみ込みました。

※

耕一さまとはじめて対面したのは、ロイヤルホープが引退した「有馬記念」の十日後でした。正月休み中の水曜日。指定された新宿の喫茶店は若い家族やカップルで大変にぎわっていました。

タートルネックのセーター姿に、大きなヘッドホンをつけた耕一さまは、真剣な表情でパソコンと向き合っていました。テーブルの上のスマートホンを見て、私は少し安堵《あんど》しました。彼が何をしているのか瞬時に理解できたからです。

腕時計に目を落とし、まだその時間でないことを確認してから、私は歩を進めました。

「はじめまして。今日は貴重なお時間をありがとうございます。山王社長のマネージャーをしております、栗須栄治です」

顔を上げ、あわててヘッドホンを外した耕一さまに、私は笑みを浮かべました。

「大丈夫ですよ。そろそろ発走の時間ですもんね。お待ちしておりますので、どうぞ予想なさってください」

「いえ、でもそれは……」

「本当に大丈夫です。私もこれで一緒に聴いていますので」

私の方はポケットからポータブルラジオを取り出し、耕一さまに見せつけるようにしてテーブルに置きました。一月五日、水曜日。この年最初の重賞レース、東西の競馬場で「金杯」が開催される日です。

約束の時間を十六時としておいたのは、レースとかぶらないようにするためでした。

「一年の計は〝金杯〟にあり」の格言があるように、競馬ファンにとっては特別な日です。家にいても落ち着かないので、私も早めに店に行って予想でもしようと思っていました。どうやら耕一さまも同じ考えだったようです。

予想の邪魔をしたくないという気持ちから、私は本当にイヤホンを耳に突っ込み、チューニングを競馬中継に合わせました。耕一さまは困惑する仕草を見せましたが、新聞まで開いた私を見て諦《あきら》めたのか、再びヘッドホンを耳に当てます。

耕一さまがパソコンを見つめる様子を、私は興味深く観察しました。普段どのように予想しているのか。競馬新聞など手もとに置かず、スマートホンも同時に使って、メモ帳に何やら数字を書き出していきます。

「すみません。終わりました」

先に行われる「中山金杯」の発走五分前でした。耕一さまはヘッドホンを外して、少しだけ疲弊した様子を見せます。

「馬券は何を？」と私は前のめりで尋ねました。

「4番の『ファイトマン』から行こうと思います」

「ええ、すごい。かなり穴馬ですよね」

「8番人気ですかね。『中山金杯』って不思議とハンデの重い馬が走っているんです。あと関西のジョッキーの方が好成績を収めているというデータもあるので、血統と照らし合わせてこの馬を軸にしました。まぁ、来ないとは思いますけど」

耕一さまが言い終えたとき、ゲートの開く音が片方のイヤホンを伝いました。わずか十日前に〝ホープ〟が走った中山の舞台。そんな感慨にとらわれたのは一瞬のことでした。自分の買った馬券のことも忘れ去り、私の意識はレースを聞く耕一さまに向かいます。

まさか感情をむき出しにして応援するとも思っておりませんでしたが、耕一さまの表情はまったく変わりません。それは彼が軸とした「ファイトマン」が向こう正面で強烈なまくりを見せたときも、4コーナーを回ったときに先頭に躍り出たときも、脚色《あしいろ》が鈍らずトップでゴール板の前を駆け抜けたときも同じです。耕一さまは退屈そうな表情を崩しませんでした。

「すごい。完璧だ」

私が購入した「1番人気」はあえなく二桁着順《ふたけたちゃくじゅん》に沈みました。思わず漏れた感嘆の声に、耕一さまははじめて照れくさそうに微笑みました。

「いや、さすがにちょっと出来すぎです」

「馬券、お上手なんですね」

「いえいえ。数字上はトントンというところです」

「数字上？」

「僕、馬券買ってませんので」

「え？」

「まだ十九歳ですからね。実際にお金を賭《か》け始めたら、変な力が入ってきっと的中率も下がるんだと思います」

一般に競馬における回収期待値が七五パーセントとされている中で、たとえ賭けていなくてもトントンならば特筆に値します。

社長などいったいどれほど負けていることでしょう。考えたくもありません。賭けている額も桁違いですし、馬の購入費もひっくるめれば半分回収していれば御の字というレベルです。

　耕一さまはちらりと私に目を向けましたが、すぐに視線を逸《そ》らしました。周囲のざわめきが耳につき、入れ替わるように我々のテーブルには気まずさが立ち込めます。

「どうします？　京都の方の金杯も聴きますか？」と、耕一さまは沈黙を拒むかのように尋ねてきました。

「いえ、私は。お任せしますよ」

「そうですか。じゃあ、もういいですね。べつに一緒に競馬を聴くために今日来たわけじゃないですし」

　独り言のように漏らし、耕一さまはノートパソコンの蓋《ふた》を閉じました。今度は私が沈黙を払う番です。

「中山金杯は、私とお父さまにとって思い入れのあるレースなんですよ」

　耕一さまの肩がぴくりと震えます。「山王」か「社長」か「お父さま」か、耕一さまに向ける社長の呼び方として何が正しいのかわからないまま、自然と口をつきました。あらためて目の前の青年が、社長と、かつて社長が愛した中条美紀子さまとの間の子なのだという思いを強めます。

　不思議そうに首をひねる耕一さまに、私は社長との出会い、そしてそれから十四年にも及ぶ長いつき合いについて語りました。耕一さまは関心を示すまいとするように、終始うつむいて無言を貫いています。

しかし、社長が美紀子さまの通夜に参列したことを話したときでした。耕一さまは耐えきれなくなったようにふうっと息を漏らしました。

「そのことは祖母からも聞きました。あのとき山王さんがいらしていたことは、なんとなく僕も気づいていて」

その口から出てきた「山王さん」という言葉にかすかな失望を感じながら、私はそれを隠してうなずきます。

「気づかれていたんですね」

「父という人の容姿を想像したこともありませんでしたけどね。祖母から山王さんの人となりを聞かされたのもずっとあとのことでしたし。あのときも正体まではわかりませんでしたけど、なぜかピンと来たんです。まとっていた空気が他の参列者とは一人だけ違ったから」

「まとう空気とは？」

禍々《まがまが》しいとか、品がないとか、私はてっきりよく耳にする社長評を聞かされるものと思っていました。

しかし、耕一さまは当然というふうに言いました。

「一人だけ後悔の念を強く滲《にじ》ませていたんです」

「え？」

「山王さんの母の遺影を見つめる弱々しい目を、僕はいまでも忘れていません。この人なんだってすぐにわかりました。この人が自分の父親なんだって。なんか、ああして通夜に来てくれたことが嬉《うれ》しくて、でもそんなふうに喜んでいるなんて認めることができなくて、ひたすら睨《にら》みつけていたのを覚えています」

「私はその目を覚えていますよ」と、思わず漏れ出た私の言葉に、耕一さまは不思議そうに口をすぼめます。

「その目？」

「ええ、社長を睨んでいた少年の目です。丸刈りで、制服姿が凛々《りり》しくて、友人たちに囲まれながら射抜くような目で見ていました。忘れるはずがありません」

私は弱々しく微笑み、耕一さまが口を開こうとするのを制するように「実は私もお供していたんです」と言って、さらに先を続けました。

「あの日、私は社長からはじめて美紀子さまのことを聞かされました。耕一さんのことを知らされたのもあの日がはじめてです」

「そうだったんですね。栗須さんまでいらっしゃっていたとは。すみません。それは気づきませんでした」

「私はあの日の雨も鮮烈に記憶に残っています。今日はすべて包み隠さず話すつもりで参ったので、お話しさせていただきますが、社長と美紀子さまの最初のデートも大雨の『有馬記念』だったそうですよ」

「雨の有馬？」

「ええ。先日のロイヤルホープのラストレースとまったく同じ状況です。耕一さんはご気分を害されるかもしれませんが、私は運命を感じずにはいられませんでした。これは美紀子さまが作られたシチュエーションなんじゃないかと思わずにはいられなかったのです」

「いえ、気分を害するだなんて……。そうですか。でも、ちょっと意外な気がします」

「何がですか？」

「あの母が競馬だなんて、ちょっと想像することができなくて。そういうものにホントに疎《うと》い人でしたから。僕がテレビで競馬中継を見ていても、絶対に見向きもしませんでした。べつに注意されることもなかったんですけど、まったく関心がなさそうで。でも、考えてみればそうですよね。山王さんって、馬主さんなんですもんね」

いまさらというふうにつぶやく耕一さまを見つめながら、私は膝《ひざ》の上の茶封筒を握る手に力を込めました。

ずっと会いたかった理由をいま切り出すべきか、少し逡巡《しゅんじゅん》した間隙《かんげき》を縫うように、耕一さまが上目遣いに私を見ます。

「栗須さん、先日はすみませんでした。早朝の中山競馬場も、有馬記念当日も、せっかく誘っていただいたのに。もちろん、薫子から話は聞いていました。彼女は行くべきだって言っていたんですけど」

「え、行くべきっておっしゃってたんですか?」

「はい? 薫子がですよね? そう言ってましたよ」

「そうですか。いえ、私はずいぶんきつく当たられましたもので」

「そうなんですか? ああ、でもそうなのかもしれません。彼女、僕に対してちょっと過保護だから。栗須さんのことは信頼できるって言ってましたよ。その上で、いまなら山王さんと会ってみるのもいいんじゃないかって。僕もそのつもりだったんです。母からも、祖母からも父の悪い話は聞いたことなかったですし、僕自身も山王さんを恨んでいるつもりはなかったので。しかも競馬っていう共通言語があるのなら、話すこともできるだろうってタカをくっていたんですけど、すみません。ダメでした」

「ダメとは?」

「朝、いただいたチケットを使ってタクシーを呼ぶまではしたんです。それなのに土壇《どたん》場《ば》で日和《ひよ》ってしまって」

「そうだったんですね。いえ、謝られる必要はありません。ですが、だったらどうして今日は会っていただけることになったんですか?」

わかりきっていることを、私はあえて尋ねてみたくなりました。耕一さまからはじめてメッセージをいただいたのは、ロイヤルホープがわずか十四センチの差でイマジンドラゴンに敗れ去った「有馬記念」のレース直後です。

耕一さまは何かを確認するようにうなずき、不意に表情を和らげます。

「もちろん、ロイヤルホープの走る姿に感動したことは大きかったです。実況でしきりに言われていた『この場に来られなかったオーナーのために』という言葉にも、何か突き動かされたんだと思います。うん、そうですね。やっぱりそれが大きかったかな。この馬のオーナーさんが自分にとって最後の肉親なんだって、あらためて突きつけられた気がしたんです」

そう優しく口にして、耕一さまは手もとのノートパソコンに目を向けました。それからさらに少し迷うような素振りを見せたあとで、手をパソコンに伸ばします。

「山王さんの体調はどうですか？」

「いまは少し安定しています。一時期の苦しい状況は脱したように見えますよ」

「そうですか。良かった。いえ、薫子から栗須さんの話を聞いて以来、やっぱり山王さんについていろいろと考えました。母とのことや、僕のこと、祖母のこと、直接会ったら聞いてみたいと思うことはもちろんたくさんあるんですけど、なんか気づいたら馬のことばっかり考えてしまうんですよね」

「馬？」

「はい。自分でもおかしいってわかってるんですけど、たぶん山王さんの体調が優れないということと、偶然にも僕が応援していたロイヤルホープの引退っていう二つのことが重なり合った結果だと思うんです。あの、ちょっとごめんなさい。先にこれを見てもらっていいですか？」

そう口にすると、耕一さまはパソコンの画面を私に見せてきました。何やらリストが表示されています。血統表とともに、見覚えのある馬の名前がずらりと並んでおりました。

「これは？」

老眼鏡をかけながら尋ねた私に、耕一さまは逆に質問をぶつけてきます。

「今回、あらためて山王さんが所有している繁殖牝馬《ひんば》を調べてみたんです。すべての牝馬を自己所有しているわけではないんですね。現役を引退したあとに売りに出している牝馬もたくさんいます。あれってどういうふうに選別してるんですか？」

「それは、やはり基本的には思い入れのある牝馬を自己生産用に繁殖に上げているのだと思いますよ」

「近年は明確な目的を持ってセリなどで牝馬を落札しているのがわかります。ディクスアイ産駒《さんく》の『ワルシャワの2006』なんて、完全に『ロイヤルホープ』との交配のために手に入れてますよね？　でも、僕個人の考えでは〝ホープ〟とディクスアイ牝馬の子どもたちは走らないと思います」

「走らない？　どうして？」

「いや、走らないっていう言い方は語弊がありますね。足もとと気性に不安のある馬が出てくる可能性が高いと思うんです。そもそもこれまでだって〝ワルシャワ〟の子どもたちはほとんど走ってないですよね」

「ですが、これまでは父親が〝ホープ〟ではありませんから」

「いやいや、これまでだってあきらかにのちの〝ホープ〟を意識した種付けをしているじゃないですか。これ種牡馬《しゅぼば》がロイヤルホープに変わったら、もっと気性のキツい馬が出てくる可能性が高いですよ。ちょっと調べてみたんですけど、ロイヤルホープにとっての〝父父〟の『モロッコデザイン』というアメリカ産の馬は、種牡馬としてはことごとく失敗しているんですよね。〝ホープ〟の父の『フェイズアンビータブル』が奇跡的に成功したくらいで、他の産駒は見事に失敗しています。どうしてだかわかりますか？」

そう一息にまくし立てたあと、耕一さまはパソコンの画面を切り替えました。わざわざパワーポイントで作成された資料を用いた血統論は、ハッキリ言って私にはちんぷんかんぷんで、出てくる単語さえ理解が及びません。

だからといって、退屈はしませんでした。目を爛々《らんらん》と輝かせながら語る耕一さまの姿に、元気だった頃の社長の、そして遺影でしかお見かけしたことのない中条美紀子さまの影を垣間見《かいまみ》た気がしたからです。

「クリスさん、ちゃんと聞いてくれてます？」

少しムッとしたように言われたこのとき、私の呼び方がそれまでの「栗須」から「クリス」に切り替わったような気がしました。

「ええ、もちろん聞いています」

「これ、山王さんに伝えていただけると嬉しいんですけど、いま所有されている九頭の繁殖牝馬のうち、ロイヤルホープに合うと思われるのは三頭だけです。その他の六頭にはもっとふさわしい種馬がいるはずです。やみくもに数を打つのではなく、本当に〝ホープ〟との相性を考慮するなら、三頭に絞った方が得策だと思います」

「その三頭とは？」

「どれもちょっと高齢なんですけどね、これです」

あらためて切り替えられたパソコンの画面が、ぐにゃりと涙で歪みました。偶然なのか、必然か、瞬時に思い至りません。

目の前のこの青年は、果たしてわかっているのでしょうか。五代前まで遡《さかのぼ》る血統表とともに記された三頭の牝馬すべてが、社長にはじめてとなる重賞タイトルをもたらした

「ロイヤルハピネス」を筆頭に、母である中条美紀子さまがかつて北海道の牧場で見立てられた馬なのです。

「ちょっと、クリスさん？」

突然泣き始めた私にギョッとした様子を見せ、耕一さまは尋ねてきます。私は懸命に首を振って「すみません。続けてください」と口にしました。

「いや、続けろって言われても……」と口ごもった耕一さまに、私は何を伝えるべきか迷いました。当初の目的通り、社長と会う算段を取りつけるところで留めておくべきか。それとも、この三頭が美紀子さまの見立てた馬であることを明かすべきか。

ふと膝の上の封筒が視界に入りました。いえ、そうではありません。私は今日あることを伝えるために、社長から使命を授かってこの場に参ったのでした。

順序は間違っているとわかっていました。まだまだ説明しなければならないことは山のように残っています。

それでも逸《はや》る気持ちを抑えることができず、私はさしたる覚悟もないまま封筒を耕一さまに差し出しました。

「耕一さん、馬主になるつもりはございませんか？」

カチカチと、時計の針の音が聞こえるようでした。

「え、何を……」

「突拍子もないことを言っているのは承知しております。その上でお尋ねします。馬主になるつもりはありませんか？」

その瞬間、私の視界には耕一さまの姿しか映っていませんでした。呆気《あっけ》に取られたようなその瞳《ひとみ》にふと不信感が滲んだのは、店にざわめきが戻った次の瞬間でした。

その後、我々は場所を近くの天ぷら屋に移しました。いまから十四年前の、やはり〝金杯〟の日に社長から呼び出された〈天八〉です。

そこではじめて社長と顔を合わせたのだという説明もせず、店を移る間、我々は終始無言でした。耕一さまは何やらスマホを操作しながら、喫茶店から一貫して難しい顔をしています。

すでに顔見知りである店主の計らいで、個室に案内してもらいました。「お酒は？」という質問に、耕一さまは「すみません。まだあんまりのめなくて」と申し訳なさそうに答えます。その気持ちのよくわかる私は「かまいませんよ。未成年ですしね」と笑みを浮かべ、店主にウーロン茶を二つと適当な料理を注文しました。

座敷で向かい合って、私はあらためて耕一さまの成長を感じます。はじめて姿を見た美紀子さまの葬儀のときはもちろん、立派に喪主を務められていたわずか一ヶ月前の雅子さまの葬儀時よりも精悍《せいかん》さは増している気がします。

やって来たウーロン茶で唇を湿らせてから、私はあらためて頭を下げました。

「突然、こんなことを言って申し訳ないと思っています。ただでさえ社長に翻弄《ほんろう》された人生であるというのに、我々がさらに心を乱すようなことばかりして」

「いえ、それは」

「実は生前の雅子さまからもお手紙をもらっていたのです。これ以上、孫とかかわるのはやめてほしいと、ハッキリと記されておりました」

「そうですか。祖母が」

「本当に失礼なことだと理解しているのですが、それこそ社長にはそれほど時間が残されておりませんので。先に謝罪させてください。本当に申し訳ございません」

先ほど受け取ってもらえなかった茶封筒から紙を抜き取り、私は震える手で耕一さまの前に差し出しました。

「競走馬登録されている社長の全所有馬です。〝ホープ〟も引退しましたし、全盛期に比べたら数も質も圧倒的に物足りません。この中から三頭、耕一さまに相続させたいというのが社長の希望です」

「いや、ちょっと待ってください、クリスさん」

「本当に失礼なことと思っています」

「いや、そうじゃなくて。だから――！」

思わずといった感じで声を荒らげ、耕一さまは目を見開きました。そしてリストを一《いち》瞥《べつ》し、落ち着きを取り戻そうとするように深い息を吐《つ》きました。

「この段階で質問したいことがいくつかあります」

「はい。なんでも聞いてください」

「山王さんの意図とか、ご家族の気持ちとか聞きたいことはたくさんありますけど、これって、そもそもの前提が間違っていると思うんです」

首をかしげた私をまばたきもせずに見つめながら、耕一さまは切り出しました。

「仮に僕が望んだとしても、馬主になんてなれませんよね？　クリスさんには言うまでもないことだと思うんですけど、馬主になるのって資格が必要じゃないですか。さっきここに来るまでにネットで調べてみたんです。二年連続で所得が一八〇〇万円以上、かつ資産総額九〇〇〇万円以上が必要とありましたよ。当たり前ですけど、僕にそんなお金はないですよ。あり得なすぎて笑っちゃいましたよ」

耕一さまは本当に弱ったように微笑みます。もちろん、そんなことは言われるまでもないことです。通常であれば耕一さまは馬主資格を持てません。大学生の身では、一口数万円のクラブ馬に出資することさえままならないでしょう。

しかし、抜け道はありました。つい最近に至るまで、私自身も与《あずか》り知らぬことでした。

きっかけは前年、社長と旧知の馬主がお亡《な》くなりになり、すべての所有馬をご子息が相続されたという話を耳にしたときです。

その出来事自体はめずらしいことではありませんでしたが、私はボンヤリとした疑問を抱きました。仮に財産を相続されて、資産総額が九〇〇〇万円を超えたとして、果たして年間の所得が二年連続で一八〇〇万円を超えているのでしょうか。

調べてみると、ご子息はたしかに先代が亡くなられたあと会社を引き継いでいましたが、それまでは一介の社員として現場に立っていたことがわかりました。どういう立場だったかまでは聞いていませんが、まだ二十代の二世が毎年一八〇〇万円を超える所得を得ていたとは考えにくいと思いました。

私は知り合いのJRAの職員に詳しい仕組みについて尋ねました。数日後にあった返答のメールには、見覚えのない文言がありました。

小さく咳払いをして、私は覚悟を決めて耕一さまに伝えます。

「『相続馬限定馬主』——。そういう制度があるそうなんです」

怪訝《けげん》そうに顔を歪める耕一さまに、私はもう一枚紙を差し出しました。

「この資料にある通り、馬主が死亡した場合、その人間が所有する馬はすべて法定相続人に相続されることになるんです。この場合に限り、従来の馬主資格は適用されません。仮に前年までの所得が一八〇〇万円に満たなかったとしても、総資産が足りなかったとしても、飼い葉料などを負担できるのなら馬主になることができるんです」

「いや、でもそれって……」と、資料に手を伸ばしながら耕一さまは口ごもりました。

その先の言葉を、私は簡単に想像することができました。

私は無意識のまま「大丈夫なんです」と漏らします。自分で言ってハッとなって、今度は気持ちをコントロールして切り出しました。

「たとえ非嫡出子《ひちゃくしゅつし》であったとしても、法的に正当な相続人でありさえすれば、その馬が引退するまでは馬主を続けることができるそうです。ただし、相続できるのはそのオーナーが死亡する前に競走馬登録がされている馬に限られます」

「それって、つまりどういう……」

「ロイヤルホープの産駒を相続することはできないということです。たとえば、先ほど耕一さんがおっしゃっていたロイヤルハピネスと来月交配できたとしても、子どもが産まれてくるのが来年の一月。そこから順調に成長していくことを前提として、さらに入厩することを条件に競走馬登録できるのは一歳十一ヶ月からだそうなんです。つまり、どんなに順調にいったとしても、社長がホープの最初の仔《こ》を競走馬登録できるのは、いまから約三年後ということになります」

　社長の体調の変遷《へんせん》を間近で見ていた私にとって、ここからの三年後はあまりにも遠い未来でした。それは「そうですか。それは、さすがに厳しいんでしょうね」とこぼされた耕一さまも同様だったと思います。

耕一さまは「相続馬限定馬主」制度について記された資料を読み、あらためて競走馬登録されている社長の所有馬リストに目を移しました。

その曇った表情を見れば、リストに目を引く馬がいないことはわかりました。父が生涯を賭《と》した種馬と、母が十数年前に見立てた肌馬の間に産まれた子どもを、そのたった一人の結晶が所有する。

その美しいドラマを想像することを、あの頃の私たちは無意識に拒もうとしていたように思います。

まさか社長がそこから三年もしぶとく生き延びてくれることなど……、いや、耕一さまに〝ホープ〟の仔を相続させるために病に立ち向かっていくことなど、あの日の我々には考えてもみないことでした。

耕一さまと社長、そして長男の優太郎さまとの顔合わせが実現したのは、それから一ヶ月ほど過ぎたある日のことでした。

体調のいい時期を狙《ねら》ってのことでしたが、それを差し引いても尚《なお》、この日の社長は気力が漲《みなぎ》っていたように思います。「おい、耕一はまだ来ないのか」と、ことあるごとに尋ねてきては、時計を見たり、携帯を手に取ったりと、忙《せわ》しなく動いていました。

病院の入り口で一緒に出迎えてくれた優太郎さまは、顔を知らないはずの耕一さまの姿を確認した瞬間に柔らかい笑みを浮かべました。

緊張で表情を強《こわ》ばらせる耕一さまにさっと近づき、「今日は来てくれてありがとう」と一言かけて、右手を差し出します。

そのときの耕一さまの安堵された顔を、私は生涯忘れないでしょう。

「あの、僕……。ほ、本日はお招きいただきまして……」

「堅苦しい挨拶は抜きにしよう、耕一くん」

「あの、はい……」

「とりあえず握手してもらえないかな。この手がちょっとさびしいんだ」

優太郎さまは苦笑しながら、強引に耕一さまの右手をつかみ取りました。その場面に私は涙を堪《こら》えることができず、はからずもそれが兄弟の緊張を取り払ったようです。

「なんでクリスさんが泣いてるんだよ」

「クリスさんに先に泣かれちゃうと僕たちが泣けないです」

掛け合いのようにそんな言葉を口にして、お二人はどこか照れくさそうに、しかし認め合うように微笑みました。

本当に感動的な出会いの光景でした。しかし、さらなる高揚を期待して向かった病室での社長の振る舞いは、本当に失望ものでした。

「おい、クリス。お前、江藤さんの連絡先を知らないか？」「おい、優太郎。川崎工業の件はその後大丈夫なんだろうな」などと、沈黙を恐れるデート中の中学生のようにどうでもいいことばかり口にして、結果的に耕一さまを除《の》け者にするのです。

むろん、それは緊張の裏返しなのだと、私や優太郎さまには理解できました。いや、はじめて対面する耕一さまにも伝わっていたと思います。

少なくとも経営者として、そして馬主として功成り名を遂げた社長などよりも、耕一さまははるかに大人でした。

「あの、すみません。お父さん――」

きっと埒《らち》が明かないと判断されて、入室して五分が過ぎた頃、耕一さまは覚悟を決めたように呼びかけました。

社長はぴくりと肩を震わせ、ベッドに半身を起こしたまま窓の方に顔を向けます。その後もかたくなに振り向こうとしない社長の背中に、耕一さまは語りかけました。

「これまで援助していただいて、本当にありがとうございました。お父さんがどれだけ僕と母に目をかけてくださっていたか、祖母からすべて聞いています。おかげで今日まで、なんの不満もなく生きてくることができました」

そこまで言われ、耕一さまが腰を折っても尚、社長は振り向きません。しかし、その顔がどれほど歪んでいるのか、火を見るよりあきらかでした。

「お、おい、クリス。耕一くんにコーヒーでも出してやれ」

しばらくの静寂のあと、背を向けたままかすれ声で言う社長を、私はからかってみたくなりました。

「耕一くん、っていう呼び方でいいんですね？　最初が肝心だと思いますよ。それに、たしか先ほどまでは――」

「だ、だ、だから、こ、耕一にコーヒーを出してやらんか！」

たまらなくなったように振り返った社長の頬には、私の想像をはるかに超えて、大粒の涙がこぼれていました。

この日の会話をリードしたのは優太郎さまでした。最初に私が三人に向け、あらためて『相続馬限定馬主』制度の説明をして、それを受けた優太郎さまが「最初に言いにくいことを伝えておくね」と、耕一さまに顔を向けました。

「本当のことを言うと、耕一くんにすべての馬を相続してもらおうとも思っていた。僕たちの家族はみんな競馬が好きじゃなかったし、それどころか父のせいで憎んでいたくらいだからね。でも、一時期に比べて資産価値が低いとはいえ、売ればまだいくらかにはなるからさ。家族の中に反対する人間もいた。それは先に伝えておく」

やりづらそうに眉《まゆ》を垂れ下げる優太郎さまに、耕一さまは「いえ、そんな。当然のことだと思います」と、さらに弱々しく首を振りました。

「そこで、なんとか三頭でという話に持ち込むことにした。どのタイミングで、君がどういう三頭をピックアップするかわからないから、その資産価値がどれくらいになるかわからないんだけど、離婚に伴う慰謝料その他でもう父の財産なんてたかが知れているからさ。君にとっても悪い話ではないと思う。もちろん、その三頭が引退するまでの飼い葉料なんかはこっちで負担させてもらうつもりだし、それじゃ足りない、きっちりと計算して、もらえるものはもらいたいというのなら、またお互いに弁護士でも立てて一から話し合ったらいいと思う」

「いいえ、そんなの僕はどうでもいいです。クリスさんにはお伝えしましたけど、いまだに馬を相続させてもらうことが正しいのかもわからないくらいなんで」

「それは君の正当な権利だし、何より馬たちにとって幸せな話なんじゃないのかな」

「そうですか。だったら僕も救われる思いがするんですけど」

その後も優太郎さまが中心になって、今後の事務的な話を続けました。その間、社長はいっさい口を挟みませんでした。

社長がようやく口を開いたのは、優太郎さまと耕一さまが連れだって病室を出ていこうとしたときです。

「長い間すまなかったな——」

前触れもなく発せられた言葉が、耕一さまに向けられたものであると、全員しばらく気づけませんでした。

耕一さまは息を吸い込み、まっすぐにベッドの社長を見下ろします。

「いえ」

「いまの俺にたいした力はないが、できることがあるなら遠慮なく言ってほしい。可能な限り叶《かな》えてあげられたらと思っている」

その言葉に対しても、耕一さまは首を横に振るだけと思っていました。しかし、まばたきもせずにしばらく社長を見つめたあと、耕一さまは我々の想像にないことを口にしました。

「そうしたら、一つだけお願いしたいことがあります」

「なんだ？」

「率直に言って、いまのお父さんの所有馬に魅力的な馬は一頭もいません。僕にとって、おそらくは一生に一度しかない馬主の機会です。やる以上は悔いを残したくないと思っています」

「何が言いたい？」

「長生きしてください」

「何？」

「クリスさんから聞きました。少なくともあと三年は生きて、僕に〝ホープ〟と、お母さんが見立てたロイヤルハピネスの子どもを譲ってください。お父さんと〝ホープ〟で叶えられなかった夢を、僕とその仔で叶えられたらと思っています。その馬が一歳十一ヶ月で競走馬登録される日まで、がんばって生きてください」

私はそれを耕一さまからの社長に対する単なる励ましとは受け取りませんでした。もっと純粋に、たとえばセリに参加したときの社長と同じように、欲しい馬を貪欲《どんよく》に欲しいと主張しているように思えたのです。

社長はそれをどう捉《とら》えたのでしょう。ハッとした表情で耕一さまを見上げ、しばらくすると社長らしい厳しい顔で「当然だ。どいつもこいつも勝手に俺を殺そうとするな」と、はじめて毒づいてみせ、こんな言葉をつけ足しました。

「耕一にはクリスをつける。競馬関係のすべての事務作業をクリスが受け持つから、お前は自分の思うようにやったらいい。いいな、優太郎」

話を振られた優太郎さまは当然だというふうに鼻に触れ、私の背中を労《いたわ》るように叩《たた》きました。

その翌週、私は早速耕一さまを北海道日高地区にある「ライジングスタッド」という牧場にお連れしました。引退したロイヤルホープが繋養《けいよう》されている中規模の種牡馬牧場です。

動画などでも確認することができますが、馬の種付け現場はなかなか生々しいものです。私は何度立ち合っても慣れることはありませんが、当然はじめて目にするはずの光景を、耕一さまは毅然《きぜん》と見守っておりました。

無事に受胎が確認され、ロイヤルハピネスはノザキファームに戻りました。たいした用事がなくても私はことあるごとに耕一さまを北海道に誘いましたし、耕一さまも大学の講義の合間を縫っては〝ハピネス〟をはじめとする〝ホープ〟の仔を孕《はら》んだメス馬たちに会いに行きました。

北海道から帰ると、耕一さまは毎回必ずその足で病院に向かいました。そこで過ごされる親子の時間は、お二人にとってかけがえのないものであったでしょう。

とくに社長の方は耕一さまが顔を見せるたびに、血色が良くなりました。これまでよりも真剣に食事を摂《と》るようになりましたし、叶うことはありませんでしたが、いつの頃からか「俺も一緒に北海道に行くぞ」と口にするようになりました。

さわやかな春も、短い夏も、美しい秋も、雪深い冬も、我々は北海道に通いました。

そして種付けから十一ヶ月後、考え得る限りベストといえる一月五日の早朝。他の母馬たちの先陣を切るようにして、ロイヤルハピネスは元気なオス馬を産み落としました。

その日、北海道にいる恋人の加奈子から送られてきた仔馬の写真を見ながら、社長は心から安堵《あんど》したように息を漏らしました。

そして「この馬の命名権はまだ俺にあるんだよな？」と冗談っぽく尋ねてきて、同時にうなずいた耕一さまと私に向け、宣言するように言いました。

「名前は『ロイヤルファミリー』だ」

一瞬の間を置いて、さらに勇ましく続けます。

「この馬で忘れ物を獲《と》りにいくぞ。有馬記念。それまでは絶対に俺も生き抜くからな」

ちらりと見やった耕一さまは真剣な顔をしていました。産まれてすぐに大変なものを背負わされてしまった仔馬の方は、写真の中でキラキラと笑っておりました。

この年に種牡馬入りしたのは、もちろん〝ホープ〟だけではありません。同じように「有馬記念」で引退していったライバルのヴァルシャーレに、その有馬を制した「皇帝」と呼ばれていたイマジンドラゴンも、有力な生産牧場である北陵ファーム系列の「北陵スタリオンファーム」にスタッドインしています。

驚くべきは両馬の種付け料です。いくらＧＩレースを勝てなかったとはいえ、海外の「ドバイステイヤーカップ」をはじめとして重賞タイトルを四つも獲得した〝ホープ〟が百二十万円の種付け料で初年度をスタートさせた中で、三歳クラシックで二冠を制したヴァルシャーレが五百万円、八つものＧＩを獲得したイマジンドラゴンに至っては八百万円という超高額設定でスタートを切ったのです。

たしかに両馬の競走成績は〝ホープ〟の比ではないと思います。どちらも優に十億円を超える賞金を獲得しましたし、いずれも「歴史的な名馬」と言っても過言ではないでしょう。

しかし、当然のことではありますが、どちらも種牡馬としての実績は皆無です。同じディクスアイを父に持つ血統は非常に似通っておりますし、すでに多くのディクスアイ産の良血馬たちが種馬として活躍しているという現状もあります。

また近親交配の観点から、名馬「ワールドグロウ」の血の入った牝馬に種付けすることもできません。当然それらのメス馬には優秀な競走成績を残した馬が多くいるため、選択肢も限られます。

そんな中で発表された「五百万円」、「八百万円」という種付け料は、一部には強気が過ぎるという見方もありました。

が、蓋を開けてみればヴァルシャーレが百七十頭、イマジンドラゴンはなんと二百三十頭もの繁殖牝馬を集めたのです。これは両馬の父であるディクスアイに迫る、当年の種付け頭数ランキングのそれぞれ四位、二位という好成績です。

一方の〝ホープ〟はといえば、我々の期待もむなしく、社長が自己所有する三頭を含めて六十頭弱のメス馬しか集めることができませんでした。

いいえ、「非」北陵ファームであり、かつＧＩ未勝利ということを鑑《かんが》みれば、それでも健闘した方なのかもしれません。いずれにしても決して良血とは呼べず、記録ではなく記憶というタイプであったロイヤルホープは、ここからまた一つずつ実績を積んでいくしかないのでしょう。

それに、産まれてきた子どもたちの評判はすこぶるいいものだったのです。日高地区の牧場関係者からの評価は当初から高く、競馬場などでお目にかかる北陵ファームの関係者からも「〝ホープ〟の子どももいらしいね。来年はうちも考えさせてもらうよ」といった声をかけていただきました。そして事実、料金を据え置いて迎えた二年目は、わずかとはいえ種付け数が増えたのです。まだ一頭の産駒もデビューしていない中で、これは滅多にあることではございません。

耕一さまが所有することを目指した三頭の〝ホープ〟の子どもたちも、母馬への種付けから出産、離乳、基礎体力を養成していく追い運動まで順調に成長していきました。一歳となり、夏前に競走馬としてもっとも重要とされる「馴致《じゅんち》」と呼ばれる馬具や人を乗せての運動に至るトレーニングに入った頃から、三頭それぞれに個性も出てきました。人間の指示に対して従順な「ロイヤルリブラン」「ロイヤルレイン」と命名された二頭に比べ、「ロイヤルファミリー」だけがどんどん気性難になっていったのです。

反面、身体的な成長は一番遅いようでした。差のつきやすい一歳のこの時期にあって、一月生まれの〝ファミリー〟が、四、五月の遅生まれの他種牡馬の産駒たちに混ざっても小さいくらいでした。

それでも悲観はしませんでした。そもそも血統的に見れば〝ホープ〟の一族は、筋肉質ではあるものの小さい方ですし、あの父親の子どもです。気性が荒くない方が不思議なほどです。何よりも三頭の中で一頭だけ〝ホープ〟から遺伝した、額の雷模様の白紋に、私はこの馬の明るい未来を想像せずにはいられませんでした。

いいえ、とにかく健康でさえあってくれれば、一歳十一ヶ月で競走馬登録に至り、きちんと社長から耕一さまに相続さえできれば、ある意味では〝ファミリー〟が存在したことの意味はあると思っていました。そして、その「無事に」という願いだけは、間違いなく〝ファミリー〟は叶えてくれていたように思います。

幸運なことにJRA内で規約改定が行われ、この年から「早期特例登録制度」というものが導入されることになりました。細かい変更はいくつもありましたが、最大の改訂点は従来よりも二ヶ月も早い一歳九ヶ月での競走馬登録が可能になったことです。社長の体力の消耗が著しく、一日一日をじりじりとした気持ちで送っていた我々にとっては、天からの贈り物といっていい制度の変更でした。

事実、社長は一進一退を繰り返しながら、しかしゆっくりと衰弱していって、結局〝ファミリー〟が産まれた一年十一ヶ月後に亡くなっているのです。

従来までのシステムなら競走馬登録には至らず、耕一さまへの相続が叶わなかったかもしれないタイミングでの死去に、私は深い悲しみを抱くとともに、山王耕造が持ち続けた悪運に感心せずにはいられませんでした。

※

ご家族のみなさまへの挨拶《あいさつ》を済まし、火葬場から横浜の街に向かい、昼間からやっている居酒屋を見つけました。広中氏と、平良氏と、耕一さま。そして私の喪服姿の男四人で円形のテーブルを囲みます。

競走馬の預託契約の類《たぐ》いはすべて私が担《にな》いました。晴れてロイヤルファミリーの馬主となった中条耕一さまと、その調教師である広中博氏とがはじめて向き合うのが、社長が茶毘《だび》に付されたこの日になるということに運命めいたものを感じます。

お二人の初対面の光景を『東日スポーツ』の平良氏も無言で、しかし興味深そうに見つめています。

かすかに漂う緊張感を裂き、最初に口を開いたのは若きオーナーでした。

「このたびは父のためにご足労いただき、本当にありがとうございます。生前は父が大変お世話になりました」

耕一さまが二十年以上にわたって置かれた立場は、もちろん単純なものではございません。この三年間、誰よりも社長と耕一さまを間近で見てきた私にはしっくりと来る言葉でしたが、平良氏は「おっ」という表情を浮かべました。

広中氏も一瞬不思議そうにしましたが、悲壮感を漂わせる耕一さまに、生前の父との関係を見て取ったのでしょう。肩で息を吐くと、柔らかい笑みを浮かべます。

「いえ、こちらこそ。お父さまには大変お世話になりました。山王社長との出会いがなければ、間違いなく調教師としてのいまの私の立場はありません。それなのにロイヤルホープで社長にGIを獲らせてあげられなかったこと、いまだに悔いています」

そう言って頭《こうべ》を垂れた広中氏に、耕一さまは面食らったように目を開きます。「いえ、そんな……。やめてください。お礼を言うのはこちらの方です。先生にロイヤルホープを担当していただいたこと、父は最期《さいご》まで感謝していました」と声を上ずらせました。

広中氏は弱々しく微笑《ほほえ》みます。

「耕一さん……ってお呼びしてよろしいですか？」

「はい」

「では、耕一さんに一つだけ約束していただきたいことがあります。ロイヤルファミリーを預託していただく私からの唯一《ゆいいつ》の条件と受け取っていただいてかまいません」

そこで一度言葉を切り、広中氏は淡々と続けました。

「その〝先生〟っていう呼び方、やめてください。これは以前クリスさんにもお願いしたことなんです。我々は一頭の馬を中心としたチームです。各々《おのおの》が対等に、これからはロイヤルファミリーの幸せについてだけ考えていただきたいのです」

本人は謙遜《けんそん》するように口にしますが、昨年もＧⅠ三勝を含めて計五十四勝、調教師リーディングでも並み居るベテラン勢を押しのけて3位を記録するなど、広中氏の勢いは止《と》まることを知りません。

それでも、氏の人間性は微塵《みじん》も変わりません。結婚し、娘ができたいまでも女性にだらしないところはありますし、酒をのむとすぐに熱くなり、日本競馬を取り巻く環境に不平不満をぶちまけ、私があわてさせられることもままあります。

しかし、一頭の馬に対してはいまも従順です。加えて、自らの考えに対して非常に頑固です。「先生に馬を預かってもらいたい」と、いまではオーナーの方が列を作り、好きなように馬を選べる立場でありながら、広中氏はむやみやたらに良血馬には飛びつきません。実際、北陵ファーム産の目を見張るような血統馬を「馬主に信頼が置けない」という理由で断ったと聞いていますし、耕一さまが相続した三頭とも預かってほしいというこちらの願いは「預かれるのは一頭だけ」と一蹴《いっしゅう》されてしまいました。

もちろん、キレイ事だけで勝てるほど競馬は甘くありません。おそらく広中氏が依《よ》っているのは、自身の相馬眼なのだと思います。かつて〝ホープ〟の才能を早々に見抜いたように、広中氏はいまでも血の裏づけより自分の見る目を信じています。

しばらくは耕一さまと広中氏が、ボソボソと会話を交わしておりました。そこに平良氏が割って入りました。

「もうそういうとってつけた話はやめようよ。そんなことより実際どうなの？『ロイヤルファミリー』っていう名前は決定？」

平良氏の質問に、私が応じます。

「はい、山王が決めました。身体《からだ》はまだ小さいですけど、体力は備わっていますし、走る意欲に充《み》ちています。育成のときから常に他の馬たちの先頭を威張り散らして走っておりましたし、臆病《おくびょう》なところもまったくないんですけど、いかんせん――」

「気性が荒い？」

続きの言葉を引き取った平良氏に、私は苦笑します。

「ちょっと見たことないレベルでして。こないだも勝手に馬房で暴れたらしく、身体中すり傷だらけになって、たまたま帰省していた加奈子がカンカンに怒ってました。こんなのもうキンタマ引っこ抜くしかないって」

「ハハハ。そうなんだ。まぁ、〝ホープ〟もなかなかのもんだったからな。そこは、もう敏腕トレーナーの手腕に任せるしかないんじゃないか」

「まぁ、それが俺の仕事だからね」と口にする広中氏もまた、以前ノザキファームで大暴れしている〝ファミリー〟を目の当《ま》たりにして、頭を抱えていました。

「いずれにしても耕一さんがオーケーなら、早い段階で一度入厩《にゅうきゅう》させてみたいと思っているんですけど、いかがですか？　厩舎に入った途端に一変する馬もいないことはないので。ただ、デビューはまだまだ先。おそらく秋以降を目指すことになるんじゃないかと思っています」

「なんで？　やっぱり気性の問題？」と、平良氏が不満そうに尋ねます。

「そうだね。あの馬は少しでも多く乗り込んでからの方がいいと思うんだ。それだって、もちろんオーナーである耕一さんの考え次第ではあるんだけど」

みなさんの視線が一つ、また一つと、耕一さまに向けられます。耕一さまは物思いに耽《ふけ》るような表情から目を瞬《しばた》かせましたが、「え？　ああ……。いえ、僕は何も。みなさんの判断にお任せします」と、多くを語ることはありませんでした。

平良氏が首をひねりながら話を戻します。

「ジョッキーはどうするの？　やっぱり隆二郎？」

「うん。お願いしてみようと思ってる。もちろんあいつもいまやトップジョッキーだし、よっぽど〝ファミリー〟を仕上げないと乗ってくれないとは思うけど。でも、まぁ〝ホープ〟の初年度産駒だし、奥さんとの縁も深い馬なんだから、あいつだって乗りたいでしょ。自分から言ってくるんじゃない？」

「それはそうか。自分が乗り続けたロイヤルホープの最初の子だもんな」

「まぁ、ホープの子どもなら他に何頭もいますけどね」という私の言葉に、平良氏は鼻を鳴らします。

「他にオーナーが山王社長の息子で、母馬も社長が所有していて、広中厩舎で、クリスさんが関わってる馬がいるのかよ。たしかにロイヤルホープ産駒は何十頭もいるかもしれないけど、ここまで条件のそろった〝ホープ〟の子どもはいないぞ」

その後、我々はつれづれなるままにこれからデビューを迎える〝ファミリー〟への思いを語り合いました。

広中氏が「このまま気性が悪いままなら、短い距離でデビューさせることも考える」と言えば、平良氏は「俺、新聞でこのチームの連載を始めようかな。『継承』みたいなタイトルで、山王社長が思い描いた夢くらいから始めてさ」と思いつきを口にします。

すっかり酒も進み、私も含めた三人は笑いながら無責任なことを語り合っておりました。その間、耕一さまはほとんど口を開きませんでした。私はそれを不慣れな環境であるためか、あるいは年輩者たちとの食事に気後《きおく》れしてのことかと思っておりました。

しかし、平良氏が「いい時間だな。そろそろお開きにしようか」と、ぽつりと言ったときです。耕一さまはハッという表情を浮かべ、思わずといった感じで「あ、あの、ごめんなさい。僕からも一つだけいいですか」と口にしました。

酒に酔った表情がいっせいに弾《はじ》けます。二人とも新しいオーナーの考えを聞いてみたいと思っていたのでしょう。

耕一さまはその気持ちに応《こた》えるようにうなずき、唇を嚙《か》みしめました。

「まずお願いしたいことがあります。ロイヤルファミリーを去勢しないでください。先ほど平良さんがおっしゃっていたように、このチームのテーマが『継承』であるとしたら、やっぱり〝ファミリー〟にもその思いを背負って欲しいんです。もちろん、種牡馬になることが簡単じゃないのはわかってます。でも、可能性は残しておいてもらいたいんです。同じ理由で、できれば短距離馬にもしないでください」

広中氏が怪訝そうな顔をします。

「同じ理由？　それはどうして？　去勢してしまったらそこで血がストップしてしまう、だから継承されなくなるというのはわかります。同じようにロイヤルファミリーが短距離馬になったとしたら、そこで潰《つい》えてしまうものってなんですか？　何が継承されなくなる？」

広中氏はまだ耕一さまとの距離感を取りあぐねているようでした。敬語と普通語の入り混じった質問に、耕一さまは「何をいまさら」というふうに苦笑します。

「そんなの、みなさんの思いに決まっているじゃないですか。だって『有馬記念』を目指していたんですよね？　クリスさんも、広中さんも、平良さんだって記事で持ち上げてくれていたじゃないですか。僕はよく覚えてますよ」

円卓に水を打ったような静けさが広がります。それを拒もうとするかのように、耕一さまはさらに言葉を紡《つむ》ぎます。

「もちろん、どうにもならなかったら短距離で行けばいいと思います。でも、最初からそこを目指すのは違うと思うんです。そもそも〝ホープ〟だって気性難だったわけですよね。それでも長距離であれだけの競走成績を残したんです。種牡馬にまでなれたんですよ。だったら〝ファミリー〟だってやれるとは思いませんか」

決して感情的になられるわけではございませんが、一連の言葉には有無を言わさぬ力強さがありました。

我々の視線を一身に集め、耕一さまの話は続きます。

「もう一つ。これも、もちろんまず馬のことを最優先して考えていただきたいという前提の上で言いますが、可能な限りロイヤルファミリーを早期デビューさせてください。もっと言うと、六月の一週目、新馬戦が始まる週のデビューを目指していただきたいんです。それってやっぱり難しいことですか？」

「いや、あの、耕一さん。それはどういう意味ですか？」

今度は私が口を挟みます。秋以降に有力馬がデビューしてくることの多かった以前に比べ、近年はたしかに六月の第一週、『日本ダービー』の翌週から始まる夏の新馬戦に出走してくる馬は増えました。

かつてより新馬戦そのものが整備、増設されたこともありますし、強力なライバルの少ない時期に勝ち上がろうとする狙いは理解できます。しかし、それはあくまでも馬の仕上がりが早かったからという副産物的な結果であるべきであって、最初からそこを狙うという考えはあまり聞きません。

何よりも耕一さまがそんな気弱なことを考えているのが意外でした。しかし、次にその口から出てきたのはまったく違う思惑でした。

「それは、もちろんロイヤルホープ産駒《さんく》のデビューを〝ファミリー〟に飾ってもらいたいと思うからです」

「え？」

「でも、これは本当に馬の仕上がりが最優先です。間に合えば、という程度のことで、変にこだわらないでください。それよりも広中さんに絶対のお願いがあります——」

私は息をするのも忘れていました。これまでつき合ってきた耕一さまとはあきらかに雰囲気が違います。

私以外の二人も面食らった顔をしていました。それに気がついた耕一さまは表情をかすかに緩め、「いえ、広中さんにだけっていうのはおかしいですね。ここにいるみなさんにお願いしたいことです」と言い直し、そしてまた厳しい表情を取り戻しました。テーブルの緊張感が、店全体に広がるような錯覚を抱きました。その間隙《かんげき》を縫うように、耕一さまは言い放ちます。

「ロイヤルファミリーの主戦ジョッキーは佐木隆二郎さんではありません。野崎翔平くんにお願いしたいと思っています」

その突然の表明に、誰も、何も応じることができませんでした。耕一さまはぐるりと三人の顔を見渡してから、ようやく照れくさそうに微笑みます。

「一つだけとか言いながら、すみません。なんかいろいろお願いしてますね。でも、ジョッキーの件に限らず、すべて父ならそうするだろうって思うことなんです」

「社長の？　どういうことですか？」

そう尋ねた私の目を、耕一さまは鋭く見返してきます。

「クリスさんなら想像できるんじゃないですか？　あの山王耕造が〝ホープ〟と〝ハピネス〟の子である〝ファミリー〟を去勢するのを許すと思いますか？　あれほど『有馬記念』にこだわっていた人が、愛馬を短距離でデビューさせますか？　僕にはそう思えません。デビューの時期にしたってそうです。もちろん〝ホープ〟の子どもたちが活躍すれば、それだけで父は喜ぶと思うんですけど、あの目立ちたがりの父の本当の願いはロイヤルファミリーが先陣を切ってデビューして、結果を残すことだと思うんです。馬のことを最優先に考えてほしいというのも、もちろん父ならそう言うだろうって思ってのことなんですけど、まずはそこを目指してほしいなと」

そこで小さく息を漏らして、耕一さまは最後も力強く言いました。

「ジョッキーに関しては、ある意味では父の遺言です。『翔平はセンスがいい。必ず一流の騎手になる。可能なら翔平を〝ファミリー〟の主戦に』と口グセのように言っていました。実際、これは僕たち世代の勝負であるとも思うんです。僕と翔平くんと〝ファミリー〟が手を組んで、父と佐木さん、そして〝ホープ〟を倒しにいく。佐木隆二郎には、その大いなる壁になってもらいたいと思っています」

加奈子の一人息子であり、いまではすっかり私を慕ってくれている翔平も、中央競馬のジョッキーになって三年が過ぎようとしています。

新人騎手に与えられる負担重量減のアドバンテージをフルに活《い》かし、翔平は一年目から五十勝近い勝ち星を挙げました。もちろん二百前後勝っている隆二郎には遠く及びませんが、これはこの年の新人ジョッキーの最多勝記録でした。

野崎翔平の名前は「佐木隆二郎に憧《あこが》れてジョッキーを目指した」というエピソードとともに一気に売れ、また実家がロイヤルホープを生産したノザキファームであることも競馬メディアの歓心を買い、翔平はスターダムの階段に足をかけたかのように思われました。

しかし、好事魔多しです。自身にとって三度目の重賞挑戦となった二年目、一月の『シンザン記念』で、翔平は他馬を巻き込む大落馬事故を引き起こしました。

　幸いにも翔平の怪我《けが》の治りは早く、全治一年という診断を覆《くつがえ》して七月の函館《はこだて》開催の夏競馬から復帰を果たしましたが、以降は精彩を欠いています。怪我前の大胆な騎乗は見る影もなく、他馬とやり合うことなく馬場の大外をただ回ってきたり、たとえインを突いたとしても見せ場なく終わったりすることが増えました。

　その頃は病院でほとんど寝て過ごしていましたので、社長が復帰以降の翔平の窮状を認識していたとは思えません。だとしたら「ロイヤルファミリーの主戦を翔平に」という言葉は、いつ伝えられたものなのでしょう。考えてもわかるはずがありませんし、耕一さまに尋ねようという気も起きません。

　ただ、社長の優しさは痛いほど伝わります。社長はどれだけ多くのものを私たちに遺《のこ》していってくれたのでしょう。当然のことですが、〝ホープ〟の子どもである〝ファミリー〟もまた、翔平にとっては実家である「ノザキファーム」の生産馬です。母親の愛情が注ぎ込まれた馬なのです。

　私は頰に涙を伝わせておりました。年々涙もろくなって困ります。「えー、クリスさんまた泣いてんの？」と呆《あき》れたように私を一瞥《いちべつ》し、平良氏が深くうなずきました。

「俺は大賛成だ。馬は〝ホープ〟から〝ファミリー〟に、オーナーは社長から耕一さんにって更新されるんだもんな。ジョッキーだって変わらなきゃダメだろう。トップジョッキーから、若手ジョッキーへ。物語として美しい」

「俺だけそのままでいいのかな」と、広中氏がおどけたように舌を出します。平良氏はヘラヘラと身体を揺すりました。

「一人くらい残っててもいいんじゃないか。というか、広中くんほどあの馬に思い入れを持っている調教師はいないだろ」

「いえいえ。一人だけじゃないですよ」と、今度は耕一さまが笑い声を上げます。

「平良さんも、クリスさんだって、残ってくれるじゃないですか。とくにクリスさんは頼りにしてますから。僕は何もわかっていません。魑魅魍魎《ちみもうりょう》ばかりいるこの世界で食い物にされないように、しっかり守ってください」

本当にビビってるんですからね。耕一さまが最後に嚙みしめるように言ったとき、広中氏と平良氏は声を合わせて笑いました。

私は一人取り残されます。もちろん、耕一さまに言われるまでもありません。まさに魑魅魍魎たちの蠢《うごめ》いている競馬村で、耕一さまに素晴らしいオーナー生活を送っていただくことが社長に対するたった一つの恩返しと思っています。

みなさんの視線が集中していることに気づかないまま、私は顔を上げました。

「あの、申し訳ございません。私からも一つだけよろしいですか？」

「なんですか？」という耕一さまをじっと見つめて、私は唇を舐《な》めます。

「先ほど、広中さんは『一頭の馬を中心としたチーム』とおっしゃいました。それはもちろんなんですけど、もう一つだけ徹底していただきたいことがあるんです。これは、亡くなった一人のオーナーの夢をそれぞれが背負ったチームでもあります。新しい馬主も、ジョッキーも、調教師も。もちろん私も、馬だって、山王耕造の抱いた夢を背負わなければいけないんです。すみません。それが私からのたった一つの願いです」

しんみりした空気を受け入れまいとするように、平良氏が「おいおいおい」と大声を上げました。

「それはねぇだろ。新聞記者だって仲間に入れてくれよ。俺だって山王社長に恩義を感じている一人なんだからよ」

平良氏は本気で怒ったように口を尖《とが》らせます。

「こうなったら俺は本気で春から連載を始めるからな。ロイヤルホープにはファンも多くついていたし、読者もそれなりにいるだろ。タイトルはやっぱり『継承』だ。六月の一週目、新馬戦が始まる日までロイヤルファミリーを追いかける」

どこか社長を思わせる平良氏の豪快な笑い声が、狭い店内に響きました。

夏

『すべては「縁」から始まった物語だった。自らのレースマネージャーと、北海道の小さな牧場の一人娘が大学時代の友人で、そのつながりからオーナーはのちの「ロイヤルホープ」と出会う。

オーナーに馬を見る力はなかったかもしれないが、人を見る目には長《た》けていた。よく整備された牧場と、泥臭い仕事を厭《いと》わない娘を見れば、ノザキファームの牧場長がどれほど愛情を込めて馬を生産してきたか理解できた。いや、信頼するマネージャーにお願いされたときから、オーナーは馬を買うことを決めていたに違いない。

その後のロイヤルホープの活躍は読者の知るところだろう。いずれも椎名善弘オーナーが所有するイマジンドラゴン、ヴァルシャーレという同世代の二頭の怪物の前に何度も散り、不運にもGⅠタイトルを手にするには至らなかったが、ロイヤルホープは晴れて種牡馬《しゅぼば》の仲間入りを果たした。三年前の有馬記念でともに引退した「怪物」たちとの戦いは、形を変えてこれからも続いていく。

この連載も今日で最終回を迎える。陣営が目指した六月一週目のデビューは、度重なるロイヤルファミリーのゲート試験失敗により叶わなかったが、幸か不幸か本日までロイヤルホープ産駒の出走がなかったため、ロイヤルファミリーがその先陣を切ることになった。

加えて今日、宝塚記念の当日に阪神《はんしん》競馬場で行われる新馬戦には特別な意味がある。一般の競馬ファンからは有力馬を多く輩出する「伝説の新馬戦」として知られるが、いまから八年前の同じ新馬戦で、ロイヤルホープとヴァルシャーレが激突しているのだ。

果たして1番人気はヴァルシャーレ産駒のディップバビロンか、イマジンドラゴン産駒のマイルズウェイか。あるいは両馬の父であるディクスアイ産駒の二頭であろうか。八年前のこのレースは、8番人気のロイヤルホープがヴァルシャーレ以下を蹴散《けち》らし、勝利を収めている。

その父の見果てぬ夢の場所に、息子たちは辿《たど》り着くことができるのだろうか。一人のオーナーの決断から始まったチームの「縁」の物語。第二幕が今日開く。

（競馬班・デスク　平良恒明）』

※

八年前とまったく同じ、雲一つない快晴でした。春のグランプリ、GⅠ「宝塚記念」を目当てに朝から続々と観客が詰めかけ、レースを経るたびに一階のスタンドから隙間《すきま》がなくなっていくのがわかります。

既視感を抱かずにはいられませんでした。突き抜けるような青い空に、六月最終週のまばゆい緑。久しぶりにオーナーを伴っての、馬主席からの眺め。胸の高揚感まで含め、八年前のあの日と何一つ変わりません。

「いまのご気分は？」

尋ねるまでもなく、スーツを新調して今日に臨んだ耕一さまがガチガチに緊張されているのはわかります。

「すごいです。本当にすごい」

「ここには功成り名を遂げられた方ばかりお集まりになっています。みなさま相当の強運の持ち主でもあります。そういう方ばかりの中で、さらに勝ち抜いていけるのはほんの一握りに過ぎません。耕一さまがそうした方々に仲間入りしていけるのか、私はとても楽しみです」

よほど興奮しているのでしょう。いつもより口数が多いのが自分でもわかりました。

耕一さまは怖《お》じ気《け》づく様子を隠そうともしません。

「ちょっと意地悪言わないでくださいよ、クリスさん。僕なんてどこにでもいる普通の大学生なんですから」

「そこですよ。どこにでもいる普通の大学生がいまや中央競馬のオーナー様ですよ」

「ホントに怒りますよ」

「いやいや。ですが平良さんの記事のおかげで、注目度は高そうですね。皆さんちらちらこちらを見てらっしゃいます。手でも振ってあげたらどうですか？」

辟易《へきえき》する耕一さまを上目遣いに見つめて、私は自分が興奮している理由を悟りました。

〝ファミリー〟が無事にデビューを迎えられたことも、もちろん大きな理由の一つです。しかし、それをはるかに上回って、私は自らのオーナーとともに競馬場にいられることが嬉《うれ》しくてたまらないのです。

思えば、この数年はほとんど一人で競馬場に出向いておりました。顔見知りのオーナーたちは口々に社長の容体を気遣ってくれましたし、その笑顔に他意はなかったと思いますが、私の心はいつもささくれ立っていたように思います。

「ロイヤル」の馬が勝ったときの口取り式の、なんとさみしかったことでしょう。耕一さまの言葉ではございませんが、私こそ「どこにでもいる」「普通の」人間であることを何度突きつけられたかわかりません。

結局、私はどなたかにお仕えしてやっと……という人間です。社長を再び競馬場にお連れするという願いは叶いませんでしたが、まさかこんな形で新しいオーナーのお供をすることになるとは夢にも思っていませんでした。

　しかも今日、出走するのは我々に夢をもたらし続けてくれた「ロイヤルホープ」の子どもなのです。興奮するなという方がムリな話です。

『継承』と銘打たれ、足かけ三ヶ月にもわたって連載された東日スポーツの特集は、少なくとも競馬サークル内では大きな反響を巻き起こしました。馬主席で好奇心むき出しの視線を常に感じ続けていましたし、中には「あれ、ひょっとして彼が山王社長の息子さん？」と、しらじらしく声をかけてくる方もいました。

「そうですよね。名字こそ違いますが、耕一さまはあの山王耕造のご子息なんですよね。それは注目されますよね」

　思わずこぼした私の言葉に、耕一さまもしみじみと同意します。

「そうですね。皆さんから向けられる視線のおかげで、父がここでどんなふうに見られていたかわかった気がします」

「私もすっかり忘れていましたよ。晩年の山王社長は優しかったですからね。たしかにいつも悪目立ちしていらっしゃいましたし」

「煙たがられていた？」

「そうですね。さらに言えば、嫌われていたのだと思います」

　なんとなく目を見合わせ、どちらからともなく苦笑したとき、また背後から声をかけられました。

「ああ、クリスさん。良かった。探しましたよ」

振り返ると、よく知る顔がありました。安堵の息を吐《つ》いた私とは裏腹に、耕一さまの警戒心は一気に増します。

「ああ、相磯さん。それに椎名社長も。ご無沙汰《ぶさた》しております。本日はどうぞよろしくお願いいたします」

椎名氏はいつも通りの人間味のない表情でこくりと首を振り、すぐに持っていた新聞に目を戻そうとしました。

それを私が制します。

「あ、椎名社長。申し訳ございません。先にご紹介させていただいてよろしいですか？」

「ああ、はい」

「山王耕造の次男で、本日デビューするロイヤルファミリーのオーナー、中条耕一です。どうぞお見知りおきを」

椎名氏は驚く素振りも、嬉しそうな様子も見せません。ただ「ああ、そうですか。おめでとうございます」と、事務的に言うだけです。

突然の展開にさぞや気後《きおく》れしているものと思っていましたが、次の瞬間、耕一さまにスイッチが入るのがわかりました。どこか開き直ったように胸を張り、椎名氏の静かな威圧感と対峙《たいじ》しようとしています。

「生前は父が大変お世話になりました」

そうしぼり出すように口にして、耕一さまは深く腰を折り曲げます。

「葬儀にもご参列いただきまして、家族として本当に感謝しております。私はただ父から競走馬を譲り受けただけで、自分では何一つ成し遂げていない若輩者です。この世界のことは何もわかっておりません。いろいろとご指導いただけると幸いです」

決して吹っかけるわけでもなく、だからといって迎合するわけでもない強い言葉に、私は興奮しました。

しかし、椎名氏は微塵《みじん》も表情を変えません。退屈そうな目で耕一さまを見続け、ようやく身体を揺すります。

「私に教えられることなんて何一つありません。あなたにはクリスさんという心強い味方がいるんです。彼を頼っていたらいい」

社長がメインストリームから去ったあとも、椎名氏は競馬界の真ん中にい続けています。本日の「宝塚記念」にも持ち馬二頭を出走させ、そのどちらも上位人気が予想されています。

あいかわらず賞賛と嫉妬《しっと》を一身に引き受けながら、椎名氏にそういった周囲の声に翻《ほん》弄《ろう》されている様子はありません。名誉のためでもなく、もちろん金のためでもない。だとすれば何が楽しくてやっているのかという批判に思わず同意したくなるほど、椎名氏が競馬場で喜怒哀楽を表している姿をほとんど目にしたことがありません。

私はある種の畏怖《いふ》の念を持って、いつも椎名氏と対峙します。ですが、最初から白旗を揚げようとは思いません。社長亡《な》きいまもその気持ちは一緒です。ロイヤルファミリーが出走する新馬戦に、椎名氏も持ち馬を出走させてきます。

手放しで歓迎されるイメージはありませんでしたが、それを差し引いても椎名氏の態度はすげないものでした。「それでは、私はこれで」と、早々にきびすを返します。

相磯氏が呆れたようにオーナーの背中を見つめていました。

「近く、社会人になったばかりの社長の息子を競馬場にお連れすることになっています。中条さんと同じように、ゆくゆくは馬を持たせることにもなるのでしょう。良かったら仲良くしてやってください」

耕一さまはそれに応じようとしませんでした。相磯氏が立ち去るのを見届けるようにして、ようやく口を開きます。

「すごい。まったく相手にされませんでしたね」

「でも、普段から冷静な方ですから」と、なんとなく椎名氏の肩を持った私を一瞥もせず、耕一さまは続けました。

「まぁ、いいです。いまはまだ無視していたらいい。すぐにそうできなくなりますから」

そう言う耕一さまの表情が、ひどく好戦的に見えました。山王耕造の血を引いている人間なのだという当たり前のことをいまさらながら感じます。

そのことを心強く感じる一方で、私は胸にかすかなざらつきを抱きました。

午前中のレースをすべて見届け、我々はこの日の第5レースに組まれた「2歳新馬戦」のためにパドックに向かいました。ちょうどエスカレーターを降りたところで、加奈子が待っていました。

加奈子の瞳《ひとみ》はすでに赤く潤《うる》んでいます。

「耕一さん、本日は愛馬のデビュー、おめでとうございます」

昨夜も一緒に食事をとったにもかかわらず、加奈子は形式ばった挨拶を口にします。深く頭を下げ、少し迷ったような表情を浮かべてから、何かを振り切るように続けました。

「そして、大切な愛馬のデビュー戦のジョッキーに息子を指名してくださって本当にありがとうございます。野崎翔平の母として、今日ほど幸せな日はありません」

ノザキファームの牧場長である加奈子の父親とも落ち合い、どこか照れくさそうに

「デビュー戦だけね」と言っていた優太郎さまとも合流して、我々はパドックに入りました。

新馬戦とは思えない華々しい雰囲気でした。メディアの数も多く、カメラを手にしたファンの方々も興奮しているように見受けられます。

ライバルだったヴァルシャーレの子どもたちも、イマジンドラゴンの子どもたちも、すでにデビューを飾っています。両者の父であるディクスアイ産駒を筆頭としたライバルたちを蹴散らし、それぞれが数頭ずつ勝ち上がる順調なスタートを切りました。

残すはロイヤルホープの産駒のみです。その先陣を切るロイヤルファミリーへのファンたちの期待はひしひしと感じましたが、お金のかかった馬券となると話はべつです。

発走三十分前のこの段階で〝ファミリー〟の単勝オッズは88倍、「11番人気」という目を覆《おお》いたくなるものでした。八年前の同じ舞台で、父・ロイヤルホープが「8番人気」の26倍だったことを考えても、かなりの人気薄であることがわかります。

「大丈夫ですよ。ロイヤルイザーニャが未勝利戦を勝ったときのオッズなんて『120倍』だったんですから。社長はそれに十万円も賭《か》けていて、その日のうちに馬代の大半を回収してしまったんです。耕一さまも大枚を張ったらいかがですか？　絶対にいけますよ」

聞かれてもいないことを、私は一人でまくし立てます。私が話せば話すほど、耕一さまの表情が強《こわ》ばっていくのがわかりました。

パドック周辺の緩やかな空気が少しずつ張りつめていって、凛《りん》とした静けさが立ち込めた次の瞬間、馬たちが姿を見せました。

ロイヤルファミリーが引いたのは大外8枠13番です。前目につけて粘り込みを図りたい陣営にとっていい枠ではありません。いかなるレースでも同じですが、一頭、また一頭と登場してくるライバル馬たちは、どれもこれも強そうに見えます。愛馬の〝粗〟が目につくのも、いつも通りのことでした。

「やっぱり入れ込んでいますよね。一頭だけ二人で手綱を引いてますし、首の上げ下げがちょっときつくありませんか？　大丈夫ですかね」

私は誰にともなく尋ねます。期待感の大きかったデビュー前の〝ホープ〟とは異なり、〝ファミリー〟は調教で最後までいい走りをしてくれませんでした。

非凡なスピードを有していると広中氏は言うものの、そのスピードを自分でコントロールすることができず、最初から全力で駆けていってしまう。いわゆる〝引っかかる〟という状態がいつまでも解消されず、直線の最後で必ず息切れしては、調教相手の僚馬たちに後《おく》れを取ってしまうのです。

飼い葉の食いもあいかわらず細く、馬体重は四二〇キロしかありません。判断材料の少ない新馬戦では、血統以上に調教内容と馬格が重視されます。どの競馬新聞を見てみても印はほとんどついていません。九週にもわたって毎週記事を掲載してくれた『東日スポーツ』でさえ、平良氏が「俺の愛弟子《まなでし》」という若い記者が申し訳程度に「☆」をつけてくれている程度でした。この単勝オッズも当然です。

周回を重ねるごとに〝ファミリー〟はさらに興奮していきました。しばらくして我々のところにやってきた広中氏もお手上げというふうに肩をすくめます。

「装鞍所《そうあんじよ》でも暴れて大変だったよ。もうホントにタマ引っこ抜くぞ！　って怒ったら、逆にすごまれちゃった。ま、今日はきちんと一周回って来られたら御の字かな。翔平にも競馬を教えてほしいって伝えておいた」

その説明を、耕一さまは〝ファミリー〟から目を逸《そ》らさずに聞いていました。そのうち「止まれ」の合図がかかり、ジョッキーたちが控え室から出てきます。その瞬間、何かを悟ったように〝ファミリー〟が鳴き声を上げました。入れ込んでいる姿を散々見てきたパドック周辺のファンたちから、なぜか温かい拍手が湧《わ》き起こります。

この日「1番人気」に推された「ディップバビロン」に騎乗するのは、佐木隆二郎です。かつての金色の長髪から一転、すっかり黒髪で落ち着いた隆二郎は、当然のことながらこちらを一瞥もしません。ロイヤルファミリーの騎乗依頼がなかったことに怒っているわけではないのでしょう。誰よりも勝つことにこだわるジョッキーです。たとえ我々が依頼していたとしても、隆二郎はディップバビロンを選択したと思います。ライバルとして立ちふさがる隆二郎の存在感に、気後れしそうになります。

その隆二郎のあとを追うように姿を見せたのは、翔平でした。三年前より背が伸び、額のニキビがキレイになくなり、精悍《せいかん》さが増しました。落馬以降、まだまだ本調子は取り戻せていませんが、それでも楽しそうな翔平の騎乗は多くのファンから高く評価されています。

翔平もまたこちらを見ようとしませんでした。とはいえ、緊張から硬くなっているわけでもなさそうです。適度に気合いが乗っていて、同じ色の帽子をかぶった隆二郎と並んでも見劣りはしません。

係から声がかかり、ジョッキーたちは一礼して、それぞれの馬のもとに散りました。〝ファミリー〟の様子に変化があったのは、厩舎スタッフの手を借り、翔平が鞍《くら》に跨《また》がったときです。私の目には〝ファミリー〟が不意に落ち着いたように見えました。

もう一人、その変化に気づいた方がいました。

「すごい。変わった」

翔平を背に再び歩き始めた〝ファミリー〟を見つめながら、耕一さまがつぶやきます。

「何がですか？」

「あ、いや、なんか一瞬〝ファミリー〟が大きくなったように見えて。すみません。そんなことあるわけないですよね」

耕一さまは照れくさそうに口にしますが、声は興奮で上ずっています。まったく調教で走らなかった馬が、本番で覚醒《かくせい》し、激走する。そんな夢のような出来事はなかなか起こるものではありません。

しかし、それを期待せずにはいられないほど、あきらかに〝ファミリー〟の雰囲気は一変しました。北海道でも、栗東のトレセンでも見せたことのない落ち着き払った様子で、足もとだけをじっと見つめ、力強くパドックを周回していくのです。

手綱を引いていた二人の厩舎スタッフも呆気《あっけ》に取られた顔をしています。我々の目の前を通り過ぎるとき、鞍上の翔平が耕一さまに向けて強く首を振りました。

「クリスさん、お金を貸してもらえませんか？」

地下道に消えていく〝ファミリー〟と翔平のうしろ姿を見つめながら、耕一さまがポツリと口にします。私はすぐにその意を悟りました。

「私が購入してまいります。単勝十万でよろしいですね？」

耕一さまはゆっくりとこちらを向き、我に返ったように目をパチクリさせました。

「だから、僕はそんな大それた人間じゃないんですよ。どこにでもいる大学生だって言ってるじゃないですか」

「つまり？」

「単勝千円ですよ。財布に帰りの電車賃しかないんです」

さわやかな初夏の空の下に、若駒《わかごま》たちが一頭、また一頭と姿を現します。返し馬に入り、ゲートインしても〝ファミリー〟は落ち着き払ったままでした。

ひょっとしたら……という思いが過《よ》ぎりました。しかし、そんな我々の期待を一蹴するかのように、なんとか決めて欲しかったスタートは本当にひどいものでした。一頭だけゲート内で立ち遅れ、いきなり他馬から三馬身も後手を踏んだのです。

それでも翔平は無理には行きません。開き直ったように外枠からインコースに切り込んでいくと、最後尾からゆったりと前を追いかけます。おそれていた引っかかるクセは現れず、母親「ロイヤルハピネス」譲りの尾花栗毛《くりげ》をなびかせて向こう正面を悠然と駆ける姿は、気高さを感じさせるほどでした。

翔平の指示に従って〝ファミリー〟は一頭ずつ前の馬たちを拾っていきます。レース後、翔平は「最後に少し追った以外は、僕は何もしていません。すべて馬の走りたいように走った結果です」と、インタビューで語っていましたが、間違いなくそれは謙遜です。あきらかにケガをして以降の翔平には見られない積極的なレースでした。

我慢に我慢を重ね、〝ファミリー〟を決して外に逃がそうとせず、積極的にインコースを突きながら、3コーナーに入るときには中段まで順位を押し上げました。そして4コーナーを抜け、最後の直線に入ったところで満を持して馬群のわずかな隙をつき、翔平は〝ファミリー〟を一気に外に追い出したのです。

阪神競馬場の芝一八〇〇メートル戦は「外回り」と呼ばれる直線の長いコースです。この時点で前にいた六頭の馬たちは、隆二郎の騎乗するディップバビロンを先頭に、すべてワールドグロウの血の入った馬でした。ラストの切れ味がウリの血統です。

ここまででもっとも体力を消耗してきたのは、間違いなくスタートで躓《つまず》いた〝ファミリー〟でした。しかし直線を向いたとき、どの馬よりも勢いがあったのも〝ファミリー〟だったと思います。

ラスト四〇〇メートルの攻防戦で、翔平は遮二無二《しやにむに》ムチを振るいました。隆二郎への憧れをずっと胸に秘め、どちらかというと普段はスマートな騎乗をする翔平にとって、大変めずらしいことです。

〝ファミリー〟もその思いに応えるように、大外から強烈な差し脚を披露します。一完歩ごとに前との差を縮めていきました。向こう正面を行く優雅な姿が母親のロイヤルハピネスを思わせるものだとしたら、この直線の鋭さは間違いなくロイヤルホープの走りそのものだったと思います。

残り二〇〇メートルの地点で先頭のディップバビロンを捉《とら》えても、翔平も〝ファミリー〟も力を抜くことはありません。結局、二番手以降に五馬身もの差をつけ、ロイヤルファミリーは、そして中条耕一さまは、見事にそれぞれのデビュー戦を飾りました。

無我夢中で飛びついてしまった私に、耕一さまは放心したように言いました。

「クリスさん、どうしてもっと背中を押してくれなかったんですか」

「え、なんですか？」

「どうしてもっと馬券を買うべきだって言ってくれなかったんですか！　僕、千円ずつしか買い足しませんでしたよ。せっかく大勝ちできたのに！」

たしかに我々は一千万円を超える超高額の払い戻しを取りこぼしましたが、そんなことは些末《さまつ》な問題です。それほど、最終的に単勝１０２倍の「13番人気」、圧倒的に下馬評の低かったロイヤルファミリーの本番での走りは圧巻でした。

現に文句を言っているはずの耕一さまの表情がくしゃくしゃにほころんでいます。

「絶対に行きましょうね、耕一さん」

「行くって、どこに？」

「そんなもの決まってるじゃないですか！　皐月賞《さつき》に、ダービーに、菊花賞。その先の有馬記念ですよ！」

広中氏から〝ファミリー〟の歩様に違和感があることを伝えられたのは、この翌日のことでした。

そんなことを露とも知らず、さぁ、クラシックだと胸を躍らせていた我々は、思えばいい気なものでした。

新馬戦を圧勝した翌日、歩様に違和感が認められたロイヤルファミリーに下された診断は「右前脚第三指骨の骨折」、全治一年という重いものでした。

陣営の衝撃は計り知れないものでした。「宝塚記念」当日の新馬戦。そこでディップバビロンをはじめとする良血馬たちを五馬身以上突き放した〝ファミリー〟への期待値が、限界まで跳ね上がっていたからです。

口取り式の行われたウィナーズサークルで、恋人の加奈子も、その父であるノザキファームの場長も、調教師の広中氏も、もちろん耕一さまも、関係者はみな喜びを爆発させておりました。

そんな中で一人だけ浮かない顔をしていたのが、ジョッキーの翔平でした。「どうかした？　元気ないじゃん」という私からの質問に、翔平は「いや、ずいぶん強い勝ち方したもんだと思って」と、取り繕ったような笑みを浮かべました。

私はその言葉を額面通り受け止めましたが、ひょっとしたら翔平はこの時点で〝ファミリー〟の異変に気づいていたのかもしれません。

レースの翌日、広中氏に続いて翔平から謝罪の電話を受けたとき、身内という意識もあって私は彼に厳しい言葉をぶつけました。

「あそこまで激しく追う必要があったのか？　後続をあれだけ突き放しているのに、なんであんなに強く手綱をしごいたんだ。馬のことを考えず、自分が気持ち良くなっていただけなんじゃないのか?」

本当にそう思うのなら、レース直後に言わなければならないことです。むしろロイヤルファミリーの強さを世間に知らしめるため、もっと突き放して勝ってほしいと願っていたくらいでした。私に翔平を責める権利はありません。

翔平にも思うことはあったでしょう。それでも『本当にすみません』と繰り返す恋人の息子に、私はさらにいきり立ちました。

それは、ある意味では翔平を守るためのポーズでもありました。そばで私の様子を見守っていた耕一さまが、見かねたように電話を替わりました。

「中条です。昨日はお世話になりました」

そんな言葉から始まって、べつに翔平くんが謝ることじゃない、起こるべくして起こったケガです、僕はまったく気にしていません、これからもよろしくお願いいたします……。その一つ一つの言葉が私をも救ってくれるようでした。

とはいえ、期待馬が故障したという事実に変わりはありません。一つ勝ってくれたおかげで余裕を持つことはできましたが、二歳の六月という時期における「全治一年」という診断は、少なくとも翌年四月の「皐月賞」と五月の「日本ダービー」という二つのクラシックレースへの参戦が絶望的になったということを意味するのです。

耕一さまは淡々と翔平に労《ねぎら》いの言葉をかけていました。ひょっとしたら新馬戦を勝つことの難しさも、勝ったあとに生じる期待感もまだ理解できていないだけだったのかもしれません。

山王社長だったらジョッキーにどんな言葉をぶつけていたでしょうか。若いオーナーの顔を見つめながら、私はボンヤリと思いました。

ロイヤルファミリーが戦線離脱しても、もちろん耕一さまの馬主活動は続きます。休むことは許されず、むしろここからが紆余《うよ》曲折《きょくせつ》の連続でした。

よく「持っている馬主」「持っていない馬主」といった表現を耳にしますが、たしかにやることなすことすべてが上《う》手《ま》くいくオーナー、反対に何もかもが裏目に出るオーナーというのがいるように思います。

たとえば同じ父馬、同じ母馬から生まれた兄弟姉妹がのきなみ走っているにもかかわらず、ご自身が億の金を投じて手に入れた馬に限って走らなかったといった種類の話は枚挙にいとまがありません。

山王社長がそういうタイプのオーナーでした。私は競馬場で陰口を耳にしたことがあります。とある馬主が、社長がセールで高額で落札した馬「ワルシャワの2006」を絶対に走らないと断言しているのです。

お連れの方に理由を尋ねられ、その方は当然だというふうにうなずきました。

「だって山王耕造に落札されちゃったんだもん。それはもう〝持ってない〟馬っていうことだろう？　走らないのが道理なんだ」

そんなふうに揶揄《やゆ》されていた社長の後半の馬主人生は華々しいものでした。もちろん、それはロイヤルホープという名馬と邂逅《かいこう》できたことが一番の要因ですが、それだけではありません。最初で最後のＧⅠ勝ちをもたらしてくれたのは「ロイヤルワンダー」という安馬でしたし、他にも同時期に出世していった馬はたくさんいます。つまり「持っている」「持っていない」はその人間の個人的な資質ではなく、タイミングであるという持論が私にはあります。

要はいかに競馬に熱を上げすぎず、身の丈に合った投資を続けながら、その瞬間を待つことができるのか。あるいは、そのタイミングが訪れる日のために、どれだけしぶとく馬主活動を続けられるか。それこそが重要であるという考えですが、馬主としての中条耕一さまにはその持論が当てはまりませんでした。

ロイヤルファミリーがデビュー戦を圧勝するまでは、間違いなく「持っている」流れだったと思います。

しかし、その馬が故障で一年の休養を余儀なくされるなどそうないことです。「さすがは山王さんの忘れ形見《がたみ》」といった皮肉を耳にしたこともありましたが、耕一さまはそうした嘲笑《ちょうしょう》を難なく打ち払ってしまいました。〝ファミリー〟のあとにデビューした、同じロイヤルホープ産駒《さんく》の二頭がともにデビュー戦を勝利するという離れ業《わざ》をしてのけたのです。

そう、それは文字通りの離れ業でした。かつて、どこの世界に三戦連続で新馬戦を勝利した馬主がいたでしょう。しかも、その新規オーナーが所有するのはその三頭しかいないのです。

ロイヤルファミリーの戦線離脱はたしかに痛恨の出来事でしたが、それぞれ「ロイヤルリブラン」「ロイヤルレイン」と命名された二頭の馬は、我々に〝ファミリー〟の件を悲しんでいるヒマを与えさせない活躍を見せてくれました。

新馬戦を勝ったあとも、二頭は順調に出世していきました。とくに栗東《りっとう》の浅倉知治《あさくらともはる》厩舎《きゅうしゃ》に所属したロイヤルリブランの快進撃は、特筆すべきものがありました。同じ父を持つ小柄な〝ファミリー〟と異なり、五〇〇キロを超える雄大な馬体の〝リブラン〟の主戦場は、主に短距離戦でした。

芝の一二〇〇メートル戦でデビューを飾ったのを皮切りに、やや足踏みした「五〇〇万下」と次の「オープン特別」を一六〇〇メートルで連勝すると、やや無謀な挑戦ではありましたが四月にはクラシック第一弾「皐月賞」に駒を進めます。

この決定の背景には、耕一さまの強い意志がありました。調教師の浅倉氏は繰り返し「狙《ねら》いは五月のＧⅠ『ＮＨＫマイルカップ』。皐月賞で二〇〇〇メートルを走らせるのは得策ではない」と口にしていました。

名伯楽として知られ、数年後に定年を控えている浅倉氏の決定に異を唱えるオーナーはほとんどいないと聞いています。「物言う馬主」として知られていた社長でさえ、浅倉氏の決めたことには「まぁ、先生が言うことなら」と従っておりました。

決して強面《こわもて》なわけではございませんが、たしかな実績に裏打ちされた浅倉氏の言葉にはいつも説得力がありました。

もちろん、それを知らない耕一さまではございません。私も口酸《す》っぱく調教師との関係の重要性を語ってまいりました。しかし、耕一さまは頑として〝リブラン〟の皐月賞出走を譲ろうとしませんでした。

「賞金は足りているんです。馬にとって生涯一度しかないこんなチャンス、みすみす逃す手はありません」

どちらかといえば、私の気持ちも耕一さまに近いものがありました。たとえ勝つ見込みが少なかったとしても、馬主にとって三歳のクラシックレースに持ち馬を出走させることはそれだけ栄《は》えあることなのです。

浅倉氏はそんな浅薄な馬主根性を簡単に見透かしておりました。

「まぁ、馬は結局オーナーさんのものですからね。どうしてもというなら止めることはできません。けれど、あの子たちの将来のことも考えてやってください。若いオーナーの自己顕示欲のために馬は存在しているわけではないんです」

胸に引っかかりを抱きながら迎えた「皐月賞」で、ロイヤルリブランは12着という結果に終わりました。

決してイヤミを口にすることはありませんでしたが、浅倉氏は呆れた表情を隠そうとしませんでした。

「いずれにしても、これで当初の予定はだいぶ狂ってしまいました。どうしましょう？　このままムリをしてでも来月の〝ＮＨＫマイル〟を目指すか、それとも夏以降の立て直しを目指して北海道に放牧に出すか、私はオーナーの意見に従いますよ」

突き放すような浅倉氏の問いに、耕一さまが答えたのは数日後のことでした。浅倉氏の言葉には「放牧に出すべき」というニュアンスが色濃く滲《にじ》み出ておりましたが、私は耕一さまはそれでも「ＮＨＫマイルカップ」を、クラシックレースではありませんが、やはり三歳馬のみが出走できるＧⅠレースに出走させることを望まれるのだろうと思っていました。

しかし、耕一さまの要望はまったく違うものでした。

『ロイヤルリブランの件ですが、クリスさん、次は「日本ダービー」を使ってください。そう浅倉先生にお伝えいただけますか』

いつになく夜遅い電話でしたので、はじめ私は耕一さまが酒に酔っているのではないかと勘ぐったくらいです。しかし、その声色に冗談めいたところはありません。

「耕一さん、いくらなんでもそれはないですよ」

『なぜですか？　平良さんに他の有力馬たちの動向を調べてもらったんですけど、賞金はおそらく足りていますよ』

「賞金の問題ではありません。馬自身の問題です。あれだけ胴の詰まった馬がダービーに合うわけないじゃないですか」

さすがの私もこのときばかりは浅倉氏の側に立ちました。二〇〇〇メートル戦の皐月賞ですら周囲からは距離が長いことを指摘され、事実、惨敗《ざんぱい》しているのです。デビューした一二〇〇メートル戦、その後の一六〇〇メートル戦で強い勝ち方をしたことを考えれば、〝リブラン〟の適性距離はハッキリしているはずなのです。

携帯電話の向こうからため息の音が聞こえました。耕一さまは私の言葉に応じず、気を取り直すように話題を変えます。

『それとダービーでは〝リブラン〟のジョッキーを替えてください』

「は？　ジョッキーをって……。いったい誰に？」

『野崎翔平くんがまだ空いているはずです。悪いんですけど、翔平くんの当日の予定を確認してもらっていいですか？』

内容が頭に入ってきませんでした。淡々とした言葉の意味を認識した瞬間、私は深夜の寝室で立ち上がっていました。

「いい加減にしてください、耕一さん」

『何がですか?』

「遊びじゃないんです。みなさん命がけで戦っているんです。ぽっと出の若いオーナーの気まぐれに翻弄されるプロの身にもなってください」

耕一さまは私の言葉に応じようとしませんでした。少しの沈黙のあと、さらに用件を口にされます。

『あと、すみません。これはダービーが終わったあとでかまいません。〝リブラン〟の厩舎を替えてください』

「え?」

『できれば、広中さんにもう一度だけお願いしていただけませんでしょうか。馬房が足りていないといった理由で厳しい場合は、またこちらで厩舎を指定します。まずは広中厩舎が第一候補です。よろしくお願いいたします』

私は何も言うことができませんでした。耕一さまの方も質問は受けつけないといった厳しい口調ではありましたが、押し黙る私に何かを感じ取ったのでしょう。少しすると小さな笑い声が聞こえてきました。

『すみません。クリスさんには僕がワガママを言っているように聞こえているのかもしれませんし、実際にワガママを言っているのかもしれません。でも、どうしても譲ることができないんです。これは父との約束なんです』

「社長との？　何が？」

『迷ったら馬のことだけを考えろって。今後たくさんの人たちがそれっぽい競馬界のルールをお前に押しつけようとしてくるだろうけど、お前はこの世界の住人なわけじゃない。何かに迷ったら、いまのお前が正しいと思う価値観を優先しろって。それは、つまり馬のことを優先して考えることだろうって』

私は混乱いたしました。社長の言うことはもっともです。一言一句、間違ったところはございません。私が腑《ふ》に落ちないのは、いま馬のことを優先して考えているのは、どう考えても浅倉氏であるということです。

耕一さまは淡々と続けました。

『クリスさんは「馬のため」ってどういうことだと思いますか？』

「馬のため……ですか？　それはケガなく競走馬としての生涯をまっとうすることではないでしょうか」

『では、その先は？』

「え？」

『長い馬の生涯において、現役の競走馬でいられるのなんてわずかな期間ですよね？

では、彼らはその先どうやって生きていったらいいのでしょう？ メス馬なら繁殖に上がれる可能性が高いかもしれませんが、僕が父から譲り受けたのはオス馬ばかりです。彼らにはどう余生を過ごさせてあげたらいいのでしょうか』

耕一さまが諭すような声で言ったとき、私には思い出すことがありました。社長が亡くなる少し前、耕一さまから「引退した競走馬たちはその後どうなるんですか？」と質問された日のことです。

それは、いつか私自身が疑問に思ったことでもありました。中央から地方に転籍し、のちに引退した「ロイヤル」の馬の足取りを辿ろうとして、社長に「独りよがりの罪悪感を抱くな！」と怒鳴りつけられたことがありました。

その言葉だけで、私は愛馬たちの残酷な末路を想像することができました。実際、競走馬の最期《さいご》はブラックボックスと言われています。『引退後は乗馬に――』といった新聞記事を目にすることもありますが、それは悲惨さを覆い隠すためのワンクッションでしかないというウワサも耳にします。乗馬になった馬のその後を辿ろうとしても、どこかのタイミングから足取りをつかめなくなることはざらにあります。

社長と同じように、私も耕一さまに「知るべきじゃない」と伝えようかと思いました。馬は生きているだけで月に数十万円という費用がかかってしまう生き物です。たとえ末路を知ったところで、我々に彼らを救う手立てはありません。

それならば、ハナから馬など持つべきではないという意見もありますが、それは違うと断言できます。たとえ自らの手で所有しなかったとしても、競馬が存在する限りサラブレッドは生産されていくのです。

いえ、そもそもこうして競馬が存在し、馬主たちが馬を所有してこなければ、サラブレッドの血は途絶え、とっくに淘汰《とうた》されていたはずです。

結局この問題を考えるとき、私はいつも同じ矛盾にぶつかります。「独りよがりの罪悪感」という言葉は、いまも私の胸に鮮烈に刻み込まれています。社長が私を止めたのは間違いだったと思いません。

それでも、私はこの年若いオーナーがその矛盾とどう折り合い、どんな考えを抱くのか知りたくなってしまいました。

だから私は「馬喰《ばくろう》」という馬の仲買い等の雑務を一手に担《にな》う旧知の人間にお願いし、耕一さまと会ってもらう算段を取りました。そこで馬喰氏が何を語り、何を見せ、耕一さまが何を感じたかは知りません。

ただ、いまお話しになっていることがそのことと通じているのは明白です。携帯を持つ手に自然と力がこもり、私は息を殺して次の言葉を待ちました。

耕一さまは軽く咳払《せきばら》いして、覚悟を決めたように切り出します。

『クリスさんの言っている意味はわかります。たとえば父や椎名さんのように、数十頭という馬を持っていたら、たしかにそのすべての余生にまでコミットすることはできないのかもしれません。だけど、僕は三頭だけなんです。〝リブラン〟と〝レイン〟、そして〝ファミリー〟の未来だけを考えてあげればいいんです。だったら可能性がある限り、僕はまず彼らを種牡馬《しゅぼば》にすることを目指したい。そして、少なくとも〝リブラン〟にはそこに一番近づける『日本ダービー』への道が拓《ひら》かれているんです。種牡馬になるのに、ダービー勝利よりも簡単な方法はありませんよね？ 少々の無理を強いてでも、いまは戦わせるべきじゃないですか？ それが彼らの幸せに通じているという確信があるからこそ、僕はそこに挑戦させたいんです。ここからわずか十八分の一の確率で種牡馬になれる道が拓けているんですから」

耕一さまの言葉は決して思いつきではない、たしかな意志を感じさせました。目先のことを考えているのはあなたたちの方、それっぽい価値観に縛られているだけで、自分の頭で馬の幸せについて考えていない。そう突きつけられているようです。

むろん、それが正解とは思いません。耕一さまがおっしゃっているのは一つの立場からの考えでしかなく、それが本当に馬の幸せであると証明する術《すべ》はございません。しかし、それでもそのことについて耕一さまが深く考えようとしているのは間違いありません。

私はその考えを知りたいためだけに質問しました。

「皐月賞の二〇〇〇メートルでさえ距離の長さが指摘されたんです。耕一さまは本当に〝リブラン〟がダービーの二四〇〇メートルに対応できるとお思いですか？」

『逆にクリスさんは本当に皐月賞が距離のせいで負けたと思ってるんですか？』

「どういう意味でしょう？」

『僕にはそう見えませんでした。たしかに少し引っかかりはしましたけど、それはジョッキーが御《ぎょ》せなかっただけとしか思えませんでしたし、何よりも僕は西浜《にしはま》さんが最後の直線でまったく追おうとしなかったことが許せませんでした。〝リブラン〟にはまだまだ体力がありました。それこそ馬の将来を考えてあえて追わなかったのかもしれませんが、僕の考えはさっきお話しした通りです。クラシックの大舞台で一つでも上の順位を目指そうとしなかったことを、僕は許すことができません』

皐月賞で〝リブラン〟に跨がった西浜和宏《かずひろ》騎手は、浅倉厩舎と関係の深い大ベテランです。騎乗技術に長《た》け、確固たる競馬観と実績を持ち、こんなふうに若いオーナーに批判されていることを知ったら激怒することでしょう。

耕一さまがおっしゃるのは、翔平への乗り替わりの理由でもありました。私は納得したくなるのをグッと堪《こら》え、さらに質問を重ねます。

「ですが、体型はあきらかに長距離向きではないですよね？」

『そうでしょうか？』

「それはそうじゃないですか。北海道で耕一さん自身がおっしゃっていましたよ。寸詰まりの体型を見ながら、マイラーですかねって」

『たしかにデビュー前はそう感じていました』

「いまは違うんですか？」

『ええ。少なくとも印象はまったく違います。というか、そもそも本質は胴の詰まった馬がどうして短距離向きかっていうことだと思うんです。胴が詰まっている馬は、基本的にはストライド走法よりピッチ走法を得意とします。つまり足は速いけど、体力が消耗しやすいタイプが多いということですよね。でも〝リブラン〟はたしかに胴詰まりの身体《からだ》をしていますが、あきらかにストライド走法なんです』

「そうなんですか？」

『三勝目を挙げたマイルの「オープン特別」。僕、知り合いのデータ会社の人にお願いして、出走した全頭のスタートからゴールまでの完歩数を数えてもらったんです。全十三頭の平均が二二六完歩だった中で、〝リブラン〟の完歩数がどれくらいだったと思いますか？』

「わかりません」

『一九七完歩です。一頭だけ二〇〇を切っていました。これは〝リブラン〟の一歩の〝トビ〟が異常に大きいということの何よりの証拠です。僕を含め、みんな体型に惑わされて馬の本質を見誤っていたんです。そして、だからこそ僕は翔平くんを起用したいと思うんです』

「なぜでしょう？」

『普段の翔平くんはどちらかというとスマートな騎乗をします。でも、ロイヤルファミリーの新馬戦で見せたあの強引な追い方は、絶対にいまの〝リブラン〟に合っています。翔平くんの腕力があれば〝リブラン〟の一完歩をあと十センチ伸ばせます。仮にダービーの二四〇〇メートルの間に、通常の〝リブラン〟が三〇〇完歩を要するとして、その一完歩をあと十センチずつ伸ばせるとしたら、どうですか？　さらに完歩数は減りますよね？　当然、その分の体力を温存することができます。翔平くんがきちんと御せたとして、レース中に〝リブラン〟が気持ち良く走れたとしても、それでもクリスさんはあの馬が絶対にダービーで通用しないと思いますか？』

率直に言って、私には理解が及びませんでした。完歩数が減ったからといってダービーで勝負できるものなのかもわかりませんでしたし、机上の空論なのではという疑問を拭《ぬぐ》いきることもできませんでした。

それでも、反論できる材料がなかったのも事実です。ダメ押しというふうに耕一さまは強く口にします。

『もし、僕の願いが受け入れられたとして、本当にロイヤルリブランをダービーで、そして野崎翔平をジョッキーとして起用してくれるんだとしたら、僕は今度こそ全財産を単勝馬券に突っ込みますよ。全財産といっても、たかが知れてますけど』

ゆっくりと言葉を咀嚼《そしやく》したあと、私は久しぶりに口を開きました。

「耕一さん、一つだけ進言させていただいてよろしいでしょうか」

『なんでしょう？』

「一応、複勝にしておきませんか？」

『はい？』

「もちろん、私も出走する以上は〝リブラン〟が勝つものと思って応援します。ただ、今回に限っては人気薄は間違いありません。下手をすればしんがり人気です。オッズはかなりつくはずですので、3着以内の複勝で勝負するのはリスクヘッジとして悪くないと思うんです」

多くの波紋と少しの幸運、そして期待と不安と高揚感とが複雑に入り乱れる中で迎えた、快晴の「日本ダービー」当日。東京競馬場のビジョンに映し出された「ロイヤルリブラン」の単勝オッズは、予想をはるかに超えた「390倍」。3着以内の複勝でも「100倍前後」というとんでもない有り様でした。

そして結論からいえば、このレースで〝リブラン〟は3着に入りました。かつて一二〇〇メートル戦でデビューしてダービー出走にこぎつけた馬が存在したのか、私はデータを持ち合わせておりません。その馬がしんがり人気でありながら、激走の末に3着となって大波乱の立役者となったという例も耳にしたことはありません。

「あの、耕一さま……。すごいレースでしたね。本当にすごかった」

間違いなく〝リブラン〟は素晴らしいレースをしてくれたと思います。地響きのようなどよめきの残る東京競馬場の馬主席で、しかし私は耕一さまに「おめでとうございます」という言葉をかけることはできませんでした。

本心としてはお伝えしたい気持ちがありました。「絶対に通用しない」という周囲の下馬評を覆《くつがえ》して、優勝馬に三馬身差まで迫る衝撃的なレースを見せてくれたのです。翔平と手が合うという見立ても見事にハマり、本当に現時点ではこれ以上ないという走りでした。

それでも祝福の言葉をかけることができなかったのは、他ならぬ耕一さまの表情がひどく沈んでいたからです。

「あの、耕一さん?」

耕一さまが何に気を落とすのか。はじめ、私はロイヤルリブランが将来種牡馬となる千載一遇のチャンスを逸したことにあるのだと思っていました。ダービーに限らず、すべてのレースにおいて1着と2着以下の間には大きな隔たりが存在します。わずか数センチの差が輝かしい未来を平然と奪っていくのです。

もちろん、それも理由の一つだったでしょう。しかし、沈黙のあとに耕一さまがしぼり出した一言は、私の想像にはないものでした。

大金と引き替えられる複勝馬券を無造作に胸のポケットに押し込んで、耕一さまはさびしげに息を漏らしました。

「どうして〝ファミリー〟はここにいないんですかね」

「え？」

「本当はあの子もここにいなきゃいけないんですよね。やっぱりスターホースにはこういう晴れ舞台がふさわしいと思うんです。ロイヤルファミリーは絶対にここにいなければいけなかった馬なんです」

そう独り言のように繰り返し、耕一さまは私を見据えました。表情にかつての幼さはありません。社長が数十年かけて手に入れた覚悟と悲壮感が、すでに刻み込まれているようでした。

「近く、北海道に行きましょう。久しぶりに〝ファミリー〟に会いたいです」

耕一さまの言葉に、自然と笑みが滲みました。

「そうですね。日程さえ挙げていただければすぐにでも段取りします」

「可能な限り、チームのメンバーを揃《そろ》えていただけませんか？」

「チームとは？」

「広中さんに平良さん、加奈子さんにも立ち合ってもらいたいですし、あともう一人。マストの人間がいます」

「翔平ですね？」という私の問いに、耕一さまはこくりとうなずきます。

「一度、翔平くんとは膝《ひざ》をつき合わせて話さなければと思っています。馬主の身勝手かもしれませんが、なんとか彼の日程を押さえてください」

私は「承知いたしました」と口にしながら、メモ帳に『翔平に電話』と書き込みます。顔を上げると東京競馬場の西の空がかすかに赤く染まり始めていました。

頬を撫《な》でる風はもう夏のそれです。私はメモ帳を閉じ、ボンヤリと北海道の牧場に思いを馳《は》せました。


チームのみなさんが北海道日高地区のノザキファームに集結したのは、本年度の「セレクタリアセール」が行われる前日、七月の日曜日の夜でした。

集まったのは私と加奈子、広中氏と平良氏はちょうど開催中の函館競馬場からやって来て、耕一さまは東京から、そして翔平は中京競馬場でのレースを終えたその足で久しぶりに帰省しました。

約束の十七時が近づくにつれ、一人、また一人と、馬房にいるロイヤルファミリーのもとにメンバーが集まってきます。

最後に翔平が祖父であるノザキファームの場長とやって来るのを確認して、耕一さまが深く頭を下げました。

「みなさん、本日はお忙しい中、無理を聞き入れてくださって本当にありがとうございます。集まっていただいたのは他でもありません。来週の〝ファミリー〟の帰厩にそなえ、今後どうやってこの馬を育成していったらいいか、そのアイディアを募りたいと思ったのです」

耕一さまの言葉に呼応するように、〝ファミリー〟が鼻ラッパを鳴らしました。ケガをした一年前に比べれば、少しは大人になったでしょうか。しかし、そこは元々が暴れ馬。こうして人間が集まっていることに興奮したように首を上げ下げします。

加奈子の仕切りで母屋に移り、そのまま宴会となりました。

「しかし、あらためてダービーはすごかったよなぁ。〝リブラン〟の夏以降の予定は？ やっぱり菊花賞を目指すの？」

デビューから立て続けに十戦をこなしたロイヤルリブランも、晴れて浅倉厩舎から広中厩舎へ転厩したのを機に休暇が与えられ、久しぶりに北海道に戻ってきています。

広中氏に質問する体《てい》を装《よそお》い、平良氏が耕一さまに尋ねているのは明白でした。耕一さまは察しよくうなずき、翔平に目を向けます。

「菊花賞……。そうですね。ちなみにジョッキーとしての翔平くんのお考えは？」

翔平はちびりとビールを舐《な》めてうなずきます。

「耕一さんがゴーサインを出すなら乗りたいです。でも、さすがに今度ばかりは適性距離とは思いません。僕に選択権があるなら行きません」

「そうですね。僕も同意見です。いくらなんでも三〇〇〇メートルは長すぎます」

ダービーが終わった直後、私は耕一さまと翔平が「あと二〇〇メートル短ければ勝てた」と真顔で話し合っている場面を目にしました。

私も三〇〇〇メートルが〝リブラン〟の適性とは思いませんが、以前の耕一さまの考えと整合性が取れません。「皐月賞」「日本ダービー」と並ぶクラシック最後の一冠「菊花賞」を狙わない理由にはなりません。

「本当によろしいんですか？　もうクラシックを狙うチャンスはありませんよ」

耕一さまが他に所有しているのは、ケガで出遅れた〝ファミリー〟と、マイル路線を主戦場とする〝レイン〟のみです。耕一さまにとって最後かもしれないクラシックレースを狙わなくていいのか、私は確信を抱けません。

耕一さまはうっすらと微笑《ほほえ》みます。

「いまの日本の流行は長距離路線ではありませんからね。中距離を中心に、どちらかといえばスピード型の馬が種牡馬として重宝される時代です。仮に菊花賞を獲《と》れたとしても、種牡馬としての価値は上がりません」

そう一息に口にして、耕一さまはどこか気恥ずかしそうに続けました。

「それに〝リブラン〟にはちょっと欲が出てきてしまったんです。ダービーの3着で五千万円も稼いできてくれましたよね。あのとき、少し考えが変わりました。種牡馬になれるのはもちろん理想ではあるけれど、あの子にはふさわしい距離でどんどん稼いできてもらうのもありなんじゃないかなって」

「稼ぐ？　それはどういう意味ですか？」

「おおよそ一億五千万持ってきてくれたら、何も種牡馬になる必要はないんです」

「は？」

「毎月の飼い葉料を仮に六十万円として、かける十二ヶ月で七百二十万。そこから二十年生きるとしての金額です。もちろん、そんな単純計算が成り立つとは思っていませんし、他にも必要な経費は出てくると思うんですけど、馬が自分自身のエサ代さえ稼いでくれれば、ただ飼っているだけということが成立するわけですよね？　野崎さん」

いきなり話を振られた場長がしどろもどろになります。

「ま、まぁ、金さえもらえるなら喜んで繋養《けいよう》するけどな。そんな無駄金を使う酔狂なオーナーはいないだろうけど」

「でも、うちの場合は近くホースセラピーも開業する予定だし、金銭面での折り合いもなんとかしていきたいと考えていますよ。競走馬ではないんですから、さすがに月に六十万円なんていうこともないでしょうし」と、加奈子が話に混ざります。

耕一さまは満足そうにうなずきました。

「そういう意味もあって〝リブラン〟にはたくさん稼いできてもらいます。可能ならば〝レイン〟の引退後の分まで。翔平くん、お願いできますか？」

「ええ、僕ですか？　そんなのお願いされてどうこうできることではないと思うんですけど、まぁ、そうですね。二億円くらいなら普通に稼いでくるんじゃないですか？」

「おいおい、うかつなこと言うなよ。この先、管理するのは俺なんだからな」と広中氏が混ぜっ返したところで、笑いが起きました。

二十四歳になった耕一さまと、二十二歳の翔平がこの場を仕切っているのに圧倒されます。若い二人を中心にして、みなさま〝リブラン〟や〝レイン〟の今後について意見を交わしています。

耕一さまがようやく本題に触れたのは、宴会がスタートして二時間が過ぎ、会の盛り上がりが最高潮に達しようとしていた頃でした。

「そろそろ〝ファミリー〟のこれからの展開について伝えたいと思います」

みなさまその話をしたいと思いながら、耕一さまが切り出すのを待っていたようです。部屋に静けさが立ち込めました。

一人一人の顔を確認するように見渡し、最後に私の目を見据えてから、耕一さまはかすかに目を細めました。

「といっても、基本的にはプロである広中さんと主戦の翔平くんの判断に委《ゆだ》ねたいと思っています。僕からお伝えしたいのは一つだけ。二年後の『有馬記念』に出走できるよう〝ファミリー〟を仕上げてください」

さらに深みを増した静寂を裂くように、耕一さまの声が響きます。

「いえ、出走するだけではありません。絶対に勝ってください。『いつの時代も、息子は父を超えていかなければいけないもの。馬も人間もそうやって今日まで繁栄してきた』。帝王学などという立派なものではありませんが、それが、父が僕に繰り返し伝えてきたことでした。みなさんのお力で超えさせてください。ロイヤルファミリーはロイヤルホープを超えなければならないのでしょうし、僕は山王耕造を超えなくてはなりません。その言葉を、ここに集まってくれたみなさんに共有していただきたいと思っていました」

本音をいえば、時期尚早ではありました。来週、広中厩舎のある栗東トレーニングセンターに戻る〝ファミリー〟は、たった一勝しただけの、クラス編成でいえば「五〇〇万下」の馬に過ぎません。

これから「有馬記念」に出走できるオープンクラスに上がるためには、「五〇〇万下」

「一〇〇〇万下」「一六〇〇万下」と三つのクラスを勝ち上がらなければなりません。グランプリレースに出ようと思うなら、よりレベルの高い重賞レースで好成績を収め、賞金を稼いでくる必要があるのです。三歳のこの段階で「五〇〇万下」にいる馬を、本気で五歳で有馬記念に出走させようとしている陣営は皆無と言えるでしょう。

それでも、我々の中に笑う者はいませんでした。山王社長の忘れ形見という思い入れの強さも理由の一つでしょうが、それだけではありません。久々に会った〝ファミリー〟の容貌《ようぼう》が、あまりにも〝ホープ〟に酷似していたためです。

馬房にやって来るすべての人が目を見開いていました。雷型の額の白紋、興奮してくると激しく首を上下させる愛くるしい仕草、どこかすがるような鳴き声。何から何まで〝ファミリー〟は〝ホープ〟と瓜《うり》二つでした。わずか数ヶ月ぶりに再会した私でさえ、その劇的な変化に感嘆の息が漏れたほどです。

休養している一年の間に肉体も大人になりましたし、毛づやもワックスをかけたかのようにピカピカです。

新馬戦で〝ファミリー〟が蹴《け》散《ち》らした椎名氏のディップバビロンは順調に出世し、クラシックへの参戦は叶《かな》いませんでしたが、先週開催されたGⅢ「ラジオＮＩＫＫＥＩ賞」で優勝しています。その力関係を見ても、近く〝ファミリー〟が「五〇〇万下」で復帰戦を迎えた際は、それほど恥ずかしい結果にはならないでしょう。

「二年後の有馬か。いいね。たしか〝ホープ〟が最初に挑戦したときは8着だったんだよな」という平良氏の独り言のような言葉に、応じたのは加奈子です。

「そうですね。次の年が5着、絶不調だった五歳時が9着、六歳でイマジンドラゴンにハナ差の2着で引退しました」

広中氏も笑みを浮かべました。

「いずれにしても、のんびりはしてられない。ケガ明けの馬をあと二年半でグランプリホースにしなければいけないんだ。がんばらないと」

翔平も不敵に微笑みます。

「でも、まぁ勝てばいいんですよね。勝ち続ければいいんです。どのレースを使うかはあまり関係ありません」

翔平の言葉には力がみなぎっていました。〝ファミリー〟の新馬戦で自信を取り戻した。そんな短絡的な話ではないのでしょうが、一年前のあの時期を前後して成績はキレイな上昇カーブを描いています。

ようやく会がお開きとなったその日の夜更《よふ》け、私は馬たちも寝しずまった馬房に一人で足を運びました。

最後に〝ファミリー〟と語り合おうと思ってのことでしたが、目的の房の前に先客が二人いました。肢《あし》を折りたたんで寝ている〝ファミリー〟の前で、耕一さまと翔平が静かに言葉を交わしています。

「耕一さんって大学はもう卒業してるんでしたっけ？」

「ううん。来年。祖母のこととか、父のことがあって、留年しちゃってるから」

「じゃあ、学生っていう立場で馬主やってるんですか。すごいな」

「翔平くんの方がずっとすごいよ。その若さでジョッキーとして勝ち星を上げてるんだから」

「たまたまですよ。落馬するまでは調子良く乗れてたんですけどね。あれ以来、なんかいろいろ考えるようになっちゃって」

「でも、一時期の不調は脱したように見えるよ」

「だとしたら、耕一さんのおかげです。ロイヤルファミリーの新馬戦に乗せてもらったとき、これでダメなら……って久しぶりに無我夢中になりましたから」

「なら良かった」

「さっきの言葉、すごく良かったです」

「言葉？」

「息子は父親を超えていかなければいけないっていうやつです。もちろん父親ではないですけど、僕にとっては佐木隆二郎がそういう人なんだと思います」

「ああ、たしかに。翔平くんは佐木さんを超えなくちゃいけない」

「僕たちにだってきっと優勝劣敗の原則は当てはまるんですよね」

「強者が栄え、弱者が滅びる。ＪＲＡが掲げる大原則か。馬たちに比べたら人間はだいぶ緩いけど」

「でも、きっとそういうことなんですよ。きちんと上を尊敬しつつ、でも淘汰しなければいけないんです。じゃなければ、僕たちが食い殺されます」

翔平はくすりと笑い、続けました。

「ねぇ、耕一さん。今度二人でのみにいきましょうよ。いつも周りに大人がいっぱいいるじゃないですか。二人でがっつり話したいです」

「いいね。どこに行こうか」

「それはオーナーとジョッキーですよ。祇園《ぎおん》か、新地か、銀座でしょう。いや、それは冗談ですけど、近く本当に行きましょう」

はじめは距離感を取りあぐねた会話であったものの、かすかな月明かりの下で連絡先を交換する二人の姿は美しいものでした。

秋以降の競馬界を賑《にぎ》わすのは、ここにいる二人と一頭です。その思いは期待ではなく確信として、私の胸に広がります。

そのとき、山王社長は何を思うのでしょう。よくやったと褒めるより、俺よりいい思いをするなと怒るのではないでしょうか。

社長の悔しそうな表情が脳裏をちらつき、私は柱の陰で噴き出すのを我慢しておりました。

翌日、私は耕一さまをともなって苫小牧《とまこまい》の北陵ファームを訪ねました。今年度の「セレクタリアセール」が行われる会場です。

耕一さまに馬を購入する資金はございませんし、そもそも新しい馬を所有する権利も有していません。耕一さまが馬主としての活動を行っていられるのは、あくまでも山王社長から相続した三頭に限られます。

それでも、これで三年連続でのセール参加です。「後学のために良血の若駒《わかごま》を見ておきたい」というのが、耕一さまが一貫して口にしていることでした。

加奈子が最初に帰京し、翔平が翌日の調教のために栗東に戻り、広中氏と平良氏は会場にやって来ましたが、それぞれ違う馬主や記者仲間とともにいます。

たとえ購入するつもりはなくとも緊張感はひしひしと伝わってきます。あるオーナーが馬のセールを「夢の奪い合い」と表現されていました。社長と来ていた頃のことが否《いや》が応《おう》でも脳裏を過《よ》ぎります。出し抜くか、出し抜かれるか、そこかしこですでに情報戦が始まっているのもわかります。

社長と来ていた頃に比べ、オーナーの顔ぶれはずいぶん変わりました。私がはじめて会場に来たとき、客席でパソコンを開いているのは椎名氏くらいしかいませんでした。それがいまでは見慣れない若いオーナーを中心に、たくさんの方がスマホとにらめっこしています。目の前で紹介されている馬の馬体など興味がないというふうに、みなさま一心不乱にデータを見つめているようです。

一方の耕一さまは、次々と登場してくる馬たちを鋭く凝視しては、カタログに何やらメモをしています。

「いつも何を書かれているんですか？」

私を見る時間さえ惜しいというふうに、耕一さまはペンを走らせながら応じました。

「ここ、いつ来ても最高の環境ですからね。こんなふうに一流馬たちをいっぺんに見られる機会なんてそうそうないじゃないですか。自分の馬を見る目をたしかめておきたくて。この馬をいまの自分がどう見ているか、確認できるのは翌年以降ですけど、きっと何かしらの先入観にとらわれているに違いないんです。来たるべき日のために、そういう部分を見極めておきたいなって」

流れるように口にした耕一さまの言葉の中に、ハッキリと異物が混ざっていました。

「来たるべき日？」

「はい？」

「いや、いま耕一さんそうおっしゃいましたよね。来たるべき日のためにって」

絶えず動いていたペンが、不意に止まりました。耕一さまは怪訝《けげん》そうな顔を私に向けて、首をひねります。

「そんなこと言いました？　僕」

「ええ。たしかに」

「言いましたよね。なんか僕もそんな気がします。なんでだろう」

耕一さまは何かをごまかすわけでなく、本当に不思議そうにつぶやきました。私は自分の胸の中のモヤっとした思いに気づきます。

たとえ耕一さまに母親譲りの馬を見る目があるとして、どれだけ馬主としての才覚があったとしても、馬主をしていられるのは「相続馬限定馬主制度」が適用される、山王社長から譲り受けた三頭のみに限られます。

最近になって条件は緩和されましたが、馬主になるためには「七五〇〇万円以上の資産」と「二年連続で一七〇〇万円以上の所得」という取り決めがあり、後者にはさらに「競馬活動以外での所得」という注釈がついています。つまり仮に所有する三頭が首尾良く大金を稼ぎ出したとしても、正規の馬主資格を取得することはできないのです。

私は釘《くぎ》を刺すように言いました。

「耕一さんが新しい馬のオーナーになれることはありませんからね」

「そんなことわかってますよ」

「レースで稼ぐだけでもダメなんです。来年、きちんと大学を卒業して、就職されて、ご自身のお力でまたいつか馬を持ちましょう。『来たるべき日』はそのときです」

社長や、中条美紀子さんの代わりを務めたいと思っているわけではありませんが、他に身寄りのない耕一さまについ小言を言いたくなるときがあります。

耕一さまはつまらなそうに鼻を鳴らし、再びペンを走らせました。そして思わずというふうに続けられた言葉に、私は耳を疑いました。

「でも、それって本当にそうなんですかね？」

「どういう意味でしょうか」

「いろいろと方法はあると思うんです。競馬で得た資金を元手に資産運用会社を立ち上げてもいいし、アパートを購入してその管理会社っていう名目にしてもいいですし。本当に競馬の世界で生きていこうと思うなら、七五〇〇万の資産と一七〇〇万の所得くらい、いくらでも方法はある気がするんです」

私は何も応《こた》えられませんでした。つい一年前、千円の馬券購入に悩んでいた若者の言葉とは思えません。

絶句した私に気づいて、耕一さまは苦笑します。

「いや、もちろん本気でそんなこと考えてるわけじゃないですよ。ただ、一つの方法として、そんな道もあるだろうなって」

耕一さまが取り繕うようにそんなことを口にし、私がそれをたしなめようとしたとき、背後から声をかけられました。

「あのー、すみません。ひょっとしてロイヤルファミリーのオーナーの中条耕一さんじゃありませんか?」

邪魔をするなと顔を上げると、見たことのない若い男性が爛々《らんらん》と瞳《ひとみ》を輝かせながら立っていました。

現在の競馬サークルにおいて、耕一さまの知名度はかなりのものです。〝リブラン〟と翔平をダービーで起用するという一連の選択が平良氏によって『東日スポーツ』で紹介され、その試みが見事にハマったことが大きかったのだと思います。今年のダービーを制したベテラン馬主以上に、このセール会場での注目度も高そうです。

はじめ、私は目の前の男性がたくさんいる新しい馬主の一人なのかと捉えました。注目されている耕一さまに話しかけ、あわよくば吹っかけることで、何かを成し遂げたつもりになるような方かと思いました。

しかし、男性が漂わせている雰囲気は、他のオーナー方とは違いました。圧倒的に若く、耕一さまとそう違わない年齢で、なのに全身から余裕をたたえています。

そして、私には男性の顔に見覚えがありました。「クリスさん」とつぶやいた耕一さまも同様のことを感じたようです。

男性はあっけらかんと耕一さまに右手を差し出してきました。

「どうもはじめまして。椎名展之《のぶゆき》といいます。椎名善弘の長男で、たぶん耕一くんより一つ上の二十五歳です。ああ、良かった。ずっと会いたいと思ってたんだ」

早々に敬語が消え、親しげに「耕一くん」などと呼んでくる彼に、父親である椎名氏の鋭敏さは微塵《みじん》もありません。ただ、顔だけは間違いなくソックリです。

私は、そしておそらくは耕一さまも咄嗟《とっさ》に何を感じればいいかわかりませんでした。椎名展之さまはケラケラと笑いながら、なかなかつかみ取ってもらえない自分の手を強引に耕一さまに握らせます。

「俺も来年から親父《おやじ》に馬を持たされることになっちゃってさ。いまいろいろ勉強させられてるんだよね。馬主の先輩として今度いろいろ教えてよ。さすがに同年代のオーナーなんてなかなかいないし、耕一くんのことは前から注目してたんだ」

一方的に言い切って、展之さまは最後に耕一さまの耳もとでささやきました。

「正直、耕一くんもこの業界の古くささにうんざりしてるでしょう？　是非そんな話をしたいんだ。近くホントにご飯行こう。ご馳走《ちそう》するよ」

耕一さまが口を開くことは一度もありませんでした。

展之さまは満足そうに目を細めると、椎名氏とマネージャーの相磯氏の待つ席へ足早に戻っていきました。

秋

右脚のケガが癒《い》え、復帰した三歳の夏以降「ロイヤルファミリー」は決して期待したような成長曲線を描いてはくれませんでした。

復帰戦となった「五〇〇万下」クラスの特別戦では、後続を二馬身ほど突き放す強さで勝利を収め、陣営の期待は膨らみかけましたが、その後の「一〇〇〇万下」クラスをなかなか勝ち上がることができませんでした。3着、5着と、それなりに善戦し、賞金を持ち帰ってきてはくれるものの、決め手に欠けます。何より「新馬戦」で見せた父親譲りの末脚《すえあし》がなりを潜めたままでした。

すべてのレースで〝ファミリー〟に跨《また》がった翔平は、勝たせられなかったことをまず謝罪した上で「それでも〝ファミリー〟は晩成型だと思います。見た目はシャープに映りますけど、全体的にまだまだ身体は緩いですし、フォームもバラバラです。間違いなく、これから成長する時期がやって来ると思います」と断言していました。

復帰から二年後となる五歳時の「有馬記念」を本気で目指そうと思うのなら、こんなところでモタモタしているヒマはありません。翔平の見立てとは裏腹に、〝ファミリー〟はレースを重ねるごとに覇気を失っていきましたし、反面、気性の悪さには拍車がかかっているように見えました。

クラスの壁にははね返されて、ずるずると頭打ちになっていった馬を私はこれまで何頭も目にしています。ひょっとしたらこのまま……という疑念は、打ち払おうとしてもなかなか頭から消えてくれません。

そんな中で迎えた復帰四戦目となる十一月の「一〇〇〇万下」を7着で終えた直後、〝ファミリー〟の歩様に再び違和感が見られました。

前回骨折した箇所と同じ右前脚の故障でしたが、骨の異常ではなく、固いものを踏んだときなどに生じる「挫跖《ざせき》」という蹄《ひづめ》のケガです。幸いにも軽症という診断も下され、ひとまず安堵《あんど》の息を吐《つ》きましたが、陣営の落胆は相当のものでした。

もちろん、サラブレッドにケガはつきものです。軽傷で済んだことを喜ぶべきだという声も周囲からは聞こえてきましたが、「さぁ、これから」という時期の頓挫《とんざ》です。本音をいえば、ここまでなのではないかという気持ちが過《よ》ぎりました。少なくとも私は「有馬記念」など夢のまた夢という思いでした。

広中氏からは「それほどのケガじゃないし、厩舎で調整しながら様子を見守りたい」という前向きな提案をもらいました。

私は「広中さんがそう言うなら」と同意しましたが、同席していた耕一さまが一蹴《いっしゅう》しました。

「いえ、もう一度放牧に出してください。どのみち〝ファミリー〟の調子は一向に上がってきてないわけですから。北海道で立て直してもらいます」

その断じるような物言いに、広中氏は面食らったようにのけぞりました。私の胸もざらつきます。いまは多少の無理を強《し》いなければいけない時期と思いましたし、それ以上に我々には気になることがありました。

「いや、耕一さん――」

すがるような広中氏の視線に応じて、私が口を開きました。耕一さまは聞く耳は持たないというふうに首を振り、私を手で制します。

「それと、すみません。クリスさん。可能なら加奈子さんにノザキファームに出向いていただけないか聞いていただけませんか？」

「加奈子がですか？」

「もちろん、その分のお金はお支払いいたします。もしクリスさんから言いにくいということでしたら、僕から直接連絡させていただきます」

「いや、ちょっと待ってくださいよ。お金って……」

今度は私が広中氏に目を向ける番でした。ここ最近、厳密には一年に及ぶ休養を終えて〝ファミリー〟が栗東に戻った頃から、耕一さまに変化がありました。考えがひどくかたくなで、周りの人間の意見に聞く耳を持とうとしないのです。

それでも、競馬においてはオーナーの言うことは絶対です。ついカッとなりかけましたが、広中氏が私の肩に手を置き、気持ちを鎮《しず》めてくれました。

「わかりました。近く加奈子にその旨《むね》を伝えてみます。それでも彼女には彼女の生活も考えもありますので、本人にどうするか決めさせます」

恋人の加奈子と顔を合わせたのは、耕一さまが不満げながらにうなずいたその二日後でした。

そのためにわざわざ呼び出したわけではありません。あることを伝えたくて、前から約束していた食事でした。

あらかじめホテルのレストランであることを伝えておいて正解だったようです。加奈子は秋らしいワインレッドのワンピースに、ゴージャスなシルバーラメの入ったストールを羽織っていました。

十数センチのハイヒールの印象も手伝い、その姿は牧場にいるときはもとより、華やかな競馬場にいるときとも違います。

「わぁ、すごくいいね」

素直な気持ちから思わず声が漏れました。加奈子はまるで茶化されたかのように不服そうな表情を浮かべ、「ちょっと恥ずかしいからやめて。私、栄治のそういうところすごく苦手」と、出鼻を挫《くじ》くようなことを言います。

気まずくなって目を逸《そ》らした窓の向こうに、みなとみらいの街が見下ろせます。夏には湿気で滲《にじ》んでいた夜景が、すっかり鋭くなりました。

二十一歳と十八歳で出会った日から、二十六年が過ぎました。もう五十歳が目前に迫っています。あいかわらず頼りなく、優柔不断で、自分のことにかぎって自分で決めることができません。

あまりにナイーヴという自覚はありますが、「ロイヤルホープ」の引退レースにかこつけたプロポーズを一刀両断されたことは心の傷です。あれから五年という月日が過ぎ、いつか、いつか……と思いながら、四十を超えた二人にはなかなか劇的なきっかけは訪れません。

それでも、最近になって私の胸である変化が生じました。ずっと「いつか」を探し続け、その「いつか」を強引にひねり出しただけかもしれません。それでも、いつまでも逃げ続けることはできません。

いつもの安い居酒屋でなく、不慣れな高級レストランであることも、おろし立てのジャケットを着用していることも、加奈子は訝《いぶか》しみませんでした。彼女もまたきっと何かを察しているのでしょう。

「でも、ありがとう。そうやって服装を褒めてもらって安心するのは、大学時代から変わらないわ。やっぱり私はとんでもない田舎者だ」

自嘲《じちよう》するようにつぶやき、加奈子も席に腰を下ろします。少しだけくわしくなったワインをリストから注文し、格好だけのテイスティングを済まし、乾杯して、私は一度だけ小さな息を吐きました。

先日の耕一さまとの一件が脳裏を過ぎり、独りでに漏れた息でしたが、加奈子が目ざとく指摘します。

「どうかした？　なんか疲れた顔してる」

本当は仕事のことは後回しにしようと思っていました。まずは自分の気持ちを伝えることから始めようと考えていたのですが、加奈子がそれを許しません。

「ひょっとして耕一さんのこと？」

私は加奈子にだけ耕一さまの変化について話したことがありました。いえ、加奈子自身がそれに気づき、冗談めかしつつも「最近の耕一さんって、ちょっと山王社長に似てきたよね」と言ってきたことがあったのです。

少し逡巡《しゆんじゆん》しましたが、私は根負けしてうなずきました。

「またワガママを言い出した」

「ワガママ？」

「広中さんは〝ファミリー〟を厩舎《きゅうしゃ》に置いて調整したいって言ってるんだけど、北海道に放牧に出すって聞かなくて」

「そうなの？」

「うん。それに当たって、可能なら加奈子も北海道に行ってもらえないかって。ノザキファームのスタッフには申し訳ないけど、加奈子に面倒を見てもらえたら嬉《うれ》しいって言ってるんだ」

耕一さまが実際に言わなかったことを勝手につけ加え、逆に「お金」うんぬんについては伏せました。

加奈子は目を丸く見開いています。無理もありません。〝ファミリー〟がノザキファームを巣立っていくのを見届け、加奈子もまた横浜に拠点を移しました。一緒に住んでいるわけではありませんが、私の自宅近くにマンションを借りて、そこから大学時代の友人が開業している五反田の税理士事務所で働きながら、ノザキファームでの数年後のホースセラピー開業を目指し、時間を見つけては日本中の牧場を巡っています。

北海道を去って二年ほどが過ぎ、ようやく生活が軌道に乗ってきたいま、また数ヶ月も里帰りさせることが当然と私には思えません。

しかし「申し訳ない。もちろん無理強いはしないから」と頭《こうべ》を垂れた私とは裏腹に、加奈子の表情は明るく弾《はじ》けました。

「なんで？ 私、そのこと栄治に話したっけ？」

「そのことって？」

「だから、私が次の〝ファミリー〟の放牧に立ち合いたいと思ってたこと」

首をひねった私を、加奈子がまじまじと見つめてきます。

「何？ そういうことじゃないの？」

「うん。俺は聞いたことないけど」

「そうだよね。いや、ずっとそう思ってたんだ。前回の放牧では、お父さんたちが完全に〝ファミリー〟の調整に失敗したでしょ？ 復帰してから一向に調子の戻らないあの子を見たとき、イヤな感じがしたんだよね。だから、もし次に放牧に出ることがあったら私も一緒に北海道に帰ろうと思ってたの。ほら、あの子は生まれたときからずっと私が面倒見てたから。試してみたいことがあるんだ」

「でも、仕事は大丈夫なの？」

「大丈夫だよ。こういうことがあるかもしれないって香織《かおり》には伝えてあるし。そもそもいまだって平日に牧場巡りさせてもらってるわけだしさ」

瞳を輝かせながらそこまで言って、加奈子は意地悪そうに微笑みました。

「そんなことより何？ あんたたちそんなに上手《うま》くいってないわけ？」

「あんたたちって誰だよ」

「栄治と耕一さんに決まってるじゃない」

その直接的な物言いに、即座に口にすべき言葉を見つけられません。

「べつに。何も変わらない。あいかわらず耕一さんの競馬を見る目には感心させられてばっかりだし、馬に対する愛情も本物だと思う」

「でも？」

「何？」

「でも……って続く話なんでしょ？　だって馬のことばっかり褒めてるもん。耕一さん自身の人となりについては語ってない。何か不満があるんでしょ？」

「不満なんて、べつに……」という言葉は、最後まで続きませんでした。表情は柔らかいままですが、加奈子の目は笑っていません。

学生の頃から苦手だったうかがうような眼差《まなざ》しです。再び根負けして視線を逸らした私に、加奈子は諭すような声で言いました。

「私が彼のお母さんだったら、不安だな。彼がいま甘えられる人っているのかね。いくら馬を見る目があるって言っても、まだ二十歳そこそこの若者だもんね」

中条耕一さまという若いオーナーの馬を見る目、相馬眼《そうまがん》については、出会った当時から驚くことばかりでした。

自らが相続する三頭をピックアップしたときも、ロイヤルホープの長所と短所を端的に指摘したときも、通常の馬券やPOGでの馬の取捨選択も、血統の知識も、常人とは一線を画していると目を見張らされることばかりです。

その思いを決定づけられたのは、いまから五ヶ月前、北海道苫小牧市にある北陵ファームで行われたセレクタリアセールでの出来事でした。

血統表にはたいして目もくれず、次々とセリにかけられる良血馬たちの動きを食い入るように見つめながら、耕一さまは短い評価とともに馬たちを「A」「B」「C」という具合にランクづけしていました。

そうして「A」をつけた馬は、二百二十頭上場された一歳馬の中に十一頭いました。

「いやぁ。さすがにいい馬ばかりなんで目移りしちゃいますけどね。絶対に走ると断言できるのはこれくらいです」

耕一さまの言葉を聞いて、私は笑顔を作りながらも「絶対に」などと言えるはずがないという気持ちを抱きました。

しかし、その相馬眼はこの二年間ですでにイヤというほど見てきています。加えて、当然まだデビュー前の時期でありながら、その見る目が正しいということを実証するような出来事が起きました。

耕一さまが馬体を見てチェックし、「A」評価とした十一頭のうち、なんと八頭もの馬を椎名善弘氏が落札されてしまったのです。中には一億円を優に超える良血馬も三頭いましたが、そうではない五頭の見映えのしない血統の馬たちが合致しているのが圧巻でした。

とくに、セール会場に登場した瞬間に耕一さまが感嘆の息を漏らし、思わずといった感じで「うわぁ、これはいい。素晴らしい。僕に資格があったら絶対にこれ落とすんだけどなぁ」と独りごちた馬がいました。

セレクタリアセールに六頭しか出品されなかったロイヤルホープ産駒《さんく》のうちの一頭で、のちに息子の展之さま名義で登録され、「ソーパーフェクト」という挑発的な名をつけられた馬がそれです。

父親の椎名氏が所有していたイマジンドラゴンやヴァルシャーレに比べ、ロイヤルホープはそもそもたいした血統ではありません。ほとんど競《せ》り合うことなく千九百万円でソーパーフェクトを落札した瞬間、展之さまは「よっしゃー！　これはおいしい。超お買い得！」という声を上げられ、会場中をざわつかせました。

マネージャーの相磯氏はうんざりした顔をし、椎名氏は呆《あき》れたような表情で何か咎《とが》めておられましたが、展之さまに気にする素振りはありません。

ぺろりと舌を出した次の瞬間、展之さまはなぜかそのいたずらっぽい目を直前に挨拶《あいさつ》したばかりの耕一さまに向けてきました。

もちろん、離れた席に座っている耕一さまが同じ馬に関心を示していたことを展之さまは知りません。落札したのがロイヤルホープ産駒だったからでしょうか。私には耕一さまを挑発するような視線の意味を理解することができませんでした。

セール会場ではそれ以上のコンタクトはありませんでしたが、その後も展之さまはどういうわけか様々な局面で耕一さまを敵視するような振る舞いをされました。たとえば新聞のコラムがその一つです。

平良記者のアイディアによって、月に一度『東日スポーツ』に「馬主日和《びより》」というコーナーができました。

そんなタイトルでありながら、ここで取り上げられるのは耕一さまのことばかりです。亡《な》き父や母との思い出から、自身の競馬との関わり方、ロイヤルリブランやロイヤルファミリーとの出会いや、馬の見方、レース選択についてなど、大抵は私への取材を元にしながら内容は多岐にわたりました。

新しいタイプの馬主の出現と、競馬サークルではそれなりに注目を集めた連載でしたし、私も細心の注意を払ってインタビューを受けましたので、おおむね好感を持って受け入れられていたと自負しております。そんな中でただ一人、正面から耕一さまに嚙《か》みついてきたのが展之さまでした。

驚いたことに『東日スポーツ』のライバル紙である『スポーツエブリー』で「道楽息子の馬主万歳！」というふざけたタイトルのコラムを始められた展之さまは、ことあるごとに耕一さまをやり玉に挙げました。

『ロイヤルホープという古いタイプの血統の馬に、従来のルールを当て込んでいてはダメなんですね。たとえば、中条耕一くんが所有するロイヤルファミリーという馬がいますよね。あの母のロイヤルハピネスという馬は、たしかに中山牝馬《ひんば》ステークスを制した女傑ではありますけど、そもそもラスプロの3×3という血の重い馬なんです。そこにフェイズアンビータブルなんていうゴリゴリのアメリカ血統の父馬を持ってきていい結果を残せるはずがありません。ファイナルダンサー系を持ってきて手っ取り早く日本仕様にしてしまおうっていう考えなのかもしれませんけど、いくらなんでも安直すぎます（笑）。ロイヤルホープという馬の血統への理解が足りていません。その点、うちのソーパーフェクトという馬は――』

歯に衣着《きぬき》せぬ発言はたしかに好評を博しました。しかし、うちのオーナーになんの恨みがあるのだと、私は読むたびにむかっ腹を立てていましたし、顔見知りの『スポーツエブリー』の競馬記者に抗議したことも一度や二度ではありません。

それなのに当の耕一さまに気にする素振りは見られません。

「まぁ、クリスさんが怒る気持ちもわかりますけど、応戦したら向こうの思う壺《つぼ》ですよ。

言わせておけばいいんです」

やせ我慢しているとも思えませんでした。むしろどこか嬉しそうに見えるのが不思議でした。

それは、実際のお二人の関係にも表れていたようにも思います。どれだけ紙面上で批判されたところで、競馬場で会うことは避けられません。

耕一さまが四歳馬を三頭、展之さまも「ソーパーフェクト」を筆頭にまだ二歳馬しか所有していないため、レースでぶつかるということはありませんが、同じ日にそれぞれの愛馬を出走させることは当然あります。

お二人の関係性を知る私や、展之さまのマネージャーも務めている相磯氏はハラハラさせられますし、新聞を読んでいるのであろう他の馬主さまたちも好奇心むき出しの視線を投げかけてきます。

しかしそういうときに限って、展之さまは決まって周囲の期待を嘲笑《あざわら》うような振る舞いをされます。必要以上に大きく手を振り挙げ、まるで旧知の親友と会ったかのような明るい笑みを浮かべるのです。

「おう、耕一くん！　今日は何？　なんか走るの？　そんなことより次のレースなんだけど、16番の取捨に悩んでるんだよね。この馬って切っていいかな？」

そんなことを言いながら、悪びれる様子もなく『スポーツエブリー』を広げて見せてきたりします。

そんなときも耕一さまに困惑する様子はありません。やはり私の目には「嬉しそう」と形容するのが一番しっくり来る表情を浮かべながら、見せられた新聞を覗《のぞ》き込み、自らのレースの見立てを明かします。

本当に楽しそうで、屈託がなく、私にさえ向けない笑みを展之さまには見せました。そんなお二人の様子は、ただ競馬が好きな友人同志のようで、つい山王耕造社長と椎名善弘氏のご子息ということを忘れそうになるくらいです。

いえ、事実お二人は友人だったのだと思います。耕一さまは私に報告なく、展之さまと食事にも行かれたようでした。

私がそれを知ったのは『スポーツエブリー』の紙面、展之さまのコラムです。そのことにヤキモチを焼いたわけではございませんが、報告さえなかったことに、かすかなさびしさを覚えたのは事実です。

『恒例の若手馬主の会。今回は以前から熱烈オファーを出していたロイヤルリブラン号のオーナー（ひょっとしたらJRAの全オーナーの中で最年少？）であり、僕が何度も本コラムでやり玉にあげさせていただいた（すみません！）、中条耕一くんにも出席していただきました！　パチパチパチ！

いやぁ、耕一くんとのやり取りはスリリングで、熱かったですねぇ。とてもすべてはここに書くことができませんが、彼の言っていたことで鮮烈に心に残った言葉があったので記しておきましょう。

「すべての息子は父親を超えていかなければいけない。それは馬も人間も同じこと。そうやって歴史はこれまで更新されてきたのだから」

瞠目《どうもく》させられました！　この言葉を耕一くんに伝えたのは、他ならぬ彼の御尊父、泣く子も黙る山王耕造氏だったとのことです。とかく毀誉褒貶《きよほうへん》の多い人だったと聞いていますが、なんの、なんの。さすが名馬・ロイヤルホープを見出《みいだ》したオーナーです。

僕も父のやり方に対して思うことはたくさんあります。争うべきは同世代の他オーナーさんだけではありません。父を含む、上の世代のオーナーさんでもあるんですよね！』

コラムに綴《つづ》られた夜の件について尋ねると、耕一さまは煩《わずら》わしそうな仕草を見せました。

「僕はいちいちクリスさんに行動を報告しなくちゃいけないんですかね？　プライベートなことまでお伝えする義務はないと思うんですけど」

我々の関係に微妙な変化が生じたのは、少なくとも顕在化したのは、この頃だったかもしれません。

結局、大学在学中に就職活動もせず、「良かったらうちに」という兄である優太郎さまの申し出も断り、「いまは競馬だけに集中したい」と、耕一さまはほとんどアルバイトもせずに毎日を過ごしています。

たしかに所有する三頭がそれなりに賞金を稼いできて、二十代の若者が一人で生活するには充分なのだろうとは思います。普通なら取得できない競走馬のオーナーの資格を幸運にも得て、それだけに集中したいという気持ちも理解はできます。

ですが、本職が馬主という人の存在を私は知りません。みなさんそれぞれの業界で成功を収められ、はじめて競馬に時間とお金を注ぎ込むことができるのです。あまりにも将来を楽観し過ぎているような気がして、腹が立つ以前に、最期《さいご》の瞬間まで耕一さまの心配をしていた社長に対して申し訳が立たないという気持ちが芽生えました。

それでも、私が耕一さまに口うるさく言うことはありませんでした。たまに加奈子と牧場を巡っていること以外に、平日に何をされているかも知りません。そもそも私はいまも肩書きはロイヤルヒューマン社の社長秘書室付きであるため、山王社長時代とは異なり、平日は耕一さまと行動をともにはしません。

そんな私と耕一さまの関係の変化に、ロイヤルヒューマン社の二代目社長である優太郎さまが気づきました。

「最近どうなの？　耕一くんは元気にしてる？」

私の運転で静岡市の取引先に向かっていたときでした。先代とは違い、優太郎さまはいかなるときも助手席に座ります。日頃から耕一さまを気遣う発言をされますが、このときは少し声色が違いました。

「ええ。しっかりやられておりますよ」

　私は取り繕いました。優太郎さまは何かを悟ったように苦笑します。

「ホントに？　ちゃんとコミュニケーションは取れてるの？」

「どういう意味でしょう？」

「だって、以前はこっちから聞かなくても、クリスさんの方から耕一くんのことをいろいろ報告してきたじゃない。最近は尋ねないと教えてくれないから」

　代替わりした直後、優太郎さまはそれまで社長が愛用していた会社名義のロールスロイスを手放し、プリウスに乗り換えました。「二代目」という周囲の目に反発するかのように、経営は堅実そのものです。

　いつもは快適な車内の静けさが、逆に耳障《みみざわ》りに感じました。優太郎さまはハンドルを握る私を一瞥《いちべつ》し、これ見よがしに息を吐きます。

「こないだ参加した経営者の会合で、耕一くんのことが話題に出たんだ。そのうちの一人が馬主をしてさ。なんか耕一くん、派手に飲み歩いてるんだってね。まぁ、派手なのは椎名さんの息子さんだって言ってたけど、耕一くんもよく一緒にいるって」

　若いオーナーや調教師、ときにはジョッキーたちを引き連れて繁華街を飲み歩いている。そんなウワサを私も人づてに聞いています。本人から何か聞かされたことはありませんし、こちらから問い詰めたこともございません。

優太郎さまが呆れ顔をしているのは気配でわかりました。静かにハンドルを握っていた私の耳に、諭すような声が飛び込んできます。

「何か学ぼうとしているのか、何かに反発してるのか、ただ遊びたいだけなのか、ひょっとしたら親父のマネでもしようとしているのか。彼の考えはわからないけど、クリスさんは余計なことを言わなくていいからね」

「余計なこととは？」

「いまは何も言わなくていいと思う。それでも彼は賢い子だから。おそらく何か考えがあってのことなんだろう。いや、考えなんてなくて、ただ遊びほうけていたいだけだったとしても僕はいいと思うんだ。ずっと父親のいない環境で、息苦しい思いをしていたかもしれないからね。たとえその反動がいま来ていたとしても僕たちに文句は言えないよ」

優しさは骨身に染《し》みましたが、気持ちは晴れませんでした。その理由は、きっと優太郎さまが独り言のように続けられた言葉と合致しているのだろうと思います。

「ただ、馬のオーナーは麻薬だってみんな言うからさ。父が狂っていく姿を間近で見ていた僕が一番よく知っている。もし彼がそういった熱狂みたいなものに取り込まれて、自分を見失ってしまっているのだとしたら、それは救ってあげたいよね。家族の一員としてさ」

つい忘れそうになりますが、耕一さまもまた優太郎さまと同じく、山王耕造の血を引く存在です。〝ファミリー〟や〝リブラン〟が〝ホープ〟の走りを引き継いだのと同じように、父親からたくさんの特性が遺伝しているはずです。

社長と過ごした日々がふと脳裏を過ぎりました。亡くなってからはなぜか美しい色に塗り替えられた数々の思い出たちが、久しぶりに陰鬱《いんうつ》なモヤに覆《おお》われました。

ロイヤルファミリーに先だって加奈子が北海道から戻ってきたのは、三ヶ月後のことでした。この間、もちろん私は何度となく牧場に様子を見にいこうとしましたが、どういうわけか加奈子が頑として受けつけようとしませんでした。

「いまはいろいろ試している時期だから放っておいて。来られるのはちょっと迷惑。こっちは万事順調に進んでるから大丈夫！」

栗東の広中氏とはこまめに連絡を取っていたようですし、それどころか耕一さまとも直接やり取りしているようです。

二人が何を話しているのかは知りません。ただ、どれだけ加奈子が拒もうが、耕一さまさえ望むのなら北海道にお連れするつもりでいました。

しかし、耕一さまはそれを希望しませんでした。

「加奈子さんに任せたのはこちらです。加奈子さんに呼ばれない限り行きません」

私には耕一さまの考えがわかりませんでした。つき合えばつき合うほどわからなくなっていくようです。

三ヶ月間の帰省を終え、自宅に荷物を置き、深夜、加奈子は私のマンションを訪ねてきました。ちょうど帰省中に耕一さまが所有する三頭のうちの一頭である「ロイヤルレイン」の母、「ロイヤルキャット」が急死するという悲しい出来事がありました。きっと落ち込んでいるだろうという予想を裏切り、久々に目にした加奈子の顔はこんがりと日焼けし、さっぱりして見えました。

「とりあえず、向こうでやれることは全部やってきた。万全の態勢で広中さんのところに送り返すことができたと思う」

加奈子を追うように〝ファミリー〟も北海道を発《た》ったと、ノザキファームの場長から連絡を受けています。

「そうか。ありがとう」

「べつに。栄治のためじゃないけどね」

「近々、栗東に耕一さんと様子を見にいってくるよ」

「ふふふ。ビックリするよ」

そう言うと加奈子はおもむろに立ち上がり、冷蔵庫に歩き出して、ビールを二本取り出しました。

「はい、ちょっとのもう」

あまり酒に強くない加奈子にしてはめずらしいことでしたが、大仕事を終えた充足感がそうさせるのでしょう。私は素直にビールを受け取り、加奈子を追ってベランダに出ました。残寒の夜風が針のように身体《からだ》を刺し、火照《ほて》っていた身体をあっという間に冷まします。

加奈子の肩も震えていました。しかし、私の「寒いでしょう？　中に戻る？」という問いかけに、加奈子はなぜかムキになったように首を振ります。

それをどう捉《とら》えていいかわからず、しばらく二人で無言の時間を過ごしていました。いい加減手にビールを持っていることすら苦痛に感じ始めた頃、加奈子が先にベランダの手すりに飲みかけの缶を置いて、開き直ったように言いました。

「私たち結婚しようか」

言葉の意味を認識するのに、少し時間を要しました。「どうして急に？」と、冗談めかしてしぼり出した私に向け、加奈子は怒ったように言ってきます。

「これから起きるいろいろなことを、私はあなたと恋人としてではなく、家族として迎えたいと思った。だから、結婚してほしいって思った」

私の言葉が続かなかったのは、何も加奈子の態度がいつになく固かったからというわけではありません。震える声で発せられるその一言一句が、三ヶ月前、わざわざ横浜のホテルのレストランに加奈子を呼び出した私が伝えようとしていたことと同じだったからです。

耕一さまと出会い、社長を失い、〝ファミリー〟をはじめとする三頭の愛馬を迎え入れ、我々はチームとしての絆《きずな》を強めました。そして、それこそが一番の期待馬に「ロイヤルファミリー」などという名前をつけてこの世を去っていった社長の最大の願いだったのだと気づいたとき、私は覚悟を決めることができたのです。

これから愛馬たちが迎えるすべてのレースに、とくにロイヤルファミリーの「有馬記念」挑戦に、私は加奈子と家族として立ち合いたい。強引に導き出した「結婚をする理由」だったかもしれません。しかし、それが私の偽らざる気持ちでした。

手すりに置いたビールを手に取り、加奈子は「やっぱり寒いね」と言いながら、私の返事を待たずに部屋に戻りました。

そしてソファに深く腰かけ、あとに続いた私に向けて言いました。

「北海道に行くまでは全然結婚なんてしなくていいと思ってた。いまのままでもべつに不満なんてないしさ。栄治といて楽しいし、翔平もがんばってる。少しずつとはいえ牧場も建て直しできてきているし、長年の夢だったホースセラピーも現実味を帯びてきた。

その上で結婚だなんてちょっと強欲すぎるでしょ。もう私も四十五なんていう年齢だし、何年か前にちらっと言ったきり、栄治からは何も言ってこないし。正直、私に対して何を考えてるのかよくわかってなかったしさ」

「いや、でもそれは――」

「いいから黙って聞いて。でもね、今回牧場で幸運にも〝キャット〟の最期に立ち合うことができたとき、いろんなことを考えたんだよね。あの子が生まれたのはべつの牧場だったけど、山王社長が預託してくれてからはずっと私が面倒を見てきた。そうやって信頼関係を培《つちか》っていく中で、私はあの子と家族になれたと思うんだ。もちろん〝レイン〟が生まれたときも立ち合ってたわけだしね。その家族の最期の瞬間にいられたのを幸運だったって思えたとき、私は栄治と家族にならないといけないと思った」

「ええと、ごめん。それはどういう意味？」

「だから、あんたが死ぬときは家族として立ち合いたいっていう意味よ」

「ええ、そうなの？　俺ってもう死にそうな顔してる？」という意味のない問いかけに、加奈子は「うん。してる」と即答し、たまらなくなったように噴き出しました。

「べつにそれだけじゃないけど。でも、いいことも悪いことも家族として一緒に立ち合えたらおもしろそうじゃん。というわけで、結婚はする。それでももし失敗だったと思ったら、そのときは胸を張って離婚する。楽しいか、そうじゃないか。シンプルに行こうよ。いまは栄治と家族になれたら嬉しいんだ」

むろん、私に断る理由はありませんでした。「本当は山王社長が亡くなったときに言ってくれると思ってたんだけどね」という加奈子のイヤミに、反論する言葉もありません。

「なんかごめん。煮え切らなくて。それと、ありがとう。四十八にもなってあいかわらず頼りない人間ですが、よろしくお願いいたします」

結婚するという事実に現実味が伴わず、頭がまったく働かない中で、翌朝一番で受けた興奮口調の広中氏の電話は少しだけ迷惑でした。

『ちょっとクリスくん！　これ、ちょっととんでもないことになってるよ！』

そう言われても、私にはなんのことかわかりません。

「すみません。なんでしょう？」

『何？　寝ぼけてるの？　ロイヤルファミリーに決まってるじゃん！　北海道から大化けして帰ってきた！　体重も四七二キロ。最後のレースのときに四二八キロしかなかった馬がだよ？　しかも全然ブヨブヨじゃないんだ。翔平が言っていた『成長する時期』と重なったこともあるのかもしれないけど、これ向こうでどんなトレーニングをしてきたんだろう？　加奈子さん、あいかわらずぶっ飛んでるよね！』

このときにはさすがに目が覚めました。加奈子がやってくれたのだという思いと、私の妻がやってくれたという人生ではじめて抱く思いとが、胸の中で入り乱れます。

『とにかく耕一さんと近々見に来て。ぶったまげるから！』という要請を受け、翌日には私は耕一さまと加奈子を伴い、栗東のトレーニングセンターを訪ねました。

そこで出迎えてくれた〝ファミリー〟は、あきらかに一回りも、二回りも身体を大きくしていました。私はあんぐりと口を開き、耕一さまも目を大きく見開いています。加奈子は一人難しそうな顔で腕を組み、〝ファミリー〟の歩様をチェックしていました。

前日の電話で結婚する旨を伝えた広中氏は、感心しているとも、呆れているともいえない表情で、加奈子の動きを見つめています。

身体の大きさもさることながら、私は〝ファミリー〟の表情がこれまでにないほど柔らかいことに驚愕《きょうがく》しました。数ヶ月ぶりのトレセンに昂《たか》ぶっている様子がなく、我々が近づいていってもこれまでのように威嚇《いかく》しようとしないのです。

前夜、加奈子と二人の将来については散々話し合いましたが、そういえば肝心の北海道でのことはほとんど聞いていませんでした。

そこにいた全員の視線を一身に浴びて、加奈子は微笑《ほほえ》みます。

「べつにたいしたことはしてないですよ。ただ、この子って牧場にいた頃からとんでもなく甘えん坊だったんです。育成中もとにかくストレスをかけないことが大事で、だから今回の放牧では目いっぱい甘えさせてあげました」

「え、それだけ?」と、広中氏は呆気《あっけ》に取られたように漏らします。私も同感でした。

加奈子は気持ちはわかるというふうに肩をすくめます。

「もちろんすべての馬に当てはまるわけじゃないんですけど、〝ファミリー〟は本当にそれだけでトレーニングをがんばれるんですよね。調教をがんばれたら、飼い葉もたくさん食べるようになる。当然、身体も大きくなる。全部いい方に回り出す。父親の〝ホープ〟もなかなかのものでしたけど、息子の方はもっとすごい。北海道で父にも伝えてきましたけど、これ、みなさんで必ず共有してください。広中さんも、耕一さんも、栄治も。もちろん翔平にも伝えておきます。勝たせたいなら、甘やかす。その分、この子は走ります。走ったら、普通に強いと思います。ただ一つ──」

加奈子は興奮気味に一気にまくし立てて、言葉に詰まりました。〝ファミリー〟が不思議そうな目で加奈子を見下ろしています。「ただ、なんですか?」と、広中氏が全員を代表するように尋ねました。

加奈子は小さく肩を震わせ、笑みを取り繕いました。

「いえ、なんでもありません。この子はきっとこれから活躍してくれると思います。ロイヤルファミリーはここからです。期待しましょう」

そう力強く言った加奈子を、なぜか耕一さまだけが懐疑的な目で見ていました。

四歳となったロイヤルファミリーの復帰戦は、四月三日、阪神競馬場で行われた「一〇〇〇万下」からと決まりました。

トレセンで調教を重ねても、〝ファミリー〟はあまり体重を落としませんでした。結果、馬体重は休養前最後のレースと比較して「プラス三六キロ」の四六四キロ。パドックを悠然と歩く様子は我々の目にはたしかに成長した姿と映りましたが、ファンからは敬遠されたようです。

単勝のオッズはデビュー戦以来の二桁《ふたけた》人気となりました。その鋭い末脚、豪快な勝ち方もまたデビュー戦以来のものでした。

私は衝撃の圧勝劇を、加奈子とともに一階の一般スタンドから見守っていました。宝塚の山から吹き下ろす四月のさわやかな風を感じながら、最後の直線でどれだけ大きな声を張り上げたかわかりません。

となりで加奈子も聞いたことのない金切り声を発していました。自分が手塩にかけた馬に、自分がお腹《なか》を痛めた子が跨《また》がり、しかもそれは自分の夫となる人間がマネージャーを務めるオーナーの所有馬なのです。後続を五馬身以上突き放した復帰戦に、加奈子ほど酔いしれることのできる人間はいないかもしれません。

「ねぇ、栄治。今日だ。今日にしよう」

あいかわらず放心状態のまま口取り式に臨み、加奈子はポツリと言いました。「何？」

と、尋ねようとは思いません。最近の我々の話題の中心が「いつ籍を入れたらいいものか」だったからです。

「は、はい！　よろしくお願いいたします！」という声は見事に裏返り、表彰式のために集まった関係者のみなさんにまで届いてしまいました。

「えー、こんなところでー？」と、広中氏が茶化すような声で言い、耕一さまも「お二人ともおめでとうございます！」と明るく口にします。

となりにいた翔平だけは小声でしたが「おめでとうございます。これからは『お父さん』って呼ばなきゃいけないですよね」とバカにした口調で言い、しまいには〝ファミリー〟まで甲高《かんだか》い声でいななきました。

人生最良といっていいこの日を境に、我々に順風が吹くようになりました。この「一〇〇〇万下」クラスをクリアして以降、ロイヤルファミリーは快進撃といっていい素晴らしい走りを披露し続けてくれたのです。

あれほどクラスの壁に苦しんでいたのがウソのように、中二週で挑んだ「一六〇〇万下」、東京競馬場で行われた「府中ステークス」を呆気なく勝ち上がると、ついにオープン馬の仲間入りを果たし、はじめての重賞挑戦となった五月の新潟競馬場、GⅢ「新潟大賞典」も6番人気から完勝しました。

このまま一気に初のGⅠ「宝塚記念」へという機運も高まりましたし、事実、広中氏や翔平からもそのプランは提案されました。

しかし、またしても耕一さまが「時期尚早」とその考えを一蹴《いっしゅう》します。この決断は『東日スポーツ』の紙面上で「宝塚記念に出てきたら絶対の本命！」と打ち出していた平良氏を大いに落胆させました。

それでも再び三ヶ月の放牧を挟み、今度は加奈子からノウハウを学び、「人生を賭《と》す」と息巻いて臨んでくれた義父となった場長の調整も万全で、復帰した九月のGⅡ「オールカマー」、そして満を持して挑んだ初のGⅠ、十月の「天皇賞・秋」という一線級との戦いを、それぞれ3着、6着と健闘してくれました。

賞金はギリギリ足りています。たしかにここ二戦は消耗戦でしたし、目指した時期より一年早い到達ではありましたが、「天皇賞」でそれなりの成績を残したのならば、胸を張って挑むことができるはずです。

しかしこの段階に至っても尚《なお》、誰の口からも「有馬記念」の名は出てきません。他ならぬオーナー自身が語らない以上、周囲の人間が何か言うことはできません。

いいえ、こちらから提案させてくれないピリピリとした空気を耕一さまはいつもまとっていました。「オールカマー」や「天皇賞」での好走を喜ぶわけでもなく、どこか思い詰めたような表情を常に浮かべていて、うかつに話しかけられないオーラを放っているといった印象です。

それでも、もし年末のグランプリレースを目指そうと思うのなら、のんびりしている時間はありません。そんなことを思っていたとき、耕一さまから「みなさんを集めてほしい」という声がかかりました。みなさまの予定が無理なく合ったのは「天皇賞」から一ヶ月後、十一月の「ジャパンカップ」当日の夜でした。

耕一さまは『ちょっと一つ用を済ましてから行くので、先に始めていてください』と、遅刻する旨《むね》をメールで伝えてきました。

翔平からも同様の連絡が来ていたので、おそらくは「リックヴァンドール」で「ジャパンカップ」を制した顔見知りのオーナーのところに顔を出してから来るのだろうと察します。

義理事が大切な業界ではありますが、みなさまを集めたのは他ならぬ耕一さまです。モヤモヤとした気持ちが胸に巣くいます。決して表立ってやり合っているわけではありませんが、あいかわらず耕一さまとの距離感を計りきれておりません。

加えてもう一つ、私にはすっきりしない理由がありました。本日の宴会の名目がロイヤルファミリーの今後についてだけではないことです。

「本日は大変おつかれさまでした。では、ロイヤルファミリーのさらなる健闘と、ロイヤルリブランの無事の引退を祝して、乾杯！」

行きつけの新宿〈天八〉の個室に、平良氏の声が響きます。いつの頃からか、我々の集まりで音頭を取るのは平良氏の役割になりました。

十人ほど集まってくれた関係者がグラスを高く上げます。その中には本日〝リブラン〟の引退レースで跨がってくれたベテランジョッキー、大平雅弘《おおひらまさひろ》さんも混ざっています。

〝ファミリー〟のレースや本日の「ジャパンカップ」のみならず、すでに次々と重賞レースの騎乗依頼が舞い込んでくる翔平とは異なり、大平さんは実直な騎乗技術を持ちながら、人づき合いが苦手なことが足を引っ張り、週に一鞍《くら》騎乗できれば御の字という苦労人です。

「あの、酔っ払う前に言わせてください。今日は大切なレースをお任せいただいたのに、ふがいない結果で申し訳ありませんでした」

ビールにしんみりと口をつけ、大平さんがぎこちない笑みを浮かべます。もちろん、我々の中に不満を抱いている者はおりません。たとえみんなが不満に思っていたとしても、騎手という立場の人間がうかつに謝罪の言葉を口にするべきでもありません。大平さんの生真面目《きまじめ》さと、たどたどしい笑みが、逆に場の空気を硬直させます。

一年半前の「日本ダービー」で3着して以来、転厩した広中厩舎で〝リブラン〟は不振を極めました。「オープンクラス」から降級した「一六〇〇万下クラス」でも勝つことができず、それどころかすべて二桁着順という散々な成績です。

常にリーディング争いを展開している名トレーナーといえど、万能ではありません。芝、ダート、距離と、広中氏はあれこれ試してくれましたが、結果はついてきませんでした。広中氏をはじめとするチームの総意で、そのうち翔平は人気馬を優先するようになり、今年に入った頃から〝リブラン〟の主戦は大平さんに移りました。

それでも、結果は落ち込む一方でした。見た目の印象もダービーに出走した頃とはすっかり変わってしまい、五歳を目前に控えたいまでは毛づやも悪く、表情に覇気がないのも素人目《しろうとめ》にあきらかでした。

「次走、もし結果が出なかったら〝リブラン〟は引退させます。馬自身が走りたくないと思っている以上、無理に走らせるつもりはありません」

耕一さまがそんなことを言い出したのは、前走をしんがり負けした直後でした。晩成型の血統であることや、去勢など、まだまだ諦《あきら》めるには早いと翻意させようとしましたが、耕一さまは例によって頑《かたく》なでした。

「いえ、僕の考えは変わりません。〝リブラン〟はこれまで充分がんばってくれましたし、稼いできてくれましたから。広中さんのところの馬房の問題だってありますし、もうこれ以上ワガママは言いません。それに来年、加奈子さんが開業するホースセラピーにダービー3着馬がいるのって素晴らしいじゃないですか。〝リブラン〟には胸を張って里帰りしてもらって、新しい舞台で活躍できるようまたトレーニングに励んでもらいましょう」

現在、栗東、美浦の両トレセンの厩舎に与えられる馬房数は二十ほどです。これに最大二・五倍の馬を抱えることがＪＲＡから認められており、厩舎の馬房に入れない、つまりレースを間近に控えていない馬たちは放牧に出されているか、あるいは「外厩」と呼ばれるトレセン近郊のトレーニング牧場で入厩する日を待っています。

トップトレーナーの仲間入りを果たした広中氏のもとには、目を見張るような良血馬たちが列を成して待っている状況です。どれだけ走っても一向に結果の出ない馬を預かり続けてもらうことは、たしかにワガママなのかもしれません。

それでも、他ならぬ広中氏が〝リブラン〟の現役続行にこだわりを見せていました。

「私はずっと〝リブラン〟を晩成型と言ってきた身ですからね。受け入れがたい点はありますが、わかりました。それでしたら、次のレースで必ず結果を残してみせます。そこで判断してもらえませんか」

そう宣言した広中氏と耕一さまが選んだ舞台は、かつてダービーで〝リブラン〟が強烈な輝きを放った東京競馬場でした。本日のメイン「ジャパンカップ」の直前に行われた「ウェルカムステークス」という「一六〇〇万下」のレースです。

私はかすかな期待感を抱いていました。わずかとはいえ〝リブラン〟は復調の気配を漂わせていましたし、大平さんも毎回調教に騎乗しに来てくれ、広中氏としつこく戦略を練ってくれていたからです。

準備に準備を重ね、トレーニングに打ち込んで、それでも結果が伴わないのが競馬という競技です。そして私は先頭から3秒遅れたしんがり負けというこの結果を、天命と受け止めることができました。引退しても乗馬になれる道が用意されるだけで〝リブラン〟は幸運と思うべきなのです。

耕一さまも同じ考えのようでした。レース後、諦めきれない様子の広中氏が「もし耕一さんさえよろしければ、もう少しの間だけ〝リブラン〟を――」と言うのを手で制して、耕一さまは首を振りました。

「いえ、それは考えていません。前にも言いましたが〝リブラン〟はここまで本当にがんばってくれました。何せ僕たちを皐月賞、ダービーに連れていってくれたんですからね。のんびりした余生を用意してあげられるいまが引退のチャンスなんです」

「そうですか。転厩させてまで預けてくださった馬なのに、お力になれなくて本当に申し訳ありませんでした」

山王社長から耕一さまが相続した三頭は、それぞれ名づけ親が違います。社長が満を持して命名した「ロイヤルファミリー」と、その社長から「お前がつけろ」と命じられ、分不相応にも私がつけさせていただいた「ロイヤルレイン」。むろん、これは社長と美紀子さまにとって思い入れのある「雨」から採用したものです。

そして最後の一頭「ロイヤルリブラン」は、耕一さま自身がつけられました。「リブラン」とは「白百合《しらゆり》」を意味するフランス語であるそうです。

オトコ馬につけるには可愛《かわい》すぎるのではないか。そんな私の疑問に、当時、耕一さまは照れくさそうにこんなことを言っていました。

「白百合の花言葉には〝汚れのない心〟とか〝威厳〟とかいう意味があるそうなんです。世間一般のイメージとはかけ離れているんでしょうけど、なんとなく山王耕造のイメージと合致しませんか？　それに、花言葉には悪い意味も含まれているものが多いんですが、白百合にはそれらしいものがなくて。縁起がいい気がするんですよね。だから、リブラン。僕はとても気に入っています」

そんな思い入れのある愛馬の引退レースのために、たくさんの人が集まってくれました。しかし、当の名づけ親が一向に姿を現しません。

同じように主戦を替わってもらったベテランジョッキーが律儀《りちぎ》に参加してくれているのに、翔平からの連絡もありません。「あいつ、大平さん待たせて何やってるの」と、となりに座る加奈子もイライラしています。

結局、メールの返信もないまま二時間近くが過ぎ、大平さんを含む何人かは退席することになりました。

残ったのは私と加奈子、広中氏に平良氏といういつもの面々です。みんなが去るのを待っていたかのようにタバコに火をつけ、平良氏が背もたれに身を預けながら「どうするつもりなんだろう。有馬、行かないのかな」とつぶやきました。

「広中くんもホントに何も聞いてないの？」

「うん。聞いてない」

「クリスさんは？」

「私も聞いておりません。おそらく今日伝えられると思うのですが」

私の言葉を受け、平良氏は億劫《おっくう》そうに腕時計に目を落とします。決して公言はしませんが、最近の耕一さまの振る舞いに思うことはあるはずです。身内の私の耳にまで良くないウワサが入ってくるのです。記者という立場の平良氏はその比でないのかもしれません。

平良氏はタバコを揉《も》み消すと、仕切り直しというふうに身を起こしました。

「じゃあ、ぶっちゃけどう思ってる？　調教師として、ロイヤルファミリーは今年の有馬に挑戦するべきだと思ってる？」

「まぁ、それなりに善戦するとは思うけど」と、広中氏が見得を切るでもなく答えます。

「じゃあ、勝つことは？」

「それはわからないけど。ただ――」と何か言いかけ、広中氏は口をつぐみました。沈黙の意味がわからず、思わず平良氏と目を見合わせます。

広中氏はどこか一点を見つめたまま、許可も得ずに平良氏のタバコを一本抜きました。以前はヘビースモーカーだったらしく、飲み会などでたまに煙をくゆらせることはありますが、様子はあきらかに変です。

しばしの静寂のあと、広中氏は我に返ったように身体を震わせました。そして順に三人の顔を見渡していって、弱々しく微笑みます。

「昨日のレース、見た？」

「昨日のレース？」と、平良氏は不思議そうに眉《まゆ》をひそめましたが、私にはすぐにピンときました。

「京都二歳ステークスですね？」と、私は前日に京都競馬場で行われた二歳重賞の名を挙げました。広中氏はやりづらそうにうなずきます。

「ちょっと衝撃的だったでしょう」

「はい。あれは驚きました」と、今度は加奈子が応じました。私も二人の意見に同感です。いまの競馬界において「ロイヤルホープ」の子どもたちが脚光を浴びているのは、残念ながら〝ファミリー〟をはじめとする「ロイヤル」の馬たちが理由ではありません。

〝ファミリー〟たちの一つ下にあたる二歳馬たちが、牡馬牝馬を問わずことごとく好成績を収めているからです。

とくにダントツの評価を得ているのが、昨日、京都競馬場で行われたGⅢ「京都二歳ステークス」で佐木隆二郎を背に「単勝1・1倍」というとんでもない支持を集め、その期待に応《こた》えて2着馬に八馬身もの差をつけてレコード勝ちした若駒《わかごま》です。

「本当に強かったですね。ソーパーフェクト」

加奈子が口にしたその瞬間、個室の沈黙の度が一段増しました。緊張感に怯《ひる》み、私は声を上げられません。

苦笑した広中氏が引き取ってくれました。

「いやぁ、ホントにすごかったです。ちょっと本当に強かった。俺、直線の入り口に入ったときも、最後にジョッキーが追ってるときも正直勝てると思ってたんですよ。でも、完敗でした。大化けしちゃいましたよね。隆二郎が大化けさせちゃいましたよね、あの馬」

前日の「京都二歳ステークス」に、広中氏も「ラフパイン」というヴァルシャーレ産《さん》駒《く》を2番人気で出走させていました。

本人の言うように、ラフパインも、鞍上の三好健《みよしたけし》騎手も完璧《かんぺき》なレースをしたと思います。二〇〇〇メートルという未経験の距離が若干不安視されていましたが、スタート直後から中位のインコースでぴったりと折り合い、次々と脱落していく前の馬たちを苦にすることなく捌《さば》いていきます。

最後の直線に入っても手応えは抜群で、ラフパインはどんどん加速していきました。このときはもう私は広中氏の完勝を信じていましたし、沸き立つ歓声が三好騎手に向けられたものと疑っていませんでした。

しかし、観客の声はまったく違う馬と騎手に注がれていたのです。スタートで後手を踏んだソーパーフェクトが、他の十一頭の馬たちの大外を回り、隆二郎を背にとんでもない末脚《すえあし》を繰り出したのでした。

いくらパンパンの良馬場だったとはいえ、ソーパーフェクトが披露したラスト3ハロンのタイムは、32・6秒という異次元のものでした。テレビ越しにも競馬場全体が衝撃に包まれているのがわかったほどです。

「何が腹立つって、レース後の馬主のインタビューだよ」

酒で頬を真っ赤にした平良氏が、苦虫を嚙《か》みつぶしたように口にしました。

「そんなに焦《あせ》る必要もないけど、とりあえず来月の『ホープフルステークス』を目指す。個人的には興味ないけど、あまりにも周囲がうるさいから、父親のロイヤルホープが獲《と》れなかったGⅠをとっとと獲ろうと思うって、そんなこと平然と言いやがって。勝ったならもっと浮かれた調子で話せっていうんだよな」

平良氏の口調は乱暴でしたが、言いたいことは理解できました。言わずもがな、ソーパーフェクトのオーナーは椎名善弘氏の一人息子、椎名展之さまです。セレクタリアセールの会場で叫んだ「これはおいしい。超お買い得！」という言葉は、ソーパーフェクトが強烈な勝ち方をするたびに伝説化されていくようです。

広中氏がふぅっと息を落としました。

「さっきの平良さんの『〝ファミリー〟が今年の有馬記念を勝てるか』っていう質問。その答えはわからないけど、一つだけたしかなのは来年よりは可能性がある、っていう感じかな。悔しいけど」

広中氏がそう口にする理由は明白です。ソーパーフェクトが「京都二歳ステークス」を圧勝したあとのインタビューで、展之さまが続けてこんなことを言っていたからです。

「大目標は来年の有馬記念です。父のロイヤルホープがずっと目指していた有馬記念をとりあえずクリアして、父超えを証明したいと思います」

当然、展之さまは耕一さまをはじめとする我々の「有馬記念」に対する思い入れの強さを知っています。

その前に控える「皐月《さつき》賞」「日本ダービー」「菊花賞」の三歳クラシック戦についてては言及せず、わざわざこちらの感情を煽《あお》ってくるようなことを口にする展之さまにカチンと来る気持ちはありましたが、二歳の現時点で、すでにソーパーフェクトはロイヤルファミリーより完成度が高いと言わざるを得ないでしょう。

沈む空気を払拭《ふっしょく》するかのように、広中氏は最後にからりと笑いました。

「ま、それでも避けてるわけにはいかないんだけどね。〝ファミリー〟だって重賞を一つ勝っているわけだし、天皇賞でも好走したんだ。堂々と挑戦しにいくよ」

結局この日、耕一さまと翔平が合流することはありませんでした。二十二時過ぎに『遅くなってごめんなさい。いまから翔平くんと向かいます』というメールが来たのを最後に、連絡すらつかなくなりました。

二十二時まで連絡がなかったことも頭にきましたが、最後まで姿を現さなかったことにはもっと腹が立ちました。

耕一さまと翔平の二人が、あるいは椎名展之さまを交えた三人が調子にのって遊んでいる姿がハッキリとイメージできてしまい、朝起きて、連絡が入っていないことを知ったときも私はまだ苛立《いらだ》っておりました。

出社してからも、こちらから連絡を取ろうとはしませんでした。異変に気づいた優太郎さまから「昨日、残念だったね。ロイヤルリブラン。ひょっとしたら勝つんじゃないかって期待してたんだけど」と、気を遣って話しかけてもらったときも、せっかく仕事に集中できていたのにとムッとしたくらいです。

私がようやく違和感を抱いたのは、昼食時、一人でそばをすすっているときでした。

加奈子からこんなメールが入ってきたのです。

『耕一さんから連絡ってあった？　翔平とまだ連絡がつかなくて』

画面を通話に切り替え、加奈子に電話しようとしました。そのタイミングを見計らっていたかのように、手の中のスマホが音を立てました。

表示されている名前を見て、息をのみます。

「あ、はい。栗須です」と、私は「ロイヤルヒューマン」を省いて名乗りました。電話の向こうから緊張感が伝います。

『あの、ごぶさたしています。私、以前――』

「はい。もちろん覚えております。ごぶさたしていますね、薫子さん。お元気にされてらっしゃいますか？」

『こちらは変わらずにやっています。クリスさんもお変わりございませんか？』

「はい。おかげさまで。私も元気にやっています」

電話の相手は池田薫子さまでした。耕一さまの同郷で、かつて耕一さまとおつき合いされていた女性です。

他者の恋愛に口を出す趣味はありませんが、二年ほど前に二人が別れを選択したとき、私はとても口惜《くや》しい思いがしました。耕一さまに不満を抱えはじめていた時期だったということもあり、腹立たしい気持ちさえありました。

薫子さまとお話をするのは、あの頃以来です。二人が別れる直前、最後に会ったときに薫子さまの放った「クリスさんと会うのはこれが最後かもしれません」という一言は、そのときのさびしげな表情とともに深く記憶に刻まれています。

薫子さまの口調がとても落ち着いていたので、一瞬、懐《なつ》かしい気持ちに駆られそうになりました。

しかし薫子さまから電話が来るなど、普通のことではありません。

『いま築地《つきじ》警察署から連絡がありました。耕ちゃんがそこで保護されているそうです』

と、薫子さまはやはり取り乱す様子もなく口にします。

動転したのは私の方でした。

「え、警察？」

『くわしいことはわからないんですけど、なんか昨日の夜、酔っ払って銀座でケンカをしたらしいです。そのまま一晩聴取されていたみたいです。それで、身元引受人っていうんですか、私の名前が出てきたらしくて』

その言葉を聞いた瞬間、全身に血が巡りました。一気に身体が熱くなり、毛穴が開くのもわかります。

しばらくして、それが怒りからくるものだと気づきました。何に対する怒りなのかは自分でもわかりません。この大切な時期にケンカなどしていることに対してか、それによって大切な集まりに来られなかったことに対してか。ひょっとしたら自分が身元引受人に指名されなかったことに対してかもしれません。

いずれにしても、耕一さまが大変なことをしでかしたのは間違いありません。咄嗟《とっさ》に脳裏を巡ったのは、週刊誌報道によって急激に人生の岐路に立たされた社長のことでした。

「わかりました。ありがとうございます。私が迎えに行ってまいります」

『いえ、それって大丈夫なんですか？　私が行かなきゃいけない気がするんですけど』

「ああ、それはそうかもしれませんね。では、すみません。とりあえず私が築地警察署に行ってみます。もし私が引き取ることが可能なようでしたら、すぐにこちらから連絡いたします」

『私も行きますよ』

「でも、薫子さんもお仕事が……」

最後にお目にかかったときは、たしか銀行で働いていたはずです。少しの沈黙のあと、薫子さまはなぜか弱々しく言いました。

『いまお休みをもらっているんです』

「そうなんですか？」

『耕ちゃんが頼ってきたのは私ですし、そこは責任持ってちゃんと行きます。クリスさん、いま横浜ですか？　実は私も――』

現在は武蔵小杉《むさし》に住んでいるという薫子さまを車で拾う約束をして、私は急いで会社に戻りました。

午後に一緒に外出する予定だった優太郎さまに、ありのままを報告します。優太郎さまは「それはもちろんそっちの方を優先してくれ」と口にしながらも、さすがに呆《あき》れたように眉をひそめました。

大あわてで準備する私を見つめながら、優太郎さまがポツリとつぶやきます。

「クリスさん、大丈夫？」

「はい。くわしいことはわかりませんが、そんな問題になることはないと思います」

「そうじゃなくてさ。耕一くんのこと。彼、何か悩んでるんじゃない？」

「なぜですか？」

「なんとなく。最近めっきり僕にも顔を見せてくれなくなったし、思うことがあるんじゃないかなって」

手を止め、呆然《ぼうぜん》と顔を上げた私を見つめ、優太郎さまはさらに難しそうに続けます。

「やっぱりあんな若さで馬主なんてやらせるべきじゃなかったのかもしれないね。親父《おやじ》は、彼にまたとんでもないものを背負わせたのかな。三頭くらいならって甘く見ていた僕たちにも責任はあるのかもしれないけれど、厳しいね」

指定された駅前のロータリーで、すぐに薫子さまを見つけました。真冬のような寒さの中、厚手の上着を着られていたので、最初はあまり見た目に変化を感じませんでした。

私が異変に気づいたのは、車を停め、助手席のドアを開けるために外に出たときです。「ごぶさたしています、クリスさん」と、自然な笑みを浮かべられた薫子さまのお腹がぽっこりと膨らんでいるのです。

「耕ちゃんから何も聞いていませんか？」

呆気に取られた私に気づき、薫子さまは柔らかい笑みを浮かべました。

「い、いえ……。私は何も」

「そうですか。私、結婚したんですよ。子どももすぐにできました。実は先週から産休をもらっているんです」

私は何も知りませんでしたし、耕一さまが知っていることも意外でした。別れを選んだあとの二人が連絡を取り合うイメージを持てなかったからです。

「あの、とりあえず急ぎましょうか」

薫子さまが申し訳なさそうに口を開きます。「あ、すみません。急ぎましょう」と、私はあわてて助手席のドアに手をかけました。

車を出してしばらくの間は、二人とも口をつぐんでいました。きっと同じことを考えていたのだと思います。

小さなため息を一つこぼして、冷たい空気を裂いたのは薫子さまの方でした。

「彼からは定期的にメールをもらってました。こんなことがあった、こんなことで迷ってる、こんなことをしようと考えている……。内容はいろいろですけど、決して『他愛《たわい》もない』っていうことばかりじゃなくて、苦しんでるのが伝わってきました。でも、何度かこっちからお茶でも飲もうって誘ったんですけど、それにはかたくなに応じてくれなくて。私が結婚したことを彼なりに気遣っていたんでしょうね。きっと周りに頼れる人はいないんだろうなっていうのはわかっていました」

その言葉には、なんとなく私を非難するニュアンスが含まれている気がしました。薫子さまはまっすぐ前を見ています。

「でも、いつだったかな……。彼のメールが明るくなった時期があったんです」

「そうなんですか？」

「はい。椎名展之さんとよくご飯に行くようになった頃でした。くわしい話は聞いてないんですけど、なんとなく椎名さんがうまく耕ちゃんを転がしてくれているのは伝わってきました。そのあたりから私へのメールも減っていったので、きっと楽しくやっているんだろうって安心していたところだったんですけど。今日、突然こんな連絡が来たので驚いています」

そこまで言って、薫子さまは私に目を向けてきます。そして「クリスさんなら大丈夫だと思っていました」とポツリとこぼしたあと、再び前を見て言いました。

「クリスさんは、中条耕一という人をどういう人間だと思っていますか？」

「耕一さんですか？　いえ、しっかりした方だと思っていますよ。いつも冷静ですし、判断は的確ですし、とても大人です。あと馬を見る目もたしかですし」

「それ、本気で言ってます？」

「どういう意味でしょう」

「私は正反対の捉《とら》え方をしています。なんかいつも一人でバタバタしているし、いろんなことを勝手に自分で決めつけて、判断はめちゃくちゃだし、すごく頑固で、とんでもなく子どもだと思っています。だからあの人、友だちも全然いないんです」

「いや、ですけど……」

母親の美紀子さまの葬儀に、耕一さまの多くの同級生が参列していたのを覚えています。薫子さまはくすりと笑いました。

「一見、人当たりがいいので、周りに人は集まってくるんです。でも、ちょっとでも関係が深まってきたらもうダメです。あの人、すぐに試すようなことをするんですよ」

「試す？」

「はい。相手の自分への気持ちが……、というか、もっと言うと自分への愛が本物なのか、すぐに試そうとしちゃうんです。どうしてそんなことするのかわからないんですけど、試して、試して、試して。で、勝手に傷ついて。私たちが別れた理由も結局それが大きかったような気がするんです。一番知っているはずの私が、最後は心が折れちゃったんですよね」

そこで一度言葉を切って、薫子さまはさびしそうに「本当は面倒くさい人なんですよ、中条耕一という人間は」とつぶやきました。

耕一さまの知られざる一面……と驚くことはありませんでした。初対面のときの印象や、優れた競馬観によって、私の見る目が曇っていたのかもしれません。私は気づけなかったことではありますが、薫子さまが指摘した「一人でバタバタ」「判断はめちゃくちゃ」「すごく頑固」「とんでもなく子ども」、そして何よりも「人を試す」という特性に、私はイヤというほど覚えがありました。

築地警察署前で薫子さまを先に下ろし、私は駐車場に車を停めて、お二人が出てくるのを外で待ちました。

先に姿を見せたのは、展之さまとマネージャーを務めている相磯氏です。展之さまは小さく会釈《えしゃく》するだけで早々に私の脇《わき》を通り過ぎ、相磯氏は私を見てハッとした顔をしたあと、まだ何も聞かされていないと両手を開いてみせました。

耕一さまと薫子さまが出てきたのは、それから二十分ほどしてからです。耕一さまは疲れ果てた目で私を見つめたあと、すっと頭を下げました。

「クリスさん、本当にすみませんでした」

きっと薫子さまに何か言われたのでしょう。こんな素直な謝罪ははじめてです。まったく同じ理由で、私も頭を下げました。

「いえ、私の方こそ。申し訳ありませんでした」

お互いに何についての謝罪かは口にしませんでしたが、気持ちは伝わりました。その姿を満足そうに見つめて、薫子さまがうなずきます。

「二人とももっとたくさん話し合わなきゃダメですからね。それで割を食うのは周りの人たちなんですから。というわけで、私はここで別れます」

「え？　いや、お送りいたしますよ」と、当然自宅まで送り届けるつもりでいたので、私は声を上げました。

薫子さまは力なく首を振ります。

「うちの夫、なかなかのヤキモチ焼きなんです。さっき一応メールしておいたんですけど、もう銀座まで迎えに来てるって。お二人に迷惑かけたくないので私は行きます。それじゃね、耕ちゃん。もっとクリスさんを信頼しなきゃダメだよ。あ、あとロイヤルファミリーが大きいレースに出るときは教えてね。この子と一緒に応援するから」

膨らんだお腹を優しく撫《な》でて、薫子さまは足取り軽く駅に向かっていきました。

その背中を見届けてから、私は「幸せそうでしたね、薫子さん」とつぶやきました。

それには小さく首をひねるだけで、耕一さまはもう一度謝罪の言葉を口にしたあと、昨夜のことを訥々《とつとつ》と語り始めました。

東京競馬場でのレースを終え、翔平と銀座で落ち合い、開《あ》いていたバーで話し合いの場を持った。議題はロイヤルファミリーを「有馬記念」に参戦させるか否《いな》かについて。チームのメンバーと話し合おうとしなかったのは、先にあることを翔平に確認したかったから。

近くでやっていた他オーナーの打ち上げに参加していた展之さまが途中から合流して、しばらくは三人で酒をのんだ。

つい会話が盛り上がってしまい、気づいたときには二十二時を過ぎていた。あわてて私にメールを送り、タクシーで新宿に向かおうと外に出たとき、運悪く二人組の酔っ払いに声をかけられた。

競馬ファンらしき二人は、なぜか翔平ではなく、耕一さまの存在に気がついた。そしてぶつけられたのは「お前がGIを勝てないのは親父のせいだ。親父の生前の行いが悪かったから、お前の馬も弱い」という言葉だった。

「あんなふうにスポーツ新聞に取り上げられている以上、我慢しなくちゃいけなかったんでしょうけどね。何度も似たようなことを言われてきて、少しは慣れていたはずですし」

事実、さすがにムッとはしたものの、なんとか気持ちを鎮《しず》めて無視を決めた。二人組に猛然と突っかかっていったのは、前の店で一番のんでいた翔平だった。

翔平は目を見開いて一人の男の胸を小突いた。日曜の銀座とはいえ、新橋にほど近い八丁目にはそれなりに人がいた。「お前、いまなんて言った?」という声に気づき、何人かが足を止めた。「耕ちゃん、これまずいよ。翔平くんはまずい」という展之さまの声に我に返り、あわてて二人の間に割って入った。そして気づいたときには必死に翔平を引き離し、強引にその場から立ち去らせた。

「それからはもうよくわかりませんでした。誰かの通報で警察が駆けつけてきたらしく、僕と展之さんが連れていかれました。相手は問題にはしないって言ってくれているみたいです。それどころか大変失礼なことをしたって反省してくれているみたいで。助かりました」

耕一さまはバッグからスマホを取り出し、私に手渡してきました。そして「これ、翔平くんが去り際《ぎわ》に落としていったものです。クリスさんから返してあげてもらえますか? あと、僕の代わりに怒ってくれてありがとうって伝えてください。それと、でも自覚のない行動は二度とするなとも」と、嬉《うれ》しそうにつけ足しました。

耕一さまを車に案内して、シートに腰を下ろしてから、私はざっくりとした内容を加奈子にメールしました。

さすがに疲れ果てた様子を見せながら、耕一さまは引き絞るように口にします。

「先にクリスさんにはお伝えしておきます。ロイヤルファミリーの今年の有馬記念挑戦は見送ります。またあらためてみなさんにも伝えます」

スマホを操作する指が止まりました。

「どうしてですか？」

「あの子の体調が万全ではないからです。翔平くんに確認を取りました。挑むだけでは意味がありません。僕は勝ちにいきたいんです。やっとあの馬に見合った調整法を見つけられたと思っていますし、来年、満を持してグランプリに挑みます」

広中氏は正反対のことを言っていました。ソーパーフェクトが三歳となって、来年の有馬参戦を目標に掲げている以上、〝ファミリー〟の調子のいい今年の方が勝つ可能性は高いと踏んでいます。

そのソーパーフェクトについても、耕一さまは私や広中氏とまったく違う思いを抱いているようでした。

「それに来年、有馬記念という大舞台で、僕はソーパーフェクトに勝ちたいんです。今年はこちらが万全ではありませんし、向こうは二歳で出られません。展之さんがしきりに来年の有馬と話しているのは、僕たちに逃げるなって言ってるんだと思うんです。来年、こちらは一線級の古馬として、向こうは伸び盛りの三歳馬として、対戦できたらおもしろいと思いませんか？　もちろん勝つのは僕たちですけど」

耕一さまの顔は自信に満ちあふれていました。聞きたいこと、聞かねばならないことがたくさんあるのは頭でわかっていましたが、私の口をついたのはまるで違うことでした。

「これからはすべて私を頼ってください」

耕一さまは観念したように頭《こうべ》を垂れます。

「本当にすみませんでした」

「私は絶対に裏切りませんから。何があっても、耕一さんについていきます。信頼していただけると嬉しいです」

あの社長の息子です。前のめりになって続けた言葉は、必ず心を打つだろうという確信がありましたが、どうやら空砲だったようです。

耕一さまは怪訝《けげん》そうに顔を歪《ゆが》め、「裏切るって……。さすがにちょっとそれは大げさすぎると思うんですけど」と口にします。

それでも最後は凜《りん》と胸を張って、晴れ晴れしい笑みを浮かべました。

「でも、まぁそうですね。裏切らないでくれたら嬉しいです。僕もクリスさんにもっと信用されるようにがんばります」

その一週間後、私は広中氏から連絡を受けました。

好調と信じて疑っていなかったロイヤルファミリーの右前脚に軽微の骨折が見つかったのは、目指す「有馬記念」を一年後に控えた、四歳の冬のことでした。

冬

あまりに豪華な門構えに怯みそうになりました。風呂敷《ふろしき》に包んだ手土産を持った妻の加奈子も「これ、マジ?」と独りごちます。

御影石《みかげいし》に彫り込まれた『佐木』の文字が、新聞などで目にするそれよりはるかに立派に見えました。インターホンを鳴らして、いまや隆二郎の奥さまとなられた山王社長のご令嬢、百合子さまが姿を現すまで数分の時間を要します。

「ああ、二人とも。遠いところをわざわざありがとう」

百合子さまとお目にかかるのは、社長の葬儀の日以来です。競馬場で姿を見たことはありません。パーティーなどにもいらしていないと聞いています。

「あ、あの、百合子さん。本日はお招きいただいてありがとうございます。あの、これ、つ、つまらないものですけど」と、加奈子が手土産を差し出します。想像をはるかに超えた豪邸に腰が引けているだけでなく、加奈子は以前から百合子さまと話すときだけは緊張します。

百合子さまは表情を輝かせて、「ヤダ、もう気を遣わないでよ。それより二人とも結婚おめでとうね。ずっと気にしていたの。本当におめでとう」と、祝いの言葉をかけてくれます。その笑みに以前の毒はありません。

私も加奈子も完全に気後《きおく》れしていましたが、平安神宮にほど近い京都市内の豪邸には、私を安堵《あんど》させてくれるものが二つありました。

一つは、その造りです。私が大学時代に住んでいたアパートの部屋よりもずっと広い玄関に通されたとき、私は既視感にとらわれました。シャンデリアや螺旋《らせん》状の階段、備えつけられたむき出しの靴箱など、いまは他人の手に渡った山手の社長宅と雰囲気が酷似していたのです。

百合子さまは気恥ずかしそうに言いました。

「デザインの段階からすべて私が口出ししたの。半分以上はお父さんからもらったお金で建てた家だからね。せめて」

もう一つの微笑《ほほえ》ましい光景はリビングにありました。重厚な木の扉を開いた我々の耳に飛び込んできたのは、割れんばかりの赤ちゃんの泣き声です。

「ああ、もうマジで勘弁してくれよ」と、隆二郎はなぜか赤ちゃんを抱えて激しくスクワットをしながら、私の顔を見た途端、喜びの表情を浮かべました。

「ああ、助かった！　クリスさん。はい、パス。耕太郎《こうたろう》だ」

「いや、パスって。ムリだよ。っていうか、これ首すわってるの？」と拒否しながらも、私は隆二郎から強引に赤ちゃんを託されます。

「まだダメ。グラグラ」

「だったらムリだって。危ないよ」

「大丈夫だよ。死ななきゃいいから。っていうか、人のカワイイ息子をつかまえて〝これ〟とか言うなよな。ああ、疲れた」とわざとらしく首を揉みながら、隆二郎は女性陣のいるソファに行ってしまいました。

その場にぽつんと取り残され、私はおそるおそる腕の中の赤ちゃんを見つめます。割れる寸前の風船のように、鼻がひくひくしています。

祖父から偉大な「耕」の字を引き継いだ罪のない赤ちゃんは、ひとたびスクワットをやめるや否や、さらに大声で泣き叫びました。


六歳になった姉の花菜に見守られ、ようやく耕太郎が寝しずまってくれて、我々はソファで向き合いました。これが一流ジョッキーたる所以《ゆえん》でしょうか。耕太郎が産まれたのはなんと今年の「日本ダービー」当日の夜でした。

椎名展之さまが所有する「ソーパーフェクト」に騎乗し、後続を五馬身以上突き放す歴史的な勝利を飾り、無傷で「皐月賞」とのクラシック二冠を達成した隆二郎は、レース後すぐに東京競馬場から百合子さまの待つ京都に戻り、耕太郎の誕生に立ち合ったとのことです。

翌日の新聞で『人生最良の日』という隆二郎らしからぬコメントを目にして、私は自分でも笑ってしまうほど泣きました。

いても立ってもいられなくなり、迷惑を顧みずに連絡を入れました。普段は滅多に出ない電話に隆二郎が出ると、私は「迷惑じゃなければいまから京都に行く」とまくし立てました。隆二郎は呆れたように『迷惑に決まってる』と笑ったあと、夏に新居もできるからあらためて遊びに来てほしいと言いました。それを受け、こうして八月末に実現したというわけです。

あれほど緊張していたのがウソのように、加奈子は百合子さまと楽しそうに話しています。いつもつっけんどんにしていた隆二郎が三十七歳、とげとげしかった百合子さまは四十歳を迎えられました。

「どう、クリスさん。耕一くんはがんばってる?」と、かつて恨んでいたのを忘れてしまったかのように、百合子さまは柔らかく尋ねてきます。

「はい。あまり上手《うま》くいっていない時期もあったのですが、最近はすっかり。山王社長時代を思い出す毎日です」

「だったら上手くいってないってことじゃない。ワガママばっかりってことでしょう?」

「ハハハ。いえ、でもオーナーとマネージャーの正しい関係ですよ」

「そうなの? 私はいまだにクリスさんは何が楽しくてその仕事してるのかわからないわ。髪もすっかり白くなって」

「それは、まぁいい歳《とし》ですから」

弱り切った私を救うように、隆二郎が口を挟みます。

「でも、こないだ久しぶりに札幌で耕一さんと会ったけど、いい顔してたよ。すごく楽しそうだった」

「まぁ、あれだけのレースをしたあとですからね」

「強かったもんね。ロイヤルファミリー。骨折明けとは思えないレースだった。翔平もうまく乗ってたし。あやうく足をすくわれるところだった」

隆二郎が素直に祝福してくれるのは、自身が乗った1番人気の「ザキング」がハナの差で〝ファミリー〟を凌《しの》いだからでしょう。

先週、札幌競馬場で行われたGⅡ「札幌記念」で、ロイヤルファミリーは昨年の「天皇賞・秋」以来、十ヶ月ぶりの復帰を果たしました。

ハッキリ言って、調子は絶好調と呼べるものでした。義父であるノザキファームの場長のつきっきりの調整に、途中から加奈子も合流し、父娘《おやこ》が時間をかけてみっちりと

〝ファミリー〟を鍛え上げました。

復帰戦を「札幌記念」としたのは、耕一さまに山王社長のこのレースへの思い入れを聞かせたことがあったからです。栗東へは戻らず、そのまま函館競馬場に入厩し、そこでの調整も順調そのものでした。

それでも、我々は過信しませんでした。期待すればするほど、これまで〝ファミリー〟には裏切られてきたからです。

いいえ、それを「裏切る」と表現するのは誤りでしょう。人間が勝手に思いを託し、〝ファミリー〟もサラブレッドの本能で一生懸命走ってくれて、その反動として弱点の右の前脚を傷《いた》めてしまうということを繰り返しているだけです。

無事に走ってくれればいいと送り出した「札幌記念」での走りは、ザキングの後塵《こうじん》を拝したとはいえ、間違いなく今後につながる素晴らしいものでした。脚に問題も生じず、レース後も〝ファミリー〟は元気いっぱいです。

しかし、札幌競馬場で愛馬を出迎えた耕一さまは、何か考え込む仕草を見せていました。表情はいつになく柔らかいものではありましたが、ふとしたときにボーッとしているのです。ここまで深くつき合っていれば、オーナーの考えていることくらいわかります。東京に戻る飛行機の中であることを伝えられたとき、私はそれほど驚きませんでした。

隆二郎がコーヒーに口をつけてポツリとつぶやきます。

「そういえば見たよ。先週の『東日スポーツ』の記事。連絡しようと思ってたんだ。あれってもう決まったことなの？」

「そうだね。耕一さんの意志は固いと思う」

「そうか。まだたいしてレースも使ってないし、ロイヤルファミリーはまだまだやれると思うんだけどな。上手にレース選択してやれたら、もっと賞金も稼いでくるでしょ。というか、あの馬が本格化するのって来年以降な気がするんだよね」

まるで私が決断を下したかのように、隆二郎は翻意させようとしてくれます。先週、平良氏によって打たれた特ダネ記事は、ロイヤルファミリーの年内引退。「天皇賞・秋」と「ジャパンカップ」、そして「有馬記念」の古馬三冠をもって、中条耕一も馬主としての活動に幕を下ろす、というものでした。

しかし、『東日スポーツ』の記事はそれほど話題になりませんでした。不運にも同じ日にライバル紙がさらなる特ダネを打ってきたからです。

私は顔が引きつるのを感じました。

「僕も読んだよ。『スポーツエブリー』」

「ああ、そう」

「悔しいね」

「べつに。よくあることでしょう」

「だとしてもさ。ここまで一つも負けてないジョッキーが下ろされるなんて納得いかないよ。オーナーは何を考えているんだろう」

「今回のことは展之さんっていうより、牧場の意向が強かったんじゃない？　俺あんまり言うこと聞かないから、結構嫌われてるっていう話だもん。これまで海外ではたいして結果も残せてないし」

コースでは誰よりも負けず嫌いをむき出しにするジョッキーです。隆二郎はなんてことないという顔をしていますが、実際は腸《はらわた》が煮えくりかえっているに違いありません。

ロイヤルファミリーの引退記事と同日に出た『スポーツエブリー』の特ダネは、ここまで無敗の三歳馬・ソーパーフェクトが、クラシック最後の一冠「菊花賞」を回避し、世界最高峰のＧＩレース「凱旋門賞《がいせんもん》」に挑戦するというものでした。

そこまでは以前からウワサされていたことでしたので、たいして驚きはありませんでした。私が絶句したのは、続きの文章です。ジョッキーを佐木隆二郎から、フランスの若手有望株として知られるガブリエル・トゥーサンに変更すると記されていたのです。

「トゥーサンって、やっぱりすごいの？」

沈黙をおそれるあまり、私はひどく無神経なことを尋ねてしまいました。隆二郎は呆れたように鼻を鳴らします。

「知らないよ。実際に見たことないし」

「まぁ、そうだよね」

「結果だけ見たらもちろんすごいんだろうけどね。たしか翔平と同い年じゃなかったっけ？」

「うん。そう聞いてる。二十五歳」

「それでもうフランスでリーディング争いしてるわけだし、去年の凱旋門賞でも1番人気乗ってたんでしょう。たいしたもんだよ」

「じゃあ、ソーパーフェクトは凱旋門賞で勝てる？」

「だから、そんなのわからないって。俺が乗ったら百パーセント勝てるけど」

最後の最後に、隆二郎らしい強気のセリフが出てきました。私は笑みを浮かべて、ふと大きな窓に視線を移します。

エアコンの音を裂くように外からセミの鳴き声が聞こえてきます。太陽もこれでもかと照っています。

それでも、秋はそこまで迫っています。耕一さまが、ロイヤルファミリーが、そして私が競馬界の真ん中にいられる時間は、もうわずかしか残されておりません。

国内の競馬ファンの間では、ソーパーフェクトは「菊花賞」へ向かうべきだという声が多かったように思います。

キレ味勝負のロイヤルホープ産駒に、フランス・ロンシャン競馬場の重い芝は合わないだろうということに加え、父親の椎名善弘氏が所有していた「イマジンドラゴン」以来、十一年ぶりとなるクラシック三冠馬の誕生を見たいという欲求もあったのでしょう。

しかし、ソーパーフェクトの若きオーナー、椎名展之さまは、そういった周囲の声を歯牙《しが》にもかけませんでした。

「三冠馬なんて旧時代的なものに価値はないですよ。外野が何を言ってこようが、ソーパーフェクトはガブリエル・トゥーサンと一緒に凱旋門賞を目指します。みなさんも盛り上がっていきましょう！」

ロイヤルファミリーが出走する「天皇賞」より四週間早く、世界中の名馬が一堂に会する「凱旋門賞」が開催されました。展之さまが煽った通り、前哨戦《ぜんしょうせん》のGⅡ「ニエル賞」をソーパーフェクトが圧勝した頃から、一般メディアまで巻き込んで大変な騒ぎになりました。

言うまでもなく、これまで日本馬が「凱旋門賞」で勝ったことはありません。名だたる名馬が何度となく挑戦しながら、分厚く、高い「世界」という壁にことごとくはね返されてきたのです。

ＣＳの競馬専門チャンネルのみならず、民放の放送局でもレースは中継されました。

発走時刻は日本時間の二十三時。今年、日本から挑戦するのはソーパーフェクト一頭のみです。普段はそれぞれ贔屓《ひいき》の馬に肩入れしている日本中の競馬ファンたちが、今日だけはソーパーフェクトの応援に集中します。

私と加奈子は耕一さまのご自宅に招待されました。決して豪華ではありませんが、一人暮らしには充分な広さがあり、何よりきちんと整頓《せいとん》された室内が印象的な初台の駅近くのマンションです。

自分たちの馬が出走するわけでもないのに、そのリビングで我々は食い入るようにテレビに見入っておりました。

一人でワインをのんでいた加奈子が呆れたように尋ねてきます。

「二人ともすごい顔。それは何？　ソーパーフェクトを応援してるってこと？　それとも負けろと思ってるの？」

私は答えに窮しました。いくら〝ホープ〟の子だからと言って、本音をいえば、素直に応援はできません。競馬の本場、ヨーロッパの中でも群を抜いて華やかなロンシャン競馬場のパドックを歩くライバル馬に、嫉妬《しっと》を覚えずにはいられません。

耕一さまにそんな様子はありませんでした。加奈子の質問には応じず、思わずといったふうに漏らします。

「いい雰囲気ですね」

「え？」

「ソーパーフェクト。すごく落ち着いています。まったく入れ込んでなさそうですし、汗も全然かいていませんよ。やっぱりとんでもない馬なんだな。これ、ひょっとしたら勝ってしまうかもしれませんよ」

舞踏会に参加するかのように着飾ったみなさまの間を、ソーパーフェクトは悠然と歩いています。たしかにその佇《たたず》まいは他の馬よりも凜として見え、大仕事を為し遂げるような雰囲気が漂っています。

私は歯がみしたくなりましたが、耕一さまは何も感じないのでしょうか。「いや、これいつもよりいいくらいだな。もう少し馬券買い足した方がいいのかなぁ」などと悠長なことを独りごちて、本当に手もとのパソコンを操作し始めます。

いざレースが始まっても、ソーパーフェクトの走りはいつも通りのものでした。ゲートをポンと出たあとは、少しずつポジションを下げていき、馬混みを嫌う素振りも見せず好位のインコースに位置します。

ゴーグルで隠れていましたが、跨《また》がるトゥーサンもとてもリラックスしていそうです。彼にとっては二度目となる「凱旋門賞」ですが、馬同様入れ込む様子はなく、この晴れ舞台を楽しんでいるように見えます。

気づいたときには、私はレースに集中していました。先頭からしんがりまで、隊列はいっさい変わらず、ソーパーフェクトもラチ沿いを気配を隠すかのように淡々と走り、体力を温存しているのがわかります。

ロンシャン競馬場名物の「偽りの直線」と呼ばれる最終コーナーを通過し、馬たちはいっせいに本物の直線に入ってきました。

そのとき、私は一瞬ソーパーフェクトの姿を見失いました。そして次の瞬間には、自分の目を疑いました。

「来い――」

耕一さまが目を見開いたままつぶやきます。いったいどうやって馬混みの間をすり抜けてきたというのでしょう。つい先ほどまで内ラチ沿いを走っていたはずのソーパーフェクトが、気づいたときには大外に進路を取り、猛然と前を行く馬たちを追いかけているのです。

日本での豪脚を知っている我々は、このとき、たしかに夢を見ました。そう、ソーパーフェクトが「凱旋門賞」で勝つことは、ホースマンというのもおこがましい私のような末端の人間にとってすら夢であると気づいたのです。

「行け」

私の言葉に呼応するように、加奈子も「行け！　行け！」と立ち上がって叫びます。

どれほど多くの同じ声が、この瞬間、日本国内に轟《とどろ》いていたことでしょう。

その声援に応じるように、ソーパーフェクトはさらに加速していきました。外国の競馬場特有の深い芝をものともせずに、前を行く世界中の精鋭たちをごぼう抜きにしていきます。

私は勝ちを確信しました。事実、一度は間違いなくソーパーフェクトは先頭に躍り出たはずです。

しかし勝利を信じた次の瞬間、一頭の馬を視界の隅で捉えました。ソーパーフェクトのような豪快さはなく、するするという表現がしっくり来るような走りでインコースを突き進んでいくのは、好位でずっと先頭集団を追いかけていた今年のアイルランドのダービー馬「グレイトエスケープ」です。

内ラチ沿いと、大外にわかれ、両馬は激しい叩《たた》き合いを繰り広げました。あいかわらず楽しそうに口もとを歪めながら、トゥーサンもさすがに脚色の鈍ったソーパーフェクトに懸命にムチを振るいます。

ゴール板が近づいても、両馬のデッドヒートは続きました。馬が首を上げ下げするたびに先頭が変わっているのがわかります。

絶叫するアナウンサーの声と、スタンドの歓声、そこに私と耕一さま、さらには加奈子の絶叫まで折り重なって、二頭がゴールした瞬間には室内はワケのわからない混乱状態に陥っておりました。

私の目にはソーパーフェクトがわずかに競《せ》り勝ったように映りました。しかし、耕一さまはまったく違う見方をしたようです。

「惜しかった。本当にあと少しだった」

判定に時間がかかりました。しばらくして掲示板に表示された着順は、耕一さまの方が私よりわずかに冷静さを保っていたことを証明するものでした。

1着にグレイトエスケープ、そして2着にソーパーフェクトの馬番号が表示された瞬間、私は脱力してソファに腰を下ろしました。そうしてはじめて、私は自分も加奈子と同じように立って応援していたことを知りました。

テレビの画面にソーパーフェクトが大映しされています。まるで負けたことを知っているかのように、ゴーグルを外したトゥーサンに頭を撫でられたソーパーフェクトは立ち止まり、嫌々と首を振りました。

「残念でしたね」

ようやく少し冷静さを取り戻し、私は耕一さまに声をかけます。

「展之さんも、ソーパーフェクトも。耕一さんも」

「え、僕もですか？」と、目をぱちくりさせた耕一さまに、私はニヤリと笑いました。

「ソーパーフェクトの馬券、買い足されていましたよね。レースの直前に」

今度は耕一さまがいたずらっぽく微笑む番でした。少し迷う素振りを見せたあと、耕一さまはパソコンのモニターを私の方に向けてきます。

いったいパドックの何を見たら、ここまで馬の「走る」「走らない」を見抜くことができるというのでしょう。いっそ競馬の神さまに愛されていると言われた方が、私にはしっくり来るくらいです。

「ソーパーフェクトと、もう一頭、実はグレイトエスケープがパドックで抜群に良く見せていたんです。ですから、買い足したのはその二頭の馬連です。儲《もう》かっちゃいました」

戻ってくるソーパーフェクトのたてがみが風に吹かれ、柔らかくなびいています。行ったことのないフランスの甘い空気が鼻先をかすめるようでした。

いつか同じ舞台に〝ファミリー〟も連れていきたい。そんな思いが巡りました。行けば必ず好走すると信じていますし、結果もついてくると確信しています。

耕一さまにも同じことを感じていて欲しいと願いました。「来年の凱旋門賞に……」と言い出すことを期待したのです。

しかし、いつになく優しい顔をしてテレビを見つめる耕一さまの口から、最後までその言葉は出てきませんでした。

「この強い馬と最初で最後の大勝負をするんですよね。父が憧《あこが》れた有馬記念という最高の晴れ舞台で、現役最強馬と本気の勝負をするんです。こんな楽しみなことはありません」

そんな耕一さまの思いに応じるように、しばらくして画面に現れた展之さまも、記者のインタビューに応じる形でこんなことを宣言しました。

「はい！　帰国後は短期の放牧を挟んで有馬記念に直行します！　ここで日本国内の有力馬たちをすべて蹴散《けち》らして、来年、またここに出走するためのスケジュールを組みたいですね。まずはとっとと国内最強を証明できたらと思っています！」

※

耕一さまと展之さま、そしてそれぞれのレースマネージャーを務めている私と相磯氏の会食が実現したのは、年末のグランプリ、そして愛馬ロイヤルファミリーの引退レースである「有馬記念」の二週間前でした。

場所は京都、宮川町のお茶屋を改装したオシャレなイタリア料理店です。いかにも若者受けしそうな店が指定されたのは、他でもありません。「クリスさんと最後にのみたい！」という相磯氏たっての希望を受けて、若い二人のオーナーたちの食事会に我々ロートルも参加させていただいたというわけです。

耕一さまと私が先に二階の個室に案内され、十分ほどして展之さまたちがやって来ました。「やぁ、耕ちゃん。ごめんね、待たせちゃって」と、展之さまはまったく悪びれる様子もなくはつらつと手を上げます。

耕一さまも嬉しそうに目を細めました。

「僕たちもいま来たところです。それより先日は立派な胡蝶蘭《こちょうらん》をありがとうございました」

「いやいや。あらためておめでとう。ジャパンカップ。強かったね、ロイヤルファミリー」

「グレイトエスケープに勝てたのは良かったです。ソーパーフェクトの敵討《かたきう》ちというわけではありませんが、日本の競馬ファンのみなさんの期待に応《こた》えられたのは嬉しかったです」

耕一さまにそんなつもりはなかったでしょうが、先制パンチがキレイにヒットしました。展之さまは「おっ」というふうに口をすぼめ、楽しそうに肩を揺すります。

秋の古馬戦、「天皇賞」「ジャパンカップ」という二つのビッグレースを、我々はいつの頃からか「挑戦権を得るための戦い」と位置づけるようになっていました。むろん、ソーパーフェクトと戦うための権利です。

十月の「天皇賞」では前走「札幌記念」での好走を評価され、3番人気に支持されました。すっかり大人になった〝ファミリー〟はレースでも翔平の指示に素直に従い、めずらしく出遅れずにゲートを出たかと思うと、馬混みの中でも冷静に折り合い、最後の直線でも気持ち良く加速しました。

1番人気のイマジンドラゴン産駒《さんく》、椎名善弘氏の「レインボーキャンプ」の壁にはね返されはしましたが、「天皇賞」を見せ場たっぷりの2着で終え、迎えた先月の「ジャパンカップ」。ここでもロイヤルファミリーは3番人気という支持を集めます。

このレースの1番人気は、意外にも直前の「天皇賞」を制し、一年前の「有馬記念」チャンピオンでもあるレインボーキャンプではありませんでした。

いや、それを「意外」と表現しては1番人気の馬に失礼でしょう。この日、単勝2倍台の圧倒的な人気を集めたのは「凱旋門賞」でソーパーフェクトを打ち破ったアイルランド馬「グレイトエスケープ」だったのです。

一般に、パワー型の外国産馬に日本の軽い芝は不向きとされていますが、それでも尚《なお》これだけの支持を集めたのは、やはり「凱旋門賞」での強さがファンたちに強烈に印象づけられていたからだと思います。

正直にいえば、私はグレイトエスケープに来日してほしくないと願っていました。父であるロイヤルホープと同じく「善戦マン」と称される〝ファミリー〟のことです。絶対にみっともないレースはしないとわかっていましたが、ソーパーフェクトでも敵《かな》わなかった相手に勝ちきるイメージを持つことができなかったのです。

世界一の名馬を見ようと、「ジャパンカップ」のパドックにはたくさんのファンたちが詰めかけました。

その熱気に多くの馬たちが怯《ひる》んだり、入れ込んだりする中で、グレイトエスケープとレインボーキャンプに挟まれる形で登場したロイヤルファミリーは、他のどの馬よりも落ち着き払って見えました。

「止まれ」の合図を受け、我々スタッフもパドックの中に入りました。「勝ちたいなら目いっぱい甘えさせろ」という加奈子の指令を受けて以来、パドックで〝ファミリー〟を甘やかすのはチームの儀式となっています。鼻先を撫でたり、頭に触れたり。みんながチヤホヤと馬をあやす様子は、いまでは〝ファミリー〟が出走するときの風物詩です。

この日の愛馬はとくに気持ち良さそうな顔をしていましたが、父の果たせなかったGI勝ちという夢を、しかも凱旋門賞馬に六馬身もの差をつけて果たすなど、このとき誰が想像できたというのでしょう。

口取り式のために下りた馬場で、不思議と涙はこぼれませんでした。ただ、耕一さまとがっちり握手を交わしました。二人とも同じ気持ちを抱いていたと思います。これで挑戦権を獲得できた。勝負のときは、一ヶ月後。場所を中山競馬場に移して、「有馬記念」で、ソーパーフェクトと激突する――。

最初で最後の対戦に、相手陣営も究極の仕上げを施してくるのはわかっています。それでも不安より楽しみな気持ちが勝りました。

同じ「ロイヤルホープ」を父に持つ両雄の一騎打ちを、メディアも盛んに書き立てます。ソーパーフェクト有利の論調が目立ちましたが、「ジャパンカップ」を圧勝したあの日以来、直接対決を強く望んでいるのはむしろ我々の方である気がしてなりません。

ときに笑い声を上げながら、競馬のことを中心にお二人の話題は多岐にわたりました。耕一さまの表情に微妙な変化が生じたのは、前触れもなく父親の話題に触れられたときです。展之さまが不意に尋ねてきました。

「答えにくい質問だったらごめんね。耕ちゃんは昔から山王社長の存在って知ってたの？　山王社長っていうか、お父さんの存在」

耕一さまは弱々しく微笑みます。

「いえ、知りませんでした。母から聞いたこともなかったですし、意外と気にしたこともなくて」

「それなのに競馬が好きになったんだ？　中学生の頃から見てたんでしょ？」

「そうなんです。それがＤＮＡだなんて思ってないんですけど、でも考えてみたら不思議ですよね」

「もちろん、馬主としての山王耕造のことも知らなかった？」

「最初は知りませんでした」

「それはそうだよね。俺だって親父《おやじ》がああいう人じゃなかったら〝馬主〟っていう存在さえ知らなかったと思うもん。親父以外のオーナーさんのことなんて一人も知らなかったし」

「でも、最初は知りませんでしたけど、わりと早く知りましたよ」

「そうなんだ」

「というか、僕が最初に知った馬主は山王耕造だったと思います」

耕一さまはなぜか私をちらりと見ました。私は知らない話でしたし、視線の意味もわかりません。

耕一さまは淀《よど》みなく言葉を紡《つむ》いでいきます。

「僕、中学生の頃に反抗期めいた時期があって、一度だけ家出したことがあったんです。結局一晩で家に帰りましたし、ちゃんと連絡もしていたので母たちは家出とさえ認識していなかったかもしれないですけど、とにかく自分の意識としては家出したことがありました」

耕一さまは楽しそうに目を細め、すっと息を吸い込みます。

「向かったのは阪神競馬場でした。忘れもしません。二〇〇六年六月二十五日。芝一八〇〇メートルの新馬戦でした。あれが、僕がはじめて生で見たレースです。すみません。

「これまでクリスさんにも言わなかったことなんですけど」

唐突な告白に、私は何を感じればいいかすぐに判断できませんでした。相磯氏も不思議そうに眉《まゆ》をひそめます。

我々の顔を交互に見て、耕一さまは楽しそうに続けます。

「そのとき、僕はロイヤルホープを応援しにいったわけではありません」

「そうなの？ ああ、いや、でもそうだよね。そのときはまだ親父さんのことを知らなかったわけだから」

「そうですね。生きているとも思ってませんでした。ちなみに僕がそのとき応援していたのはヴァルシャーレだったんですよ」

「へぇ、そうなんだ！ それはすごい」

「ちょうどその頃に競馬というものを見始めて、血統とかいろいろ勉強していく中でヴァルシャーレというすごい馬の存在を知って、調べてみたらデビューすることがわかって。どれほど強い馬なんだろうってすごく興奮したのを覚えてます」

「それはうちの親父が喜ぶわ。っていうか、そうか。じゃあ、あのレースで山王耕造の存在を知ったんだね」

「そうですね。あの伝説の新馬戦、ご存じのように勝ったのはロイヤルホープでした。僕はヴァルシャーレの応援をしていたから、ショックを受けちゃって。その気持ちをどう処理していいかわからないまま、ふらふらとウィナーズサークルに行ったんです」

耕一さまは自嘲《じちょう》するように微笑みます。

「そのときの光景をハッキリと覚えています。直前の写真撮影のときにロイヤルホープは興奮して大暴れしていましたし、父もガチガチになっていました。それが、撮影が終わって、ふっと人の輪が解かれたとき、父がいきなり〝ホープ〟のもとに近づいていったんです。そして鼻先を撫《な》でてやったら、途端に〝ホープ〟も大人しくなって。人と馬が何かを共有している瞬間をはじめて目の当《ま》たりにして、となりにいたオジサンに『あの人は誰ですか？』って聞いたんです。そうしたら『山王耕造っていう馬主さんだよ』って。その人が、のちに自分の父親として目の前に現れるなんて夢にも思ってなかったですけど」

狭い村での話です。一方が競馬関係者で、もう一方がそのファンだというのなら、そんなこともあるのでしょう。

展之さまがなぜか私を見つめてきました。

「ちなみにクリスさんもその場にいたんですよね？」

「はい。私も山王と一緒に口取り式に参加していましたから。もちろん耕一さまの存在には気づいていませんでしたが」

「相磯さんは？」

「ヴァルシャーレの口取り式に参加するつもりでいましたからね。とてもイヤな記憶として残ってます」

仏頂面《ぶっちょうづら》で応じた相磯氏の様子を見つめながら、展之さまは思わぬことを口にします。

「その場所に耕ちゃんも来ていた。で、実は俺もあの日あそこにいた」

「え……？」と真っ先に漏らしたのは、相磯氏でした。展之さまはしてやったりというふうに鼻に触れます。

「そう、いたの。俺、あの日」

「そうなんですか？　でも、そんなこと私は一度も……。だって展之さんがきちんと競馬を見るようになったのって大学生になってからじゃないですか。あの頃って、たしかまだ高校に通ってらっしゃいましたよね？　競馬が嫌いだった頃じゃないんですか？」

相磯氏の声が少しずつ小さくなっていきます。そのことを、私も『スポーツエブリー』のコラムで読みました。

ずっと父親が嫌いだった。その父親が夢中になる競馬というものを憎んでいた。父親は平気で家に競馬を持ち込む人だった。自分の馬が勝てば機嫌がいいし、負ければ不機嫌をまき散らした。世間のみなさんが椎名善弘という人間をどう見ているか定かではないけれど、僕の目に映る父はそういう人間だった。自分の父親を夢中にさせる競馬というものを、僕は長いこと憎んでいた——。

コラムにはそこまでしか書かれていませんでした。その展之さまがなぜ馬主になろうと思ったのか、そこへの言及はありませんでした。

展之さまの次の言葉は、ある意味ではその答えとも言えるものでした。

「耕ちゃんって、そのとき中三くらいでしょ？ 俺は高一だった。あの日、一人で競馬場に行ったのは他でもない。ヴァルシャーレのデビューを親父が本当に楽しみにしていたから。どれほどの馬なんだって。正直、負けろって思ってたし、最後の直線でロイヤルホープが突っ込んできたときは声を上げて応援してた。ホントむちゃくちゃ熱くなった」

懺悔《ざんげ》するように話す展之さまを、我々は食い入るように見つめます。展之さまは顔を上げようともしません。

「ロイヤルホープ、強かったよ。あのときは競馬なんてまったく知らなかったから、逆にヴァルシャーレをだらしない馬だって思ったりして。親父がどんな顔しているのか一目見てやろうと思って、こっそりオフクロに段取りしてもらって、馬主席へ行くエレベーターに乗ったんだ。そしたら、たまたま俺が乗ったエレベーターを親父が上で待ってやがって……。フロアに背を向けているわけだから、気が抜けていたんだろうな。とんでもなく落胆した表情を浮かべてた。あのとき、相磯さんは親父のとなりにいなかったよね？」

いきなり話を振られた相磯氏が、力なくうなずきます。

「社長は本当に落胆されたときは、私とも一緒にいようとされませんから。たしかにあのときは声もかけていただけなかったと思います」

　展之さまは目を細くします。

「人が乗っているとは夢にも思っていなかったエレベーターに人がいて、しかもそれは絶対にあり得ない自分の息子で、親父のヤツ、相当テンパったんだと思う。さっと血の気の引いた顔をして、『ああ、展之か。ちょっとご飯でも食べにいこうか』って言ったんだ。普段、絶対にそんなこと言わない人なのに。競馬場にいる理由も聞いてこないで」

「行ったんですか？」と、耕一さまが尋ねました。

「行ったよ。ああ見えて意外と金に細かい人だからさ。三宮のきったねぇ居酒屋に連れていかれた」

「どんな話を？」

「はじめてっていうくらいいろいろなことをしゃべったけど、とくに印象に残ってるのは親父が馬主をやっている理由」

「理由？」

「ずっと上手くいかなかった自分の人生の象徴が競馬だって。お前もヴァルシャーレのレースを見たんだろって。完璧《かんぺき》な血統で、万全の体制を整えて、素晴らしいジョッキーを起用して、絶対に勝てると思っていても、簡単に足をすくわれる。競馬は俺の人生そのものだって」

「展之さんはなんて答えたんですか?」

「ダセェって」

「ダサい?」

「うん。なんかそうやって馬に自分の人生を重ね合わせるみたいの、いかにも旧時代っていう感じでダサくない?　そういうことから切り離して競馬ってできないものなのかなって、俺が一から馬について勉強し始めたのはあの日から。もうめちゃくちゃやったよ。俺は幼稚園から大学までエスカレーター式に進んだから、あんなに勉強したのは最初で最後だったかもしれないな」

私には意外な話でした。椎名氏こそ、私の目には展之さまの言うところの「旧時代」的な熱い思いからかけ離れた方に見えるからです。それに加えて「上手くいかなかった自分の人生」という言葉にもあまりぴんと来ませんでした。

耕一さまは違う感想を抱いたようです。

「おもしろいですね」

「何が?」

「だって、僕は椎名さんのヴァルシャーレを、そして展之さんは父のロイヤルホープを応援してたんです。僕たちはそれぞれお互いの父親の馬を応援してたんですよ。入り組んでいておもしろいなって」

展之さまはその言葉に応じようとはしませんでした。弱々しく首をかしげて、耕一さまに質問を投げかけます。

「耕ちゃん、山王さんを超えたっていう手応えある？　いつか言ってたでしょう。すべての息子は父親を超えていかなくちゃいけないものだって。その意味では、耕ちゃんはジャパンカップで山王さんの獲《と》れなかった芝のＧⅠを勝ったわけじゃない？　そこに感慨めいたものはあるのかなって」

耕一さまは、展之さまよりさらに力なく首をひねりました。

「展之さんは当然その答えを知ってると思うんですけど、まったくそんな感覚ありません。やればやるほど、父の背中が遠ざかっていくみたいです」

「だよね。俺もダービー獲っても、凱旋門賞で好走しても、いつまでも親父の手のひらの上にいるって感じが拭《ぬぐ》えない」

「よくわかります。実際にそうなんでしょうしね。でも、やっぱり僕と展之さんは違うんだと思いますよ」

「なんで？」

「展之さんには目の前に乗り越えるべき壁が存在しているじゃないですか。僕にはそういう人間がいませんから。実は椎名さんに……、展之さんのお父さんに一方的にそういう乗り越えるべき何かを求めようとしたこともあったんです。でも、僕なんて相手にされません。競馬場で会ってもいまだに無視されています」

部屋の空気がかすかに揺らぎました。相磯氏が何かを言いかけましたが、耕一さまは気づきません。

「いつまでも父の手のひらの上という錯覚をずっと拭いたいと思っていました。だから、僕は一度ここで競馬界から身を引くことを決めたんです」

耕一さまはボンヤリと私に目を移し、淡々と続けます。

「三頭の馬が稼いできてくれた賞金も、馬券のお金もほとんど手をつけてません。まずはきちんとどこかに就職して、何年か修業して、そしていつか独立して、自分の足で社会にきちんと立つことができたら、そのときはまたあらためて馬主資格を取得したいと考えています。そして万一いつかそんな日が来るのなら、そのときはまた〝ロイヤル〟の冠を貸してもらうことはできないかなと思っています」

沈黙が立ち込めるのを拒むように、展之さまがからりと笑いました。

「そんなの耕ちゃんなら楽勝でしょ」

「そんなに甘くないですよ」

「ああ、でも良かった。ちょっとホッとした。正直なことを言うと、俺どんなに新聞とかで煽《あお》ってても、耕ちゃんと争っているっていう気持ちはなかったからさ。むしろ耕ちゃんと手を取り合って、親父たちと対峙《たいじ》しているっていう思いが強かった」

「なんとなくわかります」

「もう一個ホントのことを言うと、俺は今日この場でロイヤルファミリーの引退を翻意させようとしてたんだよね。だけど、それはやめておくよ。耕ちゃん頑固だし、また戻ってきてくれるっていうならそれを信じて大人しく待ってるわ」

そう口にする展之さまの表情は、それでも悲しそうに歪《ゆが》んでいました。耕一さまは目《め》尻《じり》を下げながら、こくりとうなずきます。

「展之さん、一回だけ僕と大勝負しませんか」

「何？」

「これまで争っている気持ちがなかったというのはわかります。僕も毎回父と戦っているような感覚でした。だから最後のレースくらい、そういう呪縛《じゆばく》みたいなのから離れて、ライバルとやり合いたいなって。幸いにもどちらの馬も人気になるでしょうし、有馬記念、ロイヤルファミリーは本気でソーパーフェクトを倒しにいきます。展之さんも敵意むき出しで来てください」

ぽかんと口を開けていた展之さまの顔に、いつもの意地悪そうな笑みが浮かびました。

「だからそういう暑苦しいの苦手なんだって」と呆《あき》れたようにつぶやいて、展之さまはふんと鼻を鳴らします。

「もし本気でうちのに勝とうと思ってるなら、それはちょっとおめでたいよ。どうシミユレートしたってソーパーフェクトが勝つに決まってる」

「ハハハ。それこそおめでたいですよ。グレイトエスケープ程度の馬に負けたソーパーフェクトがロイヤルファミリーに勝てるんですか？」

「フランスまで輸送してハナ差負けるのと、日本まで長距離輸送した馬に勝つのとどっちが価値あると思う？」

「それは、もちろん勝つ方ですよ。競馬の唯一《ゆいいつ》の価値は優勝劣敗ですから。展之さんには言うまでもないことだと思いますけど」

二人のやり取りと辟易《へきえき》する相磯氏の顔に、私はいつかの光景が重なって見えました。北海道ではじめて社長が椎名氏と食事をともにした日のことです。

その二人のご子息が現時点でそれぞれの父を超えているのか、私には判断できません。しかし、少なくともDNAはしっかりと受け継がれているようです。

その丁々発止のやり取りがどれだけ自分たちの嫌う前時代的なものか、きっと本人たちは気がついていないのでしょう。

※

光と影の競馬――。比喩《ひゆ》としてではなく、年末のグランプリ「有馬記念」を、私はそのように捉《とら》えています。

一週間前、最初に発表されたこの日の千葉県船橋市の週間天気予報は「曇りのち雨」、降水確率は「六〇%」とありました。雨の「有馬記念」といえば、耕一さまの両親である山王社長と中条美紀子さまの思い出のレースです。

そこに縁起の良さを感じましたし、そうでなくてもロイヤルファミリーは降雨によって荒れた馬場を得意とする、いわゆる「重馬場巧者」といわれる馬です。

しかし、中山競馬場の上空には雲一つありません。まだ十四時台でありながら、すでに西に傾き始めた太陽の光を受けた人馬の影が、輝かしいオレンジ色との見事なコントラストを作っています。

「それにしてもめちゃくちゃ晴れたもんだね」と、やはり半分ほど影で覆《おお》われたパドックを見下ろしながら、私は恨みを込めて口にしました。

妻となった加奈子が満面に笑みをにじませます。

「笑っちゃうくらいにね。けど、やっぱり有馬記念はこっちの方がいいよ。せっかくだから手でも合わせておこうか」

加奈子は本当に手を合わせると、西の空へ向けて頭まで下げました。この太陽が沈みきったときには、すべてが終わっています。レース結果は出ていますし、耕一さまは競馬界から去り、レースマネージャーとしての私の役目も終了しています。加奈子を真似《まね》て手を合わせながら、それでも感傷に浸るのはまだ早いと、私は心を奮い立たせます。

しかしその気持ちを挫《くじ》くかのように、いつもより多くの方が声をかけてくれました。大半が純粋にロイヤルファミリーの健闘を祈ってくれてのものでしたが、きっと『東日スポーツ』を読んでくれていたのでしょう。私にとっての今日という日の意味をきちんと認識されている方もいらっしゃいました。

「クリスくん、これからも競馬場には顔を出さなきゃダメだよ。君の性格だと、競馬をぴたりと切り離してしまいそうでこわいんだ。それは山王さんが一番望まないことだからね。馬券を買う程度でいいから、たまには遊びに来なさい」

温かい声をかけてくださるのは、やはり社長時代から続くオーナーやそのマネージャーが多かったように思います。とはいえ、もっとも思い入れも屈託もあったはずの社長のライバル、椎名善弘氏だけは、まるで初対面のような冷たい目を向けてきました。

「ああ、クリスさん。探しましたよ」

目を潤《うる》ませて声をかけてくれたのは、マネージャーの相磯氏だけです。椎名氏は「ああ、いつも息子がお世話になっております」とぶっきらぼうにつぶやくだけで、すぐに読んでいた新聞に視線を戻しました。

なんとなく椎名氏が持っている新聞に目がいきました。その二紙が耕一さまのコラムが掲載されている『東日スポーツ』と、展之さまが連載している『スポーツエブリー』

であるのは、果たして偶然なのでしょうか。

耕一さまがはじめて椎名氏と言葉を交わしたのは、いまから三年前の六月、ロイヤルファミリーがデビューした阪神競馬場の馬主席でした。あの日、耕一さまはすげない態度を取る椎名氏の背中を見送りながら、「いまはまだ無視していたらいい。すぐにそうできなくなりますから」と、宣言するように言いました。

この三年の間に二人の関係が変わったとは思いません。耕一さまの椎名氏に抱く屈託は変わらず、亡《な》き父の姿を重ね合わせています。展之さまには素直に「展之さんのお父さんに一方的に乗り越えるべき何かを求めようとしたこともあった」と心情を吐露したこともありましたが、椎名氏に耕一さまを意識している気配はありません。

日本競馬界はいまも椎名善弘氏を、あるいは椎名家を中心に回っていると言っても過言ではないでしょう。大牧場が運営するクラブ馬全盛の時代にあって、椎名氏と、その息子の展之さま親子は、個人馬主として対等以上に大手クラブと渡り合っています。

今日の「有馬記念」でも、お二人合わせて四頭を出走させるという凄《すさ》まじさです。1番人気こそ短期免許を得て来日したトゥーサンを鞍上《あんじょう》に迎えた展之さまの「ソーパーフェクト」に譲ることになりそうですが、椎名氏の方も安野克也ジョッキーを乗せた2番人気、イマジンドラゴン産駒の「レインボーキャンプ」を筆頭に、三頭すべてに勝つチャンスがあると言われています。

早々に立ち去った椎名氏の背中を呆れたように見つめながら、相磯氏が独り言のようにつぶやきました。

「ああ見えて、いろいろ思うことはあるようなんですけどね」

そして思わずという感じで続けた「生前の山王社長に託《ことづ》かったことがあったそうで」という言葉に、私は前のめりになりました。

「託かった？　なんですか、それは」

相磯氏が身体《からだ》を震わせます。まだ社長が生きていた頃、何度か椎名氏が病院にお見舞いにきてくれたことがありました。毎回突然のことで、タイミングが合わずに私は立ち会えたことがありませんし、相磯氏もいつも車で待たされていたと聞いています。

病室で二人がどんな言葉を交わされたのか、私は知りません。ただ、椎名氏が訪ねてきてくれた日は、必ず社長に生気がみなぎっていたのは間違いありません。

少しの間沈黙し、相磯氏は諦《あきら》めたようにうなずきます。

「べつにたいした話じゃないですよ。耕一さんのことをよろしく頼むと、会うたびに言われていたそうです。いつだったかロイヤルファミリー引退の記事を読みながら、うちの社長は『まだ辞めるべきじゃないんだけどな』とぶつぶつ言っておりました」

「え？」

「自分から幕を下ろすのは間違っていると。山王さんがもし生きていたら絶対にそう言うだろうと。父親の方はあんなに諦めの悪い人だったのにって、そんなことを言ってました。クリスさんたちがどのように捉えているかはわかりませんが、うちの社長はずっと耕一さんのことを気にかけていましたよ。少なくとも耕一さんの三頭が出るレースは必ずテレビで観《み》ていました。馬券も買っていたはずです」

「そうなんですか？　だったら――」

直接それを言ってやってほしい。さらに興奮して続けようとした言葉は、力なく首を振る相磯氏の笑みにかき消されました。

「自分の息子にも言いたいことを言えない人ですよ。行動から感じ取ってもらうしかないって、そんなことも言っています。もう少し素直でいられたら、あの人はもっと楽に生きられた気がするんですよね。あんなふうにしか生きられなかったから、ここまでのし上がってこられたのかもしれませんけど」

そろそろパドックに下りなければいけない時間でした。「これからも友だちづきあいは続けていきましょう」と肩を叩いてくれた相磯氏と入れ替わるようにして、「クリスさん！」というはつらつとした声が耳を打ちました。

振り返り、真っ先に視界に入ってきたのは満面に笑みを浮かべた百合子さまです。その胸に息子の耕太郎が抱かれていて、手をつながれた姉の花菜が、さらにそのとなりには優太郎さまがいて、その優太郎さまに車椅子《くるまいす》を押される格好で、社長のかつての奥さま、京子さまの姿も見えました。

奥さまはずいぶん老《ふ》けられたと、息子の優太郎さまからよく聞いていました。あんなに活力に満ちあふれていたのがウソのように、車椅子に乗っていることを差し引いても尚、元気がないと優太郎さまはしきりにこぼしています。

しかし、久しぶりの競馬場のせいでしょうか、今日は以前のように気が漲《みなぎ》っているのがわかりました。

「ごぶさたしております、奥さま」

そんな私の挨拶《あいさつ》に、奥さまは素っ気なく「そうね。お久しぶり」と応じられました。百合子さまが「何それ。二人とも、もっと何かないわけ？」と茶化すように言ってきます。

少し遅れて、耕一さまが輪に加わりました。優太郎さまの発案で、ご家族のみでランチをされてきたあとです。その食事会が楽しかったであろうことは、四人それぞれの表情を見ればわかります。

全員の視線を受けながら、「ごめんなさいね、クリスさん。ダメだったわ」と、奥さまはゆっくりと顔を上げました。

「優太郎からあなたが困ってると聞いていたんです。だから、今日は私が一肌脱ごうと。耕一さんと食事の段取りをするように伝えていました」

そこまで言われてもまだ私はピンと来ませんでした。ふと見た耕一さまは弱々しく微笑《ほほえ》んでいます。

「本当にごめんなさい。私は今日ロイヤルファミリーの引退を止めようと思っていました。あの馬は本当に限界なのか、それで山王が喜ぶのか、何よりクリスさんに申し訳ないと思わないのか。あの手この手で懐柔しようとしたけど、ダメだったわ。目標としていた五歳の有馬記念に無事に辿《たど》り着けて安心している、父から預かった馬の血を引き継げそうで嬉《うれ》しいって、もうそればっかり。虫も殺さないっていう顔をして、何よ、頑固さはあの人そのものじゃない」

吐き捨てるように言い放ち、奥さまは車椅子から耕一さまを見上げました。

「どう？　馬主生活は楽しかった？」

その質問に、耕一さまもニコリと応じます。

「苦しいばかりでした。プレッシャーしか感じていませんでしたし、いつもたくさんのものを背負わされているような気がしちゃって。本当に苦しかったです」

「ほらね。やっぱり山王と同じことを言ってるわ」

意外そうに眉をひそめた耕一さまを見つめたまま、奥さまはさらに言いました。

「でも、自分の馬が勝ったときだけはすべてが報われるんでしょう？　あなた、やっぱり山王に似てるわ。どうせ馬主を続けるわよ」

「いや、ですから――」

「たとえここで一区切りつけたとしてもよ。いつか自分で勝手に馬主の資格を取得して、またやり始めるようになる。いいえ、山王という足かせがなくなって、すべて自分の責任でやるようになったら、いよいよのめり込んでいくはずよ。断言するわ。ああ、将来の奥さんがかわいそう。苦労するわ」

最後に発した強烈なイヤミに、なぜか耕太郎がキャッキャと手を叩きました。張りつめた空気が弛緩《しかん》します。

奥さまも目を細めました。

「ねぇ、耕ちゃん。あなたは絶対に競馬なんてやっちゃダメよ。そんなことよりバイオリンをやりなさい、バイオリン。あれはいいわ。とてもいい情操教育よ」

耕太郎を抱く百合子さまが苦笑します。

「そのバイオリンをやっていた結果が私じゃない。バイオリンをしていればいいってものじゃないことを、お母さんが一番知ってるはずでしょう？」

「それはそうだ。俺が二番目に知ってるよ」と、優太郎さまが混ぜっ返します。

かつて「ロイヤルファミリー」と揶揄《やゆ》されたご家族から、社長が去り、新たに耕一さまと花菜、そして耕太郎が加わって、みなさん楽しそうに笑っています。

はじめて胸に「今日が愛馬の引退にふさわしい」という思いが芽生えました。さすがに完璧に……というわけにはいきませんし、とくに奥さまは耕一さまに対してすべてのわだかまりを払拭《ふっしょく》されたとは思いませんが、社長の生前よりもはるかにご家族として馴染《なじ》んでいる気がしたからです。

笑ってしまった私に向け、奥さまが優しく言いました。

「そろそろでしょう。あなたたちはもうパドックに行きなさい」

「いえ、せっかくなのでみなさまで……」と言った私に面倒くさそうに手を払って、奥さまは笑います。

「あの馬の物語に私たちはいなくていいの。耕一さんとクリスさんの物語よ」

そしてパドックを見下ろせる窓の外に目を向け、意地悪そうに続けました。

「それに、こんな足であんなところに行けるわけがないしね。少しは気を遣いなさい。普通に歩けたとしても行きたくないわ」

奥さまの視線の先を追いかけました。たくさんの人が取り囲むパドックはすでにほとんど影で覆われています。

まだ主役たちが姿を現していないこともあいまって、その光景はどこかもの悲しく見えました。

興奮でもなく、高揚でもなく、かといって耐えられないような寂寥《せきりょう》でもなく、私はただ真っ新《さら》な気持ちでパドックに押し寄せたファンたちを眺めていました。

「いよいよ最後ですね」

そう口にする耕一さまの表情も、いつになく澄んで見えます。「本当に引退を撤回するつもりはないのですか？」と、私はしつこく尋ねましたが、耕一さまはそれを冗談と受け止めたようです。

「まだ言ってるんですか？」

「あり得ないのはわかってます。でも、奥さまだけに翻意させるのは心苦しいですからね。最後の悪あがきです」

耕一さまは目を細めるだけで、もう応えようとはしません。

「そろそろ馬が出てくる時間ですね」

内臓を突き上げるような歓声が上がったのは、その直後です。年末のグランプリレース、今年の「有馬記念」に駒《こま》を進めてきた十六頭の名馬たち。

その先陣を切ってパドックに入ってきたのは、三日前の枠順抽選会で1枠1番を引き当てた9番人気、椎名善弘氏がオーナーを務める「ビッグホープ」です。

その名の通り、ビッグホープがロイヤルホープ産駒であることは特筆に値するでしょう。四年前のセレクタリアセールで、椎名氏が〝ホープ〟の子どもを落札したことは、一部競馬ファンの間では大きな話題となりました。

残念ながらクラシック戦線に乗ることはできませんでしたが、晩成型のロイヤルホープ産駒らしく地道に成長していき、ついに今年のグランプリレースにまで出世してきたのはさすがの目利《めき》きというしかありません。

四三〇キロそこそこと、身体は名前とは裏腹に小柄ですが、さすがにこの大一番に向けて厩舎《きゆうしや》が本気で仕上げてきたのがわかる毛づやの良さです。鞍上は、今年もリーディングで2位を獲得した佐木隆二郎。乗り馬の「ソーパーフェクト」をトゥーサンに奪われてのことではありますが、隆二郎が乗るだけで不気味に見えます。

そのビッグホープを先頭に、名のある馬たちが続々と登場してきました。どの厩舎も極限まで馬を仕上げてきているようです。

出走する十六頭中、前走との比較でプラス体重で挑むのはわずか一頭。本来、サラブレッドにとってマイナス体重は敬遠されるべきものですが、多くの馬がこのレースを最後に放牧に出ることもあり、陣営はギリギリの仕上げを施してきます。いえ、ギリギリまで仕上げなければ「有馬記念」を勝つことはできないということでしょう。

ただでさえ一線級の馬たちの肉体が、極限まで無駄肉を削《そ》ぎ落とし、西日にさらされていつも以上に映えて見えます。

そんな中で、群を抜いて良く見えた馬が四頭いました。あいかわらずセールなどで数年後に走る馬を見抜くことはできませんし、パドックでも愛馬以外の馬たちのどこを見ればいいかもわかっていません。

ですが、十六頭がパドックに登場し、悠然と周回する姿を見て、私は四頭をピックアップすることができました。

一頭は抽選で1枠2番という絶好枠を引き当て、結局1番人気の支持を得た椎名展之さまのソーパーフェクト。二頭目は昨年の「有馬記念」と今年の「天皇賞・秋」の勝ち馬であり、椎名善弘氏が満を持して送り込む2番人気のレインボーキャンプです。

二頭が登場してきたとき、パドック周辺がざわめいたほど、その出来は際《きわ》だっていました。正直にいえば、私は怯む気持ちになりましたし、実際に耕一さまに「やっぱりすごいですね」と漏らしていました。が、不安に思ったのはつかの間のことでした。

6枠12番というあまり喜ばしくない外目の枠ではありましたが、後半にロイヤルファミリーが現れたときの歓声は、前の二頭を凌駕《りょうが》するものだったと思います。

〝ファミリー〟に多くのファンがついているのが一番の理由ですが、耕一さま自身の人気もあるのでしょう。父親との物語、「相続馬限定馬主」制度の適用、史上最年少のオーナー、わずか三頭の馬たちの出世、椎名展之さまとのライバル関係に、ソーパーフェクトとの初対決が「有馬記念」であるという奇跡……。ついに今朝最終回を迎えた平良氏による『東日スポーツ』のコラムは、中条耕一という人間を知らしめる以上の意味を持ちました。

〝ファミリー〟に向けられたファンたちの声援は、他のどの馬へのものより温かったと思います。しかし、その声には少なからず驚きのものも混ざっていました。私自身、愛馬と一瞬識別できなかったくらいです。

「これがあのロイヤルファミリーですか」と、私は耕一さまに伝えるでもなく言いました。脳裏を過《よ》ぎったのは、生後間もない〝ファミリー〟の姿です。

ずっとケガに悩まされ、非力な印象を拭えなかった愛馬に、当時の陰は微塵《みじん》もありません。ざわめきの中でも一頭だけ足音が聞こえてきそうなほど踏み込みが深く、いまにも破裂してしまいそうなほど皮膚はピンと張っています。

耕一さまも呆れたように笑いました。

「これはちょっとすごいですね。広中さん、やってくれました」

周回を重ねても〝ファミリー〟は落ち着き払ったままでした。前後を歩く馬はもちろん、ソーパーフェクトよりも、レインボーキャンプよりも醸《かも》し出す雰囲気は贔屓目《ひいきめ》なく大人びて見えます。

「皐月賞《さつき》」「日本ダービー」のクラシック二冠を制したソーパーフェクトに、「天皇賞・秋」で優勝したレインボーキャンプ、そして直前の「ジャパンカップ」で凱旋門賞《がいせんもん》馬・グレイトエスケープに圧勝してきたロイヤルファミリー。見事に人気を分け合った上位三頭に加え、1枠1番のビッグホープが良く見えてしまうのは、さすがに父・ロイヤルホープと、鞍上の隆二郎に肩入れし過ぎというものでしょうか。

係員に誘導されて、我々もパドックに足を踏み入れました。ロイヤルリブランが連れていってくれた「日本ダービー」のパドックも格別なものがありましたが、私はやはりこの「有馬記念」にこそ思い入れを感じてしまいます。

しばらくして控え室から出てきたジョッキーたちも、外国人騎手を含めて現代競馬を代表する十六人です。

その中に息子の野崎翔平がいることを、私は誇らしく感じました。乗馬が大好きだった中学生の頃や、隆二郎への憧《あこが》れを口にした日のこと、私を父親と認めてくれたときの表情など、翔平との思い出がページをめくるように脳裏を過ぎります。

パドックのちょうど中央部に陣取った「ロイヤル」の関係者のもとに、6枠を表す緑の帽子をかぶった翔平が小走りでやって来ました。耕一さまを筆頭に、翔平は一人一人の目を食い入るように見つめたあと、最後に腰を折りました。

この日のために下ろしたというロングコートに身を包んだ広中氏が、さびしげな顔をしてうなずきます。

「ついにこの日が来てしまいました。私が山王社長から〝ホープ〟を預かった日から――」

いつになくしんみりした広中氏の言葉を、耕一さまが笑顔で制します。

「いや、広中さん。いまはそういうのやめましょう。人間の勝手な思いが馬に伝染するって言われてきたじゃないですか。いまはそういうのいらないです」

全員が笑い声を上げたとき、係員から「止まーれ！」の合図がかかりました。厩務員に手綱を引かれていたすべての馬たちが大人しく静止します。

我々は無言でロイヤルファミリーに近づきました。これ以上ないほどの笑みを浮かべて、耕一さまが先陣を切って〝ファミリー〟の鼻先を撫でます。

その瞬間、パドックから歓声が湧《わ》きました。本来は禁止されているカメラのフラッシュも瞬《また》たきます。

そうした周囲の視線を無視して、耕一さまに続いて翔平が、生産者である義父と加奈子が、トレーナーの広中氏が、これでもかと〝ファミリー〟の顔を撫で回します。いつか加奈子が言っていた「バカみたいに甘やかせ」の実践です。いつの頃からかロイヤル陣営のこのパフォーマンスはパドックの風物詩になりました。

最後に私の番が回ってきました。直前まではみなさまと同じように強引に笑顔を作っていましたが、〝ファミリー〟と一対一で対面したら、ダメでした。〝ホープ〟の頃からの思い出が一気によみがえり、涙が噴き出します。

必死に〝ファミリー〟に泣き顔を見られまいとしていた私を、助太刀してくれる人が現れました。

「ええ、マジで？　クリスさん、もう泣いてるの？　感慨に耽《ふけ》ってるところ悪いんだけど、ちょっと俺にもそれやらせてもらえない？」

振り返ると、展之さまがマネージャーの相磯氏を伴って立っていました。敵陣の中にいても展之さまはあくまで堂々と、相磯氏は落ち着かない様子を見せています。

「それとは？」

「その顔をわちゃわちゃやるやつ。一回やってみたかったんだよね」

展之さまはいたずらっぽく微笑むと、我々の同意も得ずに〝ファミリー〟の前に立ちました。そして「今日はお互いにがんばろうな。いいレースしよう」と、その額を撫でました。

しばらくの間そうしながら、展之さまはポツリと言いました。

「この馬、いいとき沈むよね」

その言葉の意味を、私は理解できませんでした。応じたのは耕一さまです。

「やっぱり展之さん気づいてました？」

「うん。いつかの条件戦での映像でね。あ、沈んだって思った瞬間、うちの馬が一気に置いていかれちゃったから。あれはちょっと衝撃だった」

翔平が嬉しそうに二人の会話に混ざります。

「阪神の『一〇〇〇万下』のレースでしたよね。あの日は本当にすごかったです。重賞じゃなかったからかあまり話題になっていませんけど、僕もいまのところ〝ファミリー〟のベストレースはあの日だったと思っています」

そこまで聞いて、私もようやく腑に落ちました。〝ファミリー〟が半年間の休養明けで挑んだ阪神競馬場での「明石特別」です。あのレースで、私も〝ファミリー〟の走りが変わったことには気がつきました。

それからは勝ち負けにかかわらず、たしかに「明石特別」の走りに近いレースがいくつかあったと思います。直前の「ジャパンカップ」がまさにそういう走りでした。それを形容する言葉を私は持ち合わせていませんでしたが、展之さまの口にした「沈む」という表現に目を見張る思いがします。

ロイヤルファミリーの主戦ジョッキーを務める野崎翔平に、そのオーナーの中条耕一さま、怪物・ソーパーフェクトの馬主である椎名展之さま。「有馬記念」という日本競馬の最高峰ともいえるビッグレースのパドックで、若き三人はリラックスしながら思い思いに言葉を交わしています。

その様子を冷たい目で一瞥《いちべつ》した人間がいました。自らが跨《また》がるビッグホープのオーナー、椎名善弘氏と話をしていた佐木隆二郎です。ほんの一瞬のことでした。その一瞬こちらに向けた隆二郎の眼差《まなざ》しは、普段のレースのときとも、当然愛息と戯《たわむ》れているときともまったく違う、勝負師そのものといったふうでした。

背後の隆二郎の視線に気づかないまま、翔平が力強く宣言します。

「僕はこれまで一度も〝ファミリー〟に全力を引き出させてあげたことがありません。いつも乗りこなすのに必死です。でも、前走の『ジャパンカップ』で少しだけつかめた気もするんです。もし今日〝ファミリー〟が沈むようなら、ソーパーフェクトとすごい戦いができると思っています」

広中氏の手を借りて〝ファミリー〟に跨がった瞬間、翔平の表情も変わりました。彼の目には何が映っているのでしょう。我々のことなどもう視界に入らないというふうに前を見つめ、〝ファミリー〟とともに静かにパドックを去っていきます。

地下馬道に消えていくうしろ姿を祈るように見送り、我々もスタンドへ戻ります。太陽はさらに西に傾いています。いくぶん雲が出てきましたが、西日を遮るほどではありません。

「本当は少しだけ期待していたんですけどね」

その空を見つめながら、耕一さまが独り言のようにつぶやきました。「何をですか？」と尋ねた私に、照れくさそうに続けます。

「雨。ひょっとしたら降るかなと思っていたんですけど」

「私もです。この一週間は天気予報ばかり見ていました」

「三十年も前、大雨のこの場所に父と母がいたんですよね」
「そのおかげで耕一さんがここにいらっしゃる」
「すごいですね。競馬と同じだ。血がちゃんと繋《つな》がっている」
「その点、〝ファミリー〟と違って、耕一さまは父親の粗雑なところを受け継がなくて良かったですね。父親ではなく、母親譲りの常識と競馬観の持ち主に育って本当に良かった」

私がそんな言葉を返したとき、観客席がドッと沸きました。白毛の誘導馬に率いられ、佐木隆二郎を背に乗せた1枠1番「ビッグホープ」が馬場に姿を現したのです。

9番人気のビッグホープを皮切りに、名馬たちが次々と返し馬に入りました。サラブレッドという生き物の本能なのでしょう。まばゆい西日を正面から受け、尾をなびかせながら走る彼らの気持ちの良さそうな様子に、胸が熱くなります。

観客席のボルテージがさらに上がったのは、人気馬三頭が立て続けに登場したときでした。まず短期免許を取得して来日したフランス人ジョッキー、ガブリエル・トゥーサンを乗せたソーパーフェクトが、続いて安野克也のレインボーキャンプがターフに姿を見せ、最後に6枠12番、緑の帽子をかぶった野崎翔平とロイヤルファミリーが観客の前に現れました。

今年、翔平は騎手リーディングで7位という躍進を果たしました。二十五歳という若さてＧⅠも獲得し、いまや誰もが認める若手の有望株の筆頭です。今日のこの「有馬記念」でも、同じ歳《とし》のトゥーサンとの対決や、その両若手を迎え撃つベテラン安野克也との激突など、ファンの注目度は抜群です。

その人気三頭の単勝オッズは、おそらくは歴史上においても類を見ない混戦です。最終的に１番人気はソーパーフェクトで「２・８倍」、そしてレインボーキャンプとロイヤルファミリーがともに「３・１倍」で続き、４番人気の馬はなんと「21・９倍」まで跳ね上がります。三つ巴《どもえ》の戦いに対するファンたちの期待が反映されていると言えるでしょう。

双眼鏡を覗《のぞ》くと、翔平が子どもにするように〝ファミリー〟の黄金色のたてがみを撫《な》でていました。じゃれるように身体を揺する〝ファミリー〟もリラックスしているようで、その顔がなんとなく綻《ほころ》んで見えます。

馬たちが続々と向こう正面に設置されたスタートゲートに集結しました。いつ、いかなるレースでも、スタート直前のこの瞬間の緊張感は特別ですが、さすがに今日はひとしおです。

少しずつ、本当に少しずつざわめきが立ち消えていきました。七年前の「有馬記念」でも感じた、祈りの時間。

再び歓声が塊となったのは、大型ビジョンにこのレースのためだけに制作されたＰＶ

が映し出されたときでした。

過去の「有馬記念」の名シーンが次々と流れます。長く語り継がれている名馬から、観客の度肝を抜く大逃げを打った穴馬までが次々と登場してくる中で、このVTRのメインを飾ったのは七年前のレースでした。ロイヤルホープの、そしてヴァルシャーレ、イマジンドラゴンというライバル二頭の引退レースです。

内を通ったイマジンドラゴンに、逃げに逃げたヴァルシャーレ、そして大外一気の鋭い末脚《すえあし》を見せたロイヤルホープの激しい叩《たた》き合いの映像は、いまや年末が来るたびに目にします。

次々と社長との記憶が過ぎりました。新宿の〈天八〉の、マネージャーに就いた日の、はじめて競馬場にお供したときの、有馬記念の、病室の……。

様々な記憶を押しのけるようにして、二つのイメージが胸のど真ん中に居座りました。ノザキファームでロイヤルホープと出会った日、そして社長と耕一さまがはじめて病室で言葉を交わされた日のことです。

三頭が走るスローモーション映像に被《かぶ》せて、スクリーンに今年の有馬記念のキャッチコピーが映し出されました。

伝説、継承――。

七年前に死闘を演じた三頭ともがいまや立派な種牡馬《しゅぼば》です。現時点における彼らの代表産駒《さんく》とも呼べる子どもたちは、それぞれどんなレースをするのでしょう。

最高潮に達した盛り上がりを受けて、スターターがついに台に上がりました。ビジョンに映し出されたカウントダウン表示に合わせ、観客が手を振り上げます。

「5、4、3、2、1――」

年末を彩《いろど》るグランプリレース、有馬記念。

芝、二五〇〇メートルの攻防戦。

愛馬の引退レースであり、山王耕造社長が築き上げた「ロイヤル」軍団が競馬界を去るときです。

馬たちが落ち着いたタイミングを見計らい、ゲートが勢いよく開きました。

奇声に近い歓声が上がります。

この場に辿り着いた十六頭の馬たちが、いっせいに冬枯れしたターフの上に駆け出していきました。

物語のエンディングは、わずか二分三十秒後です。

最初に起きたドラマは、最内枠の馬の出遅れでした。レース前、陣営が「いつも通り。何が何でも逃げますよ」と宣言していたにもかかわらず、1枠1番のビッグホープがスタートダッシュでつまずき、大きく後手を踏みました。

だからといって、ジョッキーの隆二郎はムリに手綱をしごきません。覚悟を決めたように最後方に位置すると、そこから悠然とレースを進めていきます。

それならばと積極果敢に逃げに打って出たのは、昨年の有馬記念でも逃げて3着に粘り込んだ2枠4番、ヴァルシャーレ産駒の「カリンジュピター」です。

私は息をのみました。悠々と先頭を行くカリンジュピターの走りが、七年前の有馬記念でやはり逃げたヴァルシャーレのそれと瓜《うり》二つだったからです。

「すごい。どこかで見たことのある光景ですね」という耕一さまの言葉に、私は「ええ。一つのことだけを除いて」と同意しました。

七年前の「有馬記念」の人気上位、イマジンドラゴンとヴァルシャーレ、そしてロイヤルホープの三頭は、いずれもスタート直後から先頭や好位にポジションを取りました。最後の直線が短い中山競馬場であることに加え、あの日の大雨の影響で馬場がぬかるみ、直線で末脚が弾《はじ》けにくいというジョッキーの判断があったからです。それぞれスタートが決まったという副産物的な要因もありました。

しかし、今年は違います。レインボーキャンプが先頭集団にぴたりとつけ、ソーパーフェクトが中段のインという絶好のポジションに位置する中で、ロイヤルファミリーは後方からレースを進めていくのです。

先頭を行くカリンジュピターに、外枠の人気薄の馬たちが競《せ》りかけていきました。おかげで例年にないハイペースでレースが進み、隊列も一気に縦長になります。こうなると前を行く馬たちの体力は保《も》ちません。加えて、七年前とは違い、パンパンに乾いた冬の馬場です。父親譲りの末脚を持つ〝ファミリー〟にとってはおあつらえ向きともいえる展開です。

一周目の正面スタンド前、例年61～62秒で通過する最初の一〇〇〇メートルを、先頭を行くカリンジュピターは58秒台というハイラップで通過していきました。オーバーペースはあきらかでしたし、我々にとっては望んでいた以上の展開です。

とはいえ、油断はできません。かつて、勝ちを確信した瞬間にひっくり返されたことが何度あったでしょう。経験を積めば積むほど、負けを重ねれば重ねるほど、勝つことに対して臆病《おくびょう》になっていくものです。

1コーナーから2コーナーにかけて、隊列がようやく落ち着きました。カリンジュピターが他馬を引き連れるように先頭を行き、二馬身ほど離れたところに五頭が塊に。そこからまた三馬身くらい離れた三番手集団のインにソーパーフェクトが位置し、数頭挟んだ外側でレインボーキャンプが追走しています。

後方グループを引っ張るのは4番人気の「オセロー」で、そのオセローをマークする形でロイヤルファミリーが、そしてスタートで出遅れたビッグホープが追いかけます。

膠着《こうちゃく》した状態に異変が起きたのは、2コーナーを回って一団が向こう正面に差し掛かった頃でした。それまで後方グループを率いていたオセローが、一気に大外から他の馬たちを捲《まく》っていったのです。

動きのあるレースを期待していたファンから歓声が起こりました。鞍上の田代健太郎ジョッキーの手綱さばきを見ると、狙《ねら》ってのことではなさそうです。田代騎手が必死に制御しようとしているのはわかりましたし、オセローが興奮して引っかかっているのも見て取れました。

暴走するオセローに引っ張られるように、他馬のスピードも上がりました。直前までのキレイな隊列は一気に瓦解《がかい》し、入れ替わり、立ち替わりの激しいレース展開に変わります。翔平に焦《あせ》りはありません。まだまだ騎手としては未熟かもしれませんが、こと体内時計に関しては、親バカでなく、野崎翔平は超一流です。

この大一番でもペースが速いことをきちんとつかんでいるのでしょう。前を行く馬たちから一気に引き離されたにもかかわらず、かすかに〝ファミリー〟を促す程度で、翔平はじっとその瞬間を待っています。

それはライバルたちも同じでした。外を走っていることで、本来、もっともオセローの煽《あお》りを受けるべきレインボーキャンプの安野克也も、ソーパーフェクトのガブリエル・トゥーサンも、突然のペースアップに翻弄《ほんろう》されることはありません。二人ともガッチリと手綱を握り、勝負のときを見計らっています。

前とうしろ、隊列はキレイに二分されました。〝ファミリー〟を含め、有力馬はすべて後方に集中していますが、脚色はあきらかにそちらが優れています。

やはり前半のハイペースがたたったのでしょう。3コーナーに差し掛かった頃、ムリな捲りを見せたオセローが真っ先に先頭集団から脱落していきました。

それをきっかけとするように、前を行く馬のジョッキーたちの手がしきりに動くようになりました。

後方グループで最初に動いたのは、昨年の有馬記念でも3コーナー手前から仕掛け、見事に優勝を飾ったレインボーキャンプと安野克也です。

下がってきたオセローを呆気《あっけ》なく捌《さば》いた瞬間、安野は、グイ、グイと、レインボーキャンプの首を押し込みました。

強い馬というものは、往々にして賢いものです。とくにこのレインボーキャンプは、父・イマジンドラゴン譲りの操縦のしやすさで勝ち上がってきたといえるでしょう。目を見張るようなスピードがあるわけでも、体力に長《た》けているわけでもありませんが、抜群の勝負センスでいかなるレースでも大崩れすることはありません。百戦錬磨の天才、安野克也とも手が合っていそうです。

レインボーキャンプをマークするように次に動いていったのは、後方二番手の位置でレースをしていたロイヤルファミリーと野崎翔平です。

レインボーキャンプが次々と馬群を飲み込んでいくのに合わせ、翔平も〝ファミリー〟の首もとを叩きました。

私は無意識のまま「あっ」と漏らします。パドックでのやり取りが記憶に残っていただけのことかもしれませんが、一瞬……、本当に一瞬だけ〝ファミリー〟の身体が沈み込んだように見えたのです。

耕一さまも独り言のようにつぶやきました。

「すごい。完璧《かんぺき》なタイミング」

「耕一さん、本当にそのこと知ってたんですか」

「そのこと？」

「〝ファミリー〟の馬体が沈むことです」

耕一さまはなんてことはないというふうに肩をすくめます。

「それは、何度もレース映像を見てきましたからね。『明石特別』以降の〝ファミリー〟の走りに変化があったのは知ってました。翔平くんが自分からそれを引き出そうとしていることにも気づいてましたよ」

「そうなんですか？」

「ええ。首を叩くあの動き、最近試していましたよね。〝ファミリー〟もようやく反応できるようになったみたいです。人馬ともに完成形の走りに近づいたということなんでしょう」

　私は呆《あき》れながら聞いていました。私だって何度もレース映像を見直しています。それでも気づきませんでした。〝ファミリー〟の身体が沈んでいるのだということも、翔平がそれを引き出そうとしていることもです。

　馬混みの中でトゥーサンがそれを見ていたとは思いませんが、〝ファミリー〟がギアを一段上げた瞬間、ソーパーフェクトにもゴーサインがかかりました。後退してくる先行馬を簡単に交わせるのは、このフランス人ジョッキーの柔らかい手綱さばきがあってのことです。

　網目をすり抜けるように、三本の筋が見えました。内を行くソーパーフェクトに、外を回ってくるレインボーキャンプとロイヤルファミリーが、他馬とはまったく違う脚質で先頭集団に迫っていきます。

　3コーナーから4コーナーに差しかかったところで、早くもこの人気三頭が抜け出すのではないかという予感を抱かせました。

　しかし、そこはグランプリレースにまで駒を進めてきた歴戦の猛者《もさ》たちです。どのジョッキーも懸命に腕を動かしてはいますが、先頭を行くカリンジュピターを筆頭に、簡単に抜かせようとはしません。

　それでも、抗《あらが》うまでには至りません。各馬がいっせいに4コーナーを回り、最後の直線に入った頃には、私の目にはカリンジュピターを含む四頭の姿しか映らなくなりました。いえ、その四頭にだけ色が伴っているという方が正しいかもしれません。写真で切り取られたかのようなモノクロの世界に、四頭だけが強烈な光を放ちながら、ターフを駆けているイメージです。

一瞬、社長とはじめて会った日のことが脳裏をかすめました。それを必死に封じ込め、私は心の中で祈りました。

力を貸してください――。

かつて何度もしてきた神頼みです。そんな信仰などないくせに、気づけば手まで組んでいます。しかし、祈らずにはいられません。祈ることしかできません。

最初に十三万の大観衆の喝采《かっさい》を一身に浴びたのは、勢いよく外を回ってきたレインボーキャンプです。安野克也を背にしたレインボーキャンプは、4コーナーを出る手前で目の前にいた一頭を捉《とら》えると、さらにアクセルを吹かしました。

まるで昨年の再現VTRを見ているかのような展開に、レインボーキャンプの単勝馬券を握りしめているファンは勝利を確信したことでしょう。

少し内によれはしましたが、安野の右ムチにきちんと反応して、レインボーキャンプは馬場の真ん中をぐんぐん加速していきます。安野克也の代名詞ともいえるムチをぐるりと回す、いわゆる「風車ムチ」が繰り出されたときには、さらなる歓声が場内に立ち込めました。

ここまでは完全にレインボーキャンプの勝ちパターンでした。しかし、私は微塵も勝つことを諦めていませんでした。先日の耕一さまと展之さまの会話の内容が、胸の奥底にこびりついていたからです。

言わずもがな、レインボーキャンプは椎名善弘氏の持ち馬です。そして、それを追うソーパーフェクトが息子の展之さまの、さらにそのうしろから猛然と追っていくロイヤルファミリーが耕一さまの所有馬なのです。あの夜、京都で「父超え」を誓い合った二人の馬が、このまま椎名氏の馬に独走を許すとは思えません。

一気に突き抜けようとするイマジンドラゴン産駒のレインボーキャンプを、二頭のロイヤルホープ産駒が追いかけるという構図も美しいと感じました。加えて、ベテランの安野克也に、若いトゥーサンと翔平がしがみつくという展開にも感じることがありました。

私にはこれが「世代交代」の瞬間と見えてなりませんでした。あるいはこのレースのキャッチコピーと同じように、「継承」の瞬間と言っていいかもしれません。

レインボーキャンプの次に動いたのは、ガブリエル・トゥーサンとソーパーフェクトのコンビです。それまでほとんど腕を動かさず、前を行くカリンジュピターを風よけのようにして耐えていたトゥーサンが、ついにムチを振るいました。

それにソーパーフェクトが鋭く反応します。逃げ粘っていたカリンジュピターを一瞬にして抜き去ったかと思うと、やはり馬場の真ん中に進路を取って、レインボーキャンプにぴたりと馬体を合わせます。

二頭は並んだまま最後の急坂《きゅうはん》に差し掛かっていきました。親子が所有する二頭の華々しい共演と、日仏を代表する二人の天才ジョッキーによる激しい叩き合いに、客席のボルテージは極限に達しようとしています。

四頭いた色の伴った馬の中から、カリンジュピターも消えました。いえ、本音を言わせてもらえれば、私には前を行く二頭すらほとんど見えていませんでした。この日に映るのはレインボーキャンプよりさらに外を回ってきた、愛馬・ロイヤルファミリーのみです。

ふっと現実に引き戻されたのは、やはり放心状態で口にされた耕一さまの一言でした。

「すごい。もう一段だ」

私は馬場を見つめたままうなずきます。「もう一段」という言葉以上にふさわしい表現は見つかりません。

3コーナーを回ってくる頃から、〝ファミリー〟の身体《からだ》は沈み込んだままでした。翔平も決して邪魔することなく、リラックスしながら追っているのがわかります。

それが直線に入り、いよいよライバル二頭を追いかけようとしたときです。翔平はぐっと身を屈《かが》ませ、〝ファミリー〟の耳もとで何かをささやくような体勢を取りました。

そして、はじめてのムチを一発腰に入れると、それまでもたしかに沈むような走り方をしていたはずなのに、〝ファミリー〟の身体がさらに深く沈み込んだのです。バネが縮み、跳ねるようでした。あるいはゴム鞠《まり》を限界まで握りつぶし、弾けさせた感じと言えばいいでしょうか。それもほとんど上下の動きがなく、前へ、ひたすら前へ……。これ以上なく柔らかいのに、どこか機械仕掛けのような走りを披露します。一瞬のキレ味という意味においては、かつて見たことのない姿でした。素人目《しろうとめ》にもわかる加速のあと、わずか数完歩の間に、三馬身ほど前を行っていたライバル二頭に、〝ファミリー〟は一気に並びかけます。

その間、翔平も必死にムチを振るっていました。それでも鞍上《あんじよう》で身体を揺らすようなことはなく、ギリギリまで身体を小さくさせて、なんとか〝ファミリー〟の邪魔はするまいという心の内が伝わってきます。

坂の入り口で翔平がついに安野克也とトゥーサンに並んだとき、まだ早い、まだ早い……と念じ続けていた涙が、ついに頰を伝いました。

決して感傷に耽ったわけでも、愛馬の引退を嘆いてのものでもありません。人馬一体――。幾多のホースマンが憧れ続けたその境地に、仮に一瞬だとしても、息子の翔平が辿り着いたと思えたからです。

ロイヤルファミリーと野崎翔平の呼吸が見事に一つに重なり合い、微塵も乱れていないことを、西日が生み出す長い影が証明します。ライバル二頭の影が馬と人の双方をくっきりと認識できる中、〝ファミリー〟と翔平の影だけは人馬の区別がつきません。

内からソーパーフェクト、外からロイヤルファミリーに競り駆けられて、抜け出しを図ろうとしたはずの真ん中のレインボーキャンプは一気に劣勢に立たされました。示し合わせたかのように、坂の中腹でトゥーサンと翔平がそれぞれの馬にムチを入れます。苦笑する安野の表情が目に浮かぶようでした。さらにスピードアップした両脇《りょうわき》の馬にレインボーキャンプは太刀打ちできません。色のある世界から、また一頭脱落していきました。

それは偉大な父を持った子どもたちの悲願でした。そして、ジョッキーも新しい時代の到来を予感させるシーンでした。さらには七年前、栄光を奪われた王者・イマジンドラゴンに対する、ロイヤルホープの雪辱という見方もできそうです。

それぞれ半頭分ずつ身を寄せ合い、今度はソーパーフェクトとロイヤルファミリーの叩き合いとなりました。

翔平にとっては特別な瞬間であるはずです。同い年の世界的ジョッキーと、自身の母と祖父が生産から育成までかかわった馬に跨がり、「有馬記念」という最高の舞台で叩き合いを演じているのです。

時間が止まったように、優雅で、繊細で、美しい時間でした。二頭とも、そして二人ともがライバルとは戦っていないようです。馬はきっと「走る」という自らの本能に気がついているはずですし、騎手もそれを極限まで引き出すことだけを考えています。そう断言したくなるほど、その美しさは圧倒的でした。

爆発するような観客席の叫び声に、モノクロの世界がシャボン玉のように弾けました。レインボーキャンプを振り落とし、ソーパーフェクトとロイヤルファミリーが横並びになったのもまた一瞬のことでした。

レース中、後方待機で体力を温存していた〝ファミリー〟の方が、あきらかにソーパーフェクトより勢いがありました。翔平の最後のムチに鋭く反応すると、〝ファミリー〟はソーパーフェクトをも置き去りにしていきます。

ファンたちが夢見た両雄の一騎打ちに、決着がついた瞬間でした。わずか半馬身の差であったとしても、私には永遠に抜かせることのない半馬身差だという確信がありました。人馬とも、最後まで完璧なレースをしてくれたと思います。それでも、完璧の上に完璧が折り重なる。さらにその上を行く突風が吹くのが競馬なのだと、私はすでに知っています。

さぁ、ウィニングランだ。ついに「有馬記念」を制するときだ――。そう思った瞬間でした。

誰か一人でも油断した瞬間に足をすくわれる。それもまた競馬の真理の一つなのかもしれません。

カーテンコールのような歓声の中に、異物のようなどよめきが混ざりました。私は瞬時に何が起きたか理解できません。

悠然とチャンピオンロードを行っていたはずの〝ファミリー〟に、一つ、大外から黒い塊が襲いかかってくるのです。

それは蹴散《けち》らしたはずのソーパーフェクトでも、レインボーキャンプでもなく、ある意味ではもっと感慨深く、もっとタチの悪い馬でした。

まったく荒れていない大外に進路を取り、弾丸のような迫力で突っ込んできたのは、スタートで大きく後手を踏んだビッグホープと佐木隆二郎です。

まさに弾丸のような走りでした。そしてその走りにこそ、私は七年前にこの地で散ったロイヤルホープの姿が重なって見えてしまいました。ロイヤルファミリーでも、ソーパーフェクトでもなく、父親の正統な後継者は自分だといわんばかりの豪快な走りに、胸に許せない気持ちがむくむく湧きます。

十三万人の観衆の声援をその身に受け、中にロイヤルファミリー、外にビッグホープという格好で、二頭はゴールになだれ込みました。

脚色は完全にビッグホープが優勢でしたが、ゴール板前の首の上げ下げではロイヤルファミリーに分があったように見えます。両者の距離が離れているだけに、肉眼で判別することはできません。

耳をつんざくような拍手と歓声に、私は目を瞬《しばた》かせました。

「勝ちましたよね？」

すがるように尋ねた私に、耕一さまは反応しようとしません。口を真一文字に結んで馬場を見つめ、瞬《まばた》きさえほとんどしません。

「耕一さん？」

そう強く語りかけると、耕一さまはようやく私を向きました。しかし、見られてはいけない顔を見られたというふうに強引にはにかんで、「すみません。わかりません。どうですかね。同着もあるかもしれません」と、他人事《ひとごと》のように口にします。

馬場に視線を戻し、耕一さまは再び口を固く閉ざしました。掲示板に3着以下の着順が先に上がります。3着「ソーパーフェクト」、4着「レインボーキャンプ」、5着「カリンジュピター」と、ライバルたちの結果が先に点滅を始めます。

案の定、1、2着は写真判定となりました。七年前の「有馬記念」では、前を行ったヴァルシャーレとイマジンドラゴンを、ロイヤルホープが大外一気の末脚で追い込みました。それこそ勢いは完全に〝ホープ〟が優《まさ》っており、希望も込めて勝利を確信していましたが、五分に及ぶ判定の末に2着に散りました。

あの日の苦い記憶が脳裏をかすめます。それを覚えているのか、周囲の顔見知りの方々もいつものように声をかけてはきません。

耕一さまもきっとあの日のことを思い出しているのでしょう。あらためてその横顔を見やろうとしたとき、しかし耕一さまは思わぬ言葉を発しました。

「本人にはわかっているみたいですね」

「え？」

「結果。〝ファミリー〟にはわかってるみたいです」

私はボンヤリと耕一さまの視線の先を追いかけました。大型スクリーンに〝ファミリー〟の姿が映し出されています。

大抵の場合、勝利した馬がクローズアップされるので、一瞬、私は〝ファミリー〟が勝ったのかと思いました。

しかし、そうではありません。画面の中の〝ファミリー〟は、ゴール後に流していった向こう正面で不意に立ち止まると、赤く染まった空に向かって突然いななき始めたのです。

もちろんその声までは聞こえてきませんが、怒り狂った表情がすべてを物語っていました。荒ぶるだけ荒ぶり、次の瞬間、〝ファミリー〟は人間の赤ちゃんがむずかるように身体を激しく揺すりました。必死にしがみついていた翔平を振り落としたあとも、しばらくは興奮して地面を蹴っています。

もともと気性の激しい馬でしたが、こんなことはかつてありませんでした。翔平が懸命に手綱をつかんでいたことで事なきを得ましたが、一歩間違えていれば重大な事故につながっていたかもしれません。

馬主席はしんと静まり返っていました。大荒れの〝ファミリー〟を笑う人はおらず、それどころか洟《はな》をすする音まで聞こえてきます。

スクリーンを見つめたまま、耕一さまは口を閉ざしました。私はうつむき、目をつぶり、組んだ手を額に押し当てます。

1番ゼッケンのビッグホープか、12番のロイヤルファミリーか。永遠のように長く感じられた数分の判定時間を経て、観客席から悲喜の入り乱れたどよめきが起きました。

次に耳を打ったのは、身体の奥から吹きこぼれるような「ふぅ」という耕一さまの息の音です。

私も腹の底から息を吐き出し、覚悟を決めて顔を上げました。点滅する数字が視界に飛び込んできます。

Ⅰ「1」

Ⅱ「12」

Ⅲ「2」

Ⅳ「6」

Ⅴ「4」

まだ確定する前ではありましたが、前方の席に陣取っていた椎名善弘氏がすっと立ち上がりました。その瞬間まで、私は失念していました。人気していたレインボーキャンプのみならず、勝ったビッグホープもまた椎名氏の所有馬なのです。

しかも、それは椎名氏が持つたった一頭のロイヤルホープ産駒であり、そのジョッキーは〝ホープ〟の主戦だった佐木隆二郎です。こんなことがあっていいのでしょうか。二人の子どもたちが抱いた淡い夢を、ライバルだったはずの父親二人が手を組み、隆二郎という天才の力を借りて打ち砕いた。そんなふうに見えました。

去り際《ぎわ》、椎名氏はふと足を止めると、おもむろにこちらを振り返りました。そして耕一さまに向けて小さく首を振ると、前触れもなく人差し指を立てました。椎名氏は気恥ずかしそうに微笑《ほほえ》むだけで、何か声をかけてくるわけでもなく、今度こそ表彰式のためにターフに下りていきます。

その仕草の意味する本当のところはわかりませんが、思うことはありました。これまでただの一度も末脚勝負で勝ったことのない人気薄の馬が、ビッグホープが、いきなり最速の上がりを繰り出し、人気のロイヤルファミリーとソーパーフェクトを豪快に飲み込んでしまったのです。

まるでなんらかの力が働いたようでした。そして、その「なんらかの力」がもし本当に働いたのだとしたら、私には天国の社長によるものとしか思えませんでした。椎名氏が見せたジェスチャーも、ひょっとしたらそれを意味していたのかもしれません。

その様子を離れた場所から見つめていた展之さまも、何も言わずに立ち去りました。他の馬主の方々も、一人、また一人と席を離れていきます。

少しずつもの悲しさに覆《おお》われていく馬主席エリアで、耕一さまは激戦直後とは思えない静けさに包まれたターフを、一人見つめ続けておりました。

どれくらい無言の時間が続いたでしょう。

「ずっとエゴを捨てたいと思っていました」

耕一さまがぽつりとこぼしました。その表情はこれまで見たことがないほど柔らかく、それなのに悲壮感の漂うものでした。

私の存在など気づいていないというふうに、耕一さまは淡々と続けます。

「馬のことを第一に考えようと。自分の夢や思いみたいなものを託すのはやめようと。本気でそう思っていたんです。だけど、逆ということもありますよね。もし彼がまだ走りたいと思っているのだとしたら、ここで辞めさせようとするのはやっぱり僕のエゴなんですよね。彼にはさらに輝かしい未来が待っているかもしれないのに」

胸がトクンと音を立てます。急《せ》き立てられるような気持ちを必死の思いで押し留め、私は次の言葉を待ちました。

耕一さまはうっすらと微笑みます。

「ちょっと気持ち悪いことを言ってもいいですか？」

「なんですか？」

「さっきパドックで、クリスさんには声が聞こえませんでしたか？」

「声？　誰のですか？」

「父のです。『まだ辞めるべきじゃない』『続けるべきだ』って。僕にはたしかにその声が聞こえたんです。もちろん錯覚だってわかってはいるんですけど、ひょっとしてクリスさんには聞こえていたんじゃないかって」

耕一さまは自分で言って笑いました。その表情は本当に照れくさそうでしたが、私には笑うことができません。

私はその声を聞いていません。しかし、他ならぬ私自身が天国の社長に願ったことです。意固地になった耕一さまを懐柔できるのは、社長しかいないと思っていました。

すっと息をのんで、私は慎重に切り出しました。

「仮にいまから引退を撤回するとしたら、相当の覚悟が必要だと思います。恥ずかしいことと捉える方はいるでしょうし、耕一さんが汚名を着せられるかもしれません」

「そんなのは、べつに――」

「その上で進言させていただきます。馬自身に決めさせませんか？」

「え？」

「耕一さんには〝ファミリー〟が何を考えているか、顔を見ればわかると思うんです。それで判断しませんか？」

そして私には、いま〝ファミリー〟がどんな顔をしているか、ハッキリと想像することができました。

「一つだけつけ加えるなら、たとえどんなにバッシングを受けたとしても、逆風が吹いたとしても、私が耕一さんを裏切ることはありませんので。最愛のオーナーと馬のために、これからも精いっぱい尽力させていただきます」

不思議そうにしていた耕一さまの顔がキュッと引き締まりました。それを目にした瞬間、直前のレースの印象が反転した気がしました。二人の父親が息子たちの夢をつぶしにかかったのではなく、その夢の先を提示したように思えたのです。

耕一さまはこくりとうなずきました。

「わかりました。〝ファミリー〟に会いにいきましょう」

「はい！」と返事をして、先に席を立った耕一さまを追いかけようとする間際、私はうしろ髪を引かれるように馬場を振り返りました。

ナイター照明の灯《とも》ったターフでは、華々しくビッグホープの口取り式が行われています。そこで椎名氏が、相磯氏が、隆二郎と百合子さまが、二人の胸に抱かれた花菜と耕太郎が最高の瞬間を迎えています。

どれだけ激戦が繰り広げられようとも、たとえ一頭の馬が引退したとしても、オーナーが退いたとしても、馬の血が絶えない限り、競馬は続いていきます。そう、ひょっとしたら母の胸で眠る耕太郎が、偉大な父の、あるいは祖父の希望を一身に背負い、いつかこの場に立っているかもしれないのです。

「クリスさん！」

耕一さまが叫びました。「はい、ただいま！」と、やはり大声で返事をして、私は駆け足で追いかけました。

耳の裏にロイヤルファミリーの甲高《かんだか》い鳴き声がよみがえります。

このときの陣営の中に、来年以降の愛馬の輝かしい未来を想像できた者は、ただの一人もいなかったことでしょう。

調教師	広中博（栗東）
生産者	ノザキファーム
セリ取引価格	庭先
中央獲得賞金	18億2200万円
通算成績	20戦11勝（11-4-2-3）
馬主	中条耕一

ロイヤルファミリー

牡／生年月日 2012年1月5日

ロイヤルホープ	フェイズアンビータブル	Morocco Design
		All My Heart
	カツノミラクル	トーシンギア
		キョウトノイチャ
ロイヤルハピネス	ドライブキャット	バイオレットキャット
		Sign
	エクソダス	Over Drive
		Wonderful World

競走成績

日付	開催	R	レース名	人気	着順	距離	1着馬（2着馬）
2014/6/29	阪神	5	新馬戦	13	1	芝1800	（ディップバビロン）
2015/8/9	小倉	8	500万下	4	1	芝2000	（マリナーズ）
9/12	阪神	9	野分特別（1000万下）	2	3	芝1800	ミスヤマンバ
10/11	京都	10	清滝特別（1000万下）	1	5	芝1800	キューイックビー
11/14	京都	12	1000万下（※放牧）	4	7	芝2200	オーセンティス
2016/4/3	阪神	9	明石特別（1000万下）	10	1	芝2000	（オセロー）
4/24	東京	9	府中S（1600万下）	3	1	芝2000	（アサツキクエスト）
5/8	新潟	11	新潟大賞典（GⅢ）	6	1	芝2000	（ディップバビロン）
9/25	中山	11	オールカマー（GⅡ）	9	3	芝2200	モアーアイビス
10/30	東京	11	天皇賞・秋（GⅠ）	13	6	芝2000	ソリタリーステア
2017/8/20	札幌	11	札幌記念（GⅡ）	4	2	芝2000	ザキング
10/29	東京	11	天皇賞・秋（GⅠ）	3	2	芝2000	レインボーキャンプ
11/26	東京	11	ジャパンC（GⅠ）	3	1	芝2400	（グレイトエスケープ）
12/24	中山	11	有馬記念（GⅠ）	2	2	芝2500	ビッグホープ
2018/4/1	阪神	11	大阪杯（GⅠ）	2	1	芝2000	（ソーパーフェクト）
4/29	京都	11	天皇賞・春（GⅠ）	1	1	芝3200	（リックヴァンドール）
9/16	ロンシャン	5	フォワ賞（GⅡ）	3	2	芝2400	ザエロマ
10/7	ロンシャン	4	凱旋門賞（GⅠ）	4	1	芝2400	（ソーパーフェクト）
11/25	東京	11	ジャパンC（GⅠ）	1	1	芝2400	（ソーパーフェクト）
12/23	中山（豪雨）	11	有馬記念（GⅠ）	1	1	芝2500	（ソーパーフェクト）

参考文献

『風はその背にたてがみに』志摩直人（廣済堂出版）
『超サバイバル時代の馬産地ビジネス』河村清明（CLAP）
『JRAディープ・インサイド』河村清明（イーストプレス）
『黄金の旅路』石田敏徳（講談社）
『血と知と地』吉川良（ミデアム出版社）
『騎手の一分』藤田伸二（講談社現代新書）
『馬の世界史』本村凌二（中公文庫）
『血のジレンマ』吉沢譲治（NHK出版）
『ジャスタウェイな本』大和屋暁（ベストセラーズ／競馬ベスト新書）
『馬主の一分』マイケル・タバート（ベストセラーズ／競馬ベスト新書）
『「社台王朝」の異変に気づけば大儲けができる！』野中香良&社台グループ研究会（ベストセラーズ／競馬ベスト新書）
『競走馬の科学』JRA競走馬総合研究所（講談社／ブルーバックス）
『勝ち馬がわかる競馬の教科書』鈴木和幸（池田書店）
『サラブレッドと暮らしています。』田村正一（白泉社／ヤングアニマルコミックス）
『山際淳司スポーツ・ノンフィクション傑作集成』山際淳司（文藝春秋）

『誰も書かなかった武豊　決断』島田明宏（徳間文庫）
『開成調教師の仕事』矢作芳人（ガイドワークス）
『中高年ブラック派遣』中沢彰吾（講談社現代新書）
『派遣新時代』出井智将（幻冬舎ルネッサンス新書）

本作の執筆にあたり、多くの馬主、マネージャー、騎手、調教師、新聞記者、牧場関係者、そしてＪＲＡ職員の皆さまからお話をうかがいました。

この場を借りて御礼申し上げます。ありがとうございました。

解説

今野　敏

早見和真作品との出会いは『イノセント・デイズ』だったと思う。第68回推理作家協会賞の受賞作だ。

死刑囚となった女性について書かれた作品で、この一作で早見和真の作家としての立場は確固としたものになった。

これでもかと次々に明かされる主人公の悲惨な過去。冤罪《えんざい》ではないかという一縷《いちる》の望みもむなしく、主人公は死刑執行を受け容《い》れる。

重く悲しい物語で、読んでいる最中は息が苦しく感じられたほどだ。

だが、不思議なことが起きた。

読後感が意外なくらいに明るかった。救いのない物語だ。にもかかわらず、そうは感じない。

そのとき私はこう思っていた。

「ああ、主人公の幸乃《ゆきの》は、この物語が書かれる段階で救われていたのだな」

理屈ではなく、そう感じたのだ。事実関係を見ると救われているなどと感じるはずがない。なぜそう感じたのかわからなかった。

早見和真は、幸乃の周辺にいた人々の思いを丁寧に拾っていく。そうすることで、死刑判決を受けた凶悪犯という印象が、ことごとく覆《くつがえ》っていく。そこに、幸乃を見つめる人々のまなざしを感じる。それは同時に作者・早見和真のまなざしでもあるのだ。

私は気づいた。「そうか。主人公の幸乃は早見のまなざしによって救われていたのだ」

それ以来私は早見和真を「まなざしの作家」だと思っている。

その後も『小説王』『店長がバカすぎて』などを読んだが、そのたびにまた不思議なことが起きるのだった。

不意に涙腺《るいせん》を刺激されるのだ。それはまさに不意打ちだ。

物語にはいわゆる「泣かせどころ」というものがある。こちらも長年小説家をやっているので、著者のそうした企《たく》みというか意図はわかる。

だが、早見の場合は、まったくそういう場面ではなく、淡々と描写をしているところで、気がついたら目頭が熱くなっているのだ。

最初は意味がわからなかった。『小説王』という暑苦しいくらい情熱的な作品や、『店長がバカすぎて』のようにユーモラスな作品でも、この「不意打ち」にあう。

何かが私の琴線に触れているのだ。

やがて私は、それが早見和真の「まなざし」であることに気づくのだ。

彼の「まなざし」は常に人々の営みに向けられている。事件には動機がある。行動には理由がある。早見和真はじっとそれを見つめている。

だから早見の物語は「だけど」から始まる。彼女は残忍な犯罪者で死刑囚だと言われている。だけど……。

店長は、とんだ勘違い野郎で皆に嫌われている。だけど……。

そこから物語が立ち上がっていくのだ。

かなわないと思う。

彼の人に対する好奇心や興味は半端《はんぱ》ではない。私は、彼ほど他人に寄り添おうという気持ちが湧《わ》いてこない。

実際に人に会い、話を聞く。私も同じことをしているはずだ。しかし、そこには大きな差があるような気がしている。

あの人に会って話が聞きたい。その欲求の度合いが違うように感じる。その思いの深さ、寄り添う気持ちが、おそらく私の涙腺を刺激するのだ。悔しいが、これには勝てない。

さて『ザ・ロイヤルファミリー』だが、実は三回読んだ。これには事情がある。第33回山本周五郎賞の候補作となり、選考委員だった私はしかるべき時期に読んだ。選考会に向けて準備万端と思っていると、コロナ禍だ。春に実施されるはずだった選考会が秋に延期になった。四ヵ月先にずれた。

四ヵ月も経《た》てば、いくら何でも内容を忘れてしまう。もちろん印象に残った部分は忘れないが、細かなところがすっぽ抜けてしまったりする。

そこで、もう一度読まなくてはならなくなったのだ。

候補作の五作品すべてを二度読んだ。その結果、二度目でも面白さが変わらなかったのは『ザ・ロイヤルファミリー』だけだったのだ。

いや、むしろ二度目のほうが感動し、興奮した。作品のハイライトとなる競走の結果はわかっている。それでも読んでいると血が熱くなった。迷うことなく、受賞作に推した。

そして、今回この解説を書くためにもう一度読むことにしたのだ。三度目でもこの作品が色あせることはなかった。読むたびに新たな感動がある。

本人が作品の中で何度か書いているように、これは継承の物語だ。次の世代に何を伝えるか。前の世代から何を受け継ぐか。

登場人物たちの振る舞いに、そして思いに、早見和真の「まなざし」が注がれる。馬主、牧場主、騎手、そして、血統を継ぐ馬たち。それぞれが何かを伝え、何かを受け継ぐ。

私は競馬とは縁がない。競馬場に出かけたことも馬券を買ったこともほとんどない。だから自分とは無縁な物語と思って読みはじめた。だが、そんなことは関係なかった。

「扱う題材は何であろうと、俺は人間を書いているのだ」

そう語る早見の声が聞こえてきそうだった。どんな世界でも面白いものにしてみせる。俺は人間を見つめているからだ。そういう早見の自信を感じた。

読めばたちまちロイヤルホープとロイヤルファミリーという馬のファンになってしまう。

登場人物たちに注がれる早見の「まなざし」はいつしか、ロイヤルホープやロイヤルファミリーが彼らを見る「まなざし」だと感じるようになった。

継承ということについて、この物語に強く賛同する気持ちがある。私事になるが、沖縄伝統空手をやっており、常に伝統について考えているからだ。あるとき、「伝統とは何か」と問われ、こたえに窮したことがある。

それから長い年月を経て、私なりに考えた。伝統とは、先達の教えをそのまま守ることではない。先達の努力や工夫を追体験することだ。

この物語は、そうした思いと強く共鳴する部分があるのだ。

それにしても、早見はあっさりと馬たちを勝たせてはくれない。

雨の中山競馬場。ロイヤルホープの最後の出走。勝ってくれと誰もが願う。そして、同じ有馬記念での、ロイヤルファミリーの引退を宣言し臨んだ勝負。

それでも早見は勝たせない。読者である私は「なぜだ」と唖然《あぜん》とする。

早見は高校球児だった。あの高橋由伸《よしのぶ》の二年後輩というのだから、半端ではない。練習もきつかっただろうが、何より勝負の厳しさが身に染《し》みているはずだ。

試合は簡単に勝てるものではない。彼はそれを身をもって知っている。だから、ロイヤルホープにもロイヤルファミリーにも安易に優勝させるわけにはいかなかった。それは考え過ぎだろうか。

世代を超えた継承の物語を見事に書き切った早見は、作家の世代交代も果たそうとしているのかもしれない。

彼らの世代が活躍する時代となり、老兵は消えゆくのみか。

いやいや、なんの。まだまだ世代交代などさせるものか。

（二〇二二年十月、作家）

この作品は二〇一九年十月新潮社より刊行された。

早見和真著　イノセント・デイズ
日本推理作家協会賞受賞

放火殺人で死刑を宣告された田中幸乃。彼女が抱え続けた、あまりにも哀しい真実――極限の孤独を描き抜いた慟哭の長篇ミステリー。

早見和真著　あの夏の正解

2020年、新型コロナ感染拡大によりセンバツに続き夏の甲子園も中止。夢を奪われた球児と指導者は何を思い、どう行動したのか。

今野敏著　隠蔽捜査
吉川英治文学新人賞受賞

東大卒、警視長、竜崎伸也。ただのキャリアではない。彼は信じる正義のため、警察組織という迷宮に挑む。ミステリ史に輝く長篇。

ブレイディみかこ著　ぼくはイエローでホワイトで、ちょっとブルー
Yahoo!ニュース｜本屋大賞ノンフィクション本大賞受賞

現代社会の縮図のようなぼくのスクールライフは、毎日が事件の連続。笑って、考えて、最後はホロリ。社会現象となった大ヒット作。

伊坂幸太郎著　クジラアタマの王様

どう考えても絶体絶命だ。製菓会社に勤める岸が遭遇する不祥事、猛獣、そして――。現実の正体を看破するスリリングな長編小説！

江國香織著　ちょうちんそで

雛子は「架空の妹」と生きる。隣人も息子も「現実の妹」も、遠ざけて――。それぞれの謎が繙かれ、織り成される、記憶と愛の物語。

荻原浩著
押入れのちよ
とり憑かれたいお化け、№1。失業中サラリーマンと不憫な幽霊の同居を描いた表題作他、必死に生きる可笑しさが胸に迫る傑作短編集。

三浦しをん著
きみはポラリス
すべての恋愛は、普通じゃない――誰かを強く大切に思うとき放たれる、宇宙にただひとつの特別な光。最強の恋愛小説短編集。

沢木耕太郎著
深夜特急
（1～6）
地球の大きさを体感したい――。26歳の〈私〉のユーラシア放浪の旅がいま始まる！「永遠の旅のバイブル」待望の増補新版。

辻村深月著
ツナグ
吉川英治文学新人賞受賞
一度だけ、逝った人との再会を叶えてくれるとしたら、何を伝えますか――死者と生者の邂逅がもたらす奇跡。感動の連作長編小説。

横山秀夫著
ノースライト
誰にも住まれることなく放棄されたY邸。設計を担った青瀬は憑かれたようにその謎を追う。横山作品史上、最も美しいミステリ。

小川洋子著
博士の愛した数式
本屋大賞・読売文学賞受賞
80分しか記憶が続かない数学者と、家政婦とその息子――第1回本屋大賞に輝く、あまりに切なく暖かい奇跡の物語。待望の文庫化！

垣根涼介著
ワイルド・ソウル
（上・下）
大藪春彦賞・吉川英治文学新人賞・日本推理作家協会賞受賞
戦後日本の〝棄民政策〟の犠牲となった南米移民たち。その息子ケイらは日本政府相手に大胆な復讐劇を計画する。三冠に輝く傑作小説。

桐野夏生著
東京島
谷崎潤一郎賞受賞
ここに生きているのは、三十一人の男たち。そして女王の恍惚を味わう、ただひとりの女。孤島を舞台に描かれる、〝キリノ版創世記〟。

吉田修一著
さよなら渓谷
緑豊かな渓谷を震撼させる幼児殺害事件。容疑者は母親？　呪わしい過去が結ぶ男女の罪と償いから、極限の愛を問う渾身の長編小説。

山本周五郎著
さぶ
職人仲間のさぶと栄二。濡れ衣を着せられ捨鉢になる栄二を、さぶは忍耐強く支える。友情を通じて人間のあるべき姿を描く時代長編。

宮部みゆき著
ソロモンの偽証
―第Ｉ部　事件―
（上・下）
クリスマス未明に転落死したひとりの中学生。彼の死は、自殺か、殺人か――。作家生活25年の集大成、現代ミステリーの最高峰。

宮本輝著
優駿
吉川英治文学賞受賞（上・下）
人びとの愛と祈り、ついには運命そのものを担って走りぬける名馬オラシオン。圧倒的な感動を呼ぶサラブレッド・ロマン！

ザ・ロイヤルファミリー

新潮文庫　は-68-3

令和四年十二月一日　発行
令和五年十二月十五日　八刷

著者　早《はや》見《み》和《かず》真《まさ》

発行者　佐藤隆信
発行所　株式会社　新潮社
郵便番号　一六二―八七一一
東京都新宿区矢来町七一
電話　編集部(〇三)三二六六―五四四〇
　　　読者係(〇三)三二六六―五一一一
https://www.shinchosha.co.jp

価格はカバーに表示してあります。

乱丁・落丁本は、ご面倒ですが小社読者係宛ご送付ください。送料小社負担にてお取替えいたします。

印刷・錦明印刷株式会社　製本・錦明印刷株式会社

ISBN978-4-10-120693-6 C0193